KB042278

장편역사소설 3

현해(玄海), 통한의 바다

김경호 지음

박영사

지은이의 말

이 책은 한반도와 일본 열도의 경계에서 삶을 살아간 민초들의 삶의 기록이다. 흔히 '역사는 이긴 자들의 기록'이라 한다. 그런데 이긴 자란 무엇일까? 아마도 강력한 무력으로 침략과 정복을 통해 권력을 잡은 지배자 또는 그 집단을 지칭하는 것일 게다. 그들이 옳든 그르든 일시적으로 역사의 흐름을 바꾼 것은 부정할 수 없다. 그러나 한때 물줄기의 방향을 바꿔 놓았다고 해서 그들이 역사의 주인공일 수는 없다. 역사는 도도히 흐르는 장강이다. 그 줄기를 이루는 것은 민초이다. 권력자들이 때때로 자기중심적으로 역사 물줄기를 바로 놓으려 하면 이를 바로잡는 것은 항상 민초이다. 그러므로 역사 기술의 대상은 권력자가 아니라, 긍정적이든 부정적이든 끊기지 않고 그 물줄기를 이어 나가는 민초들이어야 한다. 그런 의미에서 지금까지의 권력자 중심의 역사 기록은 권력자들이 자기들 입맛에 맞게 요리해 놓은 '편파적 기록'이라 해야 할 것이다.

작금의 한, 일간의 역사 인식 문제도 여기에 기인한다. 아전인수적 역사 인식, 주체가 빠진 기록을 가지고 역사를 해석하려 하니, 항상 문제가 끊이지 않는 것이다. 직장 근무로 전라도 광주에서 7년간 지낸 적이 있다. 그때, 순천 왜성을 알게 됐다. 순천 왜성은 임진왜란 당시 제1번대 대장인 고니시 유키나가(小西行長)가 왜군의 주둔지로 축성한 성이다. 그런 왜성이 남쪽 해안에 스물여섯 개나 있었다 한다. 호기심과 사실 확인을 위해 짬이 날 때마다, 서쪽 순천에서 동쪽 서생포까지 답사를 위해 뛰었다. 400년 이상의 세월의 단절이 있었지만, 아직도 그곳에는 당시의 전모를 상상하기에 충분한 흔적이 남아 있었다. 그런데 침략의 상징으로 낙인찍혀서인지, 아니면 치욕의 역사로 판단된 탓이었는지, 그대로 방치되어 오랜 세월 진토(塵土－먼지와 흙)에 뒤덮여 있었다. 부서진 성벽과 둔덕을 살피며, 축성에 동원된 민초들의 손때를 더듬었다. 그리고 문헌을 통해 민초들의 흔적을 살펴보려 했다. '풍전등화의 위기에 빠진 나라를 구한 영웅, 성웅 등의 영웅담'만이 손에 잡혔다.

임진, 정유년의 난리 속에서 당시 조선과 일본의 많은 민초들이 어떠한 희생을 겪었으며, 어떻게 살았는지에 대한 기록은 전무했다. 주체가 빠진 역사 기록의 현실이었다.

역사에서 권력자와 지배 계급을 걷어 내자, 역사의 진정한 주체이면서도 편린처럼 다루어지거나, 아니면 기록조차도 없는 민초들의 모습이 산발적으로 나타나기 시작했다. 비단 한반도에서뿐만 아니라 일본 열도에서도 마찬가지였다. 민초에 초점을 맞추자, 이제 더 이상 한반도와 일본 열도의 구별은 의미가 없었다. 답사 지역을 일본으로 확대했다. 일본의 가고시마를 시작으로, 오키나와, 구마모토, 사가, 나가사키, 오도열도, 후쿠오카, 야마구치, 츠시마, 시코쿠, 시마네를 찾아가 흔적을 뒤졌다. 십 년 이상의 세월이 걸렸다.

임진, 정유년의 난리 속에서 사망자는 말할 것도 없고 일본에 끌려간 조선인 포로만 십만 명에 이른다고 한다. 또한 히데요시에게 강제 동원돼 당시 조선에 건너온 왜병이 30만을 넘는데, 무사히 일본에 돌아간 병사는 15만이 채 되지 않는다고 한다. 반수 이상인 15만이 이국땅에서 목숨을 잃거나 주저앉게 된 것이다.

일본으로 끌려간 조선인 포로들은 피로인(被虜人)으로 불렸고, 조선에 남은 왜병은 항왜로 불렸다. 권력을 가진 자들은 경위와 관계없이 상대국에 정착한 민초들을 모두 반민으로 낙인찍고, 매도했다.

역사 속에서 민초들이 지배자와 권력자에게 지배당하며 어떻게 희생되어 갔는지, 민초들의 역사를 이야기로 전달하고 싶었다.

이야기의 영어 표현인 스토리(story)의 어원은 역사(history)라는 단어에서 파생됐다 한다. 이 소설은 왜란이라는 사건을 둘러싸고 동아시아라는 경계(境界)에서 살아간 민초들에 관한 역사 이야기다. 권력자들이 등장하지만, 그들의 이야기는 연대기를 위한 부차적인 것이다. 이 책은 역사적 사실을 날줄로, 민초들의 삶을 상상의 씨줄로 엮어, 민초들을 역사의 주체로 자리매김한 대하 역사 소설이다.

약 5년 전에 소설 『구로시오(黑潮)』를 집필해 출간한 적이 있다. 그런데 해류를 나타내는 '구로시오'가 일본어인지라 독자들에게 전달되기 어렵고, 일본 관련 부분이 난해하다는 의견이 많았다. 아무리 좋은 내용이라도 독자들을 힘들게 해서는 안 된다는 생각에 이번에 제목과 내용을 대폭 수정해 개정판을 내게 되었다.

『구로시오(黑潮)』의 개정판 『현해(玄海), 통한의 바다』의 출판을 선뜻 맡아 주고, 기획과 편집, 교정에 힘써 준 박영사 관계자들에게 감사의 뜻을 전하는 바이다.

저자 김경호

목차

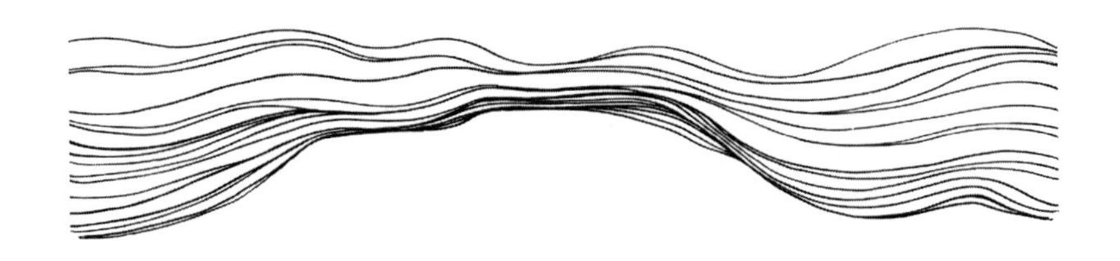

답사 사진 자료

살동이 표류된 곳으로 보이는 히노섬. 표류돼 목숨을 잃은 사람들을 위한 위령비

후쿠에섬의 왜구들이 쌓아 놓은 성터, 명나라 동전, 도자기 파편, 인골이 출토됐다.

후쿠에섬의 왜구들이 해안에서 망을 보는 모습. 조형물

고토열도의 성주가 거주하던 후쿠에성의 현재 모습

살동이 표류된 곳으로 보이는 히노섬에서 위령비를 조사하는 필자

일본 고치현에서 발견된 조선인 여인의 포로 위령비

조선국녀묘(조선인 여인의 묘)라고 쓰여 있는 비석, 일본 고치현

경주 읍성의 현재 모습

3권의 주요 등장인물

아케치 미츠히데(明智光秀)

아시카가 쇼군계와 가까운 가문 출신으로, 낭인이었다. 쇼군 요시아키와 노부나가를 연결시켜 준 공로로 노부나가의 가신이 된다. 천하 통일을 눈앞에 둔 주군 노부나가를 쳐, 살해한다.

가토 기요마사(加藤清正)

조선 침략 제2번대 대장으로 히데요시의 먼 친척 출신이다. 무장 출신으로 성격이 급해, 불과 같다. 히데요시의 가신이 되어, 싸움터에서 공로를 인정받아 영주가 된다. 화평보다는 싸움을 통해 조선과 명나라를 지배한다는 주전파다.

다케다 가츠요리(武田勝頼)

오와리 동쪽 지역인 가이(甲斐)의 맹주인 다케다 신겐의 장남. 다케다 가문의 가통을 이어받고 영주가 된다. 강력한 기마대를 소유한 그는 노부나가와 대적하지만, 노부나가의 철포 공격을 받고 패장이 된다. 후에 노부나가의 공격을 받고 거성에서 할복한다.

타다노리

규슈 출신으로 평소에 농사를 짓는 농민이었는데, 영주인 기요마사의 동원 명령을 받고 현해탄을 건너왔다. 갓 스물이 된 그는 자신의 집에 대대로 물려 내려오던 장창을 들고 참전을 하나, 싸움 경험이 없고 사람을 찔러본 적 없는 그는 싸움이 벌어지자 어쩔 줄을 몰라 하는데, 전투를 치러 가며 점점 대담해져 간다.

양녀와 만개

동래 목사 송상현의 첩실과 하녀다. 송상현의 영을 받아 성을 나갔다가 다시 돌아와 왜군에게 포로가 된다. 하녀인 만개와 포로로 잡힌 양녀는 송상현의 첩실이었던 것이 밝혀져, 처음에 대우를 받지만 전리품으로 유키나가의 명령에 의해 왜나라로 보내진다.

도리이 스네에몽(鳥居强右衛門)

미카와(三河 – 현 아이치현) 출신의 사무라이. 어린 시절 개구쟁이였으나, 체격이 크고 완력이 세어, 사무라이로 발탁된다. 다케다의 침략으로 성이 함락 위기에 빠졌을 때, 노부나가와 이에야스의 연합대에 원군을 요청하기 위해 목숨을 걸고 성을 빠져나간다. 이에야스에게 원군 출정을 확인받고, 먼저 성으로 돌아오다, 다케다 병사들에게 사로잡혀 처형당한다.

이균(李鈞) – 선조

조선의 14대 왕이 된 인물이다. 하성군으로 불렸다. 조선의 11대 임금인 중종의 서손이었다. 생부인 덕흥군(德興君)은 중종반정으로 왕이 된 중종과 후궁 사이에서 태어난 서자의 몸이었다. 이균은 그의 세 번째 아들이었다. 13대 왕 명종이 왕세자를 남기지 못하고 졸지에 생을 마감하자, 왕비에 의해 왕으로 지명되어 왕(선조)이 된다. 재직 시 당파 싸움이 끊이지 않았고, 결국 왜란이 일어난다.

사무라이 스네에몽

“이 사고뭉치. 도대체 커서 뭐가 되려고 그리 사고를 치고 다니느냐!”

“내가 싸움을 건 게 아니고, 그 녀석이 싸움을 걸어왔단 말예요.”

“꼬박꼬박, 말대꾸.”

“….”

“에구, 대체 저게 커서 뭐가 될라고….”

도리이 스네에몽(鳥居强右衛門)은 미카와(三河－현 아이치현) 출신이었다. 그는 개구쟁이였던 어린 시절부터 체격이 컸고, 완력도 남들보다 세었다. 성격이 온순해, 일부러 나서서 싸움을 거는 성격은 아니었으나, 그렇다고 싸움을 일부러 피하지도 않았다. 부당한 것을 보곤 못 참아, 누군가 싸움을 걸어오면 피하지 않고 맞섰다. 완력이 있으니 상대를 두들겨 패는 일이 많았다.

“스네에몽, 이 자식 어딨어요? 남의 귀한 자식을 이리 때리다니, 내 절대 그냥 둘 수 없어요. 숨기지 말고 내놓으세요.”

“죄송합니다. 제가 자식을 잘못 키워 그렇습니다. 정말 죽을죄를 졌습니다. 부족하지만 이거로 치료에 대신하십시오.”

스네에몽의 부모는 얻어터진 애들의 부모가 찾아와 항의하면, 이유는 불문하고 ‘자식을 잘못 키워 죄송하다’라고 사과하기에 바빴다.

그러니 부모에게 스네에몽은 골칫덩어리요, 이른바 개고기였다.

"사고만 치지 말고, 차라리 무술을 익히거라."

"알았어요."

부모의 속을 썩이던 그는 싸움 대신 무술을 익혔고, 조금씩 철이 들면서, 이젠 함부로 싸움을 하진 않았다. 그래도 정의감이 강한 그는 성격상 부당한 일은 그냥 참고 지나치질 못했다.

"스네에몽! 건넛마을 놈들이 몰려와 냇가에서 빨래하는 여자애들을 희롱하고 있단다."

"뭐라고? 어떤 놈들인데, 여기서 그따위 싸가지 없는 짓거리를 하냐?"

"아무튼 열댓 명이 몰려와 물을 튀기면서, 빨래를 뺏고 난리란다."

"그뿐 아냐. 여자애들이 반항하니까, 머리채를 휘잡고 물을 먹인댄다."

"열댓 명이나 몰려왔다고? 기치에몽, 애들을 모아라."

스네에몽은 상대가 많다는 말을 듣고, 맨손으로는 불리하다 여기고는 집 앞마당에 놓여 있던 단단한 박달나무 몽둥이를 손에 들었다.

휘잉, 휘잉.

그가 몽둥이를 한 손에 들고 좌우로 휘두르니, 바람 가르는 소리가 났다. 힘이 좋고, 게다가 무술을 익힌 그는 단단한 박달나무를 마치 가는 회초리 같이 휘둘렀다.

"애들아. 상대가 많다 하니, 모두 집에 가서 괭이와 몽둥이 등을 들고 와라."

그렇게 또래 동무 일곱이 모였다.

"가자."

어깨가 떡 벌어진 스네에몽이 앞장서, 곧장 냇가로 향했다.

"저것 좀 봐라."

그들이 도착했을 때, 냇가는 이미 난장판이 되어 있었다. 빨래가 헝클어져 산산이 흩어져 있는 것은 말할 것도 없고, 이미 몇몇 여자애들은 옷이 찢겨 맨살이 드러나기도 했다.

"저런 죽일 놈들이 있나!"

"하나, 둘… 열셋이네. 머릿수가 생각보다 많은데…."

왜소한 기치에몽이 상대가 많은 걸 알고, 주저했다.

"지들이 쪽수가 많아 봤자지? 싹수가 노란 놈들 같으니라고. 내 버르장머리를 고쳐 줄 테다. 가자."

스네에몽은 기죽지 않았다. 덩치가 큰 스네에몽이 몽둥이를 치들고 둑 아래로 달렸다. 그가 자갈이 깔려 있는 강바닥으로 내려가자, 기치에몽을 비롯한 일행들도 소리를 지르며 뒤따랐다.

"죽여라."

기치에몽은 상대에게 겁을 주기 위해 소리를 고래고래 지르며 돌을 집어 던졌다. 이쪽의 수가 많음을 알고 기세가 등등해 있던 건넛마을 건달들은 움찔했다.

"어디서 굴러온 개뼉다귀들이 남의 동네에 와서 해꼬지를 하고 난리냐! 맛 좀 봐라!"

스네에몽이 다짜고짜로 뛰어들어 가, 박달 몽둥이로 상대의 어깨를 후려쳤다.

"어이쿠! 어구구구…."

설마하다가 몽둥이를 맞은 상대 하나가 비명을 지르고 쓰러지더니, 게거품을 뿜어 댔다. 대항할 자세도 취하기도 전에 기습을 당한 그들은 동료가 쓰러진 것을 보고, 대뜸 겁을 집어먹었다.

"어어! 모두, 토껴라."

곧바로 그들 중, 대여섯 명이 후다닥하고 반대편 냇물로 뛰어들었다. 겁을 먹고 내뺀 것이다. 대세는 바로 기울었다.

"어어어."

나머지도 기세가 꺾여, 뿔뿔이 흩어져 도망쳤다. 스네에몽의 몽둥이를 맞은 청년과 뛰는 것이 늦은 청년 하나, 그리고 도망치다가 냇가에 엎어진 청년 하나, 셋이 잡혔다. 몽둥이를 맞은 청년은 어깨가 으스러졌는지, 어구구를 연신하며 신음을 내고 있었다.

"야, 이놈들. 어디 맞아 봐라. 약한 여자를 괴롭히는 이 비겁한 놈들아."

상대의 수가 많았을 때는 뒤에서 눈치를 보며 주춤했던 기치에몽이 이젠 기가 살아, 붙잡힌 청년들의 등짝을 발로 차는 등 가장 기세등등했다.

"이젠 됐다. 그만하거라!"

스네에몽은 기치에몽의 행위를 비열한 짓으로 보고 이를 멈추게 했다. 약자에 대한 동정이었다.

"그나저나 이놈들을 어떻게 할까?"

옆에 있던 나카치로가 물었다.

"이놈은 어깨뼈가 부서졌나 본데…. 막대로 지탱해 끈으로 묶어주자. 그리고 여자애들을 불러서 물어보자. 이 중에서 여자애들에게 가장 악랄한 짓을 한 놈이 어떤 놈인지? 다시는 허튼 짓을 못 하게, 그 놈만 죗값으로 따끔한 맛을 보여 주자."

옷깃을 여미고 냇가에 흐트러진 빨래를 수습하던 여자애들이 증인으로 불려 왔다.

"이 애들은 물을 튀기기만 했어. 빨래를 뒤집어엎고 우리 옷을 찢은 놈들은 아까 다 도망갔어."

"이놈들도 같은 패니까, 버릇을 고쳐 주어야지."

"아냐, 그럴 필요 없다. 얘가 크게 다쳤으니 다시는 넘보지 못할 거다."

기치에몽이 아쉬워하는 표정을 지었지만, 스네에몽은 큰 죄가 없는 건넛마을 청년들을 놓아주도록 했다.

"어구구구. 어구구구."

어깨를 다친 건달과 일행들은 고맙다며 고개를 주억거리며, 개울을 건넜다.

"이놈들 운 좋은 줄 알아라."

기치에몽이 먹이를 놓쳐 아쉽다는 듯 냇가의 돌을 집어 던지자,

"그대로 보내 주거라."

스네에몽이 이를 말렸다. 상대 청년들은 혹시 뒤에서 공격을 받을까 연신 뒤를 흘끔거렸으나, 스네에몽은 순순히 그들을 보내 주었다. 완력이 있어 또래의 대장 노릇을 하려니 싸움이 잦을 수밖에 없던 그였지만, 철이 들면서 정의감과 사리분별이 점점 분명해졌다. 소위 철이 들어갔던 것이다.

'성으로 들어오도록 하라.'

그가 열여덟이 될 무렵이었다. 성주의 중신인 호리의 귀에도 그에 관한 소문이 들어갔다. 그는 호리의 부름을 받아 성으로 찾아갔고,

"호, 과연 호걸풍이로다. 영주님을 위해 충성을 다하겠느냐?"

호리는 그의 듬직한 덩치를 보고 한눈에 마음에 들어 했다.

"예, 충성을 다하겠습니다."

개구쟁이 스네에몽이 성주의 근위로 출세하게 된 것이었다. 싸움질 대신에 손에 칼을 잡았고, 출세의 상징인 사무라이의 길을 걷게 되었다. 어린 시절 그와 함께 개구쟁이 노릇을 하던 기치에몽과 나카치

로는 그저 평범한 농민의 신분이었다. 스네에몽의 출세로 마치 하늘과 땅의 신분 차이가 생긴 것이었다.

스네에몽의 주군인 오쿠다이라는 당시 가메야마(龜山－현 아이치현 일부)성을 다스리던 영주였는데, 세력은 그리 크질 못했다. 전국시대 하극상과 세력 확대를 위한 합종연횡이 횡행할 때, 세력이 크지 않던 오쿠다이라는 주변의 강자에게 빌붙어, 겨우겨우 가문의 존속과 영지를 유지하고 있는 상황이었다.

이마가와가 관동 지역에서 세력을 뻗칠 때는 이마가와와 동맹을 맺고 그에 복종하였다.

오케하자마 계곡 싸움에서 이마가와가 노부나가에게 패하자 이번에는 노부나가와 동맹을 맺은 도쿠가와와 동맹을 맺고 보호를 받았다. 그 후, 가이 지역의 다케다 신겐이 영주가 되어 그 세력을 넓히고 교토에 진출하려 하자, 이번에는 도쿠가와 가문과 손을 끊고 다케다에 붙어 동맹 관계를 유지했다.

"나의 죽음을 삼 년 동안 숨겨라. 그리고 앞으로 삼 년간 절대 세력 확대를 위한 싸움을 하지 말고 내치에 충실하라. 명심하라!"

다케다 신겐이 교토로 진출하던 도중, 갑작스레 피를 쏟는 병으로 쓰러진 후, 타계하면서 남겨 놓은 유언이었다.

그런데 새 영주가 된 젊은 가츠요리는 부친의 유언을 무시하고 자꾸 싸움을 하려 하였다. 다케다 신겐의 적자로서 가문을 이어 받은 그는 아직 이십 대의 젊은이였다.

'부친이 못 이룬 천하 제패의 꿈을 내가 실현시킬 것이다.'

영주가 된 그는 세력 확대를 통해, 선대 영주인 부친보다 더욱 뛰어난 공적을 세우고 싶었다.

'나의 능력이 선친보다 뛰어나다는 것을 입증시키면 원로 가신들

도 나를 인정할 것이다.'

위대한 부모에 대해 자식이 갖는 일종의 열등의식의 발로였다. 그는 특히 가신들에게 자신의 실력을 보이고 싶었다. 그리되면, 특히 자신의 의견에 사사건건 반대하는 원로들도 자신을 인정할 것으로 보았다.

"내, 교토로 쳐들어가, 아버님의 못다 한 꿈을 성취하겠소."

"아니되옵니다. 선대의 유언을 지켜야 합니다. 유언대로 삼 년간 출정은 절대 안 됩니다."

'아버님한테는 말 한마디 대꾸도 못하고 꿈쩍도 못하던 것들이 어찌 내 말에는 쌍심지를 켜고 반대하는지 모르겠도다.'

어려서부터 부친의 통치를 지켜보아 왔던 그는 영주의 권한을 절대적인 것으로 보았다. 그런데 자신이 영주가 된 후에, 부친에게는 그토록 굽실대던 원로 가신들이 자신의 의견에는 사사건건 반대를 하는 것처럼 보였다. 어렸던 그는, 그의 부친이며 영주였던 다케다 신겐이 군사를 일으키기 전에, 중신들과 군사 회의를 거듭하며 전략을 짜고 준비하는 그런 과정을 몰랐다. 그저 자신의 부친이 홀로 생각하고 결정하여 명령을 내린 것으로 오해를 한 것이었다. 아무튼 원로 가신들이 자신의 명령에 대립하며 번번이 반대를 하자, 가츠요리는 원로들을 괘씸한 존재로 눈엣가시로 여겼다. 그는 원로들이 자신을 무시하여 자신의 권위를 인정하지 않는 것으로 오해하고는 속으로 앙심을 품었다. 그리고는,

"내 언젠가는 저 늙은 것들을 싹 쓸어 내리라. 그리고 그 영지도 모두 몰수하리라."

젊은 가신들 앞에서 해서는 안 될 원로들에 대한 증오를 공공연히 드러냈다.

"그 말이 사실이렸다."

"제 귀로 똑똑히 들었습니다. 잘못하면 영지를 빼앗길 수 있습니다."

"더 이상 기대를 한다는 것은 어리석은 일이다."

다케다와 동맹을 맺고 가신 역할을 하던 오쿠다이라 가문의 영주 사다요시(奧平定能)는 부하로부터, 이 같은 보고를 듣고는 가츠요리로부터 기대를 접었다.

'잘못하다가는 내 신변마저도 성치 못할 것이다. 선수를 쳐야 한다.'

사다요시는 즉시 다케다 가문의 적대 관계였던 도쿠가와에게 밀사를 띄웠다.

'다케다 신겐은 병사했음. 오쿠다이라 가문은 오다, 도쿠가와 연합과 동맹을 맺기를 원함. 조건은 다음과 같음.'

-도쿠가와의 딸과 오쿠다이라의 장남의 혼인을 허락할 것.

-후에 다케다 가문이 멸망하면 그 영지를 나눠 줄 것.

호시탐탐 다케다 가문을 칠 기회를 노리고 있던 노부나가는 이에야스로부터 이 같은 보고를 받고는,

'모든 조건을 받아들이시오.'

즉시 사다요시를 동맹으로 끌어들이도록 했다.

결국 노부나가의 사주로 오쿠다이라와 도쿠가와, 그리고 오다의 세 가문이 동맹을 맺었고 연합 동맹이 성립됐다. 오쿠다이라의 배신으로 다케다 가문은 오다, 도쿠가와, 오쿠다이라의 연합 동맹과 대립을 하는 형국을 맞이하게 된 것이다.

"뭣이 사다요시가 우리를 배신하고, 오다, 도쿠가와 연합에 붙었

다고…? 틀림없으렸다."

"그러하옵니다."

"아, 이런 교활한 생쥐 같은 자가 있나."

가츠요리는 길길이 날뛰었다.

'내, 오쿠다이라를 도저히 그냥 둘 수 없다.'

원래 성격이 불같던 가츠요리였다. 분을 삭이지 못한 그는 즉시 출정을 결정했다.

"사다요시를 응징한다. 출정 준비를 하라."

'잘됐다. 오쿠다이라를 응징하고, 영주인 나를 무시하는 원로 가신들에게도 본때를 보여 주자.'

내심 그는 이번 출정이 일석이조라 여겨, 득의양양하여 출정을 강행했다.

원로 가신들도 더 이상 가츠요리의 출정을 막을 수 없었다. 자칫 잘못하였다가는 배신자로 찍혀 처형을 받기 십상이었기 때문이었다. 때는 1575년, 선대인 신겐 사후 막 삼 년이 돼 가던 터였다.

"자, 우리의 강력한 힘을 유감없이 보여 줘라."

가츠요리는 의기양양했다. 왜냐하면 휘하에는 '천하무적'으로 소문난 기마병대 삼천기가 있었기 때문이었다.

"으하하, 보아라. 저 용맹스런 모습을…. 그 어떤 누구라도 대항해 오는 자는 저 기마대 삼천의 말발굽에 초토화가 되리라."

그는 기마대의 군세에 매우 만족했다.

다그닥, 다그닥.

저벅, 저벅.

곧 그는 기마대를 주력으로 내세워 출정을 하였다. 기마대 삼천기와 보병 일만 오천을 거느린 모습은 과연 장관이었다. 그를 중심으로 좌우에는 근위대가 종대를 이루며 따랐는데, 근위대의 등 뒤에는 그가 수장임을 나타내는 문양이 박힌 깃발이 꽂혀 있었다. 붉은 천으로 한껏 장식을 꾸민 말 위에 앉은 그는 이미 쇼군이 된 느낌이었다.

"자, 보무당당하게 진군하라."

총대장이 된 가츠요리는 휘하 군사를 이끌고 자신의 거성을 나왔다. 그 모습이 얼마나 위풍당당했는지, 그 위용에 웬만한 상대라면 보기만 해도 겁을 먹기에 충분했다.

"나가시노성으로 향하라."

나가시노(長篠城)성은 오쿠다이라의 영주 사다요시와 그 장남이 주둔하는 성이었다. 이미 첩자를 통해 나가시노성에 군사 수가 적을 것을 파악하고 있었던 가츠요리는 곧바로 이를 공략하기로 한 것이었다.

'내 뜨거운 맛을 보여 주리라.'

나가시노성은 얕은 산마루 위에 축조된 규모가 작은 성이었다. 그런데 지형과 지대는 낮았지만, 성의 둔덕을 끼고 좌우로 작은 강이 흐르고 있어 접근이 쉽지 않은 그런 성이었다. 이른바 자연을 이용한 천연 요새였다.

"쥐새끼 한 마리 빠져나가지 못하도록 성을 에워싸라."

성에 도착한 가츠요리는 휘하 병사들에게 명해, 성 전체를 포위하도록 했다. 배신자를 응징하여 본보기로 삼고, 자신의 지휘 능력을 원로 가신들에게 보여 주고 싶어, 공명심에 불타 있던 그였다.

'제 아무리 험악한 산정에 있더라도 이 정도 군사라면 저런 작은 성을 포위해 말려 죽이는 것은 '누워서 떡 먹기.' 배신자의 말로가 어떤지 똑똑히 보여 주마.'

실제로 가츠요리가 이끄는 다케다 군단 정예 일만 팔천에 비해 나가시노성의 주둔 병력은 불과 오백에 지나지 않았다. 수적으로 도저히 상대가 되질 않았다. 그래도 다행인 점은 동맹인 노부나가의 지원을 받아, 철포 이백정과 대포로 무장하고 있다는 것이었다.

“겁먹지 말아라. 적의 수가 아무리 많다 해도 육박전을 하지 않는다면 크게 불리할 것 없다. 성문을 잠그고 적이 다가오면 철포로 응전하라.”

주둔군은 성문을 튼튼하게 걸어 잠그고 성벽에서 철포로 응전을 하며 다케다군의 접근을 막았다. 그들의 희망은 오직 하나, 오다, 도쿠가와의 동맹군이 원군으로 올 때까지 버티기만 하면 살 수 있다는 기대였다.

“꾸물대지 말고 공격하라. 본때를 보여 주어라.”

“와아아아.”

가츠요리의 명령을 받은 다케다군이 성벽으로 다가오면,

타타탕, 타타탕.

곧바로 철포가 발포됐다. 성내의 군사들은 원군이 오기만을 학수고대하면서, 다케다군의 공격을 악착같이 막아 냈다.

“조금만 버텨라. 곧 원군이 온다.”

그런데 원군은 그들의 기대처럼 빨리 나타나지 않았다. 시간이 흘렀고, 먼저 성내의 식량이 바닥을 드러내기 시작했다. 포위가 된 상태라 식량을 조달할 방법이 없었다. 병사들의 체력도 그렇지만 사기가 먼저 곤두박질 쳤다.

“이제 어찌하면 좋겠소? 식량도 바닥이 드러나고 있다 하니….”

“수일 내로 원군이 도착하지 않는다면, 전원 죽거나 항복을 할 수 밖에 없습니다.”

가신의 보고를 듣는 성주는 가슴이 답답하였다. 외부의 공격보다 곧이라도 성내에서 내분이 일어날 것 같은 분위기였다.

'아, 이대로 무너지고 만단 말인가.'

"모두들 솔직한 심정을 말해 주오. 원군이 오지 않는다면 버티기가 어렵소. 어찌하면 좋겠소?"

성이 고립되어 더 이상 버티기가 어렵다는 것을 안 성주는 측근들에게 의향을 확인했다. 그는 필요하다면 부하들을 살리기 위해 자신과 중신 몇 명의 할복도 각오하고 있었다.

"이대로 무너질 순 없습니다. 여기 상황을 오다와 도쿠가와 연합대가 모를 수도 있습니다. 적이 눈치채지 못하게, 전령을 파견해, 상황을 알려야 합니다. 전령이 직접 원군을 안내해 온다면 승산이 있습니다."

얼굴에 수염이 시커멓게 덮여 있는 무장이 우렁우렁한 목소리로 말을 했다. 스네에몽의 주군인 호리였다. 사다요시는 그의 얼굴을 흘긋 바라보고는 말을 이었다.

"다케다군이 성을 포위한 채 눈에 불을 켜고 감시하는데 어떻게 전령을 보낼 수 있겠소? 게다가 구원군을 이끌고 오려면 일개 병사를 보내서는 안 될 일이오. 상당한 지위의 전령을 보내지 않고서는 임무를 수행할 수 없을 텐데, 우리 중에 그런 임무를 수행할 만한 사람이 있겠소?"

실제로 성 밖에는 다케다군 일만 팔천이 겹겹으로 성을 둘러싸고 있었다. 다케다군은 밤에도 횃불을 밝혀 놓고, 성을 감시했다. 사람뿐만 아니라 짐승이 다닐 만한 좁은 산길도 철저하게 막아 놓았다. 그야말로 물샐틈없는 철통같은 경비였다. 그뿐만 아니었다. 그들은 주변 지역 곳곳에 병사들을 파견해 검문소를 설치해 놓았다. 어느 누구라도 성 밖으로 나가는 순간, 적의 병장기의 제물이 되거나, 붙잡혀 처형되기 십상인 삼엄한 경비태세였다.

"제가 가겠습니다. 저를 보내 주신다면, 무슨 수를 써서라도 임무를 완수해, 원군을 끌고 오겠습니다. 원군을 끌고 와, 저 거머리 같은 다케다군을 격퇴시키도록 하겠습니다."

앞으로 나선 무장은 다름 아닌 도리이 스네에몽이었다. 호리의 가신이었던 그는 근위장으로서 회의에 참석했던 것이다. 어느 덧 삼십 중반의 모습을 하고 있었다.

"아니되오! 적에게 발견되면 그 자리에서 처형될 것인데, 어찌 호리 님의 근위장을 보낼 수 있겠소. 그건 아니되오."

성주 사다요시는 스네에몽이 호리의 근위장임을 알고는 호리의 얼굴을 흘끗 바라보고 안 된다며 거절했다.

"더 이상 지체하다가는 성안의 병사가 모두 전멸을 당할 수 있습니다. 저에게 맡겨 주십시오. 무사히 빠져나가, 기필코 원군을 끌고 오겠습니다."

"으음."

사다요시는 호리의 눈치를 보았다.

"그리하여 주십시오. 스네에몽이라면 잡힌다 하더라도 호락호락 적에게 당하진 않을 것입니다. 당사자도 저리 원하니 허락하여 주십시오."

호리는 스네에몽의 의지가 굳은 것을 간파하고는 사다요시에게 추천을 했다. 정의감과 의리가 강한 스네에몽의 인품을 잘 알고 있는 호리였다. 올바르다고 여기는 일에 한 번 마음먹으면, 좀처럼 물러서지 않는 스네에몽의 우직한 성격을 잘 아는 그였다. 일이 잘못되면 스네에몽을 잃는다는 것이 아깝긴 하였지만, 꾸물거리다간 전멸을 당할 수 있는 상황이었다. 사적인 일을 먼저 생각할 겨를이 없었다.

"잘 알겠소. 이제 나가시노성의 명운은 그대의 손에 달려 있소.

꼭 살아서, 연합대를 끌고 돌아와야 하오."

달리 어찌할 방도가 없음에 사다요시는 호리와 스네에몽의 제안을 받아들일 수밖에 없었다.

"하아. 그럼 즉시 준비하여 떠나도록 하겠습니다."

곧장 자신 숙소로 돌아온 스네에몽은 먼저 변복을 하였다. 칼과 의심받을 만한 물건은 모두 버리고 방물 몇 가지만 챙겨 장사꾼으로 행장을 꾸렸다.

'어차피 칼을 지닌다 해도 적에게 발각된다면, 큰 도움은 안 될 터, 내 임무는 원군을 끌고 오는 것이지, 적병 몇 명을 죽이는 일이 아니다.'

그는 모두가 깊게 잠이 든 새벽녘에 단신으로 성을 빠져나가기로 했다. 그리고 미리 잠을 자두려고 했는데,

부스슥, 부스슥.

긴장 때문인지, 아니면 맡은 임무가 워낙 막중해서인지, 쉽게 잠이 오질 않았다. 이런 생각 저런 생각으로 뒤치락거렸는데,

"이 말썽꾸러기. 이젠 일어나야지. 뭘 하고 있느냐?"

"아버님, 죄송합니다. 그러나 이젠 사무라이가 됐습니다. 옛날처럼 말썽을 부리진 않겠습니다."

"아무튼, 몸조심해야 한다."

깜빡 선잠이 들었는지, 꿈속에서 세상을 떠난 부모가 보였다. '꿈인가 생시인가' 하며, 비몽사몽간에 있는데,

"스네에몽 님. 스네에몽 님!"

누군가 부르는 소리가 들려왔다.

"달이 많이 기울었습니다. 떠나실 때입니다."

다름 아닌 불침번을 서는 병사의 소리였다. 선잠이 들었던 그는

벌떡 몸을 일으켰다. 사방은 깜깜했다. 꿈과 현실 속에서 오락가락하던 그는 머리를 흔들어, 정신을 차렸다.

"알았네."

떠나야 될 시간이었다. 그는 꿈속에서 들려온 '몸조심해야 한다'라는 말을 되새겼다.

'무얼 암시하는 걸까?'

스네에몽은 미리 꾸려 놓은 행장을 걸머지었다. 온몸에 긴장이 팽팽하게 퍼졌다. 사방은 깜깜했다. 적이 눈치챌 수 있어, 불빛은 밝힐 수가 없었다.

'저쪽이다.'

어둠이 눈에 익숙해지자 그는 뒤쪽으로 올라, 성벽을 타고 넘었다. 날렵한 움직임이었다. 성벽 경사를 내려온 스네에몽은 성을 뒤쪽에 두고 산정을 넘어 반대편, 산 아래로 향했다. 적의 감시를 피하기 위해 물이 흐르는 계곡을 따라 내려왔다. 주위는 고요했다. 오직 졸졸 흐르는 계곡 물소리만 들려왔다.

'낮에는 그리도 콸콸 소리를 내던 계곡 물도 밤이 되니 저리 졸졸거리며 흐르는구나. 계곡물도 밤이 되면 잠이 든다더니, 틀린 말이 아니도다. 참으로 자연의 섭리가 오묘하도다.'

어둠을 뚫고 산을 내려오던 그는 너무도 조용한 산속 풍경에 일시적이나마, 감상적 분위기에 젖었다.

'세상이 저렇게 평화롭게 살면 얼마나 좋으랴. 그래 이번 임무만 잘 완수하면, 다시 평화롭게 살 수 있을 것이다.'

'완수를 위해서라도 조심해야 한다.'

그는 감상에서 벗어나, 주변을 경계했다. 그는 되도록 계곡 경사쪽으로 붙어 걸었다. 지형지물을 이용해 몸이 노출되는 것을 막기 위해서였다.

'날이 밝기 전까지는 산을 내려가야 한다.'

주변을 경계하면서 산을 내려오던 그는 들짐승이 내는 작은 소리나 조금이라도 의심쩍은 생각이 들면 걸음을 멈추고, 은폐물 뒤에 엎드려 몸을 숨겨야 했다. 당연히 발걸음이 더뎠다.

"휴우."

등에서는 식은땀이 줄줄 흘렀다. 자신이 포위망을 뚫느냐 못 뚫느냐에 따라 성의 운명이 좌우됐기 때문이다. 그는 어둠을 뚫고 산비탈을 내려오면서 조금도 마음을 놓을 수 없었다. 그만큼 중요한 임무라는 것을 잘 알고 있었다. 상대의 매복을 피해, 그는 거의 기다시피 낮은 자세로 산기슭을 내려왔다. 팔꿈치와 무릎에는 피멍울이 맺혔다. 산짐승처럼 사람을 피해, 멀리 마을이 보이는 산의 초입에 이르렀을 때, 동쪽 하늘에서 여명이 희미하게 밝아 왔다.

'휴우, 무사히 산을 빠져나왔구나. 일단은 성공이다.'

여명 빛을 받아 전방을 살필 수 있게 되자, 그는 안도의 한숨을 내쉬었다. 그러나 마을로 내려가는 길목 여기저기에 다케다군이 펼쳐놓은 검문소가 설치돼 있어, 앞쪽 약 이백 보 남짓 떨어진 곳에서도 불침번을 서는 다케다군의 횃불이 여명에 빛을 잃고 희미하게 타오르고 있는 것이 보였다. 숲에 몸을 가리며 가까이 접근해 보니, 아침 미명이라 그랬던지 다케다의 병사들은 한곳에 앉아 꾸벅꾸벅 졸고 있었다.

'검문소를 돌파할까. 아니, 아무리 장사꾼으로 변복했다 하더라도 새벽길을 걷는다면 의심받기 십상이다.'

그는 큰길을 버리고 다시 숲으로 들어갔다.

'조금 힘들더라도 안전한 길을 택하는 것이 상책이다.'

그는 경사진 산을 옆으로 끼고, 비스듬히 걸었다. 나무의 잔가지와 비탈이 그의 진로를 방해했으나, 그는 망설임 없이 방해물을 쳐내며 앞으로 나아갔다.

산기슭 아래로 멀리 보이는 바다에서부터 날은 밝아 왔다. 바다 끝에서 붉은빛을 뿜으며 솟아오르던 해는 나뭇잎 사이사이를 뚫고 그의 왼쪽 뺨에 강한 햇살을 내리꽂았다.

'오전에는 해가 왼쪽에 있어야 하고, 낮이 지나서는 오른쪽에 있어야 목적지인 오카자키 방면이다.'

그는 해를 유심히 살피면서 몸의 왼편을 따갑게 찌르는 햇살을 방향 표시로 삼아, 도쿠가와의 영지인 오카자키 방면으로 향했다. 해가 정수리 위로 솟았다가 오른쪽으로 넘어 기울어질 무렵이 되어서야 그는 숲에서 나왔다. 그러나 누구의 영지인지는 알 수 없었다.

'여기쯤이면 안전하지 않겠나? 아니다. 만약에 대비해야 한다.'

숲속을 걷는 것이 여간 힘들지 않아, 평지로 나왔으나 생각을 고쳐먹었다. 자신이 붙잡힐 시, 성안에 있던 아군이 고사당해, 전멸될 것임을 생각하고는 위험을 피하기로 한 것이었다.

'조금 발품을 팔더라도 임무를 완성하기 위해서는 참아야 한다.'

얼추 다케다군의 감시망을 벗어났다고 보았지만, 아직 확신이 안 섰기 때문에 재차 산으로 들어가, 안전을 위해 먼 길을 우회하였던 것이다. 한참을 걸어 바다가 가까워졌을 때, 숲을 빠져나왔다. 다케다군의 감시망을 벗어났다고 확신했기 때문이었다.

'자, 이제부턴 달리자.'

그는 신고 있던 짚신을 벗어 새 신으로 갈아 신고는, 헌 신에서 새끼를 빼, 발등에 동여매었다.

"헉헉, 헉헉."

달리다가 지치면 속도를 줄여 빠른 걸음으로 걷다간, 다시 뛰곤 하였다. 짚신은 금세 헤어지고, 발바닥이 벗겨졌다. 상처 부위가 매우 쓰려왔으나 그는 속도를 늦추지 않았다.

'한시가 급하다. 나의 이 한 걸음, 한 걸음이 곧 동료들의 목숨 줄이다.'

발걸음을 서두른 덕분에, 해가 기울어 어둑어둑해질 무렵, 그는 도쿠가와의 영지에 들어섰다. 아직 사방이 안 보일 정도로 깜깜해지기 전에 도착한 것이다. 그의 눈앞에 그토록 오매불망하던 오카자키성이 떡 버티고 서 있었다.

'헉헉. 이젠 됐다.'

오카자키성의 성주 이에야스는 그들을 구해 줄 구세주였던 것이다.

스네에몽은 하루 아침, 점심 아무것도 입에 대지 못했다. 게다가 발바닥은 벗겨져 통증이 무척 심했다. 그러나 동료를 구할 수 있다는 기쁨에 그는 두 손을 움켜쥐고 소리를 질렀다.

"누구 없소? 어서 나를 영주님에게 안내하시오."

"누구냐?"

장사꾼 모습으로 변복을 한 스네에몽이 성문을 두드리며, 급하게 영주를 찾자 성문을 지키던 초병들이 그를 제지했다.

"멈춰 서지 않으면 찌른다!"

그로서는 화급을 다툴 정도로 마음이 급한데 초병들이 제지하자, 급한 마음에 그는 소리를 버럭 질렀다.

"나가시노성에서 온 스네에몽이다. 영주님께 안내하라."

서슬 퍼런 그의 일갈에 초병들은 서로 고갯짓을 한 후, 하나가 안으로 뛰어들어 갔다. 스네에몽의 마음은 일각이 여삼추였는데, 한참이 지난 후에야, 성안에서 가신이 나왔다.

"제가 영주님께 안내하겠습니다."

'한시가 급하거늘….'

초조한 그는 가신의 정중한 안내조차도 뿌리치고 싶었다. 모든 격식과 예절보다는 조금이라도 빨리 이에야스를 만나 원군을 요청하고 싶었다. 그런데 천수각으로 올라가 이에야스를 대했을 때, 몸집이 큰 이에야스는 미소를 띠우며 여유로운 동작으로 그에게 말했다.

"오, 먼 길에 고생하였소! 우선 좀 쉬도록 하시오."

"전하, 나가시노성이 풍전등화의 상황입니다. 제가 한가롭게 쉴 계제가 아닙니다. 제가 여기서 꾸물거리고 있는 지금, 다케다군은 성을 함락시키기 위해 공격을 퍼붓고 있을지도 모릅니다. 지체할 틈이 없습니다. 어서 군사를 모아 출진을 해 주십시오."

"하하하. 잘 알았소. 아무튼 출진은 우리에게 맡기고, 행색이 말이 아니니, 우선 요기도 하고 좀 쉬며 몸을 챙기시오."

스네에몽은 이에야스의 염려를 모르는 바 아니었다. 그러나 동료들이 걱정돼, 도저히 한가히 있을 수 없었다. 그는 조아렸던 머리를 들어올리며,

"제 한 몸 어찌되는 게 무에 그리 대단하겠습니까? 성을 나올 때 이미 죽을 각오가 됐습니다. 제 한 몸 죽어서 성의 군사들이 살 수 있다면 더 이상 바랄 게 없습니다. 제발, 즉시 원군을 보내 주십시오."

이에야스는 스네에몽이 자신의 목숨보다 동료들의 상황을 걱정해, 일신을 포기하는 듯하며 애원하는 모습을 보고 안쓰러운 마음과 감복이 교차했다.

"아무 걱정 마오. 출진 준비는 벌써 돼 있소. 허허허."

조금이라도 그의 걱정을 불식시키고 안심시키기 위해 이에야스는 그에게 상황 설명을 해 주었다.

"바로 출정할 테니 아무런 염려 마오."

너무도 우직하고 충성스런 그의 모습에 이에야스는 감복을 하였다. 실제로 가츠요리의 움직임을 파악하고 있던 노부나가가 이미 휘하 정예 삼만 대군을 이끌고 이에야스의 거성인 오카자키성에 도착해 있던 터였다.

삼 년 전, 가츠요리의 선대인 다케다 신겐과의 전투에서 처절하게 패해, 비지똥을 싸고 도망갔던 경험이 있던 이에야스였다. 그는 다케다군이 출정했다는 첩보를 접하고는 놀라서, 노부나가에게 지원을 요청했고 이를 받아들인 노부나가가 스스로 군사를 이끌고 오카자키성에 도착해 있던 것이었다.

"이젠 됐습니다. 이젠 적군을 물리칠 수가 있습니다. 감사합니다. 이 은혜 백골난망(白骨難忘－죽어서도 잊지 못함)이옵니다. 흐흐흑."

이에야스에게서 차종치종을 들은 스네에몽은 기쁜 마음에 눈물을 흘렸다. 나가시노성을 빠져나올 때만 하더라도, 과연 구원군을 끌고 올 수 있을지 확신이 안 섰다. 그런데 이제 자신의 임무가 완수된 것이었다. 다케다의 대군에 둘러싸여 고전을 하면서도 필사적으로 버티고 있는 주군과 동지들의 모습이 주마등처럼 스쳐 지나갔다.

"자, 이젠 됐소? 우선 좀 쉬도록 하오. 그리고 몸이 회복되면 구원군이 출진할 때, 길 안내를 해 주오."

이에야스는 하루를 꼬박 쉬지도 않고 달려와, 옷은 나뭇가지에 걸려 찢어져, 지칠 대로 지쳐 있는 그의 모습을 보면서 우선 휴식을 권했다.

"뭣들 하느냐? 목욕물을 데우고 옷과 거처할 방을 마련해 놓지 않고."

이에야스가 측근들을 탓하는 듯, 하명을 하자, 스네에몽이 허리를 넙죽 숙이며 말을 받았다.

"성주님! 선처는 고맙지만 사양하겠습니다. 저는 지금 즉시 성으로 돌아가겠습니다."

"그게 무슨 소리요? 좀 쉬었다가 몸을 회복한 후, 우리 군의 길 안내를 해 달라지 않았소?"

"죄송합니다. 저는 한시라도 빨리 원병이 온다는 소식을 성에 전달해야 합니다. 나가시노성에는 지금 식량이 바닥을 드러낸 상황입니다. 만일 조금이라도 지체된다면 사기가 떨어져 적의 공격이 아니더라도 반란이 일어나 내부에서 무너질지 모릅니다. 그리되면 원군이 무슨 소용이 있겠습니까! 제가 가서 원군이 온다는 것을 전하면, 사기가 올라 조금이라도 더 버틸 수 있을 겁니다."

그는 이에야스가 자신들의 위급함을 강 건너 불구경하듯 남의 일처럼 보고 있다고 느꼈다. 스네에몽은 나가시노성이 궁지에 빠져 있는 현실과 원병 출정이 촌각을 다투는 일임을 강조하기 위해, 자신이 먼저 떠나야 한다고 자청한 것이다. 그렇게 함으로써 나가시노성이 절체절명의 위기 상황임을 알리고 또한 오다, 도쿠가와의 원병이 급히 출정하지 않으면, 당장이라도 나가시노성이 무너질 수 있는 상황이란 걸 암시한 것이었다. 만일 그렇게 된다면 오다, 도쿠가와 연합군에게도 득이 될 게 없기 때문이었다. 원래 의리가 강하고 정이 많은 스네에몽이었다.

'몸이 조금 힘들다고 성의 고통을 알면서 일신의 안일만을 택할 수는 없다.'

"으음."

이에야스는 스네에몽의 의리에 감탄하면서도, 한편으로는 일신을 아끼지 않는 그에게 안타까움을 느꼈다. 잘못하면 포로로 잡힐 수도 있었기 때문이었다.

"그럼, 저는 이 길로 나가시노성으로 향하겠습니다. 성주님께서 원병을 이끌고 곧바로 와 주시길 간곡히 부탁드립니다."

"어허, 고집이 세구려. 아무튼 곧 출정할 테니, 몸을 잘 간수하길 바라오."

스네에몽은 결국 이에야스의 만류를 뿌리치고, 오카자키성을 나와 사지(死地)와 다름없는 나가시노성으로 향했다.

나가시노성을 나올 때는 운이 좋은 편이었다. 새벽녘을 노렸기에, 성을 포위하고 있는 다케다군의 감시를 속일 수 있었다. 그러나 성으로 들어가는 길은 그보다 더욱 위험했다.

다케다군은 특히 외부의 첩자가 나가시노성으로 들어가는 것을 철저히 막았다. 감시를 위해 눈에 불을 켜고, 조금이라도 수상한 자는 누구를 막론하고 붙잡아다가는 심문을 하고, 죄가 있건 없건 모진 고문을 가했다. 혹독한 고문으로 목숨을 잃은 자가 꽤 있었다. 물샐틈없는 경비에 분위기는 삼엄하다 못해, 살벌했다.

스네에몽은 탈출할 때, 입었던 장사꾼 옷을 그대로 걸쳐 입고 있었다. 성을 빠져나올 때는 성내에서 적정을 살펴, 감시가 허술한 산정으로 올라가는 길을 탔지만, 이번에는 적정을 파악할 수가 없었다.

'우선 성 근처로 접근하도록 하자. 반드시 허술한 포위망이 있을 것이다.'

성 주변 마을로 들어가, 그곳에서 적정을 살피고, 성내로 들어갈 생각이었다. 그런데 그의 생각과는 달리 다케다군의 포위망은 더욱 삼엄해져 있었다. 마치 자신이 빠져나간 것을 아는 듯이….

'저들의 감시망을 피해, 성내로 들어갈 수 있는 방법은 없다.'

성을 빠져나올 때와 마찬가지로 산길을 헤치고, 산정으로 올라가 성내 잠입을 시도했으나, 어느 한 곳 다케다군의 감시가 미치지 않는 곳이 없었다.

'이대로 발이 묶여 있다면 무슨 의미가 있으랴?'

오다와 도쿠가와 연합대의 원군이 온다는 것을 조금이라도 빨리 성에 알려, 사기를 북돋우려고 돌아온 그였다. 그런데 성 주변의 모든 포위망이 워낙 삼엄해 여의치 않게 되자, 스네에몽은 마음이 급해졌다.

'어차피 다케다군의 검문을 피할 수 없다면, 정면으로 부딪쳐 그들을 속이는 것 외에 방법이 없다.'

스네에몽은 정공법을 선택하기로 마음을 굳혔다.

"거기, 멈춰라."

장사꾼 모습의 스네에몽이 검문소 쪽으로 다가가자, 삼엄한 경계를 펴고 있던 다케다의 검문병이 그를 향해 창을 겨누었다.

"저 말입니까요? 어이구 죄송합니다."

병사들은 곧이라도 찌를 듯한 자세를 취하며, 빙 둘러서서는 스네에몽의 탈출구를 봉쇄했다. 살벌한 분위기였다.

"네, 이놈. 허튼짓 말고 물음에 답하라. 뭐하는 놈이냐? 그리고 어디로 가는 길이냐?"

"예, 저는 방물 행상하는 장사꾼입니다요. 고향은 북쪽 에츠고입니다. 오카자키에 갔다가 물건이 다 떨어져, 고향으로 돌아가는 길입니다요."

허름한 장사꾼의 복장을 하고 있었지만, 스네에몽의 골격과 덩치가 예사롭지 않았다. 다케다의 병사들은 한눈에 그의 골격이 장사꾼의 골격이 아니란 것을 감지하고 있었다. 호락호락 간단하게 넘어갈 상황이 아니었다.

"알았다. 잠깐 확인할 게 있으니, 저쪽 장막으로 가자."

검문소의 책임자인 듯한 자가 고개를 끄덕하자, 세 명의 병사가 창날을 스네에몽의 몸에 겨누며 그를 장막 쪽으로 몰았다. 스네에몽은 꼼짝달싹 못하고 끌려갈 수밖에 없었다.

"저는 장사꾼인뎁쇼…."

"잠깐이면 된다. 확인만 끝나면 보내 줄 것이다."

달리 방법이 없던 스네에몽은 장막 안으로 순순히 끌려들어갈 수밖에 없었다. 장막으로 들어선 그가 좌우를 살피기도 전에 고함이 터져 나왔다.

"저놈을 포박하라."

그러자 명령을 받은 군병들이 다짜고짜 스네에몽을 포박했다.

"왜들 이러십니까? 내가 무슨 죄를 저질렀다고, 이런 횡포를 부리십니까!"

"너, 이놈. 바른대로 말하라, 네 놈이 장사꾼이 아니란 걸 잘 안다. 순순히 정체를 밝히면 살아날 수 있겠지만, 그렇지 않으면 고통을 받다가 죽을 것이다."

한편, 다케다군 수뇌부는 초조해 하고 있었다. 쉽게 끝날 줄 알았던 나가시노성의 공격이 상대의 끈질긴 농성으로 예상보다 지체되고 있었다. 게다가 오다와 도쿠가와 연합대가 움직이기 시작했다는 소문이 돌고 있었다.

'우리 쪽 병사들도 지쳐 가고 있다. 사기는 저하돼 있고, 만일 이 상태에서 오다와 도쿠가와 연합대가 오면 궤멸할 수도 있다.'

쉽게 무너뜨리리라 생각했던 나가시노성이 끈질기게 버티자, 다케다군의 수뇌부는 초조했다.

"조금이라도 의심이 되는 자는 무조건 포박을 하여 끌고 와라."

성을 고립시켜 말려 죽이려던 다케다군은 외부와의 연결을 막기 위해 필사적이었다.

‘목숨이 떨어져도 괜찮으니, 인정사정 봐 주지 말아라.’

“어이쿠.”

다케다의 병사들은 스네에몽의 온몸을 밧줄로 묶어 놓고, 인정사정없이 몽둥이로 두들겼다.

“바른대로 대답하라. 아니면 오늘이 네 제삿날이다.”

몽둥이찜질을 당해, 추욱 늘어져 있는 스네에몽의 몸에 찬물을 끼얹고 나서는, 무장 하나가 그의 턱을 들어 올리며 대답을 강요했다.

“저는, 그냥 장사꾼입니다요.”

스네에몽은 완강하게 버티며 시치미를 잡아뗐다.

“이놈 봐라. 아직 덜 맞았구나. 맛을 더 봐야겠다. 사정 봐 주지 말고 매우 쳐라!”

고문은 점점 그 세기를 더해 갔다. 그들은 스네에몽이 자백을 하든 안하든, 어차피 살려서 돌려보내지 않을 작정이었다. 사람의 목숨이 파리 목숨과 진배없었다. 잘못이 있든 없든 싸움에 휘말린 자는 재수 없으면 죽는 것이 당시의 상황이었다. 스네에몽 역시 자신이 자백을 하든 안 하든, 이제 살아나기 힘들다는 것을 잘 알고 있었다.

‘어떻게 하든지 시간을 끌어야 한다. 원군이 도착할 때까지 시간만 끌 수 있다면, 이 몸 하나 죽는 것이야, 여한이 남을 것도 없다.’

“저 눈빛을 봐라. 이놈은 절대 장사꾼이 아니다! 자백할 때까지 내려쳐라. 자백을 못 받아 내면, 네 놈들에게 책임을 물릴 것이다.”

고문은 점점 혹독해졌다. 다케다의 병사들은 경험과 감으로 스네에몽이 수상한 인물이라는 것을 간파하고 있었다. 거의 확신을 가지고 있는 그들은 주저가 없었다. 자백을 받아 내는 일만 남았다. 고문은 더욱 세게 가해졌다.

“됐다. 그만해라, 이놈들아. 그래, 나가시노성에서 나온 호리의 가신 스네에몽이다. 이젠 됐느냐? 제발 이젠 그만 하거라."

몸이 추욱 처진 스네에몽이 입을 열었다.

"뭣이. 그게 사실이렸다."

"그렇다. 오카자키성으로 가, 원군을 요청하고 오는 길이다."

스네에몽은 더 이상 고문을 견뎌 낼 수가 없었다. 그는 가감(加減) 없이 있는 그대로 자백을 했다.

"이젠 됐느냐? 제발 그만하거라."

그의 실토는 즉시 수장인 가츠요리와 그의 측근들에게 보고됐다. 내용을 보고받은 가츠요리가 측근들과 함께 스네에몽 앞에 직접 나타났다.

"이놈이 그놈이냐?"

"예, 주군. 그렇습니다. 처음엔 시치미를 뗐으나 고문을 가하자, 자백을 했습니다."

"수고들 했다."

고문을 가했던 무장의 보고를 받은 가츠요리가 쓰윽 웃으며, 스네에몽의 턱을 지휘봉으로 들어 올렸다. 가츠요리는 스네에몽이 고문을 못 참아 입을 연 것으로 보고, 그를 목숨을 귀하게 여기는 졸장부로 보았다.

'겁을 주면 시키는 대로 할 인물이겠군.'

가츠요리는 스네에몽을 위협하면 유용하게 이용할 수 있을 것으로 보았다.

"너, 이놈. 살고 싶으냐?"

"예, 살려만 주십시오. 살려만 준다면 뭐든 하겠습니다."

"그래? 그럼, 오카자기성에서는 뭐라 하드냐?"

"원병을 보내기 위해 군사를 모아야 하니, 기다리라고 했습니다. 시간이 조금 걸릴 테니, 저 보고 먼저 가서 안심을 시키라고 했습니다."

스네에몽은 말을 슬쩍 바꾸었다.

"그렇더냐! 그럼, 있는 그대로 성안에다 보고할 예정이었더냐?"

"예, 그렇습니다."

스네에몽의 말을 그대로 믿은 가츠요리는 속으로 쾌재를 불렀다. 오다와 도쿠가와군의 움직임도 알 수 있었을 뿐만 아니라, 스네에몽을 역으로 이용하면, 성의 사기를 꺾어, 항복을 받아 낼 수 있을 것으로 보았기 때문이었다.

'성안의 군사들이 원군이 올 것으로 믿고, 필사적으로 버티고 있으니, 성안의 군사들에게 원군이 안 온다는 것을 전하기만 하면, 저항은 끝날 것이다. 그렇게 되면 제 놈들이 뭘 믿고 버티리랴.'

가츠요리는 성안의 군사들에게 원군이 안 온다고 전할 수만 있다면, 모두 항복을 하든가, 아니면 성내에서 반란이 일어날 것으로 보았다.

"오. 그렇구나. 이 자의 포박을 풀어 주고 먹을 것도 좀 주어라."

가츠요리는 스네에몽을 이용하기로 하고, 그를 따뜻하게 대해 주었다.

"스네에몽이라 했더냐? 지금부터 잘 들어라. 너를 형틀에 매어 나가시노성 앞에 세워 놓을 것이다. 어디까지나 위장이다. 네가 성으로 들어가려다가 잡혀, 형틀에 묶여 있는 것처럼 해 놓으면, 성벽 위의 군사들이 너에게 원군이 올 것인가 물을 것이다. 그러면 너는 원군은 안 올 것이라고 있는 그대로 답을 해라. 그리하면 너를 치료해 주고 살려 줄 것이다. 앞으로 다케다 가문을 위해 종사하게 하리라."

"감사합니다. 시키는 대로 하겠습니다."

부드러운 태도를 보이는 가츠요리가 자신을 회유한다는 것을 안 스네에몽은 머리를 숙여 '네네' 했다.

"살려만 주신다면, 내 무슨 일이든 하겠습니다. 아니 더 이상 고문만 안 받게 해 주십시오. 시키는 일은 뭐든지 하겠습니다."

그는 일부러 겁이 많은 척, 비는 시늉을 하였다.

"오호, 그리하련다. 이제 더 이상은 걱정을 안 해도 된다."

가츠요리는 주변의 가신들과 고문을 했던 병사들을 흘끗 둘러보며, 엷은 미소를 지었다.

한편, 나가시노성에 있던 군사들은 식량이 바닥을 드러내자, 지위고하를 막론하고 전원 하루 한 끼 죽으로 때우며 버티고 있었다. 사기는 완전히 땅에 떨어졌다. 그런데도 항복을 하지 않고 버티는 것은 원군이 올 것이라는 한 가닥 희망이 있었기 때문이었다.

"원군은 반드시 올 것이다. 스네에몽이 원군을 끌고 함께 오면, 협공으로 저 원수 같은 다케다군을 몰아낼 수 있다."

스네에몽의 주군인 호리는, 근위장인 스네에몽이 틀림없이 원군을 이끌고 올 것으로 믿어 의심치 않았다.

"다른 사람은 몰라도 스네에몽만은 믿을 수 있소."

모두가 그리될 것으로 기대했다. 그렇지 않고서는 살아날 방법이 없었기 때문이었다. 이미 성내의 장병들은 모두 허기에 탈진이 된 상태였다. 몇 날 며칠 동안 그들이 할 수 있는 일이라는 것은, 땅바닥에 주저앉아 성벽 아래 계곡만을 하염없이 바라보는 것이었다. 적병인 다케다군을 경계하기 위해 그런 것도 있지만, 이제라도 곧 원군이 나타날 것 같은, 아니 나타나 주기만을 바라는 간절한 마음 때문이었다. 밤에 습격이 있을까, 경계를 위해 잠도 못 잔 데다 허기에 지친 병사들의 눈은 자꾸 감겼다. 눈꺼풀이 천근만근으로 느껴졌다. 경계를 맡은 병사들은 감기는 눈을 비비며, 이따금 성벽 아래를 내려다보았다.

경계보다는 원군이 와 주길 바라는 희망이 더 컸다. 얼마나 원군을 학수고대했던지 병사들 중 몽롱한 상태로 깜빡 잠이 들었다가, 원군이 오는 꿈을 꾸고 '원군이 나타났다'라고 헛소리를 하는 자도 있었다.

스네에몽의 어릴 적 동무인 나카치로도 성벽에 비스듬히 기대어 앉아 적정을 살피고 있었다.

"끄응, 응차."

그의 눈에 적병이 성벽 쪽으로 다가오는 것이 포착됐다. 허기에 지친 상태에서 무심코 아래쪽을 내려다보았는데, 적의 움직임이 자연스레 눈에 들어왔던 것이다. 몽롱한 상태에서 성 아래를 내려다보던 나카치로는 의심스럽다는 듯이 눈을 비볐다. 그러더니 어디서 그런 힘이 났는지 갑자기 일어나 큰 소리로 외쳤다.

"스네에몽 님이다, 스네에몽, 스네에몽 님이 돌아왔다."

어린 시절 나가치로는 스네에몽의 절친한 동무였으나, 스네에몽은 완력과 무공을 인정받아 근위장이 되었고, 그와 기치에몽은 농민이 되었는데 반농반병으로 말단 보병으로 동원되었던 것이었다.

성벽에 힘없이 걸터앉아 있던 병사들은 나카치로가 외치는 소리를 듣고 구원병이 온 줄 알고 벌떡벌떡 일어섰다.

"아니, 저게 뭐야?"

그러나 그들의 눈에 띈 것은 구원병이 아니라, 스네에몽이 묶여 있는 처형대였다. 다케다의 병사들이 나무를 십자로 엮고 그 위에 스네에몽을 묶고는 성 쪽을 향해 세우는 모습이었다. 원병은 어디에도 안 보였다.

"도대체 어떻게 된 거냐!"

"스네에몽 님이 탈출에 실패했다는 건가?"

"아, 이젠 모든 게 끝났구나."

즉시 성주인 사다요시에게 보고가 올라갔다. 사다요시와 호리 등 가신들은 얼굴이 사색으로 변했다. 보고를 액면 그대로 믿을 수 없었던 그들은 상황을 파악하기 위해 성벽으로 달려왔다.

"아! 스네에몽, 이게 도대체, 어떻게 된 일인가?"

스네에몽의 주군인 호리가 너무도 황망하여 혼잣말로 중얼거렸다. 스네에몽은 머리가 헝클어져 광인 같은 모습을 하고 있었다. 윗몸은 벗겨진 상태였는데, 곳곳에 상처와 멍이 그대로 남아 있었다. 호리는 스네에몽의 모습을 보고, 대뜸 심한 고문을 받았음을 깨닫고는 가슴이 미어졌다.

'아, 고통이 심했겠구나. 스네에몽.'

그러나 연민의 마음도 일순이었다. 우선 상황이 궁금했다. 성을 나가다가 붙잡혔는지, 아니면 돌아오다가 잡혔는지를 알고 싶었다.

"면목이 없소이다."

호리가 말을 걸기 전에, 스네에몽은 두 눈을 크게 뜨고 큰 소리로 성벽을 향해 소리쳤다.

"오카자키성으로 무사히 들어가 우리의 상황을 전달하고 돌아오던 길에 유감스럽게 이렇게 포로가 되고 말았소이다."

누가 묻지도 아니하였는데 성내에서 무엇을 걱정하고 기대하는지 알고 있던 스네에몽은 그렇게 상황을 전달했다.

"오, 그랬구려. 고생했소."

곁에서 호리와 스네에몽의 말을 듣던 사다요시와 지휘장들은 가슴을 쓸어내렸다. 스네에몽이 오카자키성에 자신들의 상황을 전달했다는 말만으로도 위안이 되었다. 아주 절망적 상황은 아니었던 것이다.

"…."

스네에몽은 적의 포로가 되어 매달린 자신의 모습이 성안의 병사들의 사기에 영향을 미칠 것을 알고, 면목이 없어서, 고개를 아래쪽으로 떨어뜨리고 아무런 대답도 하질 않았다.

'아, 아군의 고통을 보면서 구하지도 못하고 성내에 갇혀 있는 이 몸이 한심하도다.'

반면 호리는 부하인 스네에몽의 고통을 생각하며 안타까움과 자신의 무력함에 온몸을 부르르 떨었다.

'하늘이시여. 스네에몽을 고통의 사슬에서 벗어나게 해 주소서.'

"스네에몽 님! 흐흐흑."

호리 곁에 있던 나카치로도 옛 친구의 비참하고 고통스런 모습을 보고 마음이 찢어지는 듯해, 눈물을 흘렸다. 신분상으로 보면 자신과는 천지 차이였으나 옛정을 버리지 않고 자신들을 변함없이 따뜻하게 대해 주었던 스네에몽이었다.

그러나 호리 곁에 있던 사다요시는 그들과 느끼는 감정이 달랐다. 성주였던 사다요시로서는 스네에몽의 고통과 입장, 상황보다는 무엇보다 성의 앞날이 걱정이었다. 그러니 원군이 올 것인지 여부를 확인하고 싶었다. 만일 원군이 안 온다면, 스네에몽뿐만이 아니라, 자신들 전원이 할복을 하든가 아니면 성문을 열고 항복을 해, 다케다군의 처분에 따라야 했다.

사다요시는 다케다 가문을 배신한 자신을 가츠요리가 절대 용서하지 않을 것이라는 것을 잘 알고 있었다.

"스네에몽. 그대의 노고와 지금의 처한 상황을 눈앞에 보고 있으면서도 아무런 힘을 쓸 수 없는 무력함을 이해해 주오. 분통으로 몸속의 피가 거꾸로 솟아오르고 있소. 그대를 위해서라도 굴복을 않고 싸워 온 성의 군사를 위해서라도, 이젠 성의 운명을 결정할 때가 된 것 같으오."

사다요시는 비장한 마음으로 담담하게 말을 이어 갔다.

"자, 이것이 마지막 상면이 될 것 같소. 이승에서 이리 떨어져 최후를 맞이하지만, 내 그대와 저승에서 만나 회포를 풀으리오. 마지막으로 하나만 대답해 주오. 원군은 어찌되었소?"

사다요시가 스네에몽을 향해 큰 소리로 묻자, 성벽 위의 군사들은 모두 스네에몽의 입을 주시했다. 모두 지쳐 있었지만 병사들은 눈을 크게 떴고 귀를 쫑긋 세웠다. 모두 스네에몽의 대답 한마디에 생과사가 갈리리라는 것을 알고 있었기 때문이었다.

"후후후."

성벽 아래에 있던 다케다군의 지휘장들의 얼굴에 빙긋이 웃음이 돌았다. 그들은 스네에몽에게 미리 약조를 받아 놓은 터라, 사다요시와 스네에몽의 대화를 들으며 내심 회심의 미소를 짓고 있었던 것이었다. 모든 것이 각본대로 전개되고 있었다. 이제, 스네에몽이 '원군은 안 옵니다'라는 한마디만 하면 모든 것은 끝날 것으로 기대하고 있었다. 성안에서 탄식이 터져 나올 것이고 사기는 땅에 떨어져, 항복을 하지 않더라도 총공격을 시작하면 사기가 떨어진 병사들은 더 이상의 저항을 포기할 것으로 보았다. 잘만 되면 공격을 할 필요도 없이 성주가 스스로 할복을 하든가 내분이 일어나, 성은 그대로 무너질 것으로 보고 있었다.

잠시 동안의 침묵이 흘렀다.

"으음. 끄응."

스네에몽은 힘이 드는지 피투성이의 얼굴을 서서히 위로 들어 올리며, 얼굴을 찡그렸다. 그리고는 있는 힘을 다해 큰 소리로 성 위를 향해 외쳤다.

"원군은 반드시 올 것이오. 오다군 삼만이 이미 오카자키에 들어와 있는 걸 확인했소이다. 연합대는 이리로 오고 있소. 나는 조금이라도 빨리 그것을 전하려고 먼저 출발했다가 이렇게 되었소. 조금만 참으시오. 원군은 꼭 올 것이오."

스네에몽은 되도록 많은 병사들이 듣고 사기를 얻을 수 있도록, 젖 먹던 힘을 다해 큰 소리로 성을 향해 외쳤다. 그러자 허기에 지쳐 기진맥진해 있던 성 위의 병사들은 모두 어디서 그런 힘이 났는지 '와아' 하고 함성을 터뜨렸다.

병사들의 함성으로 성안뿐이 아니라 주위 산과 계곡이 쩌렁쩌렁 울렸다. 사다요시의 얼굴에 희색이 떠올랐다.

"그게 정… 정말이오?"

"저, 정말인가?"

사다요시에 이어 호리가 재차 확인을 했다. 그들은 너무도 기뻐 믿을 수가 없다는 듯, 말을 더듬었다.

실은 다케다군에 사로잡혀 고문을 받을 때, 스네에몽은 자신이 고문을 버텨 봤자 살아날 가망이 없음을 알고는 꾀를 내었다.

'이대로 죽는다면 개죽음이다. 나의 임무는 연합대가 온다는 것을 성안에 전하는 일이다.'

그는 고문에 못 이겨 자신의 신분과 임무를 실토하는 척했던 것이다.

"일말의 꾸밈도 없소이다. 조금만 더 버티면 곧 원군이 올… 것이…외…."

스네에몽이 주군인 호리의 질문에 답을 하고 있을 때, 동시에 다케다군 병사의 창날 여러 개가 스네에몽의 몸통을 꿰뚫었다. 스네에몽은 말을 채 끝내지 못했다. 다케다 병사들의 창끝이 그의 몸을 뚫자, 고개가 꺾여 밑으로 떨어졌다.

"아아…!"

성내에서 탄식이 터져 나왔다. 스네에몽의 몸이 아래로 추욱 늘어지더니 더 이상 움직이지 않았다.

"아아, 스네에몽 님!"

나카치로가 통한의 눈물을 흘리며 안타까워했다. 모두들 스네에몽이 숨을 거두었다고 체념하고 있는데, 스네에몽이 다시 고개를 들고는 애를 쓰며 입을 움직였다. 얼굴은 고통으로 일그러졌다.

"조…금…만… 버…티……시……오."

말을 마치고는 피투성이로 범벅된 고개가 아래로 툭 떨어졌다. 창에 맞창이 난 그의 몸 여기저기에서는 시뻘건 피가 줄줄 흘렀다.

"아, 스네에몽. 부디 극락왕생하게나."

호리는 스네에몽이 죽어 가는 것을 지켜보며, 그의 명복을 빌었다. 스네에몽은 자신의 죽음을 통해 임무를 완성했다. 아군이 지켜보는 앞에서 비참하게 최후를 마쳤지만, 그는 성안의 모든 군사들에게 살 수 있다는 희망을 준 것이었다.

"와아, 와아, 와아, 쏴라! 창으로 찌르는 저놈들을 쏴라!"

타타탕. 타타탕.

성안의 병사들이 일제히 철포를 쏘아 댔다. 어디서 그런 힘이 솟아났는지 자신들도 믿을 수 없을 정도였다.

스네에몽의 죽음을 목격했던 성안의 병사들은 그의 기백을 통해 용기를 얻었고, 대신 두려움을 잊었다.

용기를 얻은 그들의 사기는 하늘을 찌를 듯했다.

악몽

동래성에서 왜군에게 잡힌 양녀와 만개는 곧장 관아가 있던 곳으로 끌려갔다. 동래 부사가 관장하던 관아에는 왜군 지휘부가 설치돼 있어, 경비가 삼엄했다. 큰 대문이 좌우로 활짝 열려 있었고, 입구 양쪽에는 왜병들이 다섯씩 늘어서 있었다. 모두들 기다란 창을 곧추세우고 있었다. 등 뒤에 꽂은 깃발 문양이 같은 것으로 보아, 대마도대가 경비를 맡고 있는 것을 알 수 있었다.

"여기에서 잠시 기다려라."

관아 앞쪽으로 양녀 일행을 끌고 간 사사키는 관아의 큰 대문 안으로 들어가고, 통역이 조선말로 전했다. 관아 앞에 서 있던 양녀는 주변을 두리번거렸는데, 송 부사의 소식을 알고 싶은 마음이 간절했다.

'대감이 살아 계시니까, 우리를 이리로 데리고 왔을 것이다.'

양녀는 송 부사가 살아있기 때문에 자신들을 관아로 끌고 온 것으로 여겼다. 송 부사가 생존해 있지 않으면, 왜병 장교가 자신들을 그리 대우할 리 없다고 보았다. 아니 그렇게 믿고 싶었다.

관아 앞은 사통팔달 길이 터져 있어 마을 곳곳이 잘 보였다. 여기저기 아직도 연기가 피어오르고 있었다. 조용하고 평화롭던 성안의 기와집들 중 많은 집들이 이미 불에 타, 재가 되어 아무것도 남아 있지 않았다. 싸움을 직접 보진 못했지만, 그 참혹함을 충분히 짐작할 수 있었다.

'도대체 이들은 무엇을 위해 이토록 잔인하게 사람을 죽이고 보금자리를 재로 만드는 걸까?'

잿더미가 된 성안을 둘러보던 양녀는 그때서야 불현듯 송 부사가 이 세상에 없을지도 모른다는 생각이 들었다.

'영감이 살아 계신다면 백성들이 이 지경에 처하도록 놔두겠는가? 결코 있을 수 없는 일이다. 아, 그럼, 대감은….'

생각해 본 적이 없는, 아니 감히 상상하기조차 싫은 생각이 떠오르자, 양녀는 고개를 좌우로 흔들었다. 마치 앵앵거리며 달라붙는 파리를 쫓아 버리기라도 하듯이….

"절대 그럴 리가 없다."

"네?"

"아니다. 그냥…."

양녀가 고개를 외로 흔들며 홀로 중얼거리는 소리를 듣고, 만개가 의아해 묻자, 양녀는 대답을 얼버무렸다. 그러자 만개가 손가락으로 가리키며 말을 이었다.

"마님, 저기 쌓여 있는 것이 저게 무엇입니까? 저게 사람 죽은 시체가 아니옵니까? 조선 사람들의 주검들을 저리 쌓아 놓은 듯하옵니다. 마님."

잠시 혼자 생각에 빠져 있던 양녀는 만개의 손끝이 가리키는 곳을 바라보았다. 관아에서 쉰 폭 정도 떨어진 위쪽 넓은 터였다. 공터에 무언가가 잔뜩 쌓여져 있었는데, 옷을 걸치고, 척 널브러져 있는 게 틀림없는 죽은 사람들의 사체였다. 처음에는 그냥 옷가지를 잔뜩 모아 쌓아 놓은 것으로 보였는데, 만개의 말을 듣고 보니, 언덕처럼 쌓아 놓은 그 많은 것들은 옷가지가 아니라, 옷을 입은 채로 죽어 간 조선 사람들이었다. 땅바닥을 흥건히 적시고 있는 시커먼 액체는 주검에서 흘러나온 선혈이 변색된 것이었다.

"세상에…."

양녀는 못 볼 걸 보았다는 듯이 곧 눈길을 옆으로 돌렸다. 그 처절한 모습을 차마 똑바로 바라볼 수가 없었기 때문이었다. 몸에 소름이 좌악 끼쳐 올라왔다.

'도대체 이들은 누구란 말인가? 같은 사람으로 어찌 이리도 무고한 짓을 한단 말인가?'

양녀와 만개는 진저리를 치며, 서로의 손을 꼬옥 잡았다.

'사람 목숨 하나하나가 존대하고 귀하거늘, 하물며 개, 돼지라도 저리 도륙하지 않는데, 어찌 사람을 저리도 무고하게 죽일 수 있단 말이냐?'

양녀로서는 같은 인두겁을 쓰고 있지만, 왜병들이 도무지 자신과 같은 사람이라 믿을 수가 없었다.

"따라오시오."

왜병들의 잔인함에 치를 떨고 있는데, 왜병 통역과 장수가 다가왔다가, 다시 대청 쪽으로 양녀와 만개를 안내했다.

"아, 영감!"

대청은 다름 아닌 부사 송상현이 집무를 보던 곳이었다. 눈에 익은 곳이었다. 대청에 곧 송상현이 나타날 것 같아, 양녀는 대청 위를 뚫어지게 응시했다.

"도노, 모우시아게마쓰."(주군, 말씀 올립니다.)

사사키가 대청 아래로 다가가 무릎을 꿇더니, 안쪽을 향해 큰 소리로 외쳤다. 양녀와 만개는 왜말이라, 그 의미를 알 수 없었다. 양녀는 치마저고리를 여미고 꼿꼿이 서 있었다. 왜인들이 감히 쉽게 넘보고 범접할 수 없는 위엄과 절개를 보이기 위해서였다. 곁에 있던 만개는 양녀와 떨어지지 않으려고, 손으로 치마폭을 잡고 있었다. 만개는 왜병들이 들고 있는 창날이 무서웠다. 창을 들고 있던 병사들에게 겁탈을 당할 뻔했던 기억이 생생했기 때문이었다.

"다레다? 아노 죠세이카?"(누구냐? 저 여성이냐?)

대청 위에서 왜말이 들려왔다. 혀가 구르는 듯한 왜말과 걸걸한 소리였다. 색깔이 짙은 화려한 원색의 갑옷을 입은 장수들과 승려복과 염주를 손에 쥔 승려가 대청 위에 나와 있었다. 양녀와 만개가 그들을 알 리가 없으나, 그들은 1번대 대장 유키나가, 대마도주 요시토시, 군사 겸 승려 겐소 등이었고, 뒤에는 조선말을 잘 아는 간베에가 서 있었다.

"부인이 송 부사의 안방마님이 틀림없소?"

왜말이 끝난 후, 조금 후에 대청 위에서 조선말이 들려왔다. 대마도주 요시토시의 말을 조선말로 통역한 것은 간베에였다.

양녀는 못 들은 척 입을 꼭 다물고 있었다. 옆에 있던 만개가 얼른 대답했다.

"그렇소. 우리 마님은 송 부사 대감의 안방마님이시오."

"어디 고개를 들어 보시오!"

양녀는 왜말과 조선말이 뒤섞여 무슨 말인가 알아듣기 어려워 잠자코 있었는데, 조선말이 들려옴을 알고 얼굴을 들었다. 홍청의 화려한 수실로 장식한 갑옷을 입고 있는 왜병 대장들이 눈에 들어왔다.

"송 부사의 부인이 틀림없으시오?"

"네 틀림없습니다. 저는 하녀이옵니다."

만개가 땅을 내려다보며 침묵하고 있는 양녀를 대신해, 대답을 하자, 간베에가 얼른 왜말로 통역을 했고 대청 위에 있던 왜병 지휘관들은 서로 왜말로 말을 주고받았다. 그리곤 다시 왜말로 명령을 내리는가 싶더니 방 안으로 들어가 버렸다.

간베에가 대청 아래로 내려섰고, 양녀와 만개를 끌고 온 사사키와 통역병에게 왜말로 무언가를 지시했다.

"하아!"

사사키가 큰 소리로 대답을 하였다.

"마님을 잘 모셔라."

간베에는 다시 대청 위로 올라서기 전에, 만개를 돌아보면서 조선말을 건네 왔다. 양녀도 그 말을 알아듣고, 고개를 들어 간베에를 쳐다보았다.

"아무 걱정 말고, 이들을 따라가시오."

간베에는 조선말로 양녀에게 부드럽게 말을 건네고는 돌아섰다. 간베에는 자신이 대마도를 대표하여 부산포 왜관에 머무를 때, 몇 번 대면을 하였고, 신세를 진 바 있었기 때문에, 그 소실인 양녀에게 선처를 베풀도록 했던 것이다.

간베에가 다시 대청 쪽으로 돌아선 후, 사사키와 통역은 관아를 나가 바깥채에 있는 광으로 그녀들을 안내했다. 그곳에는 이미 많은 조선인 포로들이 갇혀 있었다. 입구에는 왜병들이 창을 곧추세우고 보초를 서고 있었다. 왜병 장수와 통역이 왜말로 뭐라 하자, 광의 여닫이문이 바깥쪽으로 열렸다.

"오늘 밤은 이곳에 머무시오."

왜병 통역의 조선말이었다. 그 역시 조금 전보다 말투가 더욱 정중해져 있었다. 이미 잡혀 와 있던 조선인 포로들이 조선말을 듣고는 모두 바깥쪽을 쳐다보았다.

"저리 비켜라."

왜병 통역은 다른 포로들을 밀쳐 내고는 안쪽으로 들어와, 양녀가 편히 앉을 수 있도록 일부러 공간을 만들어 주었다. 배려를 해 준 것이었다.

"아이고, 아이고."

광 안에는 이미 포로가 된 아녀자와 아이들로 가득했다. 몇몇 아낙이 통곡을 해 댔다. 그들은 포승줄로 묶여져 있진 않았지만, 광문 바깥쪽의 왜병들이 광을 둘러싸고 삼엄하게 보초를 서고 있었다. 그들이 손에 쥔 날카로운 창만으로도 포로가 된 조선 사람들은 주눅이 들어 있었는데, 왜병들은 삼엄하고 공포스러운 분위기를 조성해 포로들을 길들이려 했다.

"이제 우짜란 말이고. 이젠 우짜면 좋노?"

왜병 통역이 밖으로 나가고 양녀와 만개가 마련된 빈자리에 자리를 잡고 앉자, 포로가 되어 광에 갇혀 있던 여인의 입에서 나온 탄식이었다. 아낙들은 처음 왜병들에게 포로로 잡혔을 때는 왜병들의 서슬이 하도 시퍼래 금방이라도 죽는 줄 알았다. 모두들 목숨만 살려달라고 그들에게 빌고 시키는 대로 다했다. 왜병들이 날카로운 창날로 몸통을 툭툭 칠 때는 곧 찔릴 것 같아 겁이 나, 치아가 덜덜 떨리고 그 공포에 눈물도 안 나왔다. 그러던 것이 죽지 않고 끌려와 광에 갇히니, 조금씩 제정신이 들었던 것이다.

곧 가족 걱정, 집 걱정에 대한 한숨과 왜병에 대한 두려움이 교차했는데 왜병들에게 특별 대접을 받는 듯한 양갓집 마님 같은 양녀를 보자 서러움과 안타까움이 북받쳐 올라왔던 것이다.

"그나저나 경황이 없어 영감마님이 어찌되었는지 묻질 못했구나."

"걱정 마세요. 조선말을 할 줄 아는 왜병이 오면, 제가 다시 물어

볼게요."

"그래, 제발 그리 좀 해 다오."

만개는 우선 양녀를 안심시킨 후, 성안에 있던 사람들은 사정을 알리라 보고, 옆에서 하소연하던 아낙네 곁의 여인에게 몸을 가까이 끌어 붙이며 넌지시 말을 걸었다.

"그나저나 여긴 여자들과 아이들뿐이네요. 성안의 병사들은 다들 어찌됐나요?"

"다 죽었어예, 다 죽였다합니데. 저 야차 같은 왜놈들이 남정네들은 다 죽였다 안 하는교."

"에구 문둥이 같으니라구. 그랄라면 뭐 하라 싸웠노. 목숨이 있어야 대수지, 죽어 뭔 소용 있노?"

땅바닥에 털퍼덕 주저앉은 서른 안짝의 여자는 만개의 물음을 받고는 슬픔에 가득 찬 얼굴로 한탄하며 넋두리를 했다.

"그게 정말이오? 정말 다 죽었단 말이오?"

옆에 있던 양녀가 말을 받았다.

"부사 어른을 비롯해 모든 나리들과 군사들이 다 살육을 당한 것을 본 사람들이 여기 부지기수라예. 여기 끌려오면서 내도 봤고, 이 여편네도 봤다 안 하능교!"

오른쪽에 있던 또 다른 아낙이 대답을 했다.

"그럴 리가, 그럴 리가 없다."

양녀는 그들의 말을 믿을 수 없다는 듯이, 혼잣말로 끝없이 부정을 해 댔다.

"절대 그럴 리가 없을 거예요. 저 아낙들이 뭔가를 잘못 봤을 거예요."

만개는 양녀를 안심시키기 위해, 얼른 아낙의 말을 부정하며 양녀를 부축했다.

송상현이 전사했다는 생각을 하자, 양녀는 하늘이 노랗게 변하는 듯했다. 걷잡을 수 없는 슬픔에 가슴 속이 꽈악 막혀 옴을 느꼈다.

'죽어도 같이 죽고 살아도 같이 살려고, 오직 영감만을 바라보고 이곳으로 되돌아왔건만…. 이게 대체 무슨 일이오.'

그녀는 가슴 저 밑바닥에서 솟아오르는 비통함을 처음에는 사람들 앞이라 드러내지 않고 억누르려 애를 썼다.

"울컥, 으흑."

그런데 그도 잠시였다. 송상현이 이 세상에 없다고 생각하니 심저(心底)에 켜켜이 쌓여 있던 설움과 슬픔이 용솟음치는 샘물처럼 가슴을 뚫고 복받쳐 올라왔다. 도저히 참을 수가 없었다. 체통이 있어 남들 앞에서 울음을 보이면 안 된다는 것을 알고는 있었으나, 가슴이 메어지는 설움은 도저히 참을 수가 없었다.

"대감. 으흐흑."

이는 곧 넋두리가 되어 입 밖으로 새어 나왔다. 둑에서 쏟아져 내리는 물줄기처럼 한 번 터져 버린 울음은 걷잡을 수 없었다.

"대감, 어쩌다 그리되었소."

"마님, 저 아낙들이 잘못 알고 하는 소릴 거예요. 대감마님이 그리 쉽게 돌아가실 리가 없어요. 잘못된 소문인 게 틀림없어요. 흐으윽!"

양녀가 곡성을 지르며 눈물을 흘리자, 곁에 있던 만개도 그 슬픔을 아는지라 함께 눈물을 흘렸다. 졸지에 자신을 곁에서 보필하던 비녀(婢女) 금춘이가 객사를 했고, 지아비마저 세상을 하직했다는 이 모든 일이 그녀로서는 도저히 믿어지지가 않았다.

"세상에 악몽이 아니고 어찌 이 세상에 이런 일이 일어날 수 있으랴!'

그랬다. 동래성이 왜군에게 함락되면서 성안에 있던 사람들에게는 성안이 순식간에 목불인견(目不忍見-눈을 뜨고 차마 볼 수가 없음)의 아수라장으로 변했던 것이다. 가장이며 집안의 대들보였던 남정네들이 왜군의 조총과 장창 앞에 피를 흘리며 고꾸라져, 눈을 뜬 채로 죽어 갔다. 자력으로 걷지 못하는 갓난아이들은 왜군들이 강제로 빼앗아 거두어 갔다. 어디로 갔는지 생사를 알 길조차 없었다.

죽지 못해 포로가 되어 살아남은 이들은 모두 죄인이 되었다. 말도 안 통하는 왜병들은 고함을 찌르며 창끝으로 이리 때리고 저리 때리며 그들을 몰아붙였다. 왜병들은 저승에서 온 야차와 조금도 다를 바 없었다. 왜말로 소리를 지르다가, 조금이라도 반항하는 기색을 보이면 긴 창으로 서슴없이 찔러 댔다. 인정사정이라고는 손톱만큼도 없었다. 여자와 아이들이라고 예외는 없었다.

"도저히 사람이라 할 수 없데이. 저노마들은 인두겁을 쓴 짐승들이레이."

남을 해하는 일 없이, 법 없이도 살아갈 착한 양민들이 갑작스레 창에 찔려 피를 흘리면서, 그 자리에서 죽어 갔다. 용서를 빌어도 소용없었다. 말이 통하질 않았다. 평화롭던 성안은 그야말로 공포의 도가니로 변했다.

포로가 된 남정네들은 왜병들의 눈과 마주치지 않으려고 본능적으로 허리를 숙이고 시선은 땅을 향했다. 말이 안 통하니 서슬이 퍼런 칼과 창끝의 움직임에 따라 눈치 빠르게 움직여야 했다. 그들의 의도를 잘못 알았다가는 그대로 날벼락을 맞았기 때문이었다. 왜병들은 그들의 생사를 좌지우지하는 절대 권력자였다. 알 수 없는 왜말로 뭐라 소리치거나 창끝으로 지시하면 눈치로 움직여야 했다. 오라는 시늉을 하면 가야 했고, 가라고 하면 원래 자리로 다시 돌아와야 했다.

눈치 하나로 생사가 결정되었다. 눈치 빠른 사람은 재빨리 움직여 살아남았고, 눈치가 느린 사람은 꾸물거리다가 창에 찔려 피를 흘렸다. 그리고 버려졌다. 그야말로 눈치 하나에 생사와 운명이 바뀌었다.

왜병들은 승자였다. 그들은 패한 편을 맘대로 처분했다. 단 한 번의 싸움을 통해 전지전능한 조물주를 능가하는 권능을 손에 쥔 것이었다. 생살여탈만이 아니었다. 마음대로 재물을 빼앗고, 집에 방화를 해 댔다. 여인들을 상대로는 겁탈이 행해졌다. 성욕에 굶주린 자들은 여인들을 발견하면 집단으로 외진 곳으로 끌고 갔다. 저항할 기력이 없던 여인들은 왜병이 치마를 들어 올리면 허리를 들어 줘야 했고 저고리를 찢으면 젖가슴을 내어 주어야 했다. 그래야 살아남을 수 있었다. 몇몇 아낙이 비명을 지르며 저항했으나, 그들에게 돌아온 것은 매질과 폭행뿐이었다. 절개를 지키기 위해 끝까지 저항을 하던 아낙들은 강제로 겁간을 당한 후, 칼을 맞거나 창에 찔려 목숨을 잃었다. 고분고분한 사람만 살아남았다. 그들은 절대자였다. 반항하거나 뻣뻣이 대드는 사람들은 남녀노소를 불문하고 그들의 창검에 몸이 꿰뚫렸다.

'말을 안 들으면 죽는다.'

왜병들은 말단의 보병이라도 싸움에 이겼다는 것만으로 조선 사람들의 삶을 좌우할 수 있는 절대자가 되었다. 누가 그들에게 그런 무소불위의 권력을 주었는지 모르나, 평소 명령과 지배만을 받던 왜병들은 보호받지 못하는 약자가 돼 버린 조선 사람들을 상대로 마음껏 폭력을 휘둘렀다. 그야말로 약육강식의 법칙이 적용되는 아수라의 세계였다.

평소 쥐를 보고도 놀라던 왜병조차도 싸움에 참가하고, 이긴 자의 권력이 쥐어지자, 단번에 변해 갔다. 싸움에서 이긴 왜병들은 절대 권력을 맛보았다.

'마음대로 해도 누가 뭐랄 사람 없다.'

권력을 손에 쥔 그들은 인간의 본성을 잃고, 그야말로 인두겁만을 쓴 짐승으로 화해갔다. 인간미라고는 찾아볼 수 없었다.

왜병 지휘부 역시 소탕이라는 미명하에 방화와 약탈, 아녀자 겁간을 알면서도 모르는 척했다. 그들이 내린 명령은 단 하나였다.

'저항하는 자는 처리하고 쓸 만한 사람들은 포로로 잡아 두어라.'

싸움에 참가한 병사들은 이유 불문, 모두 처형됐다. 왜병들은 장정들 중 하얀 무명옷을 입고 고분고분한 자들만 인부로 부리기 위해 살려 두었고, 민가로 피해 숨어 있던 아녀자들을 무더기로 잡아 동헌의 빈 광 여기저기에 수용했다. 그곳에는 양녀와 만개뿐만이 아니라 언양댁도 김 서방도 모두 갇혀 버렸다.

"여기 좀 기대세요. 마님."

사방엔 어둠이 깔려 있었다. 촛불 하나 없는 광 안은 어둠으로 뒤덮였다. 어둠은 검은 장막이 되어 사람들의 시선을 차단해 갔다. 조금 떨어진 사람도 보이지 않았다. 어둠은 시선을 차단시켰고 냉기를 몰고 와 광 안을 썰렁하게 했다.

"어무이, 무서바예."

어둠이 깔리자, 아이들이 두려웠던지 아낙들의 손을 꼬옥 잡으며 안겨 왔다.

"도대체 어찌되려는고…."

실제 시야로 앞이 안보일 뿐만 아니라 운명이 어찌될지 한치 앞을 예측할 수 없어, 그야말로 깊이를 알 수 없는 어두운 심연에 빠져 있는 느낌이었다. 밤이 깊어지고 어둠이 광 안 가득 깔리자 사람들은 하나둘 쓰러져 갔다. 그나마 눈을 뜨고 있을 땐, 서로 마음의 의지라도 되었는데 하나둘 옆으로 쓰러지자 고독과 외로움은 더욱 그들을 움츠러들게 하였다.

삐이걱.

한밤이 되자 기다리기라도 하였다는 듯이 바깥에서 굳게 잠겨 있던 광문이 열렸다. 왜병들은 작은 횃불을 들고 광으로 서넛 씩 패를 이뤄 들어왔다. 그리고는 얼굴이 반반한 아낙들을 끌고 나갔다.

"이거, 노그라, 이노마들아!"

퍼억.

소리를 지르는 아낙들도 있었지만 그러한 여인들에게는 매질만이 있을 뿐이었다. 왜병들은 여인들을 광에서 거칠게 끌고 나갔다. 저항을 하던 여인들은 죽었는지 돌아오지 못했다.

왜병들이 끌고 나간 여인들을 밤새도록 왜장들의 성 노리개가 됐다. 그나마 겨우 살아서 다시 광으로 돌아온 여인들은 옷매무새가 풀려 있어도 여밀 정신이 없을 정도로 넋이 빠져 있었다.

'어찌 아비규환의 지옥이 이보다 더하랴!'

만개는 왜병들이 나타날 때마다 양녀를 몸으로 가리며 그들의 눈을 피하려 애를 썼다. 다행히도 왜병들은 자신들에게는 손을 대지 않았다.

'왜장이 병사들에게 언질을 준 게 틀림없다.'

만개는 자신들이 안전한 이유를 그렇게 짐작했다. 그러다가 새벽녘에 깜빡 잠이 들었다.

저승사자처럼 검정으로 분장하고 사방에 밀려왔던 무서운 밤도 마치 먹물에 하얀 물을 풀어놓은 듯, 점차 그 흙빛을 엷게 잃어 가더니 순식간에 어둠은 물러났다. 동쪽 먼 하늘에서부터 밝아 온 아침이 악이 뒤덮은 그 무서운 어둠을 대신했다.

양녀에게 아침은 항상 밝고 환하고 친근했었다. 그런데 그날의 아침은 태연하고 무심했으며 야속했다.

"애야!"

다리를 오므리고 어깨를 움츠린 채 마치 새우처럼 꼬부라져 잠들어 있는 만개를 가볍게 잡아 흔들었다.

"으응… 아, 마님!"

꼼짝 않던 만개는 인기척을 느끼고 눈을 떴다. 양녀를 보고 반응을 했으나, 온몸이 욱신욱신 쑤심을 느꼈다. 게다가 허기가 져서 그런지 몸이 추욱 처졌다. 애를 쓰며 얼른 옷매무새를 다듬으며 일어서려는데 핑 하고 어지러움이 돌았다. 그러고 보니 어제 낮부터 아무것도 먹지 못했던 것이다. 몸에서 수분이 모두 빠져나가 창자가 말라 꼬부라진 것 같았다. 도저히 밥을 찾을 상황이 아니었음에도 배 속에서는 어김없이 식거리를 요구했다.

만개는 일어나 앉아, 머리를 누르며 주변을 살폈다. 광 안 이곳저곳에 아낙들이 아이를 끌어안고 널브러져 있었다. 머리는 산발이 되어 있었고, 몇몇 아낙들은 저고리 고름도 풀린 것도 모르고 잠에 빠져 있었다. 모두 지치고 허기진 모습들이었다. 아낙들은 추웠던지 팔을 안으로 감고 다리를 오그려 치마를 가랑이 사이로 말아 넣고 있었다. 마치 웅크려 쪼그리고 앉아 있던 것을 누군가 그대로 옆으로 밀어 놓아 쓰러뜨려 놓은 것 같았다. 만개의 눈셈으로도 대충 서른이 넘는 아낙들이 광 안에 축 처져 누워 있음을 알 수 있었다. 공간이 좁아 구석 쪽에는 사람들이 서로 엉켜 있었다. 그중 반 이상은 아이를 안고 있었는데, 품에 머리를 파묻은 아이들은 마치 젖을 찾는 어린 강아지처럼 머리를 맞대고 잠이 들어 있었다.

'어찌 이리 황당하고 무서운 일이 있단 말이냐?'

만개는 악몽을 떨쳐내려는 듯 머리를 흔들었다.

"만개야."

자신을 부르는 소리에 만개는 얼른 고개를 돌렸다.

"마님, 괜찮으세요?"

그리고는 양녀가 손을 뻗어 더듬거리는 걸 보고, 얼른 그녀의 손을 잡아 주었다.

"대체, 이게 무슨 일이냐? 앞으로 어쩌면 좋단 말이냐?"

그녀의 두 손을 잡은 양녀의 손이 떨리고 있었다.

"하늘이 무너져도 솟아날 구멍이 있다잖아요. 너무 걱정 마세요. 호랑이 굴에 끌려가더라도 정신만 똑바로 차리면 살 수 있다잖아요."

만개는 떨고 있는 양녀의 손을 꼭 잡아 주었다.

다케다 가문의 멸망

스네에몽이 오카자키성을 먼저 떠난 후, 오다와 도쿠가와 연합대는 곧바로 출정을 하였다. 노부나가는 자신의 휘하 병사 삼만과 동맹군인 이에야스 휘하 팔천의 연합대를 이끌고 시타라가(設樂原) 벌판에 도착했다.

"자, 본진을 이곳에 둔다."

다케다군이 에워싸고 있는 나가시노성과 십 여리 떨어진 곳이었다. 벌판 양쪽에는 나가시노성 쪽에서 흘러 내려오는 강이 흐르고 있었다.

"저쪽 경사진 지형을 이용해, 방어진을 구축하라."

주변 지형을 살핀 노부나가는 경사로 위쪽에 방어진을 구축하도록 했다.

"통나무를 단단히 묶어라. 여기가 다케다군 기마대의 무덤이 될 것이다."

그는 경사 위쪽에 통나무를 세 겹으로 얽어, 견고한 방어 진지를 만들도록 하였다.

"철포대를 삼 열로 배치하라."

통나무로 진지를 만들어 놓고는, 가장 앞쪽에 철포대를 배치했다. 열둘 씩 횡렬로 세우고는 다시 뒤쪽으로 세 열씩 종대를 이루게 하였다.

“첫 열은 발포를 끝내면 뒤쪽으로 빠져, 장전을 한다. 그럼 두 번째 열에서 발포를 하고 다시 뒤쪽으로 빠져 장전을 한다. 재장전이 끝난 열은 다시 발포를 하고 뒤로 빠진다. 알겠나!”

“하아, 하아.”

부장들과 병사들의 일사불란한 모습을 보던 노부나가는 회심의 미소를 띠웠다.

‘가츠요리의 무덤이 될 것이다.’

한편, 이들의 움직임은 다케다군 정찰에 의해 곧 가츠요리에게도 전달됐다.

“주군. 오다와 도쿠가와 연합군이 시타라가 벌판에 진출했다는 보고입니다.”

“뭣이? 얼마나 가까이 왔더냐? 군세는 얼마나 되더냐?”

“거리는 이곳에서 십 여리, 군세는 사만 여입니다.”

정찰대를 통해 첩보를 접한 가츠요리는 즉시 군사 회의를 열었다. 다케다 가문의 중신들이 모두 모인 야전 회의였다.

“오다와 도쿠가와의 연합대의 병력이 사만여로 우리의 두 배요. 어찌하면 좋겠소?”

가츠요리가 중신들에게 대책을 물었다.

“이번 출병의 원래 목적은 오쿠다이라 가문을 치러 온 것이지, 오다군과 일전을 벌이러 온 것이 아니옵니다. 게다가 수적으로 불리합니다. 더구나 나가시노성의 군사 수가 적다 하지만, 저들이 배후에서 우리를 괴롭힐 수 있습니다.”

중신들 대부분은 싸움을 피해야 한다고 주장했다.

“그렇사옵니다. 일단 철군했다가 다시 군사를 재정비한 후에 출병을 하는 것이 올바른 병법으로 아옵니다."

중신들은 이구동성으로 철병을 주장했다. 가츠요리의 급한 성격과 무모함을 잘 알고 있던 이들은 그를 말리기 위해 이미 말을 맞추어 놓고 있었다. 그러자 가츠요리는 중신들이 그리 나올 것으로 알고 있었다는 듯이 반박을 했다.

"하나는 알고 둘은 모르는구려. 비록 군사 수에서 우리 군이 열세라고 하지만, 우리 군의 기마대는 천하무적이오. 즉 일당백이오. 삼천 기마대면 삼십만을 대적할 수가 있소. 게다가 저들이 들판에 진을 치고 있다니, 이는 오히려 하늘이 준 절호의 기회요. 저들이 몰려오기 전에 우리가 나아가 기마대를 선봉에 세워 공격을 하면, 싹 밀어 버릴 수가 있소. 승산은 우리에게 있소."

"그렇지만, 보병은 우리가 불리합니다. 만일 기마대가 실패하면 중과부적으로 보병은 적의 제물이 될 수 있습니다."

"그렇습니다. 신중히 결정해야 합니다. 여우 같은 노부나가가 벌판에 진을 쳤다는 것은 오히려 우리를 유인하려는 계책일 수 있습니다."

"어찌 계략이라고만 하오? 그렇게 생각하면 모든 게 계략일 텐데 그리 겁이 많아서야 어찌 싸움을 할 수 있겠소. 게다가 저들은 연합대요. 오다군이 주력이니 오다군만 무너뜨린다면 도쿠가와군은 전의를 상실하고 저절로 궤멸될 것이오. 게다가 지난번 싸움에서 우리 군이 크게 승리를 거둔 적이 있으니 병사들이 자신만만해 사기는 우리가 높소. 승산은 우리가 더 높소."

혈기 왕성한 가츠요리는 병사들의 능력을 과신하며 원로들을 겁쟁이로 몰아붙였다. 결국 가츠요리와 중신들의 의견은 팽팽한 평행선을 달렸다. 자신의 의견에 중신들이 사사건건 토를 단다고 여긴 가츠요리는 독단적인 결정을 내렸다.

"자, 출정은 결정됐소. 그러니 더 이상의 논의는 적전분열을 가져오는 결과를 초래할 것이오. 모든 것을 나에게 맡기고 따르시오. 따르지 않는 자는 지금부터 군령 위반으로 간주하여 군법으로 처리할 것이오."

'아니 되옵니다'라고 외치는 중신은 없었다. 의견을 묵살당한 원로들은 한숨을 크게 내쉬고는 자리를 떴다.

'겁 많은 허깨비들.'

가츠요리는 중신 회의를 원로들의 의견을 수렴하는 자리가 아닌, 중신들의 입을 막는 장으로 활용했다.

'두고 보아라. 내가 결과로 보여 주리라.'

가츠요리는 매우 자신만만했다. 그는 이번 기회를 오다와 도쿠가와의 연합대를 쳐부수고, 배신자인 오쿠다이라 가문을 말살시키는 한편, 자신의 권위를 회복시킬 수 있는 일거삼득의 기회로 보았다.

"병력 삼천을 남겨 두고, 나머지는 출정 준비를 하라."

그는 나가시노성과 외부와의 연계를 차단하기 위해, 휘하 병력 중 삼천을 나가시노성에 남겨 두었다. 배후의 위협을 막고 성내의 병사를 고립시킨다는 작전이었다.

'오다군을 물리치면 내란이 일어나든지 아니면 성문을 열고 뛰쳐나오든지 둘 중 하나의 선택을 하겠지.'

포석을 끝낸 그는 직접 삼천기의 기마대를 포함한 정예 일만 이천을 이끌고 시타라가 벌판을 향해 나아갔다.

펄럭, 펄럭.

다케다군을 상징하는 깃발이 크게 바람에 펄럭였다. 천하무적이라 알려진 다케다군의 상징적인 깃발이었다. 시타라가 벌판에 도착한 가츠요리는 반대편 언덕 위에 진을 치고 오다군의 진영을 내려다보았다.

두둥, 두둥.

상대편인 오다 진영에서 북소리가 울려 퍼졌다. 전투 준비를 알리는 신호였다.

잠시 침묵이 흐르는가 싶더니, 갑자기 가츠요리가 얼굴에 희색이 가득해, 가신들에게 소리를 쳤다.

“우하하하, 보시오. 저, 진의 설치 모양을….”

그의 눈에는 노부나가의 군진이 너무도 허술하게 보였다. 평지보다 약간 솟은 언덕에 통나무로 방어선을 쳐 놓았지만, 거의 평지나 다름없었다. 병사 수는 이쪽보다 많았으나 기마대가 달리기 좋은 지형이었다.

“다케다 군단의 기마대여! 그대들은 천하무적이다. 우리를 막겠다고 무방비 벌판에서 창을 들고 쩔쩔매고 있는 저 하룻강아지들을 일거에 짓밟아 버려라. 가라.”

가츠요리는 지휘봉을 손으로 천천히 들어 올려서는 내던지듯이 뻗었다. 공격 명령이 내려진 것이다.

두두두두두두…….

다케다 군단의 정예 중의 정예라고 자랑하는 삼천기의 전투마가 땅을 박차며 튀어 나갔다. 흙이 튀어 올랐다. 기마대의 병사들은 붉은 갑옷으로 완전 무장을 하고, 장창을 꼬나 쥔 채 말을 몰았다.

“와아아.”

‘과연 장관이로다. 저 용맹스런 기마대를 누구 막을 수 있으랴!’

기마대는 성을 공략하는 데는 커다란 힘이 되질 못했지만, 평원이나 들판에서의 백병전에서는 천하무적이었다. 이미 평지 전투에 있어서 다케다 군단의 기마대는 공포 그 자체였다.

두두두두두.

삼천의 기마는 말발굽으로 대지를 박차며 굉음을 울려 퍼뜨렸다. 대지를 짓밟아 벌판을 뒤덮는 듯한 그 소리만으로도 상대는 겁을 먹기에 충분했다.

"더욱 빠르게 달려라. 으하하하."

언덕 위에서 기마대의 진격을 바라보던 가츠요리는 그 위용에 흐뭇해하며 승리를 확신했다.

"오십 보 앞으로 다가오기 전까지는 절대 발포하지 마라."

노부나가는 상대의 움직임을 살피며 침착하게 부장들에게 명령을 내리고 있었다.

'예상은 하였다만 생각보다 훨씬 위협적이로다.'

노부나가는 기마대의 위용에 기선을 제압당해서는 안 된다 여겨 연신 휘하 병사들의 사기를 북돋았다.

"작전대로다. 당황하지 말고 기다려라. 조금만 더 참고 기다려라."

두두두두두두.

말발굽 소리가 점점 가까워져 왔고, 이어 보병들의 함성 소리도 뒤쪽에서 들려오기 시작했다.

"와아아아아아아."

다케다의 병사들이 기마대의 뒤를 따라, 공격을 위해 몰려오고 있었던 것이었다.

"어떡하지?"

"쏴야 되는 거 아닌가?"

다케다의 기마대가 백 보 앞까지 들이닥치자, 세 열로 배치돼 엮어 놓은 방책 사이로 총구를 내놓고 있던 노부나가의 철포대 병사들은 동요하기 시작했다. 아직도 발포 명령은 내려지지 않았다.

'쏠까요?'

철포대 병사들은 위험을 느끼고 지휘관을 힐끗힐끗 돌아보며 눈으로 물었다. 이미 다리를 후들후들 떠는 자도 있었다. 그만큼 기마대의 기세가 맹렬했다.

“기다려라, 기다려라, 조금만, 더….”

노부나가는 병사와 부장들의 초조해하는 얼굴빛은 아랑곳하지 않고, 맹렬한 기세로 다가오는 기마대의 움직임만을 바라보며 마치 신들린 무당처럼 혼자 중얼거렸다.

“조금 더, 조금만 더….”

가장 선두로 달려오던 기마병이 이미 통나무 방책 바로 앞에까지 다다랐다. 방책 앞에서 흙이 튀어 날아들었다. 그때였다.

“발포하라!”

노부나가의 목소리가 쩡하고 터져 나와 울려 퍼졌다. 그의 명령과 함께 발포를 알리는 깃발이 사선을 그으며, 왼쪽으로 펄럭 흔들려 내려갔다. 연이어 북소리가 울렸다.

타타타타탕, 타타타타탕, 타타타타타탕….

철포에서 바로 굉음이 터져 나왔다.

히힝, 히히힝.

기세 좋게 선두로 달려오던 다케다군의 기마가 앞으로 고꾸라졌다. 오다군의 철포대는 병사들보다 노리기 쉬운 말을 향해 발포를 했다. 첫 열에 도열한 철포대 병사들은 발포가 끝나자 바로 뒤쪽으로 몸을 틀어 후열로 돌아갔다. 이번에는 두 번째 열에 있던 철포대가 일제히 발포를 했다.

타타탕, 타타타탕, 타타타타탕….

발포를 끝낸 그들이 다시 후열로 돌았고,

타타탕, 타타타탕, 타타타타탕….

세 번째 열의 병사들이 철포를 쏘아 댔다.

후열로 물러난 철포대 병사들은 부지런히 총신에 화약을 먹이고 심지에 불을 붙였다. 연계 동작이었다. 철포는 발포를 한 후, 다시 총신에 화약을 넣고 총탄을 넣어 장전을 해야 한다. 시간이 필요했다. 노부나가는 교대로 발포하는 병법을 고안해 이러한 약점을 보완토록 한 것이었다.

다케다군의 수장인 가츠요리도 철포의 위력은 충분히 인지하고 있었다. 그러나 철포는 발포 후 재장전까지 얼마간의 시간이 필요하다는 약점도 잘 알고 있었다.

'첫 번째 발포만 피하면 된다. 오다군이 철포를 대량으로 소지하고 있다지만 재장전이 끝나기 전에 우리군의 기마대가 먼저 적의 철포대를 분쇄할 것이다.'

타타탕, 타타타탕. 타, 타타타타타탕.

그런데 철포의 굉음이 끊이질 않았다. 총신에서는 탄환이 연이어 터져 나왔다. 재장전이 끝난 오다군의 철포대는 다시 앞쪽으로 나와 통나무 방책 사이로 철포를 내밀고 완전 무장한 적병의 몸통보다는 말의 몸통을 겨냥해 방아쇠를 당겼다. 총알이 날아가 몸에 정면으로 박히면 기마들은 앞으로 고꾸라졌다. 뒤따라오던 기마들은 이를 피하려 앞발을 높이 쳐들고, 몸을 비틀며 옆으로 쓰러졌다. 맹렬한 속도로 무모하게 달려들던 기마들은 모두 철탄의 밥이 되었다.

탕, 타타타타타탕.

이히히히힝.

"으아아악."

철포에서 굉음이 터지고 나면, 마치 약속이라도 한 듯이 연이어 말들과 적병의 비명 소리가 울려 들려왔다. 말에서 굴러떨어진 기마병들은 같은 기마대의 발에 짓밟히거나 말에 깔려 발버둥쳤다. 기마병은 죽을힘을 다해 말을 밀쳐 내고 일어서려 애를 썼다. 그러나 오다군의 철포가 그대로 놓아두질 않았다. 말과 떨어져 움직임이 둔해진 그들은 좋은 목표물이었다.

가츠요리가 천하무적이라고 그리도 자랑하던 다케다의 삼천 기마대는 그렇게 맥없이 쓰러져서는 사라져 갔다.

“아시가루대(보병대), 지금이다. 나가라. 한 놈도 남기지 마라.”

다케다군의 기마대가 궤멸되자, 노부나가는 보병대에게 공격을 명했다. 주력인 기마대가 무너진 다케다군은 이미 상대가 아니었다.

“물러서지 마라. 싸워라.”

젊은 수장 가츠요리가 이리 뛰고 저리 뛰며 독려한 덕에 얼마간 버티긴 하였지만, 수 시간에 걸친 싸움에서, 선대인 다케다 신겐 휘하에서 백전백승, 패배를 모르던 백전노장의 다케다군의 가신들의 목이 뎅겅뎅겅 떨어져 나갔다.

기마대를 포함한 일만 이상의 군사는 거의 전멸하다시피 했다.

“쳐라. 물러서지 마라.”

가츠요리는 휘하 병사들이 맥없이 쓰러져 가는 것을 보고는 거의 미쳐 날뛰며 오다군의 병사들을 쳐냈다.

“주군, 대세는 기울었습니다. 일단 철수해 재기를 꾀해야 합니다.”

근위장이 악을 쓰며 버티려는 가츠요리를 만류하고 말고삐를 틀어쥐고는 전선을 벗어났다.

“놓아라. 적을 두고 어디로 가느냐?”

가츠요리는 근위대 병사에 둘러싸여 겨우 목숨만을 유지한 채, 그대로 영지까지 철수했다. 그의 뒤를 따르는 병사는 불과 수백 명에 불과했다. 싸움의 결과는 즉각 나가시노성에 전해졌다.

"와아아, 와아아."

성안에서 함성이 올랐고, 성문이 열렸다.

"막아서라. 물러서지 마라."

성을 에워싸고 있던 다케다군 삼천이 이를 저지하기 위해 맞섰다.

그런데 곧,

"본진이 오다군에게 패해, 그대로 영지로 물러났다."

'꾸물대다간 협공을 받아 다 죽는다.'

본진이 패퇴하였다는 소식을 들은 다케다군의 별동대는 포위를 풀고 곧바로 자신들의 영지인 가이 방면으로 도망치기 바빴다.

"와아아아아."

곧바로 성안에서 함성이 솟아올랐다.

'내 반드시 이 치욕을 갚아 주리라.'

자신의 거성으로 물러난 가츠요리는 이를 갈며 복수를 맹세했다. 그러나 노부나가의 철포 전술에 말려 대패한 다케다군은 재건이 불가능했다. 그토록 자랑하던 삼천 기마대가 거의 궤멸되었으니 권토중래가 그리 여의치는 않았다. 아무튼 가츠요리로서는 타격이 이만저만이 아니었다.

"다케다군의 움직임을 빈틈없이 봉쇄하라."

반면, 노부나가는 이를 다케다 가문을 멸망시킬 수 있는 천재일우의 기회라 여기고 틈을 주지 않고 그의 숨통을 조였다. 그는 각지에서 다케다군과 그 동맹의 움직임을 봉쇄했다.

"실지회복(失地回復)의 기회다. 미카와의 다케다군을 친다."

이에야스도 이를 자신의 영지를 늘릴 절호의 기회로 보았다. 그는 이전에 다케다 신겐에게 빼앗겼던 미카와(三河) 지역을 되찾기 위해 다케다 세력을 공격했다.

'미카와에 있던 군세, 도쿠가와에 대패. 영지를 빼앗김.'

가츠요리는 다케다 가문의 영지였던 성들이 노부나가와 이에야스 연합대에게 하나하나 떨어져 나가고 있다는 보고를 받았으나, 속수무책이었다.

"아아. 이를 어찌하면 좋단 말이냐?"

자신이 직접 이끌던 정예 병사를 거의 잃었으니, 파견할 원군이 휘하에 없었다. 그야말로 코가 석 자가 된 그는 오로지 자신의 거성을 지키기에 급급했다. 사면초가에 몰린 그는 궁여지책으로 선대인 다케다 신겐 때부터 견원 관계이며, 적대 관계에 있던 북쪽 영접 지역의 영주 우에스기(上杉)씨와 동맹을 요청하는 등, 고육지책(苦肉之策)을 짜냈다.

"일고의 가치조차 없다."

적대 관계였던 다케다 가문의 갑작스런 화친 제의에 우에스기씨는 코웃음을 치며 이를 거절했다. 우에스기로서는 이번 기회를 이용해 다케다 가문을 공격하고자, 호시탐탐 틈을 보고 있던 중이었다. 다만 다케다의 본진이 아직 여력이 있을 것으로 보고 때를 기다리고 있던 참이었다.

"우에스기의 분위기는 어떻소?"

"막무가내입니다. 도저히 말이 통하질 않습니다. 우리 쪽 사신을 살해하지 않은 것만으로도 다행일 정도입니다."

가츠요리가 다다미가 나란히 깔린 넓은 방 중심에 앉아 있었고, 다케다 가문의 중신들이 그를 중심으로 좌우로 나란히 정좌를 하고 있었다.

"가문의 존속과 재건이 달려 있는 일이오. 무슨 수가 없겠소."

타개책이 없음을 알고는 모두들 얼굴이 굳어 있었다.

"과거 선대부터 서로 못 잡아먹어 얼마나 많은 전투를 벌였습니까! 양쪽 모두 희생된 군사 수도 만만치 않으니, 그 원혐이 쉽게 없어지진 않을 것입니다. 우에스기의 심정을 충분히 이해할 수 있습니다."

중신들이 마치 남의 이야길 하듯이 중얼거리자,

"과거는 그만 들먹거리고 화친을 이루어 낼 방법을 찾아내시오. 방법을!"

성미가 급한 가츠요리가 중신들의 태도에 화가 나, 버럭 소리를 질렀다.

"주군, 우에스기의 입장을 분명히 알았으니, 그리 비관할 것만도 아닙니다. 사절을 파견해서는 저들의 감정만을 건드릴 뿐, 아무런 실속이 없다는 것을 알았으니, 이 또한 수확입니다. 생각해 보면 우리 가문이 저들에게는 철천지원수가 아닙니까. 우리가 직접 나서는 것보다는 시간이 걸리더라도 중간에 사람을 넣어 화친을 끌어내야 할 것입니다."

"중간에 사람을 넣다니? 누구를 넣는다 말이오? 누가 우리를 위해 나서서 화평 교섭을 해 준단 말이오?

"쇼군이었던 요시아키 님이 지금 모우리씨에게 의탁하고 있으니, 이를 이용함이 좋을 듯하옵니다."

"쇼군이라…. 요시아키 님이 우리 부탁을 쉽사리 들어주겠소?"

"간청을 하기 나름이라 사료되옵니다. 요시아키 님은 오래전부터 우리 가문과 친분이 있었고, 지금은 노부나가에게 쫓겨나 있지만 재기를 꿈꾸고 있으니, 반노부나가 전선을 위해서라도 이 동맹이 중요하다는 것을 설명하면 거부할 이유가 없을 겁니다. 나중에 쇼군 복직을 약속하면, 덥석 물지 않을까요?"

"어쩌면 묘안이 될 수도 있겠군. 그럼, 즉시 사자를 띄우시오!"

성격이 급한 데다가, 초조했던 가츠요리는 지푸라기라도 잡고 싶은 심정이었다.

그러나 이미 노부나가에게 이빨이 뽑힌 쇼군 요시아키는 허울뿐이었다. 그는 아무런 도움이 되질 못했다.

한편 시타라가 벌판에서 다케다군을 궤멸시킨 노부나가는 자신의 장자 노부타다(信忠)에게 명해 다케다군을 철저히 봉쇄하도록 했다. 그는 측장들에게 뒤를 맡기고, 자신은 천하 제패를 위한 포석을 놓기 위해 거성인 기후성으로 돌아왔다.

'다케다 가문은 이제 서쪽으로 떨어져 가는 서산의 해다. 자연의 섭리가 그렇듯이 한 번 기울어진 해는 다시 솟지 못한다. 다케다의 해는 지고 오다의 해가 새롭게 떠오를 것이다. 이제 얼마 남지 않았다. 기다려라. 괜히 서두르다가 막다른 길목에 몰린 쥐새끼처럼 죽을 각오로 저항할 수도 있다. 숨통만 조이고 있으면 무리해서 공략하지 않아도 저절로 무너질 것이다.'

노부나가는 서두르지 않았다. 그는 앞을 내다보며 움직였다. 자신의 천하 통일의 꿈을 실현시키기 위해 치밀하게 전략을 짜며 포석을 놓아 갔다.

가츠요리를 궁지에 몰아넣은 후, 기후성으로 돌아온 그는 자신의 세력과 권위를 널리 알리기 위해 그에 걸맞은 화려한 성을 축성하기로 했다.

'모든 것은 천하 제패를 위한 일이다.'

그는 교토 북쪽으로 널리 자리하고 있는 비와호(琵琶湖) 남동쪽 분지에다 성을 짓기로 하고 공사에 착수했다.

얼마나 화려하고 규모가 컸던지, 완공된 성은 당시까지 일본국 내에서 볼 수 없었던 설계이며 규모였다. 외관으로도 성이라기보다는 소위 난공불락의 요새였다. 영주가 거주하는 성의 상징인 천수각은 높은 분지 위에 마치 하늘을 찌를 듯 높이 솟아, 그 위용을 뽐냈다. 게다가 천수각의 내부는 벽면이 황금색으로 칠해져 있었고, 각종 황금과 보물로 장식돼 있었다.

"주군. 눈이 부셔서 눈을 뜰 수가 없을 정도입니다."

"으하하하, 어떠냐? 이만하면 천하인으로서 손색이 없질 않더냐?"

천수각에 처음 들어가 본 사람은 그 규모와 화려함에 넋을 잃을 정도였다. 자신의 거성인 아즈치성의 축성을 노부나가는 손수 설계하고 진두지휘하였기에, 의도대로 완성된 성을 보고 그는 몹시 흡족해했다.

'아즈치성의 화려함이야말로 천하 통일의 상징이다. 천하를 지배하려는 나에게 이 정도는 시작에 불과하다.'

"기후성은 장남인 노부타다에게 물려준다."

그는 지금까지 자신의 거성으로 사용하던 기후성을 자신의 장남인 노부타다에게 물려주고, 자신은 즉시 아즈치(安土)성으로 자신의 거점을 옮겼다.

그는 아즈치성을 본성으로 삼아, 그곳에서 천하 통일을 기획했다. 아즈치성을 중심으로 노부나가는 전군을 크게 둘로 나누었다. 화력이 센 철포부대와 기동성이 뛰어난 기마부대 그리고 무예가 뛰어난 근위대를 직속대로 배속시키는 한편, 전국을 지배하기 위해 원정 기동대 군단을 따로 배치했다. 원정 기동대는 각 군단으로 나누어 측근 부장들에게 맡기어 지휘토록 했다. 자신의 직할 부대와 측근들이 지휘하는 원정군 사이에는 긴밀하고 유기적인 연합 체제를 이루게 했다.

노부나가는 천하 통일을 위해 측근 부장들을 크게 네 곳으로 나누어 분산, 원정시켰는데, 각 대의 수장들의 성격과 능력을 고려한 배치였다.

'첫째 우에스기가 통치하고 있는 에치고(越後) 지역은 북쪽 지역이니, 경험이 많아 노련하고도 끈기가 있는 시바타 가츠이에(柴田勝家)가 적격이다. 시바타를 총사령관으로 삼고, 어린 시절부터 그를 잘 따르는 마에다 토시이에(前田利家)와 삿사 나리마사(佐々成政)를 부장으로 보내어 보필하게 하면, 그 결속력으로 보아 임전무퇴의 군단이 될 것이다.'

'그리고 다음이 가이(甲斐) 지역인데 다케다 가문은 내부 분열로 재기가 힘들 것이다. 장남인 노부타다(信忠)를 수장으로 하고, 그 측근 부장으로 다키가와 가즈마스(滝川一益)를 보내 보필하게 한다면 무난할 것이다.'

'단바(丹波) 지역은 아케치 미츠히데(明智光秀)와 호소카와 후지타카(細川藤孝)에게 맡기고, 제일 골치가 아픈 모우리씨(毛利輝元)는 영리한 잔나비 히데요시에게 맡기면 무난할 것이다.'

그의 머릿속에는 각 원정대의 대장들과 병사들의 전력(戰力) 그리고 각 지역의 특성과 상대하는 적장들의 특징이 설계도와 같이 자세히 분류돼 있었다. 그는 부장들의 능력과 성격을 면밀히 파악해 배치를 끝낸 후, 수시로 상황을 점검했다. 그리고 자신은 아즈치성에 남아 직속대를 지휘하며, 원정군의 상황에 따라 적절하게 지원군을 파견하는 전략을 짜 놓았다.

'이제 천하 통일의 서막이 열렸다. 모든 지역의 영주들은 나에게 무릎을 꿇든가, 쫓겨나든가 해야 할 것이다. 자, 모든 포진이 끝났으니, 과제로 남았던 다케다를 정리하도록 하자.'

노부나가는 1581년 3월, 오랫동안 대치 상태로 놓아두었던 다케다군을 공략하기로 했다.

'가츠요리가 교토의 조정을 엎고 모반을 일으키려는 흑심을 품고 있습니다.'

주도면밀한 그는 자신의 꼭두각시가 된 교토 조정에 손을 썼다. 즉 밀고의 형식을 통해 가츠요리를 역신으로 규정하고 그를 토벌하라는 명령서를 발급하도록 한 것이다. 대의명분을 얻기 위한 방책이었다. 이를 통해 가츠요리를 편드는 영주들을 모두 역적으로 몰아붙일 수가 있었다.

"가츠요리를 역신(逆臣)으로 규정하고 토벌을 명한다."

모든 일은 그의 계략대로 진행되었다. 조정으로부터 명령서가 발급되었던 것이다. 실제 조정에서 그의 청을 거절할 대신은 없었다.

"이제 되었다. 가츠요리가 꼼짝달싹 못하게 생겼구나. 으하하"

모내기가 시작되는 음력 오월에 접어들어, 노부나가는 다케다 가문의 내부 분열을 획책하는 한편, 자신의 장자인 노부타다가 이끄는 부대와 연합 전선을 구축해 가츠요리를 조여들어 갔다.

가츠요리는 자신의 거성을 둘러싼 주변의 지성이 차례차례 무너지고 거성마저 위협을 받자 안절부절못했다.

"이제, 어찌하면 좋단 말인가?"

가츠요리는 중신들을 모아 대책을 논의했다.

"가문의 보존을 위해서라도 노부나가에게 화의를 제의해야 합니다."

"그런 치욕적인 일을…."

"가문의 보존을 위해서는 어쩔 수 없는 일입니다."

휘하 가신들의 건의를 받아 가츠요리는 치욕을 참아가며, 노부나가에게 화친을 제안했다.

"할복 외에는 어떤 조건도 받아들일 수 없다."

노부나가는 단호하게 가츠요리의 화친 제의를 거절했다. 그는 다케다 가문의 동조 세력을 분리시켜 놓으며, 집요하게 가츠요리를 괴롭혔다.

노부나가는 마치 고양이가 쥐를 데리고 놀듯이 가츠요리를 이리치고 저리 치며 몰아붙였다. 설상가상으로 노부나가의 책략에 넘어가, 다케다 가문에서는 배신자가 속출하였다.

"노부나가. 이 여우 같은 놈. 내 죽어서라도 이 원수를 꼭 갚으리라."

노부나가에게 쫓겨, 궁지에 몰린 가츠요리는 더 이상 버티기가 어렵다는 것을 깨달았다.

"다다미를 깔아라."

그의 명령으로 다다미 위에 하얀 천이 깔렸다. 가츠요리는 갑옷을 벗고 머리를 땋아 올린 끈을 풀었다.

쏴아.

머리카락이 목 뒤쪽으로 쏟아져 내렸다.

'내 결코 이 원한을 잊지 않으리라.'

다다미 위에 무릎을 꿇은 가츠요리는 이를 갈면서 허리춤에서 단도를 뽑았다. 영주의 상징인 보검이었다. 칼집을 벗겨 내자 하얗게 빛을 뿜는 칼은 날 부분에서 서늘한 광채가 뿜어져 나왔다.

"우욱."

날카로운 단도 끝이 그의 옆구리를 파고들자 자신도 모르게 신음이 새어 나왔다. 가츠요리는 더 이상 수치를 보일 수 없어 주저 없이 단도를 가로로 당겼다.

쓰윽윽.

붉은 피가 배를 타고 흘러내려 하얀 천이 붉게 물들어 갔다. 그의 얼굴이 일그러졌다.

휘익.

동시에 뒤에 있던 가신이 장검을 내리그었다.

투욱, 두그르르르.

'달빛 희미하거늘 구름마저 걸쳐 있네, 언제 밝아 오려나 서산에 달은….'

그가 남긴 사세구(辭世句)이다.

"가츠요리 부자의 수급을 거두어, 교토에 효수하라."

'나에게 대항하는 자들에게, 그 끝이 어떻게 되는가를 내 철저히 보여 주리라.'

가이의 맹주였던 다케다 가문의 패망은 노부나가에게는 더할 나위 없는 좋은 선전거리였다.

노부나가는 자신에게 대항하는 세력에 대해서는 절대 인정을 베풀거나 용서치 않았다. '언감생심' 그런 생각을 못 갖게 하도록 본보기를 위해 용서 없이 철저히 짓밟았다.

도순변사 신립의 전사

'왜적은 하늘에서 내려온 신병(神兵)과 같아, 신출귀몰, 도저히 당할 수가 없사옵니다. 소장은 적을 맞아 싸우다가 죽었다고 여기십시오.'

임진년 사월 스무하루, 남쪽으로 내려간 순변사 이일이 올린 장계였다.

"아아, 순변사 이일이 패배하였다는 말이냐? 이제 어쩌면 좋단 말인가?

"신립은 어찌되었느냐?"

남쪽으로 내려간 신립과 이일이 왜적을 물리쳐 주길 학수고대하던 선조는 이일의 장계를 받고는 크게 충격을 받았다. 그런데 그뿐이 아니었다.

'군위 지역이 왜군에게 무너졌습니다.'

'상주에 왜군이 몰려들어, 판관 권정길 이하 군병들이 모두 전사했습니다.'

'왜군이 문경을 넘어 새재로 향하고 있습니다.'

이일의 장계를 시작으로 왜군이 파죽지세로 북상을 하고 있다는 변보(變報)가 잇따라 올라왔다. 마치 터진 둑에서 물이 쏟아져 나오듯 했다.

"…."

'위험하다.'

선조는 신변에 위험을 걱정하기 시작했다. 도성을 나가 피난을 해야 한다는 생각이 번쩍 들었다.

"승지를 불러라."

"전하, 부르심을 받고, 신 대령했사옵니다."

승지인 이항복은 임금이 내밀히 자신을 부른 것을 알고는, 임금의 숙소인 강령전으로 찾아왔다.

"오, 승지, 어서오게나."

"성은이 망극하옵니다."

"좀 더 가까이 오게."

선조가 손짓을 하며 가까이 오기를 원하자 승지는 바깥쪽으로 흘끔 고개를 돌린 후, 무릎걸음으로 선조에게 다가갔다.

"지금부터 짐의 말을 잘 듣고 그대로 실행하게나. 우선 들려오는 전황이 좋질 않네. 그러니 만일을 위해 승지는 도성을 떠나 서북으로 행궁할 준비를 해 두게. 단, 행궁하는 것이 알려지면, 대신들 중 반대하는 자가 나타날 것이고 백성들이 혼란에 빠질 걸세. 그러니 아무도 눈치채지 못하게 내밀하게 움직이며, 준비하시게."

이항복을 가까이 부른 선조는 보료에서 허리를 비스듬히 앞으로 숙여, 귀엣말로 피난 준비를 지시했다. 격자문 바깥의 상궁들에게도 들리지 않을 작은 소리였다.

"분부 받들어 모시겠습니다."

선조의 속마음을 알게 된 이항복은 얼굴이 붉게 상기돼, 다시 한 번 바깥쪽을 살폈다. 그만큼 중대한 사안이었다. 말이 행궁이지, 결국 임금이 도성을 버리고, 다른 곳으로 피난을 한다는 말이었다. 이는 곧, 종묘사직을 포기한다는 선언과 다를 바 없기 때문이었다.

아무튼 선조의 명을 받은 이항복은 즉시 임금의 행장에 필요한 행구를 구입하도록 하고, 말을 관리하는 사복시(司僕寺)에도 비밀리에 명하여 튼튼한 말로 별도로 준비하도록 하였다.

"신립 장군은 어디에 있느냐? 왜 아직 아무런 소식이 없더냐?"

호언장담을 하며 남쪽으로 내려간 도순변사에게서는 아직 아무런 보고가 없었다. 임금은 초조했다. 이일이 순직했다면, 오직 남은 것은 신립뿐이었다. 그만이 유일한 희망이었다.

'왜적을 모두 물리쳤습니다. 전하께서는 심려를 놓으십시오.'

선조는 신립으로부터 이러한 승전보가 올라오기만을 학수고대했다. 그런데 이레나 지난 음력 스무여드렛날이 되어서, 충주에서 조정으로 올린 장계가 도착했다.

'도순변사 신립, 충주에서 왜군에게 대패. 왜군은 한성을 향해 북상 중.'

"아니, 세상에 이럴 수가…."

순변사 이일이 내려간 상주가 무너졌다는 소식에 아연실색하면서도 신립만은 승전보를 올려 줄 것으로 기대하였는데, 유일한 희망인 도순변사 신립도 충주에서 무너졌다는 장계였다.

"아, 천지시명이시여…."

선조는 하늘이 무너지는 듯한 심정이었다.

"도순변사는 어찌되었느냐?"

장계에 충주가 무너졌다는 소식은 있었으나 총사령관인 신립의 생사에 대한 언급이 없자, 선조는 대신들에게 물었다. 그래도 신립만큼 믿을 만한 무신이 없다고 여겼기 때문이다.

"전하, 심려 마시옵소서. 신립 장군이 그리 호락호락 당할 무장이 아니옵니다. 충주에서는 군사 수가 적어 일시적으로 패했을 것입니다.

아마, 어디론가로 몸을 피해 있을 테니 근왕병을 모은 후, 신립을 찾아서 쓰면 능히 왜적을 물리칠 수 있을 것이옵니다."

도승지 이충원(李忠元)이 임금의 환심을 사려고, 교언형색하며 그럴 듯하게 말을 지어 댔다. 그러자 임금은 말만 앞서는 그가 미웠다.

"호오, 도승지가 잘 아는 것 같으니 그대가 도순변사를 찾아오면 얼마나 좋겠소. 그리고 마침 난리를 당해 장수될 재목이 없는데, 도승지같이 잘 아는 사람이 장수가 되면 좋겠구려."

아는 척하는 그가 얄미워 임금은 슬쩍 비꼬며 농을 했다. 그러자 이충원은 곧 정색을 하고는 말을 더듬었다.

"아, 아뢰옵기 황공하오나, 신은 무… 무술을 몰라 장수가 될 수 없습니다. 통촉하여 주시옵소서."

"쯧쯧쯧…."

그의 반응을 보던 선조는 혀를 찼고 옆에 있던 대신들은 '크큭'대며 조소를 하였다.

이렇듯 조정이 갈피를 못 잡고, 허둥지둥대고 있을 때, 순변사 이일이 도성으로 들어왔다는 전갈이 전달됐다. 신립의 패전이 전해진 다음 날인 스무아흐레날에 이일이 단기로 한성에 나타난 것이었다.

그는 상주에서 왜군에게 패한 후, 장수의 갑옷을 벗어 버리고 농부로 변복을 해 도망을 쳤다. 신립이 충주에 내려왔다는 소식을 듣고는 문경 새재를 넘어 충주로 갔다. 그리고 그곳에 진을 치고 있던 신립과 합류했다. 신립은 이일과 함께 충주 탄금대 앞, 들판에서 왜군을 맞아 일전을 벌이기로 했다. 배수의 진을 친 것이었다.

"장군! 새재는 길이 좁고 산세가 험합니다. 왜군이 대군이라 하니 새재로 올라가 좁은 곳에서 적을 공격하는 것이 유리할 것이옵니다."

지형과 산세를 잘 아는 종사관 김여물이 신립에게 전면전이 아닌

기습 공격이 유리하다고 건의했다.

"모르는 소리! 적은 보병이 주력이다. 반대로 우리는 기마대가 주력이니 들판에서 적을 맞이하는 것이 유리하다."

신립은 십여 년 전 북방의 온성부사 시절, 일만 여의 대군을 이끌고 두만강을 건너 침입한 여진족 족장 니탕개(尼湯介)를 기병 오백을 끌고 격퇴시킨 경험이 있었다. 그는 기마대를 이용한 싸움에 능했다.

'이곳에서 왜놈들을 도륙 내 주리라.'

전투 경험이 풍부한 신립은 자신만만했다. 배수의 진을 치고, 기마대를 선두에 내세워, 왜군의 선두를 격파하면 쉽게 이길 것으로 보았다.

그런데 막상 싸움이 벌어지자, 조선 측 기마대는 왜군의 철포에 맥없이 쓰러져 갔다. 땅 위로 구른 기병들은 왜병의 창칼을 맞고 팔다리가 뚝뚝 떨어져 나갔다. 신립이 그토록 믿었던 기마대는 초전에 박살이 났다. 기마대가 무너지니 그야말로 속수무책이었다. 오직 기마대에만 의지했던 그에게는 더 이상 쓸 작전이 없었다.

"저쪽 언덕 위로 피하자."

그는 근위병과 몇 남지 않은 병사를 끌고 탄금대 언덕으로 올랐다. 지형을 이용해 버티려 했던 것이다. 그러나 이미 대세는 기운 후였다. 밀려드는 왜군의 공격을 막아 낼 도리가 없었다.

"종사관! 더 이상은 버틸 수가 없구려! 왜적에게 포로가 된다면 조선의 무장으로서의 수치요. 나는 여기서 자결을 할 터이니 그대는 여기를 빠져나가 후일을 도모하시오."

"…."

"에잇."

만류할 틈도 없었다. 신립은 김여물에게 당부의 말을 마친 후 그대로 탄금대 절벽 아래 달천강으로 몸을 날렸다.

"장군, 아니되오! 장군."

탄금대 절벽에 부딪친 강물은 크게 소용돌이를 일으켰다. 신립의 모습은 어디에도 보이질 않았다.

'나 역시 임금을 뵐 면목이 없다. 남는 것은 치욕밖에 없다.'

김여물은 전세를 만회시킨다는 것이 무리임을 깨달았다. 더구나 당파 싸움에 휘말려 오랫동안 옥에 갇혀 있다가 특별 사면을 받아 풀려 난 처지였다. 왜적을 물리치라고 풀어 주었는데 패장이 되었으니 남는 건 치욕뿐이라 여겼다.

"에잇."

그도 절벽 아래로 몸을 던졌다. 탄금대 옆을 흐르는 달천강은 남한강이 합류하는 지점이라 유속이 빨랐다. 회오리를 일으키듯 흐르는 푸릇거뭇한 강물은 그의 몸체를 휘감아 버렸다. 국난을 맞아 조선을 구할 유일한 희망으로 기대되었던 두 장수는 이렇게 유명을 달리했다.

"도순변사와 종사관이 전사했다."

병사들의 입을 통해, 두 장수의 순직 소식이 퍼져 나갔다. 순변사 이일에게도 이 소식은 전달됐다.

'여길 빠져나가야 한다.'

충주 전투에서 신립과 떨어져 있던 그는 신립이 전사하고 패색이 짙어지자, 재빨리 말을 집어타고 싸움터를 빠져나왔다. 그리고는 곧장 북쪽으로 줄행랑을 쳐, 숭례문을 통해 성안으로 들어온 것이었다.

도순변사 신립과 종사관 김여물의 전사는 이일의 입을 통해 조정에 전달되었다.

"세상에…."

임금과 조정 대신들은 아연실색했다.

전황은 거의 절망적이었다. 신립이 충주에서 전사함으로써 한강 이남의 방어벽이 거의 무너진 것이었다. 이를 안 선조와 대신들은 전전긍긍하기 시작했다.

"이제 어찌하면 좋겠소? 대책을 말해 보시오."

"…."

"대책이 없단 말이오. 나라의 녹을 받는 경들이 하는 일이 도대체 무에요? 국난을 맞이해, 조정과 종묘사직이 위기에 빠졌는데, 도대체 그대들이 할 수 있는 일이 무어냐 말이오."

임금은 물에 빠진 심정이 되어 지푸라기라도 있으면 잡고 싶은 심정이었는데, 그 지푸라기가 돼 줄 신립조차 사라져 버렸으니…. 사방이 꽉 막혔다고 여긴 것이었다. 그는 답답한 마음에 대신들을 추궁했다. 노기 띤 선조의 얼굴이 처음엔 붉었다가 점점 백지장처럼 하얗게 변해 갔다. 이대로 있다간 신변이 위험이 닥칠지 모른다는 두려움이 앞섰기 때문이었다.

"왜군이 충주를 넘어 북진하고 있다니, 한강을 방어선으로 정하고 한성을 사수해야 할 것입니다. 한강만 막으면 저들은 한성에 들어올 수 없습니다. 저들을 한강 건너편에 묶어 놓는다면 승산이 있습니다. 팔도에서 근왕병이 일어날 것이고, 그렇게 되면 사방에서 왜적을 포위해 전멸시킬 수 있사옵니다."

"그러하옵니다. 우상 이양원(李陽元)을 한성의 수성대장으로 삼으시고 김명원(金命元)을 도원수로 삼아 한강을 방어할 수 있도록 윤허하십시오."

유성룡이었다. 전전긍긍하던 선조는 그 말이 가장 그럴듯해,

"그렇다면, 어서 그리해야지…."

그러자 유성룡이 다시,

"전하, 파직을 한 우병사 김성일이 지금 직산에 올라왔다고 합니다. 그를 도성에 잡아 오기보다는 초유사(招諭使－임금의 명을 받아 병사를 모집하는 직책)로 임명하여, 근왕병을 모으는 것이 좋을 듯하옵니다. 자신의 잘못을 되갚게 하고 후방에서 왜적을 치도록 하심이 좋을 것 같사옵니다."

선조가 자신의 안을 받아들이자, 유성룡은 덧붙여 김성일에 대한 선처를 상신했다.

"으음. 그리하는 것이 좋다면 그리하라."

선조는 지금 와서 그를 취조한들 무슨 도움이 되랴 하는 심정이었다. 마음이 조급해진 선조는 대신들의 의견에 왈가왈부할 정신이 아니었다. 그런 건 다 아무래도 좋았다.

'어서, 도성을 빠져나가야 한다.'

곧이라도 왜군이 창칼을 겨누고 눈앞에 나타날 것만 같았다. 그리 생각을 하니, 선조는 겁이 나서 몸이 덜덜 떨렸다.

포로가 돼, 당할 수모를 생각하니, 머리가 어찔하고 현기증이 일었다. 그리되니 대신들의 건의를 따지고 말고 할 심적 여유가 없었다. 임금으로서 대신들의 건의를 따지고 판단하고 적절한 하명을 내려야 했건만 그런 것엔 관심이 없었다. 우선 당장이라도 궁궐을 떠나 안전한 곳으로 피신해야 한다는 생각뿐이었다.

'임금의 자리도 필요 없다.'

그는 이 자리를 벗어날 수만 있다면 당장이라도 임금의 자리를 내주고 어디론가 도망 가, 숨고 싶은 마음뿐이었다.

"전하 만일을 위하여 서도로 행궁을 옮기는 것이 타당할 듯하옵니다."

그러던 중 영의정 이산해가 몽진을 건의했다. 들던 중 반가운 소리였다.

"오호. 영상도 그리 생각하시오."

선조는 내심 자신의 속을 알아주는 영상이 그렇게 고맙고 가상할 수가 없었다.

"전하. 아니되옵니다. 도성을 버리시면 종묘사직을 지킬 수가 없사옵니다. 통촉하시옵소서."

아니나 다를까 사헌부와 사간원의 젊은 대간들이 행궁을 반대했다.

"국란을 맞아, 주상 전하를 중심으로 모두가 힘을 합쳐 난을 극복할 생각은 하지 않고, 행궁을 권하는 영상은 자격이 없사옵니다. 오히려 그를 파직하심이 타당하옵니다."

원칙론자인 대간들은 오히려 영의정 이산해가 조정을 혼란에 빠뜨린다고 파직을 건의했다.

"알겠도다. 내 도성을 떠나지 않으리라. 그러니 대간들도 더 이상 영상 파직을 거론하지 말라."

선조는 자신의 속도 모르고 원칙론을 내세우는 소장파 대간들을 속으로 타박하며 이산해를 감쌌다.

'왜군이 쳐들어왔다. 부산진과 동래가 무너졌고 북진하고 있다. 곧 도성으로 쳐들어온다. 조선은 곧 망할 것이다.'

왜군에 관한 소문이 도성에 좌악 퍼져, 민심이 흉흉해졌다.

"어서 빨리 도성을 빠져나가야 산다."

소문은 걷잡을 수 없을 정도로 퍼져 나갔다. 소문을 접한 사람들은 도성 여기저기에서 벌써 보따리를 싸 들고, 성을 빠져나가고 있었다.

'도성은 위험하니, 향리로 내려가 있는 게 좋다.'

궁궐에서 근무하는 관원들 중에도 이미 위험을 감지하고 출사를 그만두고 고향으로 내려가려는 자들이 많았다.

"피난을 갈 필요 없다. 주상 전하와 함께 도성을 사수한다."

소장파이며 혈기가 왕성한 대간들은 임금이 도성을 사수한다는 말을 믿고 피난 가는 사람들을 만류하며 한성을 사수하기 위한 결전을 준비하였다. 그런데 정작 임금은,

'빨리 여길 떠나야 한다. 잘못하면 왜적에게 잡혀 수모를 당할 수도 있다.'

한시라도 빨리 도성을 버리고, 서북 방면으로 피신을 하고 싶은 마음뿐이었다. 다만, 대의명분이 없어 그렇게 하질 못할 뿐이었다. 즉 임금의 지위를 버리지 않고는 명분 없이 마음대로 행동할 수가 없었기 때문이었다.

'임금임에도, 마음먹은 대로 행동할 수 없으니, 참으로 내 신세가 한심하도다.'

임금의 체통을 유지하느라 도망도 못 가고 좌불안석인 채 궁궐에 머물고 있는데 건의서가 승지를 통해 전달됐다.

"전하. 종묘사직이 위급할 때일수록 후일을 대비해야 합니다. 지금이라도 세자를 책봉해, 종묘사직을 굳건하게 함이 타당함을 아뢰옵니다."

유성룡의 건의였다. 당시 좌의정이었던 유성룡은 이미 영의정인 이산해와 세자로 광해군(光海君)을 추천하기로 말을 맞추어 놓은 상태였다.

적자가 아닌 왕실의 방계로서 선왕의 갑작스런 승하로 임금이 된 선조는 자신도 서손이라는 열등감이 있어, 후궁에 몸에서 태어난 광해군의 세자 책봉을 그리 내켜하지 않았으나, 이제 더 이상 고집을 부릴 이유가 없었다. 세자책봉을 두고 정철을 귀양 보내고 서인을 탄압했던 일들이 다 부질없게 느껴졌다.

"대신들의 의견을 받아들일 테니, 그리하라."

난리 통 속에도 부랴부랴 세자 책봉식이 준비되었다.

"광해를 세자로 임명하노라."

이미 도성을 빠져나간 조정 대신이 많아, 세자 책봉식에 참석한 조정 대신은 삼정승과 승지 그리고 대간들뿐이었다. 실무를 담당하는 관원들도 대부분 출사를 하지 않아 임금은 교서도 준비하지 못한 채, 책봉식을 거행했다.

"황공무지로소이다."

광해군은 임금에게 크게 부복을 하며, 답례를 하였다.

세자 책봉이 의례 절차이긴 했지만 그래도 차기 임금을 지명하는 의전이었다. 아무리 난리 중이라 하지만 그 기본적인 형식도 갖추지 못한 채 세자 책봉식이 이루어졌던 것이었다.

광해군은 그렇게 왕세자가 되었다.

유키나가의 선택

"잔나비, 주고쿠를 공략하라."

"시바타는 엣치고(현 니가타 지역)의 우에스기를 공략하라."

자신의 최대 난적인 다케다 가문을 멸망시켜 버린 노부나가는 오랫동안 가슴에 품어 왔던 천하 통일의 야망을 실현시키고자, 측근 가신들에게 출정을 명했다.

측근 가신 중 가장 원로인 시바타를 북동쪽으로 파견시켜, 엣치고 지역의 용으로 불려 오던 우에스기 겐신을 공격토록 했다. 그리고 서쪽 지역인 주고쿠 지방(현 오카야마 지역)에는 전략가인 히데요시를 파견시켜, 주고쿠의 최대 가문인 모우리 가문을 평정하도록 했다. 그야말로 파죽지세로 정적들을 공략해 나갔던 것이다.

주고쿠 지방의 비젠 지역은 우키다 가문이 다스리는 영지가 있었다. 당시 우키다 가문에는 조선 침략군 제1번대 대장을 맡는 고니시 유키나가가 외교 전담 가신으로 복무하고 있었다.

'히데요시가 노부나가의 명령을 받아 주고쿠를 치러 내려오고 있음.'

유키나가는 주고쿠 지역을 공략하기 위해 히데요시를 파견했다는 정보를 입수하고는 고민했다.

'오다군의 칼끝이 결국은 우리의 목줄을 노리고 들어올 것이다.

그러나 오다군을 단독으로 막아 내기에는 역부족이다.'

그는 곧 상황 분석을 끝내고 주군인 우키다에게 자신의 예측을 보고했다.

"주군, 노부나가의 궁극적인 목적은 전국을 평정하여 자신의 손아귀에 넣고 호령하는 것입니다. 가이의 맹주였던 다케가를 무너뜨린 기세로 이제 우리의 영지를 집어삼키려 하고 있습니다. 모우리씨와 손을 잡고 연합 전선을 구축하여야 안전합니다."

정보 수집과 분석 능력이 뛰어난 유키나가는 주군인 우키다에게 아키국(安藝－현 히로시마 근처)의 영주인 모우리와 동맹을 맺을 것을 건의하였다.

"으음. 틀림없는 정보렸다. 난세이니, 조심해서 움직여야 한다. 동맹을 누구와 맺느냐에 따라 가문의 존폐가 갈린다. 만일 정세 분석이 잘못되면 돌이킬 수 없는 일이 된다."

우키다의 판단이었다.

"지금의 정국으로서는 모우리와의 동맹이 상책으로 판단되옵니다."

"그렇다면, 그대가 모든 책임을 맡아 동맹을 주선하라."

"하아. 황공하옵니다."

유키나가의 중재로 우키다 가문과 모우리의 동맹은 성공리에 이루어졌고, 두 세력은 연합해 히데요시가 이끄는 오다군에게 저항했다.

유키나가는 항상 상대의 움직임을 면밀히 파악하며 대처하였는데, 몇 번의 간헐적인 전투를 치르면서 오다군의 군세와 사기 그리고 주장인 히데요시라는 인물에 대해서도 끊임없이 정보를 수집하고 분석했다.

'히데요시라는 인물이 상당한 지략을 소유한 전략가임에 틀림없다. 지금까지 접해 왔던 무장들과는 다른 유형의 장수이다. 노부나가

밑에 저런 장수가 있다는 것은, 오다군이 철포와 칼만을 믿는 그런 집단이 아니라는 증거이다.'

그는 히데요시의 전술이 무력보다는 지략에 의한 것임을 간파해냈다. 히데요시에 대한 정보를 입수해, 상세히 분석한 그는 처음으로 상대가 만만치 않다는 것을 깨달았다.

유키나가는 정보를 통해 시국의 흐름을 정확히 파악하기 위해 자신이 사카이 출신이라는 장점을 십분 활용했다. 사카이는 전국의 모든 물산과 함께 정보가 모이는 곳이었다. 유키나가는 즉시 사카이에 수하를 보내 오다군과 히데요시에 대한 정보를 모았다. 친부 류사를 통한 정보망이 가동된 것은 두말할 나위 없다.

'지금의 대세는 오다 노부나가에게 있다. 교토를 장악한 노부나가가 일본을 통일할 것이며 여론도 그렇게 되길 바라고 있다. 사카이의 상인들은 노부나가의 천하 통일을 원하지 않지만 민중들은 그렇지 않다. 싸움에 시달리는 민중들은 누구라도 이 혼돈의 시대를 끝내고 싸움 없는 태평시대를 열어 주기를 바라는 기대로, 노부나가의 천하 통일을 바라고 있다. 히데요시라는 인물은 농민 출신이라는 것 외에는 아직 알려진 것이 없으나 지략이 뛰어난 자임에 틀림없다. 쓰노마타 일야성(墨股一夜城)을 쌓아, 그 공으로 성주가 된 인물이다.'

사카이에서 약종상을 경영하는 친부 류사가 따로 보내온 서신이었다. 유키나가는 모든 정보와 정세를 냉철히 분석한 후, 재차 영주를 면회했다.

"주군. 감히 아뢰옵니다. 가문의 존속을 위해서는 오다군을 적으로 돌리는 것보다는 아군으로 삼는 것이 좋을 듯하옵니다."

"오다군은 우리와 대치 중에 있지 않더냐? 모우리와의 동맹은 어찌하고?"

“모우리와 동맹을 제의한 것은 저였습니다. 시시각각으로 변하는 상황인지라, 사카이에서 정보를 모았습니다. 결과적으로 지금 전국에서 오다군의 기세를 막을 세력은 없습니다. 모우리의 힘으로는 오다군을 대적해 내기가 힘들 것으로 사료됩니다. 모우리가 무너지면 저희도 함께 무너질 것입니다.”

“대세가 그렇더냐? 그렇다면 영지 지배권을 요구해라. 영지 지배만 인정해 준다면 누구와 동맹을 맺어도 개의치 않으련다.”

“황공하옵니다.”

사카이에서 보내온 정보를 토대로, 유키나가는 오다군과의 동맹을 건의했고, 유키나가를 신임하던 영주는 자신의 영지 지배를 인정받는 조건으로, 그에게 동맹 교섭의 전권을 맡겼다.

유키나가는 즉시 오다군의 주고쿠 지역 파견 대장인 히데요시에게 사절을 보내, 교섭을 타진했다.

‘제의를 받아들인다. 전권을 가진 자가 직접 우리의 본진으로 넘어오길 바란다.’

히데요시는 유키나가의 제의를 받아들였다. 히데요시는 용장이라기보다는 지략이 뛰어난 지장(智將)이었다.

‘양자가 피를 흘리는 싸움은 되도록 피해야 한다.’

싸움보다는 협상을 중시하는 히데요시였다. 무력 충돌보다는 막후 전술을 통해 상대를 설득해서는 자신의 편으로 끌어들이거나 굴복을 시키는 것이 특기였다.

유키나가는 이후, 수차례 히데요시의 군막과 영주인 우키다 사이를 왕래하며 화평을 조정하였다. 유키나가 역시, 천주교도로서 싸움보다는 외교를 지향하는 인물이었다. 두 사람의 협상은 이심전심으로 물 흐르듯 진행되었다.

또한 유키나가는 히데요시와 협상을 진행하는 동안 점차 히데요시의 인간성에 매료되어 갔다. 히데요시는 덩치는 작고 얼굴은 원숭이 모습을 하고 있었지만, 그에게는 상대가 누구든 쉽게 빨려 들어가는 흡입력, 즉 인간적 매력이 있었다.

'이만 대군을 끌고 있는 주장(主將)인데도 권위 의식은 찾아볼래야 찾아볼 수가 없다. 스스로 귀천을 구별하지 않고 휘하의 병사들을 저리 대하는 장수는 없다. 사람을 외모만 보고 판단하지 말라는 말이 바로 이런 거렸다. 아무튼 외모가 우스꽝스럽다고 얕잡아 보았다가는 큰코다친다. 저 눈을 보아라. 깊은 곳에서 안광이 뿜어져 나오는 걸 보면, 보통 인물은 아니다.'

히데요시 역시 유키나가에게 호감을 느끼고 있었다. 그는 원래 하급 무사 출신이라 주변에 인재가 부족했다. 자신의 출신의 한계를 잘 아는 그는 자신에게 필요하다고 생각되면 적이라도 포섭하여 측근으로 삼았다.

'나이가 어림에도 조용한 기품과 뛰어난 언변을 지니고 있구나. 첫 인상에도 인품이 뛰어난 것으로 보이니, 수양이 많이 된 젊은이로다. 우키다 가문에 출중한 인재가 있구나.'

조용히 상대방의 의견을 경청하며 적절하게 대응하는 유키나가를 유심히 바라보면서 히데요시는 그를 높게 평가했다.

'과정보다 목적을 달성할 줄 아는 외교 능력의 소유자로다.'

교섭이 거듭되고, 면담 횟수가 늘어날수록 두 사람은 서로에게 매료되어 갔다.

유키나가는 히데요시의 지략과 과감성, 게다가 주장임에도 자신과 같은 가신에게조차 격의를 두지 않는 서민적 인간성에 빠져들었고, 히데요시는 유키나가의 젊음과 인품, 그리고 자신이 못 가지고 있는 학자적 기품에 매료되었다.

우키다 가문과 오다군의 동맹은 히데요시와 유키나가 두 사람의 개인적인 호의도 한몫을 해, 예상보다 쉽게 성립되었다. 우키다는 결국 모우리와 결별을 선언하고 히데요시를 통해, 오다군에 복종을 맹세했다.

히데요시는 우키다의 영지 지배를 인정하는 대신 동맹과 복종에 대한 증거로 차남을 볼모로 보낼 것을 요구했다.

"주군. 저를 히데이에 님과 함께 보내십시오. 히데이에 님은 제가 곁에서 모시겠습니다."

차남을 인질로 요구하자, 영주인 우키다가 주저했다. 이를 보고, 유키나가는 자신도 함께 인질로 나선다고 자청한 것이다.

"오호, 그래 준다면 내 안심이 될 것이다."

유키나가는 영주의 차남인 히데이에(秀家)와 함께 오다군의 인질이 됐다. 인질의 신분이지만, 스스로 히데요시 밑으로 들어가, 자신의 정보망을 이용해, 히데요시에게 봉사하였다.

오다군과 동맹을 맺은 우키다 가문은 과거의 동맹 관계였던 모우리와 적대 관계가 돼 싸움을 벌여야 했다. 말 그대로 '어제의 동지가 오늘의 적'이 된 것이었다. 생존을 위해 배신과 암투가 일상사가 된 일본 전국시대(戰國時代)의 단면이었다.

그런데 오다군과 동맹을 맺은 우키다 가문의 영주 나오이에는 계속되는 전투에 그만 지쳐서 병을 얻었다. 지병 때문에 거성으로 퇴각했지만, 결국 회복을 못 하고 숨을 거두었다.

"볼모로 와 있는 히데이에 님을 풀어 줘, 가통을 이어받도록 해 주십시오."

주군의 사망 소식을 들은 유키나가는 인질로 있던 적자, 히데이에

(秀家)에게 가통(家統)을 이을 수 있도록, 히데요시를 통해 노부나가에게 건의했고, 노부나가는 이를 받아들였다.

새로운 영주로 옹립된 히데이에와 함께 유키나가가 영지로 돌아가려할 때였다.

"유키나가 님, 천하 통일이 눈앞이오. 새 영주는 새로운 가신들에게 부탁하고, 그대는 이곳에 남는 것이 어떻소. 그대 같은 인재가 비젠 같은 시골에서 일생을 보낸다는 것은 세상을 위해서도 아까운 일이오. 눈을 크게 뜨고 천하를 보오. 나와 함께 노부나가 님을 도와 천하 통일에 이바지하는 것이 사나이 대장부가 품을 뜻이 아니겠소? 여기 남으시오!"

인재를 보는 안목이 뛰어난 히데요시는 유키나가를 놓치는 것이 안타까워, 그에게 직접 제의를 했다.

"황공하옵니다. 저 같이 미천한 것을 감히 천하 통일의 대업에 불러 주신다니, 몸 둘 바를 모르겠습니다. 그러나 우키다 가문을 이을 어린 영주 곁에 누군가가 있어야 합니다. 제가 그 역할을 하지 않으면 가문의 존속이 염려되옵니다."

유키나가는 히데요시의 제안에 귀가 솔깃했지만 자신의 역할이 중요함을 알았기에 일순 망설였다.

"그리 염려할 것은 없소. 잘 생각해 보오. 우키다 가문은 오다군의 동맹이 되었소. 우리 주군이 천하 통일을 이루면 우키다 가문도 따라서 태평세월을 누릴 것이니, 가문의 존속은 걱정을 안 해도 될 것이오. 오히려 그대가 천하 통일의 대업에 참여하는 것이 가문의 존속과 안정에도 도움이 될 것이오. 게다가 오다군에 소속돼, 천하 통일의 공을 세우면, 그대도 성주가 될 수 있소."

인재를 소중히 여기는 히데요시는 유키나가를 놓치고 싶지 않아 갖은 달콤한 말로 그를 설득했다.

유키나가 역시 히데요시에게 매료되었으며, 그를 주군으로 모시고 천하 통일의 위업에 일익을 담당하고 싶은 마음이 없진 않았는데,

'성주가 될 수 있다.'

라는 말이 유난히 선명하게 유키나가의 뇌리에 꽂혔다. 우키다 가문에 일생을 바쳐도 성주가 될 가능성은 거의 없었다.

"알겠사옵니다. 고마우신 말씀 받아들이겠습니다."

어린 영주인 히데이에가 마음에 걸리긴 하였지만, 히데요시에게 설득된 유키나가는 히데요시의 제의를 흔쾌히 받아들였다. 결국 히데요시의 감언(甘言)과 성주가 되고 싶은 유키나가의 야심이 그를 주저앉히게 했다. 이심전심이었다. 인간적인 의리와 야심 사이에서 고민하던 유키나가를 히데요시가 끌어당긴 것일 뿐이었다. 유키나가가 사무라이를 목표로 해, 사카이를 떠났을 때, 그 궁극적 목적은 일국을 다스리는 성주가 되는 것이었다. 히데요시는 사람의 마음을 예리하게 간파하는 능력의 소유자였다. 그는 유키나가의 야심을 파고들어 그에게 '비빌 언덕', 즉 핑계를 만들어 준 것이었다.

한편, 유키나가가 히데요시 진영에 남는다는 말을 전해 들은 어린 영주 히데이에는 유키나가 앞에서 눈물을 흘렸다.

"어찌 나를 홀로 영지로 보내고 그대가 이곳에 남는단 말이오. 그러지 말고 나와 함께 영지로 돌아가, 나를 도와주시오."

어린 영주는 유키나가밖에 의지할 사람이 없었다. 그도 그럴 것이 자신이 인질로 올 때 함께 따라와 자신을 보필하며, 자신의 신변을 그림자처럼 보호해 주었던 가신이 유키나가였다. 그로서는 유키나가와 떨어진다는 것은 곧 보호자를 잃는 것과 마찬가지였다.

"주군, 그리 염려할 일이 아니옵니다. 앞으로 모든 힘의 균형은

노부나가 님을 중심으로 기울어질 것입니다. 그렇다면 저희 우키다 가문은 오다군과 우호적인 동맹 관계를 유지해야 합니다. 제가 이곳에 있으면서 정보를 수집해 수시로 영주님에게 전할 것입니다. 양쪽의 굳건한 동맹 유지를 위해서는 제가 여기 남는 것이 오히려 득이 됩니다. 또 가문의 영속적인 보전과 안정을 위해서라도 그렇게 하는 것이 좋습니다. 운이 좋아, 제가 요청하기 전에 히데요시 님이 저를 끌어 주시니 오히려 잘된 일입니다."

"…."

"그리고 주군의 보필은 삼촌이신 타다이에 님에게 부탁을 드려놨으니 안심하십시오."

"그대의 말만 믿겠소."

그렇게 어린 영주는 떠났고, 유키나가는 히데요시의 가신이 되어 그의 진영에 남았다.

'과연 내 눈이 틀리지 않았다.'

히데요시와 유키나가의 만남은 말 그대로 '물고기가 물을 만난 듯'했다. 유키나가는 끊임없이 정보를 취합해, 히데요시에게 전달했다. 오래전, 히데요시가 노부나가에게 했던 일을 유키나가가 히데요시에게 하는 것과 마찬가지였다. 히데요시는 유키나가의 지략과 통찰력, 그리고 외교적 역량에 크게 만족했다.

"유키나가, 앞으로 측근으로서 모든 외교를 도맡아라."

게다가 그의 성실한 인품과 주군에 대한 충성 등 인간적인 면에 매료되어 히데요시는 그를 가깝게 두고 더욱 중용하였다.

피로(被虜)

끼긱긱.

갑자기 광문이 열리더니, 햇볕이 일순간에 밀려들었다. 광 안에 깨어 있던 사람들은 눈이 부셔, 일시적으로 고개를 돌렸다.

저벅저벅.

이어서 바깥쪽이 소란스러워지더니, 광 안으로 왜병들 서넛이 들어섰다.

"마님, 제 뒤쪽으로 오세요."

만개는 본능적으로 양녀의 몸을 감쌌다.

"지금부터 하는 말을 자르 들어라."

서투른 조선말이었다. 시커먼 갑옷을 입은 왜병 장수가 앞에 섰고 뒤쪽에 병사들이 서 있었는데, 장수가 왜말로 뭐라 하면 곁에선 왜병이 조선말로 옮겼다. 왜병 통역의 조선말 발음은 조금 어색했지만 말뜻을 이해하기에는 충분했다.

"아이들은 왼쪽으로, 아낙들은 오른쪽으로 갈라서라."

"어무이, 무섭다이."

막 잠에서 깨어난 눈치 빠른 아이들은 엄마와 떨어지지 않으려고 품에 바짝 파고들며 울기 시작했다.

"걱정 말그레이."

여인들은 아이들을 품에 안고 왼쪽으로 자리를 옮겼다. 아이가 없는 여인네들은 홀로 광의 오른편으로 자리를 옮겼다. 양녀와 만개는 심상치 않은 분위기에 서로 손을 꼬옥 잡고 오른편으로 움직였다.

"빠리빠리 움직여라. 아이들은 왼쪽, 아낙들은 오른쪽, 손을 놓아라. 그렇치 않으면 경을 칠 것이다."

"모든지 내 시키는 대로 다 할랍니데, 지발 알라들과 함께 있게 해 주이소."

아낙들은 아이들을 치마폭으로 감싸며 왜병 통역에게 애원했다. 장수가 명령을 내리는 줄은 알았지만, 조선말을 모르는 장수는 그들에게 아무런 소용이 되질 않았다. 오로지 조선말이 통하는 통역만을 의지해야 했다.

"순순히 말을 들어라."

아낙들이 아이들을 치마폭에 감싸고 움직이려 하지 않자, 왜병 몇몇이 광 안으로 들어와 아낙들의 가슴을 창 뒤로 쿡쿡 찔렀다.

"아이코."

가슴을 찔린 아낙들은 뒤로 엉덩방아를 찧었고, 복부 옆쪽을 얻어맞은 아낙은 배를 움켜쥐고 주저앉았다.

"와아왕, 어어엉."

아이들의 울음소리가 금세 커져 광 안에 울려 퍼졌다. 왜병들은 아이들을 손으로 잡아끌었다. 아이들이 다시 엄마 곁으로 달려가려 하면 창으로 찔러 제지했다. 창 뒤쪽으로 얻어맞은 아이들은 배를 움켜쥐며 뒤로 자빠졌다.

"어무이, 어무이예."

"아이고, 순돌아."

따뜻한 햇볕을 받아 하얗게 아지랑이 피어오르는 창고 안은 일순간에 생이별의 아수라장이 되어 버렸다.

만개의 손을 꼭 잡고 있던 양녀는 왜병들의 행위를 보며 몸을 부들부들 떨었다.

“저이들이 갑자기 왜 저러느냐?”

“글쎄요?”

왜병들이 무엇을 원하는지 도무지 짐작할 수가 없었던 양녀가 물었고, 만개는 갸우뚱하면서 통역을 바라보았다.

“아이들은 여기 있고, 아낙들은 밥을 짓는다.”

왜병 통역은 소란을 막으려는지 조선말로 설명을 해 주었다.

“그라믄 밥만 하믄 되는교? 밥이 끝나믄 다시 이리로 오는 겁니꺼?”

“그러타. 자 빠리빠리 일어나라.”

아이들도 말을 듣고 생이별이 아니란 걸 알았는지, 얼른 울음을 그치고 멀뚱멀뚱 눈치를 보고 있었다.

왜병 장수는 양녀와 만개 그리고 아이들은 창고 안에 그대로 남겨 두고, 아낙들만을 끌고 가도록 지시했다.

“어무예, 어무이예.”

그래도 미심쩍었던지 아이들은 광문을 나서는 엄마들을 따라나서며 울어 댔다.

“아찌니 이케.”(저리로 가라.)

왜병들은 우는 아이들을 창끝으로 툭툭 쳐 광 안으로 몰아넣었다.

그리고 얼마간 시간이 지났다.

“이것을 먹고 허기를 달래시오.”

밥을 지으러 끌려 나간 아낙들이 돌아오고, 모두에게 주먹밥이 배급되었는데, 왜병 통역이 특별히 양녀가 있는 곳으로 와서는 주먹밥을 직접 건넸다.

"마님, 드셔 보세요."

왜병 통역 앞에서는 가만히 있다가, 그가 돌아가자 만개는 얼른 주먹밥을 손질하며 양녀에게 권했다.

그러면서,

"우리 마님이 누구신데 이 따위 것을 건네다니…. 참으로 상스런 것들이네."

만개는 얼른 양녀가 들으란 듯, 왜병들을 힐난했다. 그리고는,

"마님! 입에 안 맞으시겠지만, 우선 좀 드시고 허기를 달래시어요."

만개는 마치 자신이 주먹밥을 대령해, 황송하다는 표정을 지으며 손질한 주먹밥을 양녀에게 건넸다.

"나는 괜찮다. 너나 먹도록 해라."

"그럼, 제가 먼저 맛을 볼게요."

배가 너무 고팠던 만개는 염치 불구하고 주먹밥을 덥석 입에 물었다.

"아이, 왜 이렇게 짜!"

주먹밥에 된장을 많이 넣었는지 짠맛이 심했다. 그래도 만개는 입에 들어간 주먹밥을 음미하듯이 씹었다. 밥알을 찬찬히 씹으면서 손에 남은 주먹밥을 찬찬히 살폈다. 주로 상민들이 만들어 먹는 조선의 주먹밥은 모양이 동글동글하고, 누룽지도 간간히 섞여 있어 고소한 맛이 있었다. 그리고 크기도 달랐다. 조선의 주먹밥은 남은 밥과 누룽지를 갖고 만들기에, 그 크기가 어른 주먹만 했다. 그런데 왜인들의 주먹밥은 달걀처럼 모퉁이가 둥그렇고 납작했다. 크기도 조선의 주먹밥보단 작았다. 겉에는 말린 다시마를 덧싸 놓아, 함께 먹도록 해 놓았다. 아무튼 배가 고팠던 만개는 입 안에 들어온 밥 알갱이를 허겁지겁 씹어 삼켰다. 처음엔 된장의 짠맛이 강했는데, 씹으니까 입에 단물

이 조금씩 고여 왔다.

"마님, 조금 짜긴 하지만 그런대로 먹을 만해요. 조금 드셔 보세요."

양녀는 마지못해 주먹밥을 건네받긴 하였으나, 체면 때문에 그냥 입에 갖다 대고 먹을 수가 없었다.

"이걸 어찌 먹으라고…."

"이렇게 드셔 보세요."

만개는 주먹밥을 입에 갖다 대는 시늉을 하였다.

"나는 됐다."

"마님, 그래도 조금 드셔야…."

"아니다. 됐다."

주먹밥 배급이 끝나고, 다시 한 식경쯤이 지나자, 장교와 통역병이 나타났다.

"모두들 나와라."

왜병들은 아낙들과 아이들을 창으로 툭툭 치며 한곳으로 몰고 나갔다.

이미 관아 앞쪽에는 왜병들이 열과 줄을 이루어 나란히 서 있었다. 장수인 듯한 자들이 말을 타고 앞장 서 있었는데, 모습이 흉악했다. 투구 앞쪽으로 늘어져 있는 얼굴 가리개는 쇠로 만들어져 있었는데 눈과 코, 입만 뚫려 있었다. 입을 가린 쇠에는 웬 동물의 털을 붙여 놓았는데, 시커먼 게 영락없는 저승에 사는 짐승의 모습이었다.

'지옥에 있다는 염라대왕의 사자가 저런 모습일까?'

조선 사람들은 왜군의 무장을 보고, 그 섬찍한 모습에 모두 두려움을 느꼈다.

"슛바츠."(출발.)

장수들이 말을 앞으로 몰면서 팔을 위로 올리자, 곁에 있던 장교가 왜말로 크게 외쳤다. 왜병들은 열을 이뤄 그 뒤를 따랐다. 병사들이 다 떠나자, 이번엔 어디서 잡아 왔는지, 그 뒤쪽으로 목이 동아줄로 묶인 조선인 남정네들이 짐을 지고 수레를 끌고 하며 행렬의 뒤를 따르고 있었다. 그들의 옆에는 또 다른 왜병들이 긴 창을 꼬나들고 삼엄하게 그들을 몰았다. 마치 가축을 대하듯 했다.

출진에 앞서 동래성에서 하룻밤을 지낸 왜군 지휘부는 포로들을 쓸모에 따라 구별했다.

'남정네들 중 양순한 자들은 물자와 짐을 나르는 인부로 종군시킨다. 아이들과 남은 포로들은 모두 귀국하는 배에 실어, 본토로 보낸다. 특히 포로들 중 교양이 있거나 귀품이 있는 여자들은 잘 골라내, 히데요시 전하에게 전리품으로 바친다.'

포로로 잡혔던 김 서방도 거기 있었다. 얻어터져 얼굴에 상처가 더덕더덕한 그는 짐을 나르는 짐꾼으로 뽑혀, 왜군을 따라 북상을 하게 됐다. 그리고 언양댁과 딸인 행녀는 포로로 일본으로 보내지게 되었던 것이다. 이들 부부는 서로의 생사를 몰랐다. 같은 동래성 안에서 따로 갇혔던 이들은 소식도 모른 채, 갈래갈래 찢어지게 되었다. 불과 이틀 전만 해도 화목했던 가정이 갑작스런 왜병의 침략으로 인해 아들은 화염 속에서 비명횡사하고, 가족은 찢기는 운명을 맞이하게 된 것이었다.

왜군의 주력이 떠난 후, 포로를 감시하고 있던 왜병 중 검은 갑옷을 입고 투구를 쓴 왜병 장수 하나가 돌로 만들어 놓은 앞쪽 높은 단으로 올라섰다. 키가 작은 조선말 통역이 그 옆에 붙어 섰다. 단에 올라선 왜병 장수가 뭐라 알지 못할 왜말로 크게 말을 하고, 이어서 조선말이 들려왔다.

"지금부터 이동을 한다. 두 줄로 서서 얌전하게 따라야 한다. 이동 중 말을 듣지 않는 자와 명령을 거역하는 자, 수상한 행동을 하는 자는 가차 없이 그 자리에서 벨 것이다. 자, 지금부터 출발이다. 저 앞의 병사들을 따라라."

휙, 휙.

말이 끝나고 장수가 단을 내려서기가 무섭게, 왜병들은 창날을 겨눴다. 창날이 햇살에 번쩍여 살기를 튀겼다.

"어마야. 아앙."

겁을 먹은 아이들이 소리를 내어 울었다. 가까이 있던 아낙들이 아이들의 손을 잡아끌었다.

"밥을 멕였으면 뒷간에나 갔다 온 후에 끌고 가는 게, 인정아이라…."

한 남정네가 작은 소리로 투덜거렸다. 약탈품이 잔뜩 쌓인 수레 옆에 붙어 있던 남정네였다. 남정네들 목에는 모두 밧줄이 걸려 있었다. 어깨에 짐을 걸치고 있는 사람도 목에 밧줄이 걸려 있어, 동작이 부자연스러워 보였다.

싸움이 일어나면 포로들이 생기는 것은 병가상사요, 승패가 갈리면 싸움에 참여한 병사는 죽지 않으면, 포로가 되는 것은 당연지사였다. 그런데 일부 남정네들, 하물며 아낙네들과 아이들은 싸움에 참가한 병사가 아니었다. 그런데도 왜병들은 그들을 포로로 잡았다. 엄밀히 말해 그건 포로가 아닌 납치였다.

그렇게 납치된 여인들과 아이들 그리고 짐을 끄는 남정네들은 왜병들의 삼엄한 경계를 받으며, 동래성 남문을 빠져나왔다. 어디로 가는지도 몰랐다. 그저 왜병들이 끄는 대로 따를 뿐이었다.

동래성에서 부산진성을 향한 역로(驛路)에 하얀 무명옷의 행렬이 길게 이어졌다.

"어데로 가노?"

"이게 남쪽으로 가는 길 아이라!"

"그라믄 부산포로 가는 기가?"

"맞다. 부산포로 가는 길이 맞대이."

"흐흑흑."

몸과 마음이 만신창이가 된 언양댁은 포로로 끌려가면서, 그저 눈물만 흘렸다. 언양댁은 남편과 복남이 어떻게 됐는지도 몰랐다. 남편도 남편이지만, 대를 이을 아들, 복남을 잃어버린 언양댁은 거의 넋이 빠져 있었지만, 그렇다고 죽을 수는 없었다. 그녀는 눈물을 흘리면서도 하나 남은 딸, 행녀의 손을 놓지 않으려 애를 썼다.

"이 손을 노으면 안 된데. 꼭 잡고 있그레이."

길목에는 곳곳에 무장을 한 왜병들이 창을 꼬나들고 있었다. 후방 경계를 위해 남았던 초병(哨兵)들이었다. 들판 건너로 보이는 초옥들은 거의 불에 타 있었다. 타다 남은 시커먼 목재가 서로 기대며 버티고 있는 것 같았다. 모두 왜병들이 방화로 태운 집들이었다.

멍멍.

주인을 잃은 개들만 잿더미가 돼 버린 주변에서 어슬렁거리며 짖을 뿐, 사람의 모습은 전혀 보이질 않았다. 많은 사람들이 피난을 위해 성으로 들어갔다가 싸움에 희생이 되었고, 일부 운 좋은 사람들만 성을 빠져나가 서쪽이나 북쪽으로 올라갔으니, 왜병이 점령한 지역에는 들판이고 길목이고 사람의 그림자도 보이질 않았다. 그야말로 무인지경이란 말이 딱 들어맞았다.

평화롭던 마을이 하룻밤과 아침 사이에 생지옥의 잿더미로 바뀌어 버린 것이다. 마을 곳곳에서 삶을 영위하던 선량한 조선 사람들은 모두 어디론가 홀연히 사라져 버리고, 그 자리를 무장을 한 야차 같은 왜병들이 채워 버린 것이었다.

'이 땅이 도대체 누구의 땅이며, 어디더란 말이냐?'

"아이고, 아이고."

"오메야, 어머이."

황량한 들판과 잿더미가 된 초가들을 본 아낙들이 신세 한탄을 하면서 울자, 아이들도 따라 꺼이꺼이 울어 댔다.

'나쿠나. 하야쿠 아루케.'(울지 마라. 빨리 걸어라.)

왜병들은 포로들을 가축 몰듯이 창으로 툭툭 치며 몰고 갔다. 왜병들의 닦달에 울음을 그친 사람들은 속 빈 강정이 되어, 육신만 흐느적거렸다.

동래성에서 부산포 우암동에 이르는 길은, 좌측으로 금련산과 황령산이 연이어 솟아 있었고, 우측 멀리에는 낙동강이 유유히 흐르고 있었다. 낙동강 하류는 아래쪽 다대포 바다로 흘러들어 갔는데, 오랜 세월 동안 퇴적이 생겨 그곳에는 퇴적층의 전답이 많았다. 예로부터 옥토로 소문난 지역이었다.

때가 음역 4월인지라, 벌판처럼 툭 터진 수전(水田)에서는 모들이 파랗게 새순을 만들어 내며 위로 솟아오르고 있었다. 왜병들이 침략하기 얼마 전에, 직파(直播)로 뿌려진 모였다.

당시에는 모를 재배하여 이식하는 이앙(移秧)법보다는 물의 공급이 원활치 않았기 때문에, 볍씨를 직접 논에 뿌리는 직파법이 많이 사용됐다. 보통 물을 대기가 원활치 않은 전답이나 토양 조건이 좋지 않을 경우에 직파로 볍씨를 뿌리는데, 그리하면 씨가 발아하면서 오랜 기간 논에 뿌리를 튼튼하게 내릴 수 있기 때문이었다.

모가 자리를 잡고 싹을 내면 볏줄기가 생기고, 그곳에서 다시 순이 나와 위로 뻗으며 갈래를 치는데 농군들은 그때부터 바빠진다. 왜냐면 땅속의 자양분은 모만 흡수하는 게 아니었다. 모가 자라면 반드시 어디선가 잡풀의 씨가 날아들어 왔다. 사람들은 그런 잡풀을 피라고 하였다. 피가 된 잡풀들은 거머리처럼 논바닥에 달라붙어 모와 함께 싹을 피웠다. 잡풀의 씨인 피는 모보다 생명력이 강해 피가 생기면, 모는 피에게 자양분을 다 빼앗겼다. 그리되면 모는 영양실조에 걸려 제대로 자라질 못하게 된다. 겨우겨우 모가 자라 벼가 된다 해도, 영양실조로 벼 끝에 쌀이 여물질 않아 결국에는 쭉정이가 되는 것이다. 쭉정이라는 것이 벼는 벼지만, 쌀 알갱이가 없는 것이니 아무짝에도 쓸모없는 벼가 되는 것이다. 피를 잘 뽑아 줘야 벼도 쑥쑥 자라고, 그 끝에 여무는 쌀도 야무지고 차지게 되는 이치였다.

"저걸 우야노, 저래 두면 안 되는 거 아이라."

"글게 말이다. 논에 피를 뽑아야 모가 잘 자라는 거 아이라. 사람들이 모두 도륙을 당해 버렸으니, 이젠 저걸 뉘가 돌보노."

"저리 농사를 망치면, 내년에는 모두 어찌 살아간단 말이고, 아이고…."

버려진 논의 모가 영락없는 자신들의 신세와 다름없이 여겨져 그들은 동병상련의 마음이 되었다.

벼는 곧 그들의 희망이었다. 봄에 씨 뿌리고 한 여름 잘 넘기면 가을에 이삭이 여물었다. 추수를 끝내고 쌓인 볍쌀 가마니를 보면 먹지 않아도 배가 불렀다. 소작을 뺀 나머지가 다음해 농사가 시작되는 봄철까지의 재산이었고, 식량이었다.

그런데 그 모가 버려져 있으니, 기약한 미래가 사라진 것이나 진배없었다.

"에고, 에고."

포로들은 모를 보며, 희망이 사라진 자신들의 삶에 눈물을 찍어

냈다.

"시즈카니 시로."(조용히 해라.)

통곡을 하면 여지없이 왜병들은 창으로 위협하며 포로들을 닦달했다. 희망을 잃은 사람들은 마음대로 울지도 못했다.

포로가 된 장정들은 묵묵히 왜병 부상자들과 약탈품이 실린 수레를 밀었고, 여인들과 아이들은 손을 잡고서는 왜병들의 창에 쿡쿡 찔리며 그 뒤를 따라 걸었다.

어디로 가는지도 몰랐다. 그냥 왜병들이 창으로 툭툭 치는 대로 발걸음을 옮길 뿐이었다. 그렇게 두 식경 남짓을 걸었을까, 서남쪽으로 부산진성의 성벽이 보였다. 성벽 위에는 조선 것이 아닌, 왜병들의 깃발이 흩날리고 있었다. 곧 성문이 열리더니 앞쪽에서 왜병들이 무리를 이루어 나왔다. 수장으로 보이는 왜장은 말을 타고 있었고 그 뒤쪽으로 창을 든 병사들이 따랐는데, 모두 병장기로 단단히 무장을 하고 있었다.

"하이고, 절마들은 또 뭐이라?"

곧이라도 싸움을 벌일 것처럼, 기세가 등등한 왜병을 본 조선 사람들은 기겁을 했다.

"예서 죽는 거 아이라."

왜병들이 조선 사람 목숨을 하찮게 다루는 것을 본 사람들은 지레 겁을 먹었다. 그들은 부산진성에 주둔하며 후방을 담당하던 왜병들이었다. 포로들은 인수하기 위해 성안에서 나온 것이었다. 왜군들은 서로 아는 체를 했다. 이를 본 조선 사람들은 안도의 한숨을 내쉬었다.

"왜병들의 서슬이 하도 퍼래서, 예서 도륙나는 줄 알았고마."

"암튼, 나도 간 떨어지는 줄 알았다카이."

장정 포로들은 가슴을 쓸어내리고는 안도의 한숨을 내쉬었다. 왜병들 중에도 악독한 자와 선한 자가 있어, 성정이 나쁜 자들은 조선 사람이 고분고분하지 않고, 조금이라도 반항하거나 눈에 거슬리면 아주 사소한 일로도 트집을 잡아, 포로들을 창으로 찌르고 칼로 베어 해를 입히곤 하였다.

"왜놈들이 우리 조선 사람의 목숨을 파리 목숨보다 하찮게 여기니…. 참."

"맞대이. 암튼 몸 조심해야 된대이."

"쉿쉿."

"괘않데이, 절마들은 우리말을 모른다 안하네. 소린 들려도 말은 모른데."

"시즈카니 시로."(조용히 해라.)

조선 사람 몇이 중얼거리자 바로 왜병의 언성이 높아지며 창으로 위협을 가했다.

전시(戰時)였다. 왜병들에게는 최하급 말단 병사에게도 생살여탈권이 주어졌다. 왜병들이 어떻게 마음을 먹느냐에 따라 생사가 갈리는 상황이었다. 성이 함락되고 수장들이 사라지자, 그들을 보호해 줄 울타리는 사라진 것이다. 이른바 아무런 보호막 없이 내버려진 힘없고 가련한 신세였다. 스스로 살아남아야 했다. 포로가 된 조선 사람들은 본능적으로 자신들의 생살여탈권을 쥐고 있는 왜병들의 일거수일투족을 주시해야 했다. 눈만 마주쳐도 공손한 태도로 적의나 불만이 없다는 것을 어떤 식으로든 전해야 했다. 왜병은 곧 자신들의 생사를 가르는 심판관들이었다. 옳고 그름을 떠나 무조건 그들의 비위를 맞춰야 살아남을 수 있었다.

동래성에서 조선인 포로들을 끌고 내려온 왜병들은 부산진성에서 나온 왜병들에게 포로들을 넘겼다. 몇 마디 주고받고 명부 같은 것을 건네더니 그들은 그대로 동래 쪽을 향해 되돌아갔다. 조선말 통역을 하던 왜병도 그들과 함께 돌아가고 말았다. 통역병은 그래도 사람이 어질어 조선 사람들이 많이 의지를 했다. 특히 양녀와 만개가 도움을 많이 받았는데 이젠 그마저 사라진 것이었다.

"하야쿠 우고케."(빨리 움직여라.)

"뭐라카노?"

"내사 아나!"

왜말을 모르는 조선 사람들은 통역이 사라지자, 곧 말이 통하질 않았다.

"시즈카니 시로."(조용히 하라.)

새로이 그들을 인수한 왜병들의 첫마디는 신경질적인 왜말이었다. 조선 사람들이 왜말의 의미는 모르지만 언성(言聲)으로 상황을 짐작할 순 있었다.

"하야쿠 우고케."(빨리 움직여라.)

부산진성에서 나온 왜병들은 조선 사람들이 왜말을 알아듣지 못한다는 것을 알면서도 언성을 높이며, 포로들을 위압했다.

통역이 있을 땐 대충 알아들었던 말도 문맥을 모르니, 뭔 말인 줄 도통 알아들을 수가 없었다. 만개도 마찬가지였다. 통역이 있을 땐, 왜말을 듣고 대충 상황을 짐작하거나 그의 얼굴을 보고 추측하며 틈이 있을 때 조선말로 확인하는 것이 가능했다. 그런데 이젠 그마저도 불가능했다. 확인이 불가능했으니 뭔 말인지 추측하기도 어려웠다.

"하야쿠 하야쿠."(빨리 빨리.)

갑자기 고성이 터져 나오면 조선 사람들은 어깨를 움츠리며 그들의 눈을 피하기 바빴다. 대등한 입장이라면 말이 통하지 않는 게 불편함만으로 끝날 수 있지만, 왜병들은 자신들의 생사를 좌우할 절대자였다. 게다가 왜병들은 서슬이 퍼런 병장기를 들고 있었다. 그런 상대에게 일방적으로 위협을 받는 약자의 입장에서는 말이 안 통한다는 것은 곧 공포와 두려움 그 자체였다.

"에구구."

조선 사람들은 왜병이 노려보기만 해도 죽는 시늉을 하였다. 말 한마디를 잘못 알아들으면 목숨을 떨굴 수 있었기 때문이었다.

"스스메."(전진하라.)

말을 타고 있던 왜병 장수가 다시 왜말로 명령을 내리자 왜병들은 우물쭈물대는 조선인 포로들을 창대로 밀었다. 포로들의 움직임을 말 위에서 내려다보는 왜장의 눈빛은 매우 날카로웠다. 외모에 그 흉폭함이 그대로 드러났다.

"칙쇼!"(빌어먹을 놈!)

장정 하나가 우물쭈물하자 말을 타고 있던 왜장이 달려와서는 들고 있던 채찍으로 포로의 얼굴을 쳤다.

"어이쿠!"

금세 얼굴이 부어올랐다.

"잘못했습니데. 잘못했습니데."

말도 통하지 않는다는 것을 알면서도 조선 남자는 그대로 무릎을 꿇고 머리를 조아리며 빌었다. 왜 얻어맞는지 이유도 몰랐다. 무조건 빌 수밖에 없었다. 잘못하면 죽는다는 생각뿐이었다.

"구즈구즈 스루나!"(꾸물대지 말라!)

조선 사람들이 눈치를 채고 앞으로 나아가기 시작하자, 그는 말의 복부를 차고는 앞쪽으로 달려 나갔다. 채찍을 얻어맞아 얼굴이 부어오른 남자는 목숨을 건진 것만으로도 다행으로 여겨서인지, 얼굴을 매만지며 황급하게 열을 따랐다.

"에구, 뭔 죄를 졌다고…."

"그래도 이만으로 끝났으니 다행인기라…."

"시즈카니 시로."(조용히 하라.)

조선 사람들 중 남정네들이 속삭이는 듯한 낮은 목소리로 말을 주고받는 것도 왜병들은 그대로 두질 않았다. 동래성에서 부산진성으로 내려올 때는 어느 정도 허용됐던 것도 이들은 용납하지 않았다. 지휘장의 인격과 방침이 바로 엄한 감시와 거친 대우로 나타난 것이었다. 조선 사람들은 왜병들을 따라 부산진성의 북문으로 들어갔다가 하루를 머물고 다음 날 해가 뜨자, 다시 남문을 나와서는 곧장 해안가로 끌려갔다.

◆

그들이 우암동 숲길을 거쳐 부산포 앞바다에 이르렀을 때, 바다 위에는 많은 왜선들이 떠 있었다.

"웬 배들이 저리 많노?"

"왜병들을 싣고 온 배 아이라."

바다에 떠 있는 수많은 배를 본 조선 사람들이 놀란 나머지 한마디씩 했다. 왜병이 흘끔 노려보아, 말을 한 사람들은 얻어맞겠다 싶어 얼른 고개를 숙였는데 다행히도 무사히 넘어갔다.

"쩌게 싸움배 아이가?"

"뭔 배가 저리 많노. 참말로 요란, 찬란하고마."

"무엘 저리 꾸며 놓았노. 머리가 어지러울 정도구마."

"절마들이 꾸미는 걸 좋아하는 갑다. 옷도 그렇지 않나."

바다 위에 떠 있는 배들은 한눈에 보아도 전선(戰船)들이었다. 조선 사람들은 배 위에 장식해 놓은 울긋불긋한 깃발을 보고, 조선의 판

옥선과 달라 기이하게 여겨 한마디씩 했다.

"맛쓰구 잇케."(곧장 가라.)

왜병들은 수군거리는 조선 사람들을 언덕 아래로 몰았다. 왜말을 알아듣지 못하는 포로들은 눈치로 왜병들이 창을 뻗어 가리키는 대로 움직였다.

휴이잉.

언덕을 내려서자 해풍이 세게 불어와 몸을 할퀴듯 치고 지나갔다. 하늘엔 구름이 가득했고 습기를 머금고 있는 바닷바람은 한기를 품고 있어 차가웠다.

"어무이요, 춥데이."

해가 가려진 음력 4월의 바다 바람은 아직 한기를 품고 있어, 금세 몸을 파고들었다. 아이들이 몸을 움츠리며 아낙들의 치마폭을 부여잡았다. 무명 쪼가리를 걸친 아낙들은 차가운 해풍에 몸을 부들부들 떨었다.

"이 문댕이들이 추워 죽겠고마 왜 우릴 바닷가에 끌고 오고 난리가. 바다에 빠트려 죽이려카나!"

아낙들이 투덜거리며 몸을 돌려 바람을 등으로 받아 냈다.

"대체 뭔 꿍꿍인지 속도 모르겠고 말도 안 통하니, 우짜믄 좋노."

"그게 아인기라. 이노마들이 우릴 왜나라로 끌고 가려 그러는 거 아이겠나. 옛날 고릿적부터 왜구들이 사람들 잡아갔다는 소릴, 내 마니 들었데이."

"맞데, 그 말이 맞데이. 내도 들은 적 있데이."

누군가 왜나라로 끌려간다 말하니 설마 하던 사람들은 서로의 얼굴을 바라보며 모두 얼굴이 새파랗게 굳어 갔다.

"아이고, 아이고."

"어무이, 아앙. 어무이."

왜나라로 끌려간다는 말을 들은 아낙들이 먼저 울음을 터뜨렸다. 아이들은 왜나라로 끌려간다는 말이 뭔 말인지 몰라 멀뚱멀뚱하다가, 아낙들을 따라 같이 울어 댔다.

"시즈카니 시로."(조용히 해라.)

왜병들 몇이 달려들어 즉각 창대로 조선인 포로들을 찔러 가며 위협했다.

"아이고, 아이고…."

왜병들이 닦달했지만 포로들의 심정은 이판사판이었다.

'왜놈들에게 끌려가 죽나, 예서 죽나 마찬가지다.'

죽을 작정을 하니 이제는 무서운 것도 없었다.

"아이고, 아이고."

더욱 큰 통곡이 여기저기에서 터져 나왔다.

휘이잉. 철썩철썩.

바닷바람과 파도 소리가 커, 다행이 통곡 소리는 크게 퍼지지는 않았다. 왜병들도 상황을 눈치챘는지 아니면 소리가 묻혀서인지, 더 이상 닦달하진 않았다.

'왜나라로 끌려간다'라는 말을 들은 양녀와 만개는 얼른 상황 판단을 하려 애를 썼으나, 도무지 왜병들의 의도를 알 수가 없었다.

"어쩌면 좋니…?"

두 사람은 불어오는 바람을 피하기 위해 몸을 비스듬히 한 채, 두 손을 맞잡았다.

앞바다에는 파도에 출렁이며 흔들거리는 왜선들이 바다를 시커멓게 뒤덮고 있었고, 먼바다로 이어진 하늘은 먼바다 끝에서 수평선을 이루고 있었다. 비라도 뿌리려는지 하늘은 잿빛을 띠었고, 바다는 시커먼 남빛을 띠고 있었다. 오늘따라 하늘도 바다도 음울하고 무서웠다. 시커먼 바다에서는 물바람이 일었고 파도는 들썩대었고 그럴 때마다 '철썩철썩' 물푸레나무로 볼기 때리는 소리를 냈다.

"마님, 저길 보세요. 저기에도 조선 사람들이 많아요!"

만개의 짧은 외침이었다. 양녀는 만개의 시선을 따라 육지 쪽 가까운 백사장을 바라보았다. 그곳에는 이미 어디서 잡혀 왔는지 하얀 무명옷을 입은 조선 남정네들이 손과 목에 밧줄이 걸린 채, 가축처럼 이리 끌리고 저리 끌리고 있었다. 머리는 모두 봉두난발(蓬頭亂髮)을 하고 있었다. 저간의 사정을 모른다면 영락없는 광인(狂人)들로 착각할 정도였다. 멀리서 '꺼이꺼이' 하는 남정네들의 울음소리가 들려왔다. 가슴속에서 치밀어 오르는 서러움을 참아 내며 내는 울음소리였다.

부산진성에서 포로가 된 어동도 그곳에 있었다.

"짐이 많아 인부가 더 필요합니다."

기장 앞바다에서 고기를 잡다 왜병들의 침략을 알고 부산진성으로 들어간 일행 중, 칠칠이는 도망치다가 목이 떨어져 나갔고 포로가 된 어동과 들출은 처음에는 돌쇠와 마찬가지로 북상하는 왜병들의 짐꾼으로 차출되었다.

"짐이 많아, 짐을 나를 인부가 더 필요합니다."

왜병들은 약탈한 물품이 의외로 많자, 일본으로 짐을 지고 갈 인부가 더 필요했던 것이다.

"뒤쪽에서 적당히 추려 가도록 하라."

"너, 너, 너 이리로 나와."

어동은 기회를 보다가 탈출할 것을 생각해, 맨 뒷줄에 있었는데 덩치가 큰 그를 왜병 통역이 지목해 빼냈던 것이다. 어동의 앞쪽에 들출이 있었고 그 앞줄에 돌쇠가 있었는데 들출이 서 있는 줄에서 북상하는 짐꾼과 해안으로 갈 인부의 운명이 갈라졌다.

"우리 행님도 같이 가야 안합니꺼. 돌쇠 행님요."

퍽.

"요케이나고토와 쓰루나."(쓸데없는 짓 마라.)

어동이 소리치며 돌쇠 쪽으로 향하자, 차출을 하던 왜병이 창 뒤끝으로 그의 옆구리를 찍었다.

"허억."

목에 밧줄이 걸리고 손목이 앞쪽으로 묶여 있던 어동은 숨이 컥 막혔다. 고통을 참기 위해 허리를 구부리고 옆으로 몇 걸음 물러서자 들출이 얼른 다가와 묶인 손으로 그를 부축하였다.

"괘않나?"

"으으윽… 괘…않다. 마 이 정도로 죽기야 하겠나. 괘않다, 괘않다."

"어동아, 어동아…."

돌쇠는 어동이 당하는 모습을 보며 어찌하지도 못하고, 목에 걸린 줄에 끌려 행렬을 따라 북쪽으로 멀어져 갔다.

평화롭던 부산 앞바다에 왜의 전선이 출몰한 후, 그들의 터전에서 멸치를 잡으며 삶을 영위하던 어동과 그 동무들은 졸지에 생과 사를 달리하거나 갈래갈래 찢어졌다.

부산진성에 남은 왜병들은 어동과 들출, 조선인 장정들을 시켜 성에서 약탈한 물건을 해안가에 정박해 있는 왜선으로 나르도록 했다. 어동은 부산진성이 동래성보다 먼저 함락됐기에, 이미 하루 전에 이곳으로 끌려와 있었다. 배에다 짐을 실어 나르는 짐꾼이 된 것이었다. 왜병들은 먹을 것도 제대로 주질 않았다. 하루에 한 번 주먹밥이 전부였다. 왜병들은 짐을 나르는 동안 손을 묶었던 오라는 풀어 주었으나 목에 걸린 밧줄은 풀어 주지 않았다.

"사람들이 또 어데서 잡혀 왔노. 각시들이 많네."

"저노마들이 우리 같은 조선 사람을 잡아 온 거 아니겠나."

"아낙들과 알라들이 뭔 죄가 있다고, 참으로 불쌍코마."

"저러다 조선 사람들 다 거덜나겠다이. 나랏님은 백성들이 저래 다 죽게 생겼는데, 대체 어데서 뭐 하고 있노…."

"글게 말이다. 어제도 배 하나에 조선 사람들을 잔뜩 실어 보내더마. 저 사람들도 배에 실어 보내려고 끌고 온 것 아니겠나?"

"죄 없는 사람들이 다 끌려가게 생겼다이."

이들이 말하는 하루 전에 끌려간 사람들은 부산진성에서 포로로 잡혀 온 사람들이었다.

"하야쿠 시고토 시로."(빨리 일들 해라.)

왜병들의 감시가 심해 속삭임은 멈췄으나 어동과 들출은 왜병들이 아녀자들을 창으로 툭툭 쳐 대며 배 쪽으로 몰아가는 것을 곁눈질을 하며 연민의 정으로 혀를 끌끌 찼다.

"아녀자들이 뭔 죄가 있노?"

"나랏님과 양반네들이 모자라, 저 수모를 당하는 거 아니겠나."

그들은 자신들의 신세도 처량했지만 연약한 아낙들과 아이들이 겪는 수모를 보자, 측은지심(惻隱之心)에 마음이 찡해 나랏님과 대신들을 원망했다.

찢어진 무명옷을 걸친 사람들의 손과 목에는 밧줄이 걸려 있었는데 왜병들은 그들을 마치 가축 다루듯이 창으로 툭툭 치며 연신 배에다 실었고, 왜장인 듯한 자가 왜말로 '슛바츠(출발)'라 외치면 포로를 실은 배는 먼바다로 나갔다.

"아이고, 아이고. 이제 가면 언제 오나."

배가 바다 위를 미끄러지면 포로가 되어 끌려가는 사람들은 배 위에서 통곡을 하였다. 그 배에는 동래성에서 왜병들의 포로가 돼, 모진 꼴을 당하고 끌려온 언양댁과 그 딸인 행녀도 있었다.

"아부이요! 복남아!"

배가 움직이자, 이제껏 아무런 말없이 언양댁을 따라온 딸 행녀가 배 난간 너머 육지를 향하여 내지른 단 한 번의 외침이었다.

"아이고, 아이고."

조선인 포로들의 곡성(哭聲)이 뒤를 이었다. 그들의 통곡과 외침은 바닷바람에 실려 널리 퍼져 나갔다. 그리고 그들이 흘린 눈물은 현해탄을 적셨다.

"이제 가믄, 은제 오노. 바다야, 바다야. 우리 식굴 갈라놓지 말그레."

누군가가 곡을 붙여 신세타령을 하였다. 그들에게 바다는 가족을 갈기갈기 찢어 놓고, 정든 고향을 등지게 하는 그야말로 원망스럽고 한 많은 통한의 바다였다.

가토 기요마사(加藤淸正)

“전군은 꾸물대지 말고, 서둘러 하선하라. 1번대를 바짝 뒤쫓아야 한다.”

조선 침략 제2번대 대장 가토 기요마사(加藤淸正)가 부산포에 도착한 것은 임진년(1592년) 음력 사월 열여드레날이었다.

기요마사가 규슈의 나고야(名護屋)성을 떠나 잇키(一岐)섬을 거쳐 대마도에 도착한 것이 삼월 스무나흘이었으니, 나고야성을 떠난 후 얼추 한 달 가까이에 걸쳐 목적지인 부산포에 도착한 것이었다.

그는 유키나가가 이끄는 1번대에게 뒤쳐지지 않으려 휘하 병사를 독촉했으나 날씨를 어찌할 수는 없었다. 일기는 나빴고 바다에는 폭풍우가 몰아쳤다. 나고야성을 나온 그의 부대는 폭우에 가로막혀 잇키섬에 발이 묶였다. 잇키섬은 대마도 아래쪽에 있는 섬으로서 예부터 평지가 많아 농어업이 성행했다. 몽골족이 세운 원나라가 고려를 앞세워 왜를 침범했을 때, 이곳을 공격해 커다란 전투가 있었던 곳이었다. 잇키섬에 머물던 기요마사는 폭풍우가 물러가자마자 부랴부랴 잇키를 떠나 대마도로 향했다. 그러나 그곳에서 합류를 기대했던 유키나가와 1번대는 이미 그곳에 없었다.

“내 이럴 줄 알았다. 기다리지 않고 일부러 선수를 치다니…. 교활한 놈."

'제1번대, 사월 십사 일, 부산포에 도착. 다음 날, 부산진성을 공략, 함락에 성공.'

유키나가가 이끄는 1번대가 부산진성을 함락시켰다는 소식이 전달된 것은 그가 대마도에 도착한 십팔 일 늦은 오후였다.

"여우 같은 놈 같으니라구."

배에 익숙지 않은 기요마사는 잇키섬에서 대마도로 건너오면서 여독이 남아 하루 정도 쉴 예정이었으나, 유키나가가 부산진성을 함락시켰다는 소식을 듣고는 자리를 박차고 일어섰다.

"즉시 바다를 건넌다."

무장을 풀고 쉴 준비를 하던 휘하 부장들은 기요마사의 명을 듣고 당황했다.

"주군. 날이 어두워져 시계가 좋지 않습니다. 위험합니다. 안전을 위하여 내일 미명에 출선하는 것이 좋을 듯하옵니다."

"에이잉. 이놈의 바다 때문에 되는 일이 없구나!"

유키나가에게 선수를 빼앗겼다는 생각에 기요마사는 마음이 조급했다. 그러나 아무리 성격이 급하고 무용(武勇)이 뛰어나더라도 인간이 자연을 이길 수는 없는 법. 어쩔 수 없음을 알고 그는 다시 명을 내렸다.

"날이 밝는 대로 출정한다. 밤을 새어서라도 준비를 하도록 하라. 꾸물대는 놈은 버리고 간다."

기요마사는 다음 날 미명이 밝아 오기도 전에 휘하 병사들을 재촉했다.

"출발하라."

서둘러 현해탄을 건넜으나 결국 유키나가의 1번대보다 여섯 날이

나 늦은 사월 십팔 일 오후에 부산포에 상륙한 것이었다. 이른바 제2번대였다. 히고(肥後－현 구마모토 지역)국의 영주인 그가 이끄는 병력은 다음과 같았다.

히고의 성주인 대장 가토 기요마사의 직할대 병력 팔천 명.

사가(佐賀) 성주인 나베시마 나오시게(鍋島直茂) 휘하 병력 일만 이천.

히고 남쪽 히토요시(人吉)의 영주, 사가라 요리후사(相良賴房)가 이끄는 병력 팔백.

도합 이만 팔백이었다. 유키나가의 제1번대보다 이천 명이 더 많은 병력이었다.

유키나가가 외교를 중시하는 지략적이고 문신적 성격에 가까운 반면, 기요마사는 무장 출신으로 무력에 의지하는 인물이었다. 그는 어린 시절부터 많은 싸움을 통해 전장에서 잔뼈가 굵었는데, 성격도 괄괄하고 급했다.

그는 유키나가를 매우 미워했는데, 그 이유가 유키나가가 자신과 같은 무장 출신이 아니라 장사꾼 출신이라는 것을 비하해서였다.

“장사치 주제에 입만 살아가지고, 사람들을 현혹하는 놈.”

기요마사는 자신의 이런 마음을 상대인 유키나가 앞에서도 노골적으로 나타냈다.

‘무력밖에 모르는 무식한 자.’

기요마사가 자신을 경멸한다는 것을 잘 아는 터라, 유키나가 역시 그를 무시하며 경원(敬遠)했다.

히데요시를 주군으로 모시는 입장은 같았지만, 둘은 물과 기름 같은 존재로, 이른바 앙숙이었다. 상대를 깔보고 비하하는 마음은 특히 기요마사 쪽이 심했다. 그는 유키나가를 못 잡아먹어 안달이 난 짐승처럼 공과 사를 구별하지 않고 유키나가에게 으르렁대었다.

히데요시의 가신단은 크게 두 부류였는데, 무장 출신인 가토 기요마사, 후쿠시마 마사노리(福島正則)를 중심으로 한 무단파(武断派)와 무력보다는 정보와 지략을 중시하는 고니시 유키나가, 이시다 미츠나리(石田三成) 등이 중심이 된 문치파(文治派)로 나누어져 있었다.

히데요시는 무력적인 측면에서는 기요마사의 저돌성과 용맹성을 높이 샀다. 싸움이 시작되면 선봉에 서서 적을 치고 상대의 사기를 꺾어 제압하는 기요마사 같은 무장이 필요했다. 반면 평화시의 문치적인 관점에서는 유키나가의 정보 수집력과 기획력, 외교력 등 참모로서의 작전 능력이 필요했기에 유키나가를 가까이했다.

두 사람은 출신뿐 아니라 사고와 행동 양식, 가치관이 너무도 달랐다. 게다가 불에 기름을 부은 것이 히데요시였는데, 그는 규슈 지역을 통일시키면서 그 공로를 인정해 히고 지역(현 구마모토 지역)을 둘로 분할했다. 그리고는 북쪽 지역은 가토 기요마사에게, 남쪽 지역은 고니시 유키나가에게 통치하도록 한 것이었다. 기요마사 당시 스물다섯이었고, 유키나가 스물아홉이었다.

영주가 된 기요마사는 처음에 자신의 출세에 만족했다. 그런데 마음속에 가시지 않는 무언가 꺼림칙한 불만이 자리를 잡았다. 그것은 자신의 영지 아래쪽을 차지하고, 같이 영주가 된 유키나가에 대한 시기와 불만이었다.

'저런 장사치가 영주가 되다니…. 아마도 감언이설로 주군을 속여 따낸 자리일 것이다. 이놈! 그런 자리가 오래갈 줄 아느냐. 두고 보아라. 내 언젠가 네 놈의 속임수를 밝혀 주군에게 알릴 것이다. 그리되면 네 목이 몸에 붙어 있지 못할 것이다. 이 여우 같은 놈.'

비록 영지가 분할되긴 했지만, 히데요시에게 공로를 인정받고 영지를 하사받아 영주가 됐음에도 불구하고, 통치 지역이 접경을 이루게 되자 기요마사는 신경질적으로 유키나가를 시기하고 증오했다.

둘은 종교적으로도 다른 입장이었는데, 기요마사가 일연종(日蓮宗)의 남묘호렌개교(南無妙法蓮華－법화경에 가르침에 귀의한다는 의미. 남묘호렌개교에서는 이를 반복하면 복을 받는다고 가르침)를 신봉했던 불교도인 반면, 유키나가는 천주교 세례를 받은 독실한 천주교도였다. 이와 같이 상반되는 배경으로 매사 충돌을 하였는데, 이번 조선 침략에 있어서도 기요마사는 자신이 선두에 서고 싶었다. 그런데 히데요시가 유키나가에게 1번대를 맡긴 것이었다.

'더 이상 유키나가에게 전공을 빼앗길 순 없다.'

"곧바로 진군하라."

마음이 급한 기요마사는 부산포에 상륙한 후, 병사들에게 휴식도 주지 않았다. 야간에도 쉴 새 없이 병사들을 몰아붙여 부산진성에 도착했는데, 유키나가와 1번대 주력은 이미 북상을 하고 난 후였다.

"발이 빠른 병사들로 척후를 띄어 1번대가 어디로 갔는지 탐지하라."

척후대로부터 1번대가 동래성마저 함락시키고 대구 쪽으로 올라갔다는 보고가 올라왔다.

"이틀 만에 두 개의 성을 함락시켰단 말이더냐, 틀림없으렷다?"

"틀림없습니다. 동래성은 이미 1번대 병사들이 점령해, 진을 치고 있는 것을 확인했습니다."

기요마사는 척후의 보고를 받고는 즉시 조선의 지도를 탁자 위에 펼쳤다. 펼쳐진 지도에는 조선 팔도가 노랑, 빨강 등 여러 색으로 칠해져 구분되어 있었다. 그의 주군 히데요시가 출정에 앞서 하사한 지도였다. 지도를 본 그는 고니시가 중로를 택하였다는 것을 확신했다.

대구, 선산, 상주, 문경을 지나 새재를 넘어, 충주, 여주를 거쳐 도성인 한성으로 올라가는 길이었다.

"으음. 역시 여우 같은 놈이 제일 빠른 중로를 택하였구나. 우리는 이쪽으로 간다."

기요마사는 지도의 오른쪽을 가리키며 한성으로 오르는 우로를 가리켰다. 양산으로 나아가, 그곳에서 오른쪽으로 방향을 틀어 언양, 경주, 용궁으로 향하는 길이었다. 유키나가의 1번대가 올라간 중로와는 다른 경로였다.

'서둘러 유키나가보다 먼저 조선의 왕성으로 들어가야 한다.'

그는 출발은 늦었지만 문경의 새재(鳥嶺)를 넘어 충주, 죽산, 용인을 거치면 유키나가보다 먼저 한성으로 들어갈 수 있을 것으로 보았다.

"서둘러 진군하라. 속도를 내야 한다."

마음이 급한 기요마사는 자신이 앞장서 대열을 끌었다. 얼마나 서둘렀으면 상륙 하루 뒷날인 십구 일 아침에는 이미 언양 읍내로 들어갔다.

"척후를 띄워라."

언양성을 둘러싸고는, 척후를 띄웠는데,

"성안의 조선군을 찾아볼 수 없습니다."

곧바로 언양성이 텅 비어 있다는 보고가 올라왔다.

"조선군이 없다니? 혹시 매복이 아니더냐?"

복병이 없다는 말을 기요마사는 믿을 수가 없었다. 그가 척후장을 추궁하듯 묻자,

"샅샅이 뒤졌습니다. 그러나 조선군은 흔적도 없습니다."

척후장은 단호하고 확신에 찬 대답을 했다. 그 역시 불같은 기요

마사의 성격을 잘 알고 있는지라 잘못이 있을 시, 자신의 목숨이 위험할 것이라는 것을 잘 알고 있었다.

기요마사는 척후장의 머리 꼭대기를 먹이를 노리는 독수리처럼 날카로운 눈매로 내려다보며 다시 물었다.

"매복이나 복병이 있는지 철저하게 살펴보았단 말이렸다?"

"하아, 성안에 사람들의 모습은 눈을 씻고 찾아보아도 없었습니다. 텅 빈 성안을 주인 잃은 개들만 배회하고 있었습니다."

"그렇다면 유키나가도 빈 성을 공략하고 승리했다고 거짓말을 한 것이란 말인가?"

기요마사는 조선군의 행동을 이해할 수 없는 듯 혼자 중얼거렸다. 그러자 옆에 있던 영주 나베시마가 웃으면서 말했다.

"하하하, 조선군이 기요마사 님의 명성을 듣고 겁이 나 줄행랑을 쳤나 봅니다."

"허허허. 소문이 빠르기도 하구먼…."

기요마사는 자신을 추켜세우는 말인 줄 알면서도 부정하지 않았다.

"아무튼 우물쭈물할 여유가 없소. 얼른 성을 접수하고, 후방 부대만 남겨 두고 출발합시다."

기요마사의 머릿속에는 오로지 유키나가를 앞서야 한다는 생각뿐이었다. 그에게 병사들의 피로 따위는 아랑곳없었다. 텅 빈 언양성을 무혈점령한 기요마사는, 성과 병참 관리를 위해 후방 부대 일부만 남겨 놓고 다음 진격 목표인 경주로 병사들을 몰았다.

경주는 신라의 고도로서 경상도 동쪽의 요충지였다. 그 중요성 때문에 종2품 벼슬인 부윤이 파견되어 그 관장을 맡고 있었다. 동쪽의 중요 관할지인 만큼 성곽도 견고한 편이었다.

임진왜란 직전 무렵까지 그곳에는 윤인함이 부윤으로 관할을 해왔다. 그런데 통신사로 왜국에 다녀온 정사 황윤길로부터 왜국의 움직임이 심상치 않다는 보고가 있자, 이를 무시할 수 없었던 조정에서는 대책을 논했다.

"경주성은 요충지입니다. 지금 부윤을 맡고 있는 윤인함(尹仁涵)은 문관 출신으로 약장이라 아니할 수 없습니다. 무관 출신으로 바꾸는 것이 타당한 것으로 사료되옵니다."

전쟁에 대비한 군사적 준비 대신, 인사(人事)를 통해 불안을 없애고자 고식적(姑息的)인 방법을 채택하였다. 서인과 가까운 윤인함을 문관 출신이라는 이유를 들어 동인들이 교체를 요구했다.

"그럼, 대신 누가 좋겠소?"

"강계 부사로 있다가 부친상을 당해 벼슬에서 물러난 변응성을 임명하심이 좋을 듯하옵니다."

"그럼, 그리 하도록 하오."

다수파인 동인들은 자신들의 당파와 가까운 변응성(邊應星)을 천거했고 선조는 이를 받아들였다.

당시 변응성은 부친상을 당해 묘막 생활을 하고 있었는데, 유교를 통치 이념으로 삼고 있던 조선에서는 부모상을 당하면 특별한 이유가 없는 한, 삼 년 동안 묘막생활을 하는 것이 관례였다.

급히 조정의 부름을 받은 변응성은 묘막 생활을 마치지도 못하고 부랴부랴 임지인 경주를 향해 출발했다. 그런데 변응성이 임지인 경주에 도착하기도 전에, 기요마사가 이끄는 왜군이 경주성에 들이닥친 것이었다. 전략적 요충지에 수장이 없는 궐석 상태에서 적군을 맞이하게 되었던 것이다.

"왜군이 언양 쪽에서 이리로 올라오고 있습니다."

전임 부윤 윤인함이 교체되어 경주성을 떠난 후, 판관 박의장과 그 수하 장교들이 경주성을 지키고 있었는데, 왜군 침입의 첩보가 전달된 것이었다.

"아니, 부윤이 궐석 상태인데, 이를 어쩌면 좋단 말인가?"

판관 박의장(朴毅長)은 난감했다. 판관은 종5품 무관직이었다. 부윤을 보필하는 직책이었지, 책임자가 아니었다.

"왜군 일부가 경주에 나타났습니다."

이미 왜군 선봉이 경주에 들어왔다는 보고가 연이어 올라왔다. 곧이어 피난민들이 경주성으로 몰려들었다.

"왜병의 주력이 경주성을 노리고 오는 게 틀림없소. 어찌하면 좋겠소?"

박의장은 급한 대로 부장들과 아전들을 불러 모아 놓고는 사태의 위급함을 전했다.

"부윤이 궐석이면 그다음으로 벼슬이 높은 판관님이 대신 대장 노릇을 하는 게 법도입니다."

이방의 말이었다.

"그럼, 지금부터 내 말을 따르시오. 우선 왜적의 수가 많다 하니 성의 방비를 위해 급히 병사를 모아야겠소. 그리고 민가의 장정들도 모아야 하오. 괭이라도 좋으니까 뭐든지 무기를 들고 성으로 오라 하시오. 말을 듣지 않는 자는 붙잡아서라도 끌고 와야 하오."

그의 지휘로 한 식경이 지나지 않아 경주성에는 관민을 합쳐 이천여 명이 모여들었다.

"우선, 병사와 장정들이 성벽에 배치하라."

이어서 기요마사가 이끄는 왜군이 성을 향해 다가왔다.

"오호, 모두 어디로 내뺐나 했더니 여기 모여 있었구먼. 조선군을 만나 반가운 마음이다.”

경주성에 도착한 기요마사는 응전 태세를 갖추고 있는 조선군을 보고는 오히려 반갑다는 표정을 지었다.

그와는 달리 왜군을 본 박의장은 걱정이 태산 같았다. 성벽을 따라 병사와 장정들을 배치하긴 했으나, 이들은 갑작스레 모아진 오합지졸에 불과했기 때문이었다. 장정들 중에는 군사 훈련을 받은 적이 있는 사람이 거의 없었다. 게다가 경주성은 산성이 아닌 읍성이었다. 성곽은 튼튼하고 견실했으나 지대가 낮은 평지에 쌓여 있었고 성벽도 그리 높지 않았다. 결코 방어를 위한 철옹성이라고는 할 수 없었다. 그에 비해 왜군의 수는 경주성 군민을 합한 수의 열 배가 넘었다. 처음부터 상대가 아니었다.

“즉시 성을 포위하라.”

공격을 위한 기요마사의 명이 떨어졌다.

“자, 본때를 보여 줘라. 먼저 철포 부대를 앞세워 혼을 빼놓아라.”

지직.

기요마사의 명령이 떨어지자 철포대가 앞으로 나서 화승에 불을 댕겼다.

한편, 성안에서 밖을 내다보던 조선의 군민들은 왜병들의 군세에 놀랐고, 또 그들이 성벽을 둘러싸는 모습을 보고는 지레 겁을 먹고 있었는데 갑자기,

꽈과과과광.

하고 천둥 때리는 소리가 울려 퍼졌다.

조선의 군민들은 난데없는 철포 소리에 귀가 얼얼해 혼이 다 빠져나갔다.

“으아아. 으아악.”

성벽 밖으로 상반신을 내밀고 왜군을 쳐다보던 사람들이 총탄을 맞고는 말 그대로 맥없이 거꾸러져 성벽 아래로 떨어졌다. 순식간의 일이었다. 머리를 맞은 병사는 즉사했고, 몸통을 맞은 병사는 몸통에서 피가 뿜어져 나오는 것을 보고는 비명을 질러 대며 기었다. 총탄은 스치기만 해도 불에 덴 듯한 통증이 엄습했다. 철포를 생전 본 적이 없던 조선의 군민들은 무슨 일이 일어났는지조차 알 수가 없었다. 그들은 그저 무서움과 공포에 본능적으로 머리를 숙이고, 몸을 낮추었다.

후다닥.

겁을 먹은 장정 셋이 무기를 내던지고 성벽 아래로 내뺐다.

"도망가면 죽인다."

장교들이 고함을 지르며 쫓아가 뒤에서 베었다.

"으아악."

도망치던 자들은 비명을 지르며 앞으로 엎어졌고, 살인을 한 장교들의 눈에는 핏발이 솟았다. 도망한 사람들의 뒤를 따르려, 주춤주춤하던 자들은 도망을 포기할 수밖에 없었다. 그들은 모든 걸 포기하는 심정으로 성벽에 있을 수밖에 없었다.

"이게, 뭐꼬? 적을 앞에 두고, 우리끼리 죽이고 살리고…."

"글게 말이다. 하이고, 이래서 싸움이 되겠나!"

"와아아."

성안에서 내분이 일어나는 사이, 왜군이 함성을 지르며 성벽으로 몰려왔다. 총공격이 시작된 것이었다.

"화살을 날려라!"

장교들의 목소리가 다급해졌다.

성벽에 붙어 있던 궁수들은 장교들의 명령에 따라 다가오는 왜군

을 노리고 화살을 쏘려 머리를 드는 순간,

타타탕.

하고, 왜군 진영으로부터 굉음이 터져 나왔다.

"에쿠."

궁수들은 굉음 소리에 겁을 먹고는 얼른 고개를 숙였다. 머리를 내밀고 화살을 쏘려 해도, 다리가 떨려 도저히 활줄을 힘껏 당길 수가 없었다. 철포 소리만 나도 오금이 저려왔으니 팔에 힘이 들어가질 않았다.

"피융."

궁수들은 대충 화살을 날려 버리고 화살을 활줄에 거는 척하며, 성벽 아래로 몸을 바짝 붙일 뿐이었다. 싸움이 지속될수록 조선 군민의 사기는 총탄에 맞아 쓰러진 병사들과 함께 땅바닥에 떨어져 뒹굴었다. 싸움은 사기가 승패를 좌우하는데 도저히 사기가 오르질 않았으니, 수성장인 판관 박의장도 어쩔 수 없음을 깨달았다.

한편, 2번대에 소속된 타다노리는 규슈 출신으로 기요마사를 따라 현해탄을 건너왔다. 평소에 농사를 짓는 농민이었는데, 영주인 기요마사의 동원 명령을 받고 조선에 건너온 것이었다. 이제 갓 스물이 된 그는 자신의 집에 있던 장창을 들고 참전을 하였다. 싸움이 빈번했던 전국시대였던지라 선대가 남겨 놓은 병장기였다. 조선에 건너오기 전에 일본 내에서 싸움에 참가한 적은 없었다. 성인이 돼, 처음으로 싸움에 동원된 것이었다.

"창을 갖고 있는 자들은 이쪽으로…."

"철포를 다룰 줄 아는 자들은 저쪽으로…."

대개 싸움 경험이 없고 창을 들고 있는 자들은 창 부대에 배속되었다. 아시가루(足經)라 했는데, 말단 보병이었다. 그에게는 경주성 싸움이 생애 첫 번째 전투였다.

"발사하라."

타타탕, 타타탕.

기요마사가 명령을 내리자, 철포대가 일제히 발사를 끝낸 후 재장전을 하는 동안 곧 돌격대가 사다리를 들고 성벽으로 다가가는 것이 보였다. 돌격대 병사들은 싸움에 익숙한 병사들이라 몸놀림이 민첩했다. 그들이 다가서자 성벽 위에서 화살과 돌덩이가 떨어져, 얼마간의 공방이 있었으나 철포에 겁을 먹었는지 조선군의 저항은 현저히 약해 있었다. 후열에 있던 타다노리의 눈에 거죽을 뒤집어쓴 돌격대가 사다리를 타고 올라가 성벽을 넘는 모습이 보였다. 성벽은 그리 높지 않았다.

삐이걱.

돌격대가 성벽을 넘어 들어가고 곧이어 성문이 열렸다. 이어서 영주의 명령이 떨어졌다.

"돌격하라!"

다다다닥.

먼저 기마대가 달려 들어갔다.

'어떡하지?'

싸움에 처음 참가하는 타다노리는 어찌할 줄 몰라 옆의 눈치를 보았다. 그와 마찬가지로 싸움에 처음 참가한 병사들이 많아, 모두 선뜻 나서지 못하고 쭈뼛쭈뼛하였다. 그러자 지휘장인 오장들이 뒤쪽에서 칼을 휘두르며 다가왔다.

"돌격해라! 이놈들아 뭘 꾸물거리냐! 돌격이다, 돌격."

서슬이 시퍼런 오장이 칼을 휘두르며 재촉하자, 타다노리와 신참 병사들은 무조건 앞쪽으로 내달렸다. 그는 우물쭈물하다가는 아군에게 먼저 죽겠다 싶어 '죽기 아니면, 까무러치기'라는 심정으로 기마대를 따라 내달렸다.

휴잉, 휴잉.

성벽 위에서는 조선군이 쏘는 화살이 간간히 날아왔다. '휴융' 하고 화살이 바람을 가르는 소리가 매서웠다. 소리만으로도 화살의 위력을 실감할 수 있었다. 보병들이 성문을 통과해 성안으로 들어가자, 창을 들고 저항하는 조선군 병사들이 눈에 띄었다.

조선군의 덩치는 모두 큰 편이었다. 그런데 들고 있는 창은 날 부분이 삼지창처럼 세 갈래로 갈라져 있어, 조금은 무뎌 보였다. 창대도 짧았다. 몸에는 몸을 보호하기 위한 갑옷이 아니라, 무명에 염색을 들인 천을 걸치고 있었다. 싸움을 위한 갑옷이 아니라, 상징에 불과하다는 것을 알 수 있었다. 더구나 조선군은 철포 터지는 소리가 나면 기겁을 했다. 겁에 질려 엉덩이를 뒤로 빼고 도망갈 궁리를 하고 있는 게 역력했다. 앞장선 병사들이 이들을 공격하자, 조선 병사들은 무작정 창을 앞으로 내밀며 덤벼들었다. 타다노리에게도 조선병 하나가 창을 세워 들고 달려들었다.

"에잇."

그는 무의식적으로 쥐고 있던 장창을 앞으로 뻗었다. 조선병의 창대는 상대적으로 짧아, 자신의 긴 창이 먼저 조선병의 배를 꿰뚫었다. 조선병은 창자루를 움켜쥐고는 알지 못할 소리를 지르며 쓰러져 갔다.

"어어."

타다노리는 난생 처음으로 사람을 찔렀다. 순간적으로 몸이 경직됐다. 당하지 않으려고 달려드는 조선병을 향해 창을 뻗었던 것이었는데, 잠깐 동안에 생과 사가 갈렸다. 연이어 조선병을 향해 창을 뻗었다.

"으윽."

싸움이 거듭될수록 그의 눈은 점점 충혈되고 얼굴은 벌게져 갔다. 온몸에서는 땀이 범벅이 되어 흐르고 있었다. 상대가 달려들면, "에잇" 하고 창을 뻗었다. 날카로운 창날이 상대의 몸을 뚫고 들어가는 촉감이 손에 와닿았다. 물컹했다. 그리고 피가 튀었다. 머릿속엔 아무런 생각도 없었다. 그저 본능적으로 창을 내밀었다. 창을 맞은 상대는 피를 흘리며 쓰러져 갔다.

"치쿠쇼, 가갓테 고이, 치쿠쇼."(제기랄, 덤벼, 덤벼, 제기랄.)

입에서 저도 모르게 푸념이 터져 나왔다. 상대를 찌르고 죽일 수밖에 없는 이 상황이 원망스러웠다. 처음 느껴 보는 격한 감정이었다. 싸움터에서 죽는 것은 싫었다. 그래서 있는 힘을 다해 창을 내밀 뿐이었는데, 그 끝에서 누군가가 피를 흘리며 죽어 갔다. 마치 아귀들이 서로 죽이고 죽는 아수라장 같아 싫었다.

싸움은 일방적이었다. 사무라이 장교들이 쓰는 칼은 날이 잘 서 있었고 날카로웠다. 보병들이 들고 있는 창은 창대가 길고 창날은 예리했다. 왜병들의 무기는 조선군보다 살상력이 뛰어났고 지휘장들은 진법을 잘 알았다. 상대를 노리고 쳐들어갈 때는 대열을 이루어 흐트러짐 없이 움직였고, 상대의 진열이 무너지면 대열은 재빠르게 흩어져 각개 전투를 실시했다.

왜군이 성문을 통과한 직후, 얼마간 조선군의 저항이 있었으나 한식경도 지나지 않아 저항하는 조선병의 모습은 거의 보이지 않았다.

"헉헉."

싸움에 지쳐, 타다노리가 숨을 헐떡이는데,

"와아, 와아."

어디선가 함성이 솟아올랐다. 처음 겪는 실전인지라 제정신이 아니었던 타다노리는 환호가 나는 쪽으로 고개를 돌렸다. 영주인 기요마사가 붉은 천을 머리에 장식한 말을 타고 서서히 성안으로 들어오고 있었다.

"와아아, 영주님, 만세! 와아, 이겼다."

"와아."

타다노리도 창을 들어 올리며 덩달아 함성을 질렀다. 승리에 대한 기쁨보다는 살았다는 안도감에 대한 환호였다. 그저 본능적 외침이었다. 싸움이 시작되기 전에 가슴을 가득 채웠던 두려움은 어느덧 사라졌다. 이제는 심장이 쿵쾅쿵쾅 뛰지도 않았다.

'살아남았다!'

자신도 모르게 얼굴이 묘하게 실룩거리며 움직였다. 싸움 전에 엄습했던 두려움 대신에 이제는 승리에 대한 묘한 희열을 느꼈다. 쿵쾅거리던 심장은 오히려 벌렁벌렁하는 느낌이었다.

'음, 뭐지?'

환호하던 그는 땀에 절어 끈적끈적한 얼굴은 손으로 한 번 감싸, 땀을 훑어 냈다. 손에는 얼룩덜룩한 검붉은 반점이 섞여 있었다. 자신이 찌른 상대방의 핏자국이란 것을 알고는 마음이 께름칙해, 얼른 바지 뒤쪽에 닦았다. 사방을 둘러보니 총포에 맞아 머리 일부분이 깨어져 나가 죽은 자, 몸통에 구멍이 뚫려 피를 철철 흘리며 죽은 사체들이 즐비했고 창에 부상을 입어, 누워 신음을 하는 자 등이 여기저기 널려 있었다.

"야압."

쓰윽.

싸움에 익숙한 자들은 쓰러져 있는 사체로 달려가, 허리춤에 꽂아 있던 칼로 머리를 떼어 내었다. 여기저기에 머리가 떨어져 몸통만 남은 사체가 검은 피를 쏟아 내며 버려져 있었다. 부상을 입고 신음하고 있던 조선병은 발견되는 즉시 도륙을 당했다.

"갈 길이 멀다. 후방을 견고히 하기 위해 적은 다 죽인다."

총대장 기요마사의 명령이었다. 그는 군사들에게 조선 군민을 하나도 살려 놓지 말고 전원 죽일 것을 명했다. 명을 받은 왜병들은 닥치는 대로 조선병의 목을 베었다. 왜병에게 목이 떨어진 수급만 천오백이 넘었다. 목이 떨어진 조선병의 사체는 한곳으로 모아져 태워졌다. 사체를 태우는 시커먼 연기와 구운 내가 경주읍 전체를 뒤덮었다.

"수급을 거둔 수에 따라 논공을 행상한다. 그리고 수급은 통에 차곡차곡 넣은 후 소금을 뿌려 놓아라. 본국으로 돌아가는 배에 실어 히데요시 전하에게 보낼 것이다. 우리 2번대의 전공을 아시면 크게 기뻐하실 것이다. 하하하."

첫 싸움에서 대승을 거둔 기요마사는 얼굴에 희색이 가득했다. 싸움이 끝난 후에도 인정사정이 없는 그였다.

"절을 불태워라."

경주를 점령한 그는, 스스로 불교 신도이면서도 경주에 있는 불국사의 넓은 터를 보고는 조선군이 집결할 수 있다고 여겼다.

'후환을 남겨 둘 필요는 없다.'

그는 조선의 국보인 불국사를 태워 버리도록 했다. 기요마사의 명을 받은 왜병들은 방화를 하기 전에, 불국사의 금불상 등 보물들을 약탈했다. 왜병들은 아주 크거나 눈에 띄기 쉬운 것은 지휘부에 바쳤으나, 약탈한 보물들 중 작은 것들은 자신들의 짐 꾸러미 속에 쑤셔 넣었다.

"흐흐흐, 수지맞았다."

촛대나 미륵상, 하다못해 문양이 새겨져 있는 기와 등 값이 나갈 물건은 모두 그들의 약탈 대상이었다. 귀한 것으로 보이는 보물 중 부피가 커, 들고 다니기가 힘든 것들은 절 뒤편 야산에 땅을 파고 묻어 놓았다. 물론 나중에 파내기 위해 표식을 해 두는 것도 잊지 않았다.

"꾸물거릴 틈이 없다. 자, 출발이다."

기요마사는 약탈한 물건 챙기기에 바쁜 병사들에게 출발을 명했다. 기요마사는 이번 침략에서 주군인 히데요시에게 공을 인정받고 싶었다. 그러기 위해서는 유키나가보다 먼저 한성을 점령해야 한다고 여겼다. 그러자 기요마사는 마음이 급해졌다.

'조선병들의 무력이 이 정도라면 이번 싸움은 식은 죽 먹기다. 출발은 늦었지만, 내 기필코 먼저 한성에 입성해 조선 왕을 사로잡으리라. 그리되면 이번 조선 출정의 일등 공신은 내가 될 것이니라.'

공명심이 기요마사의 마음을 더욱 부추겼다. 경주로 뒤로 하고 한성으로 향하는 그의 등 뒤로 불국사가 시뻘건 불길을 내뿜으며 타올랐다. 극락정토가 아수라로 화하는 순간이었다.

몽진(蒙塵)

몽진(蒙塵)이란 말은 '먼지를 뒤집어쓰다'라는 의미의 한자어이다. 몽(蒙)에는 '무릅쓰다'라는 의미가 있고, 진(塵)은 먼지 또는 티끌이라는 의미다. 두 한자가 합쳐져 먼지와 티끌을 뒤집어쓴다는 의미가 됐고, 임금 등의 지체 높은 자가 궁궐을 나와 여염으로 도망치는 경우 사용하는 말이 됐다.

구중궁궐에서 발에 흙을 묻히지 않고 살던 왕족이 난리에 쫓겨, 으리으리한 궁궐을 나와 진토(塵土), 즉 티끌과 흙투성이인 여염으로 나오니, 이를 몽진이라 한 것인데 여염에 사는 사람과 왕족을 구별하기 위해 만들어진 말이다. 그러니 원래 몽진 속에 사는 여염 사람들은 해당이 되질 않았고, 오직 임금같이 지체 높은 사람에게만 쓸 수 있는 말이었다.

"여기서 더 이상 꾸물대다가는 위험하다. 어서 빨리 도성을 나가 서북쪽으로 행재소를 옮겨야 한다.'

남쪽에서 올라오는 장계에는 한결같이 '패전', '전사'라는 글귀가 적혀 있었다. '혹시 왜적에게 사로잡히지 않을까?' 선조는 몹시 불안한 마음이 되었다. 안절부절못하던 그는 임금으로서의 체면도 아랑곳없이 대신들을 독촉했다. 겁을 먹고 있던 대신들도 이심전심으로 도성을 피해 파천을 하기로 합의를 보았다.

"나라가 위급하오니, 귀양을 가 있는 대신들을 방면해 주십시오."

"그리하라."

귀양을 가 있는 서인들을 풀어 주라는 건의가 올라왔고, 마음이 급해 대신들과 왈가왈부하기 싫었던 선조는 도성을 떠나기 전, 귀양 간 사람들을 모두 방면하도록 했다.

"성은이 망극하옵니다."

임금의 조처에 조정에 남아 있던 서인들은 감읍했다. 세자책봉 문제 이후, 정철과 윤두수를 비롯한 많은 서인의 거두들이 여전히 귀양살이를 하고 있었기 때문이었다.

추적, 추적.

왜군이 부산포에 상륙한 후, 이미 스무 날이 지난 음력 사월의 마지막 날이었다. 도성에는 새벽부터 비가 내렸다. 선조는 축시(丑時－새벽 1시에서 3시 사이)경, 자리에서 일어났다. 세상 만물이 깊게 잠들어 있는 야심한 시간이었다. 임금은 포근한 이부자리를 박차고 일어나 궁궐을 빠져나왔다. 어둠이 그들을 감쌌다.

어둠에 몸을 숨기고 늦은 봄비가 추적추적 내리는 가운데, 도성을 빠져나가는 행렬이 이어졌다. 종묘의 제사를 담당하는 제사관들 이 선왕들의 신위를 가슴에 품고, 몸으로 신위가 비에 젖는 것을 막으며 행렬의 맨 앞쪽에서 걸었다.

임금은 가마도 못 타고 말 위에 앉아 온몸으로 비를 맞았다. 임금이 탄 말 뒤에 왕비와 후궁을 비롯한 내전들이 탄 가마가 뒤를 이었다. 일부 대신들이 그 뒤를 따랐다. 흡사 죄를 지은 자들이 야반도주하는 형상이었다. 평소 같으면 감히 생각지도 못할 초라한 몰골로 임금과 그 권속들은 궁을 나왔다. 행렬이 사직골을 거쳐, 서북으로 향하는 무악 고개를 오를 즈음이었다.

"임금이 도성을 나갔다. 도성을 나가 무악골로 빠졌다."

삼라만상이 활동을 멈추고 모두 깊게 잠든 그런 야심한 밤이었음에도 불구하고 소문은 삽시간에 퍼져 나갔다. 왜군이 바다를 건너와 북상하고 있다는 소식은 이미 장안 구석구석까지 퍼져 있었다.

'전황이 어찌될꼬. 그래도 설마….'

백성들 역시 불안한 마음이 없진 않았으나 그래도 임금이 해결해 주리라는 믿음과 의지하는 마음이 컸다. 믿을 것은 임금뿐이니 그들은 궁궐의 동태에 세심히 귀를 기울이고 있었다. 연일 남쪽에서 장계가 올라왔으니, 혹시 그 장계에 희소식이 있지 않을까 하는 바람이 컸기 때문이었다. 아직 희소식은 없었으나 그래도,

'임금님이 아직 도성에 있으니….'

하는 마음에, 백성들은 임금이 함께 있다는 것만으로도 위안을 삼았다. 그런데 '아닌 밤중에 홍두깨 격'으로 '임금이 도성을 빠져나갔다'라는 소문이 퍼진 것이었다. 가뜩이나 불안한 마음에 밤잠을 못 이루며 뒤척였던 사람들은 소문이 퍼지자, 곧바로 이부자리를 박차고 밖으로 뛰어나왔다.

"예미랄. 도성을 지킨다고 큰소릴 치지 말지."

"그러게 말이여, 큰소릴 쳐 우릴 안심시켜 놓고, 지만 내빼는 것이 뭔 임금이여."

"모든 것이 다 꾸며진 일이고만. 백성을 속이고 지들만 살려고…."

"그나저나 백성을 버리고 임금과 정승들이 먼저 꽁무니를 빼면 이 나라는 어찌되는 거여?"

점백의 귀에도 '임금이 도성을 빠져나갔다'라는 소리가 들려왔다.

비가 내려 사방이 캄캄하자, 그는 횃불을 만들어 쥐고 밖으로 뛰쳐나왔다. 그는 양반집 노비였는데 남대문 가까운 곳에 처소가 있었다. 그가 밖으로 나왔을 때는 궁궐 쪽 가까운 광통교 근처에는 이미 많은 사람들이 모여 있었다.

"미륵아, 마당쇠야!"

점백은 얼른 이웃으로 달려가 동무들을 불러냈다.

"무슨 일이야?"

"임금이 도성을 빠져나갔단다."

"뭐여, 제대로 된 양반이 하나도 없구먼!"

점백과 미륵, 마당쇠는 모두 양반가의 노비였다.

앞서 왜적이 침략했다는 장계가 도착했을 때, 조정에서는 신립을 도순변사로 임명하고는, 함께 보낼 군사를 모으기 위해 곳곳에 방을 붙였다. 그런데 군사가 쉽게 모이질 않았다.

"사태가 긴급하니 우선 먼저 떠나겠습니다. 군사들이 모이면 곧 보내 주십시오."

신립은 사태의 촉박함을 알고는 일부 병사만 끌고 먼저 남쪽으로 내려갔다.

'군사를 모집한다. 신분의 관계없이 장정이라면 누구나 지원 가능하다.'

한성과 도성 주변 여기저기에 방이 나붙었다. 글을 모르는 점백은 글을 아는 선비에게 그 내용을 전해 들었다.

"노비도 군사가 될 수 있습니까?"

"장정이라면 누구나 가능하다 하니 그럴 거다. 오히려 군사가 되어 공을 세우면 노비 적에서 빠져 양민이 될 수 있을 것이다. 평시에는 있을 수 없는 일이다."

"고맙습니다요."

노비 적에서 벗어날 수 있다는 말에 귀가 솔깃한 그는 곧장 동무인 미륵과 마당쇠를 불러, 함께 군사가 되기 위해 궁궐로 향했다.

"뭐냐?"

궁궐 앞에는 오위도총부 소속 병졸 여덟이 창을 꼬나들고는 그들을 경계했다. 군관 복장의 장교 하나가 환도를 허리에 차고 뒤쪽에 있었다.

"장정을 모집한다기에 왔습니다."

군사들은 바깥쪽에서 궁궐을 들여다볼 수 없게 궁궐 문을 꼭 잠그고 삼엄한 경계를 펼치고 있었는데, 점백의 말에 초병이 뒤쪽에 있던 장교를 흘끗 쳐다보았다. 아까부터 점백 일행의 동태를 살피던 장교는 불퉁스러운 표정으로 다가왔다.

"무슨 수작들이냐?"

"수작이 아닙니다요? 저희들은 양반가의 하인들입니다. 군사를 모집한다는 방을 보고 달려왔습니다."

점백이 주눅 들지 않고 또박또박 대꾸를 하자, 그는 위아래를 훑더니 대수롭지 않게 답했다.

"어, 그러냐? 도순변사 나리는 이미 남쪽으로 내려가셨다. 아마 다시 모이라는 방이 붙을 것이다."

"그럼, 저희들은 어찌하면 됩니까?"

"우선 집으로 돌아가 기다리고 있거라. 방이 다시 붙으면 그때 다시 오거라."

"어, 그렇습니까요? 잘 알겠습니다요."

그때는 이미 몽진이 결정된 후였다. 그러니 조정 대신들은 자신의 안위를 걱정할 뿐, 누구 하나 군사를 모으는 일에는 관심이 없었던 것이었다.

오히려 궁궐 소식에 빠른 양반들은 이미 임금의 몽진 의사를 파악하고 자신들도 피난을 준비하고 있었다. 이런 사정을 모르는 점백과 그 동무인 미륵, 마당쇠가 하릴없이 집으로 돌아왔을 때는 상전인 김상대도 처첩을 끌고 피난 준비를 끝난 상태였다.

"네 이놈, 이 시국에 어딜 그리 빨빨거리고 돌아다니느냐? 난리가 났단다. 어서 짐을 꾸리거라. 안동에 있는 본가로 내려갈 것이다."

"네? 그럼, 저는 여기 남아 있겠습니다요."

"저런 경을 칠 놈 같으니라고. 그게 무슨 망발이냐?"

"조정에서 왜적과 싸울 군사를 모은답니다요. 저는 여기 남아 군사가 될 것입니다요. 나라가 위급한데 나라를 지켜야지, 도망이나 가서야 되겠습니까요?"

점백은 슬쩍 비꼬는 투로 상전을 비난하며, 자신의 쪽방으로 가버렸다.

"허, 저런 불쌍놈이 있나? 지금까지 멕여 주고 재워 주었더니…."

속으로는 혼쭐을 내 주고 싶었지만 점백의 말이 사리에 맞는 말인지라 뜨끔한 김상대는 벙어리 냉가슴 앓듯 꾸짖지도 못하고 수염만 어루만졌다.

"같이 내려갔으면 좋겠다만, 네 뜻이 그렇다니 할 수 없구나. 군사가 되기 전까지 여기 남아 집이나 잘 지켜라!"

김상대는 마음이 급해 안동으로 내려가기 전, 점백을 불러 다짐을 했다.

"네, 잘 알겠습니다요."

상전인 김상대의 당부를 들으면서도 점백이는 건성으로 답했다.

군사가 돼, 군공을 세우면 노비를 벗어날 수가 있다고 믿었기 때문이었다. 아무튼 상전이 향리로 내려간 후에도 점백은 홀로 남아 궁궐에서 나올 군사 모집 소식을 학수고대하고 있었다.

그런데 그런 점백에게 임금이 도성을 빠져나갔다는 소문이 들려왔던 것이다. 그는 실망을 넘어, 화가 머리끝까지 치솟았다.

'제길, 이 지긋지긋한 노비 적에서 벗어날 수 있나 했더니…. '닭 쫓던 개 지붕 쳐다보는 격'이네. 그려.'

마치 다 잡은 기회를 빼앗긴 것 같아 그는 분통이 터졌다.

"궁으로 가자!"

점백이 앞장서 외치자,

"와아, 가자, 가자."

누가 먼저랄 것도 없이 사람들의 발걸음은 궁으로 향했다. 흥분해 있던 사람들은 점백과 마찬가지로 대부분이 양반가의 노복들이었다.

"저기여, 저기."

그들은 먼저 장예원(掌隷院)으로 몰려갔다. 장예원은 노비 문적을 보관하는 관청이었다. 임금이 빠져나간 궁궐은 컴컴하고 축축했다. 평소에 삼엄하게 보초를 서던 오위도총부 병사들은 아무도 없었다.

"저거이 노비 문서여. 불에 태워 버리자고…."

"제기럴, 이걸로 우릴 묶어 놓았으니…."

화악.

들고 있던 횃불을 들이대자, 불이 옮겨 붙었다. 까막눈인 그들은 어떤 문서가 노비 문서인지, 책자인지 알 수 없었다. 구별이 불가하니 장예원에 있는 서적을 모두 불태워 버렸다.

"자, 이걸로 우린 노비 신세에서 벗어난거여."

"어, 그려 잘됐네."

점백은 속이 후련했다. 철이 들면서, 신분제의 모순을 느낀 그는 오래 전부터 노비 적에서 빠지는 것이 소원이었다. 그가 적극적으로 군사 모집에 응한 것도 그런 이유에서였다.

'이젠 이유 없이 상전에게 매질 당할 일도 없고 굽실거릴 이유도 없다.'

그는 노비 문서가 불태워진 이상, 신분 때문에 불이익을 받을 근거는 없다고 여겼다.

'이젠 됐다. 내 볼 일은 다 끝났다.'

점백은 포한이 된 노비 문서를 태웠으니, 더 이상 볼 일이 없다고 여겼는데 다른 사람들은 그렇지 않았다.

"내탕고를 뒤지자."

"주인이 도망가고 없는데 가져가는 게 임자지, 뭐."

임금도 없고 지키는 군사도 사라져 버린 궁궐은 그대로 무법천지가 되어 버렸다. 처음에는 노복들이, 이어서는 양민들도 합세해 왕실의 창고인 내탕고(內帑庫)를 노렸다. 그들은 자물쇠로 꼭꼭 잠가 놓은 내탕고의 문짝을 도끼로 부수고 그 안에 쌓여 있는 귀중품과 피륙, 양식을 손에 잡히는 대로 들고튀었다. 약탈이 벌어진 것이었다. 그야말로 먼저 갖는 놈이 임자였다. 평소 지배 계급에 대한 한이 켜켜이 쌓여 있던 노비와 양민들의 흥분은 극에 달했다.

"에라, 모르겠다."

점백이와 일행도 처음엔 주저하였으나 부화뇌동(附和雷同)하여 피륙을 어깨에 둘러메고 집으로 뛰었다.

"백성들의 고혈을 짜내어 지은 궁궐이다. 불을 질러 없애라."

흥분이 극에 달한 몇몇은 약탈이 끝난 후, 내탕고에 불을 붙였다. 위기 상황에 제 몸만 살자고 내뺀 한심한 임금과 양반들에 대한 복수심이 그렇게 분풀이로 나타났다. 불이 환하게 타오르자, 흥분한 군중은 왕궁 곳곳에 불을 질렀다. 경복궁도 불이 붙어 활활 타올랐다. 그뿐 아니었다. 그들은 지금까지 맺혀 온 자신들의 울분과 한을 태워 없애려는 듯이 장안 여기저기로 몰려다니며 불을 질러 댔다. 주궁인 경복궁을 비롯해 창덕궁, 창경궁이 차례차례 불길에 휩싸여 재로 변해갔다.

이 불로 인해 임금에게까지 열람을 숨기며 사관들이 소중하게 기록해 온 사초가 모두 불탔다. 『승정원일기』를 비롯해, 홍문관과 춘추관에서 소중하게 보관해 오던 귀중한 사초와 실록 등이 이 불로 화염에 싸여 허망하게 재로 화했다.

불과 하루 전까지만 해도 자신들이 머물던 궁궐 기둥과 서까래가 불길에 싸여 무너지고 재로 변해 갈 무렵, 도성을 빠져나간 선조와 일행은 홍제원을 지나고 있었다. 홍제원은 중국의 사신들을 맞이하는 곳이라 억수같이 쏟아지는 비를 피할 수도 있었으나, 행렬은 오른쪽에 있는 홍제원을 그대로 지나쳤다. 행령의 일행은 너 나 할 것 없이 차가운 새벽 비를 맞아 온몸이 젖어 있었다.

철벅철벅.

말을 타고 있긴 하지만 임금도 비에 흠뻑 젖었으니, 뒤를 따르는 신하들은 불평을 할 수도 없었다.

"휴우."

그저 답답한 마음에 한숨만을 내쉴 뿐이었으나 그마저도 남이 볼까 민망스러웠다. 홍제원을 지나자 앞쪽에 홍제천이 나타났고, 개천에는 흙탕물이 '콸콸' 소리를 내고 흘렀다. 행렬은 조심스레 가로놓인 홍제교를 건너 녹번 고개로 향했다. 그 즈음, 동편에서 뿌옇게 날이 밝아 왔는데 승지인 이항복이 뒤를 살피기 위해 고개를 돌렸으나, 가파

른 무악재를 넘어선 후라, 궁궐에서 타오르는 불길과 연기는 보이질 않았다. 그런데,

"나랏님이 백성을 버리니 우리는 누구를 믿고 살란 말이오."

그들이 홍제원을 지나 녹번 고개를 오를 무렵, 첫 새벽 일찍 밭에 나와 있던 초로의 농부가 임금의 피난 행차임을 알고 탄식을 하며, 원망을 하였던 것이다.

"아이고, 아이고, 나라가 망했다."

이어서 통곡 소리가 들려오자,

"저 늙은 놈의 주둥아리를 꿰매 버려야지."

임금을 따르던 시종들이 가만 놔둘 수 없다 나섰다.

"꾸물거릴 틈이 없도다. 빨리 개경(개성)으로 나아가도록 하라."

시종들이 웅성거리자, 선조가 이를 말렸다. 임금은 시종들에게 오직 앞으로 나갈 것만을 명했다. 그만큼 마음이 초조했던 것이다. 다행인 것은 날이 밝아 오면서 억수같이 퍼붓던 빗발이 점차 약해졌고, 한낮이 되면서 비가 그쳤던 것이다.

"다행이로다."

옷은 흠뻑 젖어 있었지만 비가 그치자 행진이 훨씬 수월해, 모두 안도의 숨을 내쉬었다.

"서둘러 앞으로 나아가라."

선조는 임진강을 건너야 안심할 수 있다고 여겨, 발걸음을 서둘렀다. 주욱 늘어선 행렬은 마땅한 휴식도 없이 걸음을 재촉해야 했다.

콰아, 콰아아.

비가 그쳐 행렬의 속도도 빨라지고 서로 안도하는 마음이었는데, 임진강에 이르렀을 때 문제에 직면한 것을 알았다. 밤새 내린 비로 강물이 불어 있었다. 강물이 흐르는 소리가 거셌을 뿐 아니라, 물은 강

둑을 범람하였다. 강가는 갯벌이었는데 물이 넘쳤으니, 도저히 말이나 가마를 타고 건널 수 있는 상황이 아니었다.

"이를 어쩌면 좋단 말이더냐."

"주상 전하가 걸어서 이 갯벌을 건널 수도 없고 낭패일세, 그려. 어디 마른 땅이 없나 찾아보게나."

당황한 이항복이 사복시의 시종들을 시켜, 조금이라도 건너기 수월한 장소를 찾도록 했고 조금 후에,

"승지 어른. 저쪽 왼편 아래쪽에 갯벌이 적고 마른 땅이 있는 길이 있습니다. 게다가 나룻배도 있습니다."

"오, 그거 잘됐네. 배는 몇 척이나 있는가?"

"온전한 것은 다섯 척 정도입니다."

"다섯 척…?"

임금의 피난길을 지휘하고 있던 이항복은 난감했다. 작은 나룻배에 탈 수 있는 인원은 기껏해야 열 명 남짓이었다. 거기에 말까지 올라타면, 말 시중을 드는 시종은 한두 명밖에 탈 수 없었다. 게다가 이미 해는 서쪽으로 기울어지고 있었다.

'오늘은 무리다.'

"날이 어두워 이곳에서 노숙을 한 후, 명일 강을 건너는 것이 좋을 듯합니다."

컴컴한 밤에 강을 건너는 것이 위험하다고 여긴 도승지는 임금에게 그렇게 건의를 했다. 그러자,

"아니다. 지금 바로 강을 건너거라."

선조의 답이었다.

날이 어두워져 사방은 컴컴했고, 주위뿐만 아니라 앞도 잘 볼 수가 없었다. 그런데 임금이 무리를 주장했다. 선조는 곧이라도 뒤쪽에

왜군이 쫓아올 것 같아 불안했다. 야밤이라도 강을 건너야 안심을 할 수 있을 것 같았다.

'강 이쪽에 있다가 왜군이 들이닥치면 낭패다. 헤엄을 칠 줄도 모르는데 도망치다가 강물에 빠져 죽기 십상이라.'

좌불안석이었던 선조는 무슨 수를 써서라도 강을 건너야 했다.

'밤이라 잘못하면 익사자가 나올지도 모른다.'

이항복은 전체의 안위를 생각하였으나,

'강을 건너야 내 두 발을 뻗고 안심할 수 있으리라.'

선조는 우선 자신의 안위만을 생각했다.

"안내하거라. 짐이 먼저 건너리라."

갯벌이 적고 마른 땅을 찾아 아래쪽으로 이동한 임금은 안내하는 시종 둘을 거느리고 제일 먼저 강을 건넜다. 갯벌이 길진 않았지만 비에 젖어 있었던지라, 갯벌에 발이 푹푹 빠졌다. 더구나 칠흑 같은 야밤의 도강은 쉽지 않았다. 말에서 내려 시종들의 부축을 받은 선조는 숨을 헐떡거리며 늪 같은 갯벌을 지나 나룻배로 겨우겨우 강을 건넜다.

"흑흑. 흑흑흑."

그러자 여인들의 울음소리가 여기저기서 터져 나왔다. 가마에 타고 있던 후궁과 많은 빈들 그리고 그들을 모시는 시녀들이 우는 소리였다. 갯벌 위에서 발은 푹푹 빠져 움직임은 더디고, 게다가 배는 고파 오는데 유일한 버팀목인 임금이 강을 먼저 건너가 버리자, 자신들이 버림받았다고 여기고는 서럽게 울어 대기 시작한 것이었다. 구중궁궐에서 애지중지 상전의 대접을 받던 그녀들은 가마를 내려 푹푹 빠지는 갯벌을 걷게 되자, 생전 험한 경험을 하는 그녀들은 신세타령을 겸해 훌쩍댄 것이다. 그러자 시녀들도 덩달아 울어 대, 강변 갯벌은 여인들의 훌쩍대는 소리로 초상집을 방불케 했다.

더구나 궁궐을 나온 후, 아침, 점심 아무것도 입에 넣지 못하였다. 평소에 호의호식하며 끼니를 건너뛰는 일이 거의 없던 그녀들은 날은 어둡고, 허기는 지고, 발이 푹푹 빠지는 갯벌을 건너는 것이 너무도 힘든 일이었다.

그러나 허기가 지는 것은 그들뿐만이 아니었다. 앞서 강을 건넌 임금도 강 건너편에서 일행들이 도착하기를 기다리긴 하였지만, 배에서는 쪼르륵 소리가 났다.

'강을 무사히 건너 조금 안도가 됐다 싶으니, 이젠 허기가 육신을 괴롭히는구나.'

임금도 내관들도 경황없이 궁궐을 빠져나온 터라 먹을 것을 챙겨 온 사람은 아무도 없었다.

"누가 음식을 준비해 온 게 없느냐? 있으면 수라를 준비토록 하라."

임금은 체면을 접고 점잖게 일렀지만,

"전하, 그게…. 아무도 챙기질 못한 것 같습니다."

내관이 죽을죄를 지었다는 듯이 허리를 굽신거렸다.

"어허, 이럴 수가! 아무도 식재를 챙기지 않았단 말이더냐?"

"생각이 미치지 못한 불찰을 용서하십시오. 전하."

"쯧쯧."

임금은 내관에게 짜증을 냈으나, 그렇다고 벌을 내릴 수도 없어 혀만 끌끌 찼다.

"전하. 우선 이것이라도 좀 드십시오."

그때, 강을 건너온 내의 허준이 무엇인가를 건넸다.

"내의(內醫)가 아니더냐, 이게 무엇이더냐?"

"설탕물이옵니다. 급체의 약재로 쓰려고 조금 지니고 있던 것이옵니다만, 우선 급한 대로 허기를 달래십시오.”

내의 허준은 자신이 지니고 있던 설탕 반 덩어리를 강물에 녹여 임금에게 바쳤고, 임금은 못 이기는 체 이를 받아 마셨다. 궁중이라면 상상도 할 수 없는 장면이었다.

임금의 명으로 야밤에 시작된 도강은 밤을 지나 새벽녘이 돼서야 끝이 났다.

“나룻배는 하나 빠짐없이 강물 속에 처 넣어라.”

“그리고 강변에 가까운 곳에 있는 민가를 모두 철거하고 불태워라.”

혹시라도 왜군이 쫓아올지 몰라 겁이 난 선조와 조정 대신들은 배를 침몰시키고, 민가의 나무를 모두 태워버렸다. 왜군이 뗏목을 못 만들도록 하기 위한 조치하였던 것이다.

“아이고, 아이고.”

강변에서 고기를 잡아 생계를 유지하던 백성들은 갑작스레 군사들이 나타나 민가를 태우자, 그야말로 아닌 밤에 홍두깨였다. 자다가 봉변을 당한 백성들은 울부짖었다.

‘임금이 백성들을 보호해 주지는 못할망정, 보금자리를 불태우다니…. 부도한 임금이도다.’

그들은 불타는 초옥에서 급하게 살림살이를 꺼내며 속으로 조정과 임금을 원망해 댔다.

한편, 무사히 도강을 마친 승지는 강을 건넌 후, 대충 눈으로 점호를 하였는데 행렬을 따르던 일행의 수가 반으로 줄어 있었다. 익사자가 없다고 여겼던 그는,

“모두들 어디로 갔다더냐? 혹시 강물에 휩쓸린 것은 아니더냐?”

걱정이 돼 얼른 주변에 있던 호송관에게 물었다.

“아까 많은 사람들이 강을 건너지 않고, 행렬과 떨어져 오던 길로

돌아갔습니다. 아마 각자의 향리로 돌아갔을 겁니다.”

‘어허, 세상에 이럴 수가.’

이항복은 세상인심이 야박하다고 도망간 사람들을 탓했으나, 도망친 사람들은 그들대로 핑계가 있었던 것이다. 임금이 좋아서 따른 게 아니라 권력이 좋아 따른 것이다. 아니, 권력보다 권력에 붙어 있으면 얻을 수 있는 것이 많기에 그리한 것이었다.

‘이제 얻을 것이 없는 임금에게 더 이상 붙어 있을 이유가 없다. 더 이상 붙어 있어 봤자 고생만 훤하다.’

이기적이고, 약삭빠른 인간들의 처세술이었다.

아무튼 일행이 반으로 줄고 먹을 것도 없었지만, 선조는 피난길을 멈추질 않았다.

“어서 출발하도록 하라.”

강을 건너서도 선조는 왜병들이 곧 뒤를 쫓아올 것 같은 두려움에서 벗어나질 못했다. 그래서 조금도 머뭇거리는 것을 허락하지 않았다. 민폐건 뭐건 그는 오직 자신의 안전만을 생각했다. 강을 일찍 건넌 임금은 강변 이쪽에서 일행이 건너오길 기다리며 휴식을 취했으나, 행렬의 안전한 도강을 책임진 승지 이항복은 강 저편에서 잠시 앉을 틈도 없이 이리 뛰고 저리 뛰었다. 뜬눈으로 밤을 새운 그는 몸이 납덩어리처럼 무거웠으나 ‘바로 출발하라’라는 임금의 명을 거역할 수가 없었다.

임금은 끊임없이 재촉을 하였고, 임금의 독촉에 일행들은 연신 꼬르륵 소리가 나는 배를 움켜잡고 허기를 참아가며 겨우겨우 파주 근처, 동파관에 닿았다.

당시 파주는 목사 허진이 관할하고 있었는데, 눈치가 빠른 그는 임금이 온다는 소식을 듣고는, 급히 장단 부사 구효연에게 연락해 부랴부랴 음식을 장만해서 동파관에서 임금의 행렬을 기다리고 있었다.

"전하. 행차를 마중 못해 황공할 따름이옵니다. 그보다 먼저 요깃거리를 마련하는 것이 긴급하다고 여겨, 마중을 못했음을 양해해 주십시오. 급히 마련한 것이라 변변치 못하지만 시장기라도 달래셨으면 하는 충정으로 바치옵니다."

"오호, 가상하도다. 내 그대들의 충성을 잊지 않겠도다."

"성은이 망극하옵니다."

"모든 사람에게 음식을 나눠 주어 허기를 달래도록 하거라."

"하명을 받들어 분부대로 시행하겠사옵니다."

말은 그리했으나 그들이 준비한 음식의 양이 그리 많질 않았다. 임금이야 제일 먼저 수라를 받았으니, 허기를 충분히 달랠 수 있었으나 임금을 수행하는 중신들과 시종들이 허기를 채우기에는 식량이 많이 부족했다.

"에라 모르겠다. 내 목이 포도청이니…."

"어어, 네 이놈."

배가 고파 죽을 지경이던 젊은 시종들은 음식이 부족한 것을 알고는, 이판사판이라 여기고는 음식을 집어 들고는 냅다 뛰었다.

"나도, 나도."

아수라장이 따로 없었다. 한 번 질서가 무너지자, 젊은 시종들은 음식을 입에 넣고 냅다 강 쪽으로 튀었고, 그 통에 음식이 찬합에서 땅바닥에 쏟아지고 엎어졌다.

"에구 저를 어쩌나, 저를 어째."

허기가 져, 움직일 기운도 없었던 여인들은 땅바닥에 떨어진 음식을 집어 들고는 흙을 털어 냈지만, 차마 입에 넣지를 못했다.

'흙이 묻어 있는 것을 어찌 먹을 수 있으랴.'

지금까지 구중궁궐에서 바치는 것만 받아먹어 왔던 그들이었다.

꼬르륵, 꼬르륵.

배에선 먹을 것을 달라고 아우성을 쳤지만, 음식을 차려 바치는 사람은 없었다. 궁궐을 나온 그들이 궁궐이 아닌 여염에서 할 줄 아는 것은 아무것도 없었다. 그저 배고픔에 닭똥 같은 눈물을 떨구는 것 외에는 달리 방법이 없었다.

'아, 무능한 대신들 같으니….'

스스로 해결하는 습관이 안 돼 있으니, 남의 탓을 먼저 했고, 눈치 빠른 대신들이 이리 뛰고 저리 뛰었다. 황해 감사와 풍덕 군수가 소식을 듣고, 밤사이에 부랴부랴 먹을 것을 준비해 왔다. 그 덕분에 이틀이 지나 겨우 일행 모두가 허기를 달랠 수 있었다. 굶주린 배들을 채우자 피곤이 몰려왔다. 출발을 못 하고 파주에서 머무는데,

"전하, 망극하옵니다."

서인의 거두 윤두수가 임금을 찾아왔다. 그는 정철과 함께 귀양을 갔다가 왜란이 일어나자 선조의 방면을 받아 풀려났는데, 곧장 임금의 행렬을 찾아왔던 것이었다.

"흐으윽."

그는 임금의 초라한 행렬을 보고는 눈물을 흘렸다.

"오오, 짐의 과실이 크오. 그대 같은 충신을 멀리 내쳤으니…."

"황송하옵니다. 전하. 어떻게 이런 모습을… 흑흑. 너무도 민망할 지경이옵니다."

윤두수는 그 와중에도 정권을 맡았던 동인들을 비난했다.

"먼 길을 오느라 힘들 테지만, 시국이 시국이니 그대가 어영대장이 되어 행렬을 단속해 주오."

지푸라기라도 붙잡고 싶었던 선조는 그를 행렬을 끄는 수장으로

임명했다.

"전하, 황공무지로소이다."

윤두수가 어영대장을 맡았지만, 그렇다고 하늘에서 음식이 떨어질 리 만무였으니 상황이 바뀐 것은 없었다.

'왜군이 도성에 입성.'

파주를 떠난 임금의 행렬이 개성부에 도착했을 때, 도성에 왜군이 들어왔다는 장계가 올라왔다.

"왜적이 도성에 들어왔다니, 어찌하면 좋겠소?"

즉시 행재소의 어전 회의가 열렸다. 때는 음력 오월 이틀이었다.

"저희의 불찰로 왜적을 막지 못하고, 전하의 심기를 어지럽힌 죄, 죽어 마땅하옵니다. 엄벌을 내려 주십시오."

대신들이 잘못을 고하며 부복을 하자,

"그런 소린 그만하고, 이 행렬이 앞으로 어디로 가야 할지, 그리고 어찌하면 종묘사직을 보전할 수 있을지, 앞으로의 대책이나 말하시오."

탁상공론만을 일삼는 대신들의 미사여구가 지긋지긋한 선조는 그들의 말을 끊고 위기를 모면할 방안을 요구했다.

'왜군이 도성에 들어왔다면, 여기도 곧 몰려올 것이 아니겠는가?'

선조는 개성도 위험하다고 생각하였다.

"전하. 아뢰옵기 황공하오나, 의주로 나가서 사태의 추이를 보는 것이 좋을 듯하옵니다. 만일 왜군이 조선 팔도 전체를 장악하고 도륙을 낸다면 옥체를 보전하기 위해서라도, 그땐 압록강을 건너 명으로 들어가야 하실 겁니다."

이항복이 선조에게 의주로 나갈 것을 건의했다.

"오, 승지의 말에 일리가 있소."

이항복의 건의를 들은 선조는 자신의 속마음과 일치하여, 이를 기쁘게 여겼다.

"그렇지 않사옵니다. 주상 전하께서 조선 땅을 떠나시면 종묘사직은 무너지옵니다. 전하, 통촉하여 주시옵소서."

윤두수가 부복하며 이의를 제기했다. 임금은 이항복의 말에 흡족해, 그 이야기를 계속하고 싶었는데, 곧바로 반대를 해 대는 윤두수가 미워,

'복귀하자마자 또 시작이구나.'

그의 꾸부러진 등을 유심히 내려다보면서 속으로 푸념을 했다.

"전하, 그러하옵니다. 어가가 조선 땅을 떠나면 다시는 돌아오지 못할 수도 있습니다."

이번에는 유성룡이 나섰다. 그러자,

"명나라로 가야 한다는 의견은 짐의 뜻과 일치하느니라."

선조는 유성룡과 윤두수 두 대신이 극구 반대를 하자, 짜증을 내며 더 이상 반대하지 말라는 뜻으로 자신의 뜻이 그러함을 밝혔다.

"전하. 압록강을 건너 명나라로 들어가는 것보다는 북도로 나가심이 타당한 줄로 아옵니다. 북도의 함흥이나 경성은 지세가 험하여 왜적들이 쉽게 접근할 수 없사옵니다. 그곳에 계시며 각지에 초유사를 보내 근왕병을 모으도록 해야 합니다. 각지에서 근왕병을 모아 왜적을 치도록 하면, 전세는 얼마든지 회복할 수 있습니다."

윤두수는 임금이 안전을 걱정하는 것을 간파하고는, 명나라로 들어가는 대신 비교적 안전한 함경북도행을 건의했다.

"으음."

임금은 자신의 뜻을 관철시키고 싶었지만, 대신들의 말에도 일리가 있었기에 냉정하게 뿌리칠 수도 없었다.

"영상은 어찌 생각하시오?"

선조는 대의명분과 논리의 궁색함을 벗어나기 위해 눈치를 보고 있는 영의정 이산해에게 물었다. 일종의 도움을 요청한 것이었다. 그런데 동인이었던 이산해는 동인인 유성룡과 서인인 윤두수가 한통속이 되어 상언(上言)을 하자 갈피를 못 잡고 멀뚱멀뚱 눈치만 보고 있었다.

"글쎄요. 명나라로 가면 안전할 것이지만 좌상 대감의 말대로 돌아오기가 힘들 것은 자명한 일이옵고, 북도로 가면 그런 염려는 없으나 왜군의 표적이 될 우려가 있으니, 참으로 진퇴양난이옵니다."

"그러니 어찌하면 좋겠느냐고 묻고 있질 않소? 쯔쯔쯧."

마음이 급해진 임금은 영의정의 우유부단한 대답을 듣고는 혀를 끌끌 찼다. 임금이 영의정을 비난하는 듯한 눈치를 보이자, 즉각 사간원 소속의 대간들이 들고 일어섰다.

"영상 대감을 파직하시옵소서. 영상은 종묘사직을 지키는 것보다 일신의 안전을 도모하기 위해 주상 전하께서 도성을 떠나도록 사주하였습니다. 게다가 전하의 행차를 주도하였음에도 불구하고 아래 관원들에게는 군량과 말먹이 등을 충분히 준비하도록 조치하지 않아 주상 전하께서 많은 욕을 겪으셨습니다. 영상으로 부적격일 뿐 아니라 지금 상황으로서는 영상으로서의 영이 서질 않아, 아무도 따르질 않사옵니다. 이번 난리를 극복하기 위해서는 덕이 있고 신망이 있는 중신이 새롭게 영상직을 맡아야 할 것이옵니다. 주상 전하, 통촉하여 주시옵소서."

"그러하옵니다. 영상을 파직하시옵소서."

행렬이 임진강을 도강할 때 허기를 면할 식량조차도 준비하지 않고 무작정 행차를 주도한 이산해에게 선조도 불만이 많았던 터라, 더 이상 이산해를 감쌀 마음이 없었다.

“영상을 즉시 삭탈관직한다.”

선조는 그 자리에서 즉각 이산해를 파직시키고 그 자리에 좌의정 유성룡을 임명했다.

“성은이 망극하옵니다.”

“행차는 우선 평양으로 나아가라. 압록강을 건널 것인지 북도로 갈 것인지는 추후 다시 논하도록 한다.”

마음이 급했던 선조는 더 이상의 왈가왈부를 금하고 우선 개성을 떠나도록 명했다.

“아이고, 아이고.”

임금이 개성부로 들어왔을 때는 쌍수를 들어 환영을 하며 기뻐했던 개성부 백성들이었는데 임금의 행렬이 평양으로 떠나자, 임금에게 버림받은 것을 알고 통곡을 해 댔다.

대장장이의 자식

가토 기요마사(加藤清正), 어릴 적 아명은 야사마루(夜叉丸)였다. 태어난 때가 1562년이니, 당시 일본 내 유력 영주들의 세력 구도에 커다란 변화를 가져 온 노부나가와 이마가와의 오케하자마 전투가 끝난 이 년 후요, 히데요시의 명령으로 기요마사가 조선 침략 제2번대 대장이 되어 현해탄을 건너기 꼭 삼십 년 전이었다.

그는 오다 가문이 지배하는 오와리에서 대장장이의 아들로 태어났다. 때는 전국시대로서 지역 영주들이 영토 확장을 위해 싸움을 일삼아, 일본 열도 전체가 싸움과 하극상에 휘말렸던 혼란의 시기였다.

대장장이인 그의 친부는 이른바 전쟁 특수를 누렸다. 어린 시절 기요마사가 기억하는 그의 친부의 모습은 하루 종일 대장간의 불 화덕 앞에서 쇠를 꺼내어 두들겼다가는 물에 담그고, 다시 화덕에 집어넣느라 얼굴이 벌게져 있는 모습이었다.

"이게 뭐예요?"

"칼의 날이란다. 이게 숫돌에 갈리면 날카로운 칼이 된단다."

"와, 신기해요."

그는 부친이 자랑스러웠다. 그는 자신의 부친의 손이 마술의 손이라 생각했다. 시커멓던 쇠를 부친이 화덕에 넣다 뺐다 하면서 두드리고 숫돌에 벼리면, 그 속에서 하얀 쇠가 나왔다가는 다시 시퍼렇고 날카롭게 날이 선 병장기로 바뀌었다. 어린 그에게는 이 모든 것이 너무도 신기했다.

'나도 크면 대장장이가 돼야지.'

부친을 자랑스러워하던 그는 자신도 커서 대장장이가 되길 원했다. 그런데 그런 친부가 과로가 누적돼서인지, 그가 열 살이 되기도 전에 원인 모를 병으로 세상을 떠나 버렸다.

사회가 혼란스러운 전국시대였다. 집안에 들보인 가장을 잃은 그들 모자를 돌보아 줄 사람은 없었다. 외아들이었던 기요마사는 친부가 사망한 후, 홀어머니와 매우 가난하고 힘든 어린 시절을 보낼 수밖에 없었다.

"하루 죽 한 그릇을 먹기가 힘들어요. 이러다간 애를 굶어 죽이겠어요."

"홀몸으로 오죽하겠니? 그곳에 있다간 굶어 죽기 십상이다. 아무튼 이곳 나카무라로 와서 같이 살도록 하자. 살아도 같이 살고 죽어도 같이 죽어야지."

기요마사의 친모와 히데요시의 친모인 나카는 서로 먼 이종 사촌 간이었다. 어린 기요마사가 먹지를 못해 삐쩍 말라 가며 얼굴에 부스럼이 생기는 것을 보고, 기요마사의 친모는 애를 죽이겠다 싶어 염치를 무릅쓰고 이웃 마을에 살던 나카를 찾아간 것이었다. 나카도 풍족하진 않았지만 기요마사의 모자가 너무도 안쓰럽고 측은해 먹을 것을 나누어 먹기로 했다. 그때는 재혼을 했던 치쿠아미도 세상을 떠나고 없었다.

게다가 노부나가 수하에서 하급 집사에 불과했던 히데요시가 싸움에서 수완을 발휘하고, 주군인 노부나가에게 그 공적을 인정받고 있던 때였다. 히데요시는 사무라이가 된 후 결혼을 해, 가정이 있었지만 두각을 나타내면서 그만큼 녹봉도 올라 있었다. 효성이 지극한 그는 친모인 나카에게도 조금씩 도움을 주고 있었다. 그래서 나카는 생활이 어려운 기요마사의 모자보다는 조금 여유가 있었던 편이었다. 사람 좋은 그녀는 사정이 어려운 기요마사의 모자를 받아들여 도움을 주기로 한 것이다. 어린 기요마사는 모친을 따라 히데요시의 고향인 나카무라로 옮겨와 생활을 했다.

'나도 히데요시 형처럼 돼야지.'

그때부터 그의 대장장이의 꿈이 사무라이의 꿈으로 바뀌었다. 나카와 그곳 사람들에게 히데요시의 출세 이야기를 너무도 많이 들었기 때문이다. 나카무라로 이사를 온 후, 기요마사는 가끔 모친인 나카를 찾아오는 히데요시를 보았는데,

"야사마루, 잘 지내느냐? 커서 무엇이 되고 싶으냐?"

"형처럼 사무라이가 되고 싶어요."

"오, 그래. 그럼, 열심히 무예를 익혀야지! 남에게 지지 않도록 무예를 익혀야 한다. 그래야 싸움터에서 활약을 할 수 있지. 명심해라."

히데요시 또한 친척인 기요마사를 귀여워했고, 내심으로도 빨리 성장해 주길 바랐다. 심복이 필요했기 때문이었다. 이심전심이었다.

기요마사는 틈만 나면 막대를 손에 잡고 무술을 익혔다. 열세 살이 되면서 검술, 창술, 승마도 익혔다. 그는 칼로 하는 검술보다 창을 잘 다루었다. 열다섯이 되었을 때는 어린 시절부터 무술로 단련된 몸이 근육질을 이루어, 어른의 근육 못지않았다. 신장은 그다지 큰 편이 아니었으나, 얼굴이 길었으며 눈이 컸다. 눈꼬리가 위로 찢겨져 날카롭게 보였다.

그가 열다섯이 될 무렵, 나가시노성 싸움에서 노부나가는 다케다

가문을 멸망시켰다. 나가시노성 싸움이 끝난 후, 노부나가는 공이 큰 히데요시에게 나가하마(長濱) 지역을 하사해, 히데요시는 그곳의 성주가 되었다.

'우와, 히데요시 형이 성주가 되다니….'

기요마사는 자신이 출세할 수 있는 유일한 수단이 사무라이, 즉 무사가 되는 일이라는 것을 히데요시를 통해 확신했다.

'나도 어서 빨리 공을 세워 출세해야지!'

기요마사는 한시라도 빨리 무사가 되어 싸움터에서 공을 세우고 싶었다. 무술에는 자신이 있었다. 히데요시의 인정을 받으면 자신도 성주가 될 수 있다는 가능성을 느꼈다.

'내가 출세할 수 있는 유일한 길은 게으름을 피우지 않고 부지런히 무술을 연마하는 일이다.'

"야압, 야압."

친부가 타계한 후, 너무도 빈곤한 어린 시절을 보냈던 그는 오로지 출세를 위해 촌음(寸陰)을 아끼며 무술을 익히고 연마했다.

휘익, 휘익.

그날도 기요마사는 나무를 길게 다듬어 만든 창을 꼬나들고 양손으로 움켜쥔 채 찌르기, 사선으로 긋기, 머리 위로 회전 돌리기를 하며 땀을 뻘뻘 흘리고 있었다.

"야사마루, 창 쓰는 솜씨가 훌륭하구나!"

창술을 익히는 데 여념이 없던 그는 깜짝 놀라 고개를 뒤로 돌렸다. 그곳에는 자신의 우상인 히데요시가 서서, 자신의 창술을 지켜보고 있었다. 히데요시는 친모인 나카를 보러 오던 길에 우연히 기요마사의 창 쓰는 솜씨를 본 것이었다. 좌우에는 근위 무사 둘이 따르고 있었는데 하나는 다리를 절룩거렸다. 다름 아닌 오케하자마 전투에서 부상을 입은 핫토리 카즈타다였다.

"아, 형, 아니 성주님. 황공하옵니다."

기요마사는 얼른 몸을 숙이고 무릎을 꿇었다. 이미 성주가 되어 있던 히데요시였기에 함부로 어리광을 부릴 수도 없었다. 그는 형을 성주님으로 고쳐 부르며 고개를 숙였다.

"카즈타다, 그대가 보기엔 이 아이의 무예가 어느 정도인가?"

"힘이 좋군요. 게다가 창을 저리 다루는 자는 많지 않습니다."

"싸움터에서도 통하겠나?"

"충분할 것으로 보입니다."

"됐다, 야사마루. 다음 싸움에 출진시킬 테니 내 곁에서 복무하라!"

근위인 핫토리에게 기요마사의 무술 능력을 확인한 히데요시는 기요마사에게 종군을 명했다. 그리고는 근위병에 호위를 받으며 친모인 나카가 있는 집으로 향했다.

'됐다! 이젠 됐다. 지금까지의 노력이 헛되지 않았다.'

기요마사는 뛸 듯이 기뻐했다. 어릴 적부터 자신의 주군은 히데요시라고 마음속으로 굳게 정해 놓았던 기요마사였다.

'이제 내 희망이 이루어졌다. 주군 밑에서 사무라이로 근무할 수 있는 기회를 얻었으니, 이제부터 출세는 내 활약에 달려 있다.'

어린 시절 나카의 집에 의탁을 하기 시작했을 때부터 자신의 영웅이며 그토록 존경해 오던 히데요시의 수하가 된 것이었으니, 그의 희열은 말로 다 형용할 수 없었다.

'싸움터에서는 목숨을 아끼지 않을 것이다. 이 목숨 다해 공을 세워 형님, 아니 주군의 은혜를 갚을 것이다.'

그때부터 기요마사는 야사마루라는 아명을 버리고 기요마사(淸正)로 개명했다.

기요마사는 대장장이인 친부의 영향을 받아서인지 힘이 뛰어났다. 창을 다루는 것으로 좋아해 창의 명수가 되었다.

휘이잉, 휘잉.

창술이 뛰어나고 힘이 좋아 그가 창을 휘두르면 바람 이는 소리가 났다. 그가 싸움터에서 눈을 치켜뜨고 창을 휘두르는 모습은 마치 야차와 같아, 웬만한 상대는 겁을 먹고 오금을 못 썼다.

"기요마사. 무술로 적 몇 명을 상대할 수 있지만, 적 모두를 제압할 수는 없다. 내 곁에 있으면서 병법과 전술을 보고 배워라."

히데요시는 친척인 그를 아껴 곁에 두었다. 아직 아무런 공도 세운 적이 없는 그를 곁에다 둔다는 것은 이른바 특별 대우였다.

"황공하옵니다. 신 목숨을 걸고 충성을 다하겠습니다."

기요마사는 주군과 신하의 관계를 뛰어넘는 히데요시의 배려에 감읍했다. 히데요시에게 특혜를 받은 기요마사는 그를 지근거리에서 보필하며, 많은 병법과 공성법 등을 익혔다.

"기요마사, 쌀 120석의 녹봉을 하사한다."

게다가 히데요시는 기요마사 열여덟이 되는 해에, 쌀 120석의 녹봉을 하사하기로 결정했다. 히데요시의 수하가 된 지 불과 삼 년 만의 일이었다.

"주군이 오케하자마 싸움 후에 나에게 하사한 쌀이 백 섬이었으니 그보다 후한 것이다. 많은 활약을 기대한다."

히데요시는 먼 친척이 되는 기요마사에게 특별한 기대를 걸었을 뿐만 아니라, 그의 우직한 충성심에 만족했기 때문이었다.

녹봉을 받으면 부하를 거느릴 수가 있었다. 부하를 거느릴 수 있다는 것은 사무라이, 즉 직업 무사들을 거느리고 그 우두머리가 될 수 있다는 의미다.

'하하하. 드디어 나도 사무라이를 거느릴 수 있게 되었다. 이제 큰 공을 세워 성주가 되는 일도 멀지 않았다.'

기요마사의 기쁨은 이루 말할 수 없었다.

'주군을 위해서 이 목숨까지도 바치리라.'

자신을 높게 평가해 준 주군이며, 사촌 형인 히데요시에 대한 충성심은 더욱 깊어졌다. 기요마사는 싸움터에서 목숨을 아끼지 않고 앞장을 서는 맹장이 되었다.

"감히 어디 우리 주군에게 맞서느냐. 비켜라, 이놈들아."

휘이잉, 휘잉.

용맹스러운 그가 앞으로 나서 창을 휘두르면 창이 바람을 갈랐다.

"우아악."

그러면 상대 병사들은 지레 기가 죽어, 줄행랑치기에 바빴다. 기요마사는 자신의 장기인 창술을 통해 싸움터에서 거듭되는 공을 세웠다.

'우하하. 과연 용맹으로는 기요마사를 따를 자가 없구나.'

기요마사가 급하고 과격한 성격이긴 하나, 주군인 자신을 위해서는 물불을 가리지 않는 것을 보고 히데요시는 내심 매우 흡족해했다.

임진왜란이 일어나기 10년 전(1582)이었다.

"잔나비. 빗츄(備中－오카야마 서쪽) 지역에 있는 다카마츠성을 함락시켜라."

천하 통일을 노리는 노부나가는 히데요시를 시켜 주고쿠 지방을 공략하도록 명했다.

"하아."

주군 노부나가의 명을 받은 히데요시는 휘하 군단을 이끌고 곧바로 주고쿠 지방으로 원정을 했다. 기요마사도 히데요시를 따라 출정을 한 것은 두말할 나위 없다.

당시 주고쿠 지방은 모우리 가문이 지배하고 있었는데, 다카마츠성(高松城)은 그의 심복인 시미즈 마사하루(清水宗治)라는 인물이 성주를 맡고 있었다.

"성주 시미즈는 의리를 소중히 여기는 인물로, 부하들로부터 신망이 높습니다. 성을 지키는 군사들의 사기도 높은 걸로 확인됐습니다."

주고쿠로 내려온 히데요시는 그 지역에 정통한 유키나가를 시켜 정보를 취합했는데, 그로부터 올라온 보고였다.

'전면전을 벌이면 희생이 클 수 있다. 책략을 써, 성을 함락시키는 게 낫다.'

성이 견고하고 시미즈가 이끄는 병사들의 사기가 높다는 것을 안 히데요시는 휘하 병사들의 희생을 줄이기 위해 계략을 쓰기로 했다.

"주군, 다카마츠성으로 향하는 길에 간무리산성(冠山城)이 있습니다만, 성주 하야시(林)가 시미즈의 가신이라 하옵니다. 후환을 없애고 시미즈를 위협하기 위해서라도, 먼저 간무리성을 치는 것이 상수입니다."

유키나가의 판단이었다.

"그렇다면 간무리성을 공격할 방법을 찾아보도록 하라."

"먼저 회유를 권하십시오. 응하지 않으면 그때 공격을 해도 늦지 않습니다."

유키나가는 히데요시에게 먼저 간무리성의 성주 하야시를 회유토록 건의했다. 이른바 시미즈와 하야시를 이간질하기 위한 분열책이었다.

"옳지 그게 좋겠다. 사절을 파견하도록 하라."

히데요시의 명을 받은 유키나가는 즉시 서찰을 적어 간무리성으로 사절을 띄웠다.

'항복을 하면 목숨과 성주직은 유지할 수 있소이다.'

"가서, 전하라. 내 목숨을 버릴지언정 의리를 저버리고 적에게 항복하진 않으리라고."

"그럼 본때를 보여 주도록 하마."

간무리성의 하야시가 제의를 거부했다는 보고를 받은 히데요시는 즉시 공격을 명했다.

'오히려 잘됐다.'

히데요시는 상대가 항복을 해 오면 받아들일 생각이었지만, 한편으로는 간무리산성을 무력으로 함락시키고 싶은 마음이 없질 않았다. 간무리산성을 함락시켜 본성에 있는 시미즈에게 간접적으로 자신의 군세와 위력을 보여 주고 싶은 마음이 없지 않았기 때문이었다. 상대가 강하게 나오자, 그는 오히려 회심의 미소를 지었다.

"우키다. 간무리성을 철저히 때려 부숴라."

히데요시는 자신의 부하가 된 비젠성의 우키다 타다이에(宇喜多忠家)에게 팔천의 병력을 내주었다. 그는 유키나가가 주군으로 보필했던 나오이에의 동생이었다. 새 성주인 히데이에가 아직 나이가 어려, 대신 싸움에 참가하고 있었다.

"막아 내라. 절대 물러나서는 안 된다."

그런데 공격을 받은 간무리성의 병사들이 필사적으로 저항을 했다. 성주인 하야시의 독려를 받은 병사들은 일심동체가 되어 히데요시군의 공격을 막아 냈다.

결국 필사적으로 버텨 내는 상대의 저항에 막혀, 타다이에는 결국 간무리성 공략에 실패하고 말았다.

"뭣이! 성을 함락시키지 못했다고!"

공략에 실패했다는 보고를 받은 히데요시는 화를 벌컥 냈다.

'팔천의 대군을 가지고도 그 조그만 산성 하나를 공략 못 하다니….
무능하도다.'

한 수가 잘못되면 바로 다음 수를 준비하는 히데요시였다. 머리 회전이 빠른 그는 정면 공격으로는 성의 함락이 힘들 것으로 보았다.

"이가 지역 출신의 닌자(자객 집단) 요시하루를 불러들여라."

책략의 명수인 히데요시는 곧 닌자 부대를 끌고 있는 요시하루를 불러들였다. 이가(伊賀) 지역은 잠입과 자객을 업으로 하는 닌자들이 많이 배출되는 곳이었다.

"요시하루. 부하들을 이끌고 성내로 잠입하라. 이쪽에서 공격 신호가 있게 되면 곧바로 성내에 불을 지르도록 하라."

히데요시는 닌자들을 성내에 침투시켜 내부에서 혼란을 일으키도록 요시하루에게 명했다. 그리고는,

"즉시 기요마사를 불러라!"

닌자 집단을 끌고 있는 요시하루가 발걸음을 죽이며 사라지자, 히데요시는 곧 기요마사를 불러들이도록 했다.

"주군, 기요마사 대령이옵니다."

명령이 떨어진 지 얼마 안 돼, 기요마사가 갑옷을 입은 모습으로 히데요시의 장막으로 쏜살같이 달려 들어왔다.

"오! 기요마사, 어서 와라."

히데요시는 기요마사의 민첩성에 흐뭇한 미소를 띠우며 그를 맞이했다.

"하아, 황송하옵니다."

이제 막 약관의 나이인 스무 살이 된 기요마사였다. 그의 씩씩하고 당당한 모습을 보며, 히데요시는 흡족한 미소를 지었다.

"기요마사! 나를 위해 죽을 각오가 돼 있느냐?"

"하아. 신, 기요마사, 전하를 위해서는 언제든지…."

"와하하하! 역시 믿음직스럽군. 이리 가까이 오너라."

"기요마사! 간무리성 공격을 네게 맡긴다. 네가 선봉에 서서 성을 함락시켜라."

히데요시는 고개를 숙이고 가까이 다가온 기요마사에게 속삭이듯, 그리고 부드럽게 명을 내렸다. 하명이 아닌 특별한 임무를 부여한다는 투였다.

"영광스럽게 임무를 수행하겠습니다. 목숨을 걸고서라도 기필코 함락시키겠습니다."

"오호, 그 맹세 믿음직스럽구나. 그럼 꾸물대지 말고, 즉시 공격을 시작토록 하라."

히데요시에게 직접 간무리성 공격의 전권을 위임받자, 기요마사는 너무도 기쁜 마음에 펄쩍펄쩍 뛰며 자신의 진막으로 돌아왔다. 성격이 급한 그였다. 돌아오자마자, 곧 수하 병사들을 불러 모았다.

"모두들 잘 듣거라! 주군께서 우리 부대에게 선봉의 영예를 주셨다. 선봉에서 성을 함락시키라는 분부이시다. 군공을 세울 두 번 다시 없는 기회다. 모두 죽기를 각오하고 성을 넘어간다. 내가 앞장설 것이니 나를 따라라! 공을 세우는 자에게는 커다란 보상이 있을 것이고, 뒤로 물러서는 자는 내 창에 죽을 것이다."

기요마사는 마지막 말을 끝내면서, 자신의 창을 들었다가는 놓았는데 '파악' 하고 땅이 파이면서 흙이 튀었다.

병사들은 갑작스런 공격 명령에 '아닌 밤중에 홍두깨' 격으로 서로 얼굴을 쳐다보며 어리둥절해했는데,

"자, 가토군의 용맹을 보여 주자."

측근 가신 하나가 칼을 뽑아 하늘로 쳐들며, 기요마사의 말에 장

단을 맞추었다. 그러자 뒤늦게,

"와아아!"

병사들도 창을 위로 쳐들으며 함성을 질렀다.

그렇게 기요마사는 자신의 측근과 직속 병사들을 주력으로 하고 히데요시로부터 지원받은 병력 오천을 이끌고, 곧바로 간무리성으로 접근했다. 시각은 이미 밤이 되어 한치 앞이 보이지 않을 정도로 세상은 깊은 어둠에 잠겨 있었다.

기요마사는 북쪽 성벽을 노렸다. 다른 쪽에 비해 성곽이 비교적 얕았고 경사도 완만했기 때문이었다.

"소리를 죽여라."

그가 부하들과 북쪽 성곽에 착 달라붙어 사다리를 성벽에 걸어 놓을 때였다.

"와아아아아, 와아아아아."

뒤쪽 히데요시가 있는 본진에서 함성이 터져 나왔다. 실은 기요마사를 선봉대로 내세운 후, 히데요시는 총공격을 계획하고 있었던 것이다.

"불이야, 불이다. 적이 공격해 온다."

이어서 성벽 위쪽에서 갑자기 아우성치는 소리가 들려왔다. 히데요시가 미리 성으로 잠입시킨 이가의 닌자들이 총공격의 신호를 받고 성내에서 불을 지른 것이다. 성벽 위가 환해졌다.

'전공을 빼앗길지 모른다.'

"주저하지 말고 사다리로 올라가라."

공명심이 앞선 기요마사는 긴 창을 꼬나 쥐고 앞장서, 사다리를 타고 올랐다. 성벽 위에 있던 적병이 기요마사를 보고 갈고리로 내려 찍었다.

"에잇."

사다리를 기어오르던 기요마사가 갈고리를 피한 후, 자신의 긴 창으로 적병을 찔렀다.

"으악."

성위에 있던 병사가 고꾸라져 떨어졌다. 이어서 측근 부하들이 뒤를 따라 올라왔다.

"우욱."

옆쪽에서 사다리를 오르던 자신의 부하들이 적병의 갈고리에 찍혀, 산비탈로 굴러떨어져 나갔다.

"이런 쳐 죽일 놈들, 어디서 감히."

그의 눈에서 불꽃이 튀었다. 괴성을 지르듯 고함을 치며, 기요마사는 미친 듯이 창을 위를 향해 찌르면서 위로 올라갔다. 불같은 성격의 기요마사였다. 그에게 두려움 같은 것은 없었다. 무예로 단련된 민첩한 동작으로 성벽을 타고 넘었다.

"서둘러라."

주장이 앞장서 성벽을 넘어 섰으니, 홀로 돼 위험했다. 측근들의 마음이 급해졌다. 그들은 주장을 보호하기 위해 목숨을 내걸고 사다리를 타고 올랐다.

"받아라."

휘이잉, 휘잉.

제일 먼저 성벽을 넘어선 기요마사는 긴 창을 마음껏 휘둘렀다.

"어이쿠."

기요마사의 창을 맞은 적병은 그야말로 추풍낙엽처럼 쓰러져 갔다. 성벽 방어가 뚫리자, 기요마사의 병사들이 속속 성벽을 기어 넘어왔다. 부장급은 죄다 무예가 출중한 사무라이들이었다. 부장들이 성벽을 넘어온 것을 본 기요마사는 승세를 굳혔다고 확신했다.

“죽고 싶은 놈들은 다 덤벼라.”

기요마사는 긴 창을 휘두르며, 곧장 성주가 있는 본진을 노리고 들어갔다. 그때였다.

“하야시마 성주, 다케이 쇼겐이다. 내 칼을 받아라!”

기요마사가 천수각이 있는 본진으로 다가서자, 안에서 체격이 커다란 무장 하나가 튀어나왔다. 그는 모우리의 측근으로 하야시마성(早島城)의 성주였던 다케이 쇼겐(竹井将監)이었다. 간무리산성의 위급함을 알고 구원을 위해 와 있었던 것이다.

휘익.

동시에 칼을 비스듬히 그으며 치고 들어왔다. 칼이 날카롭게 허공을 그었다.

“주군, 위험합니다.”

부장이 기요마사의 앞을 막아섰다.

“비켜라. 내 앞길을 막지 말아라!”

기요마사가 창을 곧추세워 잡고는, 부장을 제치고 앞으로 나섰다. 상대인 쇼겐은 칼을 두 손으로 잡고, 칼끝으로 기요마사의 목울대를 노리고 있었다.

“야압.”

창을 들고 있는 기요마사가 먼저 창을 앞으로 찌르며 나아갔다. 기요마사의 공격을 받은 상대는 몸을 옆으로 비스듬히 숙였다가는 일어서면서 칼을 수평으로 그었다. 칼이 기요마사의 눈앞에서 ‘휘익’ 하고 지나갔다. 칼날과 그의 목과는 불과 한 뼘 차밖에 없었다.

‘이크.’

상대의 칼날이 목 앞에서 옆으로 흐르는 것을 보고 기요마사는 섬뜩함을 느꼈다. 거리를 유지하기 위해 기요마사는 일 보 뒤로 물러섰다. 상대의 기민한 몸놀림과 칼의 흐름은 연속 동작으로 이루어졌다. 공격을 할 때는 마치 학이 나는 것 같이 날개를 활짝 폈다가는 공격을 접을 때는 사뿐히 앉는 것 같이 가벼운 몸놀림이었다.

'손쉬운 상대가 아니구나.'

기요마사는 거리를 두며 상대의 허점을 찾으려 했으나 칼을 비껴 쥐고 옆으로 비스듬히 서 있는 상대의 자세에는 빈틈이 없었다. 무술이 상당한 고수임을 한눈에 알 수 있었다.

태앵.

기요마사가 잠시 생각에 잠기자 틈을 놓치지 않고, 상대는 칼로 창끝을 옆으로 튕겨 내며 연속 동작으로 칼끝을 밑에서 위로 올려 치고 들어왔다. 기습을 당한 기요마사는 다시 몇 걸음 뒤로 물러섰다.

"야압."

기요마사는 더 이상 물러설 수 없다고 여겨 반격을 가했다. 기요마사가 창을 찌르며 들어가자, 이번에는 상대가 발을 뒤로 빼며 거리를 유지했다.

"받아라."

마음이 급한 기요마사가 계속해 공격해 들어가자, 상대는 거리를 유지하며 자꾸 뒤로 빠졌다.

"에잇."

기요마사는 창으로 싸우다가는 승부가 길어질 것으로 보고는 창을 놓는 승부수를 던졌다.

"칼은 칼로 대해 주마."

자신의 주특기인 창을 옆으로 내려놓고, 기요마사는 허리에 차 놓았던 칼을 빼어 들었다. 창을 피해 뒤로 빠지는 상대를 몸 가까이로 붙여 승부를 내기 위해서였다.

"자, 덤벼라."

기요마사는 칼을 뽑음과 동시에 연속 삼 합을 공격해 들어갔다.

탱, 탱, 탱.

쇼겐이 물러나며 칼을 막아 냈다. 칼로 승부를 하니 서로의 폭이 좁아졌다.

"야압."

상대도 칼이 상대하기 편한지 조금 전보다 공격적으로 찌르고 들어왔다. 그러나 기요마사는 칼 솜씨도 뛰어났다. 상대의 칼이 허공을 가르면 바로 기요마사의 칼이 상대의 몸통을 향해 들어갔다. 그야말로 용호상박이었다. 수십 합을 주고받았지만 승부는 나지 않았다.

"헉헉."

두 무장 모두 입에서 거친 숨이 새어 나왔다. 그때였다. 기요마사가 휘청하는 척하더니 자신의 허점을 내보였다.

"야얍."

짐작대로 쇼겐의 칼이 몸통을 찌르고 들어왔다. 기요마사는 몸을 슬쩍 틀며, 쇼겐의 팔을 내려쳤다.

털썩.

칼을 쥔 쇼겐의 팔이 툭하고 떨어져 나갔다.

"승부는 났다. 이제 그만."

상대의 팔이 떨어지는 것을 보고, 기요마사는 항복을 권하며 칼을 거두려 했다. 그러나 쇼겐은 남은 왼손으로 칼을 집어 들려고 허리를 숙였다. 거절한다는 의사 표시였다.

"이야압."

곁에서 지켜보던 기요마사의 병사들이 일제히 창을 뻗어 쇼겐의 몸통을 찔렀다.

"우욱."

그는 허리를 숙인 채, 창에 꿰뚫려 앞으로 엎어졌다. 창을 맞은 자리에서 피가 솟구쳤다.

"적이지만 아깝다."

기요마사는 칼을 닦아 칼집에 꽂아 넣고는, 다시 창을 쥐고 본진으로 향했다. 기요마사가 본진에 다다랐을 때, 이미 성주인 하야시는 승패가 났음을 알고는 자신의 거실에서 할복을 한 후였다. 성이 함락됨에 따라 하야시의 부장과 측근 백여 명이 할복하거나 전사했다. 살아남은 적병 중 사무라이급은 모두 공개 처형됐다.

"간무리산성이 함락됐다."

"성주 이하 가신들은 싹 처형당했다. 히데요시에게 대항했다가는 살아남기 어렵다."

곧바로 히데요시의 밀정들에 의해 이 소문은 널리 퍼져 나갔다. 모두 히데요시의 책략이었다.

'잘못했다가는 목숨을 보전하기 어렵다.'

히데요시와 모우리 사이에서 눈치를 보고 있던 주변 지성의 영주들은 스스로 성문을 열고 히데요시에게 투항해 왔다.

'으하하하. 계략대로다.'

"이번 싸움에 일등 공신은 기요마사다. 녹봉을 올린다."

히데요시는 기요마사의 활약에 크게 만족했다. 목숨을 아끼지 않고 명령을 한 치도 어긋남 없이 수행하는 기요마사가 가신으로서, 게다가 친족으로서도 자랑스러웠던 것이었다.

바다 건너 왜국

"아찌니 이케."(저쪽으로 가라.)

왜병들이 포로들을 창으로 밀었다. 그들이 가리키는 방향은 백사장에 붙여 놓은 작은 배들이었다.

"마님, 우릴 배에 태워 어디론가 끌고 가려는가 봐요."

바다가 시작되는 백사장 끝으로 끌려오자, 만개는 저도 모르게 양녀의 두 손을 꼭 잡았다. 두 사람은 몸을 부들부들 떨었다. 파도가 사람들을 향하여 밀려들었다가는, 발밑에서 다시 바다 쪽으로 꺼져 갔다. 파도에 따라 배들이 출렁거렸다.

"여기까지 끌고 온 걸 보면 죽이지는 않을 것 같구나. 가는 데까지 가 보자."

만개가 두려움에 떨자, 이제는 양녀가 침착한 목소리로 만개를 안심시켰다.

"하야쿠 노레."(빨리 타라.)

파도가 밀릴 때마다 배들은 출렁거렸고, 왜병들은 긴 창으로 조선 사람들을 바다 쪽으로 떠밀었다.

"우아앙, 어메요."

"아이고, 아이고."

물을 무서워하는 아이들이 울음을 터뜨렸고 이어서 아낙들이 통곡을 해 댔다. 작은 배의 몸통의 반쯤은 사장(沙場)에 올려져 있었으나 파도가 들이칠 때마다 바닷물이 백사장의 모래를 덮었다. 발이 물에 빠지지 않고는 배에 올라탈 수가 없었다. 주기적으로 크게 들이치는 파도는 어른들의 무릎까지 뒤덮었고, 키가 작은 아이들에게는 가슴께까지 차올랐다.

"어매요."

아이들은 파도를 피하려고 바다에서 몸을 뺐다.

"하야쿠 노레."(빨리 타라.)

그러면 백사장에 있던 왜병들이 긴 창을 뻗어 위협을 가했다. 아이들은 가도오도 못 하고 울음을 터뜨렸다.

"괘않데이. 괘않다카이."

어른들이 아이들을 달랬다. 왜병들의 창끝에 밀려 먼저 바닷물에 발을 적신 어른들이 아이들을 번쩍 들어 올려 배에 태웠다.

"아이고, 아이고!"

"어무이예, 아부이예!"

아낙들과 아이들은 소형 배에 타고 나서도 통곡을 계속했다. 모두들 이제는 망망대해에 떠 있는 자신들의 운명이 어찌될지 몰라, 눈물이 멈추질 않았다.

무릎까지 빠지며 배 쪽으로 다가온 만개는 다시 한 번 양녀의 두 손을 꼭 잡으며 몸을 부르르 떨었다. 그리고는 주춤거렸다. 만개는 배에 탄다는 것은 결국 어디론가 멀리 끌려가는 거라 미루어 짐작했다.

'어쩌면 왜나라로….'

너무도 불길한 이야기라 차마 상전인 양녀 앞에서 입 밖에 내질 못했다. 만개가 머뭇거리자 이번에는 양녀가 만개의 손을 꼭 잡아 주었다.

"응차."

양녀가 아무렇지 않게 배에 올라타자, 만개도 양녀를 따라 배에 올라탔다.

"슛바츠."(출발.)

육지에 있던 왜병 장교가 왜말로 외치자, 왜병들이 배를 밀어 바다 위에 띄웠고 왜병 넷이 노를 젓기 시작했다.

철썩, 철썩.

조선 사람들을 태운 작은 배는 파도에 출렁거리며 큰 배가 있는 앞바다로 나아갔다. 육지라면 백 보 정도 갔을까, 그곳에서 다시 큰 배로 옮겨 탔다. 왜병들은 통나무로 엮은 발판을 작은 배와 큰 배 사이에 위아래로 비스듬히 걸쳐 놓고 밧줄로 고정시켰다. 파도가 출렁거리는지라 큰 배든 작은 배든 좌우, 위아래로 흔들거려 몸의 균형을 잡기가 쉽지 않았다.

"조심하래이."

조선 사람들은 큰 배 위에서 아래로 던져 준 밧줄을 한 손으로 잡고 발판을 통해 경사를 올랐다. 둥근 통나무는 발을 디디기 편하게 윗부분이 평평하게 깎아져 있었으나, 주의를 요했다.

"이 끈을 잡고 잘 올라오면 괘않데이. 천천히 올라오레이."

남정네 둘이 먼저 오른 후, 안전을 확인하고 나서 아래쪽에다 소릴 질렀다. 뒤이어 아낙 둘이 밧줄을 잡고 통나무 위로 올랐다. 잘 올라간다고 여길 즈음이었다.

출렁.

때마침 큰 파도가 몰려왔고 파도에 밀린 배가 휘청거렸다.

"어어, 으악."

첨벙.

두 아낙이 함께 바다로 떨어졌다. 몸의 균형을 잘못 잡은 아낙이 흔들리는 통나무 위에서 뒤뚱거리다, 옆에 있던 아낙의 팔을 낚아채는 통에 함께 떨어진 것이었다. 바다와 발판 통나무 사이의 높이는 어른 키만 한 간격이 있었다.

"어머 저를 우짜노. 우짜믄 좋노?"

"고레오 도레."(이걸 잡아라.)

작은 배에 있던 왜병들이 창을 뻗어 손으로 잡으라 하였으나 헤엄을 칠 줄 모르는 아낙들은 첨벙거릴 뿐, 손을 뻗어 창대를 잡을 처지가 아니었다.

"어푸, 어푸푸…."

물에 빠진 아낙들은 손을 좌우로 쳐 대며 몸이 수면 아래로 가라앉는 것을 막으려 애를 썼으나, 그럴수록 몸은 더욱 가라앉았다.

"꿀꺽, 캑캑."

허우적댈 때마다 짠 바닷물이 그대로 입으로 들어와, 숨이 컥컥 막혀 왔다. 뱉어 내려고 애를 쓰면 쓸수록 짠 바닷물이 한 움큼씩 입으로 밀려들어 왔다. 입으로 들어간 바닷물은 식도, 기도를 가리지 않고 마구 흘러들었다. '콜록, 콜록' 기침이 터져 나오며, 짠물은 온몸의 숨구멍을 꼭꼭 막았다. 아낙들은 기가 막혀 껄떡껄떡 숨이 넘어갔다.

"에구 저를 우짜노. 사람 살리소!"

아낙들이 안타까워 소릴 쳤으나 왜병들은 결코 바다로 들어가지 않았다. 그들은 작은 배 위에서 물에 빠진 아녀자들을 마치 물 위에 떠 있는 옷가지처럼 창 뒤로 슬슬 밀어 배 가까이로 붙일 뿐이었다. 그럴 즈음,

"저게 뭐라? 바다에 사람이 빠졌는갑다."

"그란갑다. 저그 아낙아이라."

“헤엄을 못 치지 않노. 들출아, 따라라.”

아낙들이 끌려온 것을 보고 측은하게 생각하며 짐을 나르던 어동이었다. 그는 조선 남정네들의 힘이 부족해, 여인과 아이들마저 포로로 잡혀 고생을 한다고 자책하고 있었는데, 사람 살리란 소릴 들은 것이다.

철벅, 철벅, 철벅.

첨벙.

바다로 달려 들어간 어동은 급한 걸음으로, 바닷물을 헤치고 나가다가 물이 가슴께까지 차오자, 머리와 상체를 앞으로 던져 바닷속으로 들어가 헤엄을 쳤다. 다섯 보 뒤에서 들출이 따라왔다.

차악, 차악.

그들은 모잽이헤엄으로 바닷물을 제치며, 작은 배 쪽으로 다가갔다. 기장 앞바다에서 멸치잡이를 하던 그들이었다. 바다에 익숙했고 헤엄도 능했다. 목에는 동아줄이 그대로 걸려 있었지만 아랑곳하지 않았다. 물가에서 작은 배까지의 거리는 약 백 보 정도라, 보통 사람 같으면 엄두도 못 낼 상황이었지만 갯가에서 자란 그들에게는 별거 아니었다. 둘은 거치적거리는 밧줄을 등 뒤로 비껴 얹혀 놓고, 중간중간 자세를 바꿔 가며 스윽스윽 바닷물을 헤쳐 나갔다.

육지에 있던 왜병들도 상황을 아는지라, 두 사람의 움직임을 방해하지 않았다.

“몸에 힘을 빼고 조금만 참으소.”

어동이 배 옆으로 돌아서는 말을 건넸다. 우선 추욱 처져 있는 아낙의 머리칼을 잡아 당겼다. 아낙들은 의식이 없는지 추욱 늘어져 있었다. 이어서 들출이 다가와, 남은 아낙의 저고리를 당겨 몸에 붙이고는 등 뒤에서 안았다. 익숙한 솜씨였다.

"응차, 응차."

배 위에 있던 여인들이 힘을 합쳐 두 아낙을 끌어올리려 했지만, 힘에 겨워 잘되질 않았다. 왜병들은 가만히 보고만 있었는데 죽어도 그만이라는 무덤덤한 표정이었다.

"응차."

어동이 물속에서 몸을 솟구치며 아낙을 들어 올리자 만개가 얼른 손을 뻗어 잡았고, 이어 여러 명이 달려들어 그들을 건져 올렸다. 바닷물을 들이킨 아낙들은 그대로 추욱 늘어져 있었다. 숨이 없었다면 영락없는 죽은 시체였다.

"거기 좀 비켜서소."

몸에서 물을 뚝뚝 떨어뜨리는 어동이 살집이 있는 아낙의 저고리 위에다 손을 얹어 놓고 가볍게 꾸욱꾸욱 눌렀다. 그리고는 다시 엎어 놓았다. 그러자 들출이 아낙의 머리를 잡아 들어 올렸다.

탁, 탁, 탁.

어동은 얼른 손바닥을 펴 손목 부분으로 아낙의 폐의 뒤쪽과 목 아래쪽을 세게 쳤다. 들출은 앞쪽에서 손가락을 입속으로 넣어 목젖을 자극했다.

"컬럭, 컬럭. 어억, 어억."

기도로 들어갔던 물이 몇 방울 튀어나오고, 이어서 식도로 들어갔던 물이 튀어나왔다. 아낙은 기침과 함께 괴성을 질러 댔다.

"됐다."

어동과 들출은 마찬가지로 옆에 누워 있던 아낙을 조치했다. 아낙 둘은 곧 소생을 했다.

"컬럭, 컬럭."

두 아낙은 연신 기침을 해 댔다. 기도로 들어간 짠물을 한 방울도 남기지 않으려는 것 같았다.

"이제 살았으니 걱정 마소."

"휴우. 에고, 고맙습니데. 고맙습니데."

두 아낙은 살아났음을 알고는 안심의 숨을 내쉬며 어동의 팔을 잡고 고마워했으나 그것도 잠깐이었다.

"호카와 하야쿠 아가레."(다른 사람들은 빨리 올라가라.)

왜병들은 여인들 주변에 있던 사람들에게 배에 옮겨 타라고 독촉을 해 댔다.

"고레오 토레."(이걸 잡아.)

큰 배 위에서 다시 밧줄이 던져졌다. 조선 사람들은 밧줄에 의지한 채, 흔들거리는 통나무 발판을 조심조심 밟으며 큰 배로 옮겨 탔다.

첨벙.

어동과 들출은 바다로 뛰어들어 다시 육지로 돌아갔다. 물에 빠졌던 여인들도 정신을 차린 후, 맨 나중에 왜병들이 앞뒤에서 손을 잡고 승선을 했다.

"에고 무서라."

치마와 저고리가 모두 바닷물에 젖어 있어 물이 뚝뚝 떨어져 발판이 미끌미끌해 위험했으나 두 아낙은 무사히 배에 올랐다.

"아이고, 아이고…."

겨우겨우 큰 배에 올라선 두 아낙은 아직도 넋이 돌아오지 않았던지, 갑판에 털버덕 앉아서는 낮은 소리로 통곡을 해 댔다.

"흐유."

두 아낙의 처연한 모습을 바라보던 조선 사람들은 동병상련을 느꼈다. 양녀의 곁에 있던 만개도 망망대해로 시선을 돌리며 한숨을 내쉬었다.

"갓데니 우고쿠나."(맘대로 움직이지 마라.)

어동과 들출이 헤엄을 쳐, 다시 해안가로 돌아오자 왜병이 둘을 나무랐다.

"….."

왜병이 언성을 높이며 인상을 쓰자, 어동과 들출은 어차피 알아듣지도 못하는 왜말인지라 건성으로 꾸벅거리며 원래 일하던 자리로 돌아갔다. 다행히 두 사람에게 체벌을 가하진 않았다.

"사람을 구했으면 상을 주진 못할망정 와 소릴 지르고 난리라."

어동이 낮은 소리로 투덜댔고,

"글게 말이다. 문뎅이 같은 놈들."

들출이 장단을 맞추었다. 왜병들은 짐을 실은 배와 사람을 태운 배를 나누었는데 왼편에 떠 있는 배에는 짐이 실렸고, 오른편에 떠 있는 배에 사람들을 태웠다. 왜병들은 남녀노소 구별 없이 포로들을 도착하는 대로 배에 실었다. 작은 배들이 부지런히 해안과 앞바다를 왕복하며 포로들과 약탈품을 실어 날랐다.

왜병들이 포로들을 육지에 두지 않고 바다에 있는 배에 태우는 것은 도망치기가 힘들어 관리하기가 쉽기 때문이었다.

인부 노릇을 하던 어동과 다른 장정들도 선적이 끝나고 해가 떨어지자, 바다로 나와 다른 사람들이 먼저 타고 있던 큰 배에 올랐다.

왜병들은 아녀자나 어린아이에게는 안 그랬지만, 장정들은 손을 밧줄로 옭아매고 목에도 동아줄을 걸었다.

"스와레."(앉아라.)

배 위에서 포로들을 감시하던 왜병들은 포로들이 서성거리면 바로 창 뒤끝으로 장정들의 몸통을 쳤다.

"어이쿠."

얻어맞으면서도, 그 말을 알아듣는 조선 사람은 없었다.

"갑판에 쭈그려 앉으라는 말인가보데이."

눈치 빠른 사람이 왜말을 짐작해 움직이면, 다른 사람들도 따라 움직일 뿐이었다. 왜병들은 무슨 표식을 해 두었는지, 장부를 보고 사람들을 구별해 둥글게 앉혔다. 포로들은 왜병들이 시키는 대로 갑판 위에서 몇 개의 무리를 이루어 쭈그려 앉은 채 밤을 보내야 했다.

넓고 탁 트인 바다도 날이 저물어 해가 떨어지고 나면 바다는 사방이 꽉 막힌 옥사와 다름없었다. 그야말로 칠흑(漆黑) 같은 어둠에 쌓인 감옥이었다. 왜병들의 횃불이 간간히 빛을 전달해 주지만, 그마저 사라지면 어디가 뭍이고, 어디가 바다인지 구별조차 안 되는 깜깜한 어둠에 물들었다. 시야를 차단한 어둠은 곧 공포였다.

"시다니 오리로."(배 밑창으로 내려가라.)

밤이 깊자, 왜병들이 다가와 창을 좌우로 흔들며 포로들을 몰았다.

"밑창으로 내려가라는 것 같네요!"

왜병이 손짓을 하자, 만개가 눈치를 채고 전했다.

"맞데이. 그 말이 맞는 거 같데이."

불과 얼마 안 되는 짧은 시간이었지만, 포로가 된 사람들은 왜말을 못 알아들어도 눈치에는 익숙해져 있었다. 눈치가 가장 빠른 것은 만개였다. 오랫동안 양반 상전을 모시며 몸에 밴 눈치 탓에 소리가 갖는 의미보다는 상황이 전해 주는 의미를 잘 이해했다. 태어나 철이 들 시기부터 상전의 눈치를 보며 살아왔던 비녀 신세였다. 말을 하지 않아도 눈치 빠른 하인은 상전의 기침 소리를 듣고 냉수를 대령할 정도가 돼야 하는 것이다. 만개가 상전의 칭찬을 받고 오랫동안 양녀의 비녀로서 수발을 들었다는 것은 그만큼 눈치가 빠르다는 증거였다.

아무튼 만개는 왜말을 전혀 몰랐지만 신기하게도 왜병들의 동작과 언성만으로도 왜병들이 무얼 말하려는지, 무얼 지시하는지 정확하게 짚어 냈다. 말은 안 통해도 만개의 눈치 덕분에 소통이 가능해져 조선 사람들은 얼마간은 왜병들에게 닦달과 구박을 면할 수 있었다.

"오리로."(내려가라.)

배 밑창엔 횃불도 없어 캄캄한 어둠이었다. 왜병들은 조선인 포로들에게 먹을 것도 제대로 주지 않았다.

"하이고, 배고파."

"글게 말이다. 먹은 게 없으니, 배와 등이 붙어 버렸데이."

왜병들과는 말이 통하지 않으니 하소연도 할 수 없어, 조선인 포로들은 그저 배만 움켜쥐고 있었다.

"이노마들이 우릴 굶어 죽이려 작정을 했는갑다."

"아따, 문뎅이 같은 짜석들…. 사람을 부려 먹었으면 먹을 걸 줘야제, 대체 뭐하노."

굶주려 꼬르륵거리는 배를 움켜쥐고 들출이 투덜대자, 덩치 큰 어동은 자기는 더 죽겠다는 듯 웅얼댔다.

"육지에서는 그나마 먹을 것이라도 주더니, 배에 타니 아무것도 안 주는 건 뭔 심사고. 이러다 굶어 죽는 거 아이라."

"우짤꼬?"

들출과 어동의 투덜거림을 시작으로, 배 밑창에 쭈그리고 앉아 있던 사람들이 웅성웅성거렸다.

"샤베루나."(말하지 마.)

조선 사람들이 수군거리자, 위에 있던 왜병이 횃불을 들이밀며 사다리 아래를 내려다보고는 눈을 부라렸다.

"시즈카니 시로, 시즈카니."(조용히 해라, 조용히.)

이어서 횃불을 든 왜병 둘이 내려오더니, 사담(私談)을 금지시키기 위해 창으로 위협하며, 창의 뒤 끝으로 남정네들을 쿡쿡 쑤셨다.

"어쿠."

얼마나 세게 찔러 대는지 옆구리를 찔린 사람들은 숨이 콱 막혀 몸이 옆으로 휘었고, 등짝을 찔린 사람은 등의 살갗이 벗겨지는 통증을 느꼈다. 마치 가축을 대하듯 했다. 말이 통하지 않는다는 것, 왜병들은 자신들의 말을 모른다는 것만으로 조선 사람들을 짐승 취급했다. 자신들이 조선말을 모르는 건 당연한 것이었고, 포로들이 왜말을 모르는 것은 죄였다. 말을 못 알아듣는 죄 아닌 죄로 포로들은 왜병들에게 개, 돼지 취급을 당해야만 했다. 그러면서 그들은 말보다 폭력을 앞세웠다. 어차피 말을 해도 모른다는 전제에서였다. 말은 생각을 전달하는 수단일 뿐이었는데, 그들은 수단을 본질로 착각한 채 폭력을 앞세운 것이었다.

왜병들의 강압적이고 삼엄한 감시와 폭력에, 배 밑창에 갇힌 조선 사람들은 입도 벙긋할 수조차 없었다. 강요된 침묵은 천근 납덩이가 되어 그들의 입을 눌렀다.

"으음."

"흐흐윽."

입에 재갈을 묶어 놓은 것 같이 고요로 뒤덮인 배 밑창에서는 간간히 신음 소리와 여인들의 울음소리만이 새어 나왔다. 게다가 배에 승선을 한 후, 아무것도 주질 않았다. 허기든 몸은 추욱 처져 갔다. 어동 같은 장정도 마찬가지였다. '목구멍이 포도청보다 무섭다'라는 말이 실감났다. 허기에는 항우 같은 장사라도 뾰족한 수 없는 것이었다.

끼이덕, 끼이덕.

요동치는 파도를 따라 배는 쉴 새 없이 좌우로 흔들렸고, 사람들의 몸도 따라 출렁댔다.

"으웩웩. 어어억."

아니나 다를까 배가 흔들리자 멀미를 하는 사람들이 배를 움켜잡고 토악질을 해 댔다. 먹은 게 없어서인지 희고 끈끈한 액체만이 입술을 타고 흘렀다. 증세가 심한 사람은 구석에 쓰러져서는, 어지러움에 배를 움켜잡고 있었다.

파도가 바다에 떠 있는 배를 싫다고 거부하듯 흔들어 댔다. 사람들은 배 밑창에 처박혀 이리 구르고, 저리 흔들려야 했다. '웩웩'댈 때마다 입에서는 허연 타액이 질질 흘러나왔다.

"으흐흐흑."

너무도 고통스럽고 힘들어, 스스로 삶에 대한 일말의 기대조차도 점차 사라져 갔다.

"으으음."

기진맥진했던지 멀미 소리는 점차 멈추고, 이제는 신음 소리만이 나직하게 배 밑창에 퍼졌다. 아주 작게 간간히 터져 나오는 신음 소리 외에는 아무런 소리도 들리지 않았다. 어둠이 뒤덮인 배 밑창의 고요는 무거운 돌덩이가 되어 포로들의 가슴속을 무겁게 짓눌러 왔다. 예측할 수 없는 앞날에 대한 두려움이었다.

'이 삶이 어찌될꼬?'

두려움의 한가운데는 죽음에 대한 공포가 자리 잡고 있었다. 이심전심, 고요와 두려움에 휩싸이자 누구 하나 예외 없이 심장이 쿵쿵 울리는 박동을 느꼈다.

배 밑창은 원래 노를 젓는 격군들의 자리였다. 격군들의 자리를 포로로 잡힌 조선 사람들이 메우게 된 것이었다.

"이 손이나 좀 풀어 주면, 어디 덧나노."

왜병들의 감시의 눈이 소홀해졌음을 알고 누군가가 속삭였다. 장정들의 목에는 여전히 동아줄이 걸려 있었고, 손목도 묶여 있었다. 그들은 바닥에 앉긴 하였지만 거동이 아주 불편했다. 오줌이 마려우면 손가락을 꼼지락거려 바지춤을 내려야 했다. 바지 끈을 푸르고 바지를 아래로 내리는 일조차 쉽지 않았다.

"젠장, 나랏님과 고을 원님은 다 어디로 갔나? 나랏일 한다고 부역이다, 조세다 바치라 해, 다 바쳤는데 나라는커녕 마을도 못 지켜 백성들이 이래 맞아 죽고 고생을 하게 하노…."

"글게 말이다. 예부터 나랏님을 잘못 만나면, 결국 힘없고 선량한 백성들만 죽어 나간다카더니, 그 말이 틀린 게 아니라카이."

"힘없는 백성들만 닦달해 고혈을 빼먹을 줄이나 알지, 뭐 할 줄 아는 게 있나? 백성들이 왜놈들에게 이런 수모를 당해도 알 바 없이 임금님과 대신들은 구중궁궐 속에서 호의호식하고 있을 거레."

"임금님이 우리 사정을 몰라서 그런거 아이겠나. 아무리 글타 해도 임금님은 탐관오리와는 다르지 않겠나?"

"임금이고 원이고 민생(民生)의 고통을 돌보지 않으면 죄다 탐관오리인기레이. 한통속이지, 뭐가 다르겠노."

한 사내가 '님' 자를 빼고 '임금'이라 부르며 원망을 했다. 목과 손은 묶여 속박을 받고 있지만, 입은 그렇지 않다는 것을 증명이라도 하듯이 남정네들은 하고 싶은 말을 해 댔다. 자신들을 묶어 놓은 왜병을 비난하기보다는 그 탓을 임금과 관리에게 돌려 댔다.

"여, 말들 조심하레이. 아전 나리들 귀에 들어가면 경을 친다 카이. 게다가 상감을 능멸하면, 삼족이 멸한다는 말 듣지도 몬했나."

"네미랄. 당장 죽게 생겼는데, 삼족은 뭔 삼족이고? 글고 배 밑창에 무슨 아전의 귀가 있겠노? 내 아전의 귀가 있으면, 그 귀를 확 잡아 떼버릴기다."

"어허, 밤말은 쥐가 듣고 낮말은 새가 듣는다 안카나."

"아히고, 말도 잘 갖다 붙이는 고마. 그래 문자 좀 아는 니 말이 맞대이. 니 똥 굵다."

"시즈카니 시로."(조용히 하라.)

웅성거림이 점차 티격태격으로 바뀌어 언성이 높아지자 왜병이 나타나서는 다시 창으로 겁을 주었다.

"끄응."

창으로 쿡쿡 찔러 대는 왜병들의 단속이 두려운 사내들은 곧 침묵했으나 하루아침에 졸지에 포로가 된 자신들의 신세가 처량한지, 한숨만을 뿜어내었다.

무심한 밤은 깊어만 갔고, 먹물을 뿌려 놓은 듯한 시커먼 배 밑창에 갇힌 포로들은 답답함과 함께 명치를 꼭 누르는 죽음에 대한 공포 그리고 현기증을 느끼는 허기 속에 의식이 몽롱해졌다.

"안 돼, 안 돼."

만개는 밧줄에 손발이 묶여 숲이 울창한 산속으로 끌려가고 있었다. 도깨비 같은 모습의 왜병들이 창으로 위협했다. 항상 옆에 있던 양녀는 어디로 갔는지 보이질 않았다. 왜병 하나가 다가오더니 자신의 손목을 잡고는 해변가 낭떠러지로 끌고 갔다. 그곳에서 자신을 겁탈하려 했다. 만개는 젖 먹던 힘을 다해 왜병을 밀쳐 내고 자신은 절벽 아래로 몸을 날렸다. 낭떠러지는 생각보다 높았던지, 끝이 없었다. 치마가 펄럭이며 그녀는 깊은 나락(奈落)으로 빠져들어 갔다.

'꿈인가, 생시인가?'

자신의 헛소리에 놀란 눈을 뜬 만개는 옆을 더듬었다. 손에 잡히는 치마는 양녀였다. 놀라서 반쯤 일어서자, 배 밑창에는 어느덧 희미한 빛이 들어와 있었다. 머리를 풀어헤친 사람들이 여기저기 쓰러져 잠들어 있는 아낙들의 모습이 들어왔다.

바다는 여전히 회색빛이었다. 아직 해가 바다 위로 모습을 드러내진 않았으나, 바다 끝 먼 하늘에선 이미 여명이 새어 나오고 있었다. 잿빛 천을 깔아 놓은 듯 울렁울렁 넓게 펼쳐진 바다의 새벽은 시시각각으로 변해 갔다. 잿빛의 먼 하늘이 훤하게 밝아 오는가 싶더니 수평선 너머 먼바다 끝에서는 붉은빛이 뿜어져 올라왔다. 그 너머에 무엇이 있는지 인간의 눈으로는 알 수가 없었다.

'하늘님이 계시다면 어찌 이리 무심하리라.'

전날 반대 바다 끝으로 넘어갔던 태양은 아직 바다 아래에 숨어 있었다. 바다와 하늘은 먼 끝에서 서로 이어져 있었다. 그러더니 갑작스레 태양이 기지개를 펴듯, 붉은빛을 뿜으며 솟아올랐다. 먼저 하늘이 시뻘건 아침 해에 붉게 물들더니, 이어서 잿빛의 먼바다가 벌겋게 변해 갔다. 벌건 태양은 하늘과 한편이 되더니 찬란하고 투명한 하얀 빛을 뿜어 댔다. 붉은 물감을 풀어 놓은 듯, 벌겋게 물들었던 하늘과 바다는 점점 그 빛깔을 달리했다. 끝에서 서로 이어졌던 하늘과 바다는 둘로 뚜렷이 갈라섰다. 조물주의 장난(作亂)이었던가, 자연의 섭리였던가. 태양이 하늘로 오르자 세상은 맑은 빛이 가득했다. 하늘은 맑고 파랗다 못해 청명(淸明)했다. 가까이 있던 잿빛 바다도 언제 그랬냐는 듯 하늘을 파랗게 반사시켜 냈다. 자연의 조화는 신비로웠다.

"하야쿠 다세."(빨리 몰아라.)

빛이 어둠을 거둬 내자 조용하던 육지에서 왜병들이 먼저 부산하게 움직였다. 전날 포로들을 배에 옮겨 실은 왜병들은 보초 몇 명만 배에 남겨 놓고 나머지는 뭍에서 머물렀는데 움직이기 시작했던 것이다.

부산포에서 왜나라까지는 순풍에 하루를 잡아야 했다. 아침 일찍 출항하면 오후 늦게 대마도나 잇키섬, 운 좋아 순풍을 만나면 조금 어두워질 무렵인 저녁 시각에는 규슈까지 도착할 수 있었다. 물빛이 검어 현해탄(玄海灘)이라 불리는 대마해협은 파도가 거세기로 유명했다. 왜병들은 긴급한 상황을 제외하고는 깜깜한 야밤에 현해탄을 건너는 무모함을 되도록 피했다.

부산진성에서 나온 왜병 장교와 병사들을 태운 작은 배가 큰 배 쪽으로 다가가더니, 병사들이 옮겨 탔다. 배를 담당하는 수군들이었다.

"슛바츠!"(출발!)

왜병 장교가 이물 쪽으로 다가가 바다를 살피더니, 곧 명령을 내렸다.

터덕, 터더덕.

갑판 위에 내려져 있던 큰 배의 돛이 위로 솟더니, 바람을 받았다. 돛폭이 불룩해지면서 배가 움직였다.

"욧시."(으어차.)

왜병이 닻을 건져 올리기가 무섭게 배가 움찔하더니 물결을 헤쳐 나아갔다.

"배가 움직인데이, 배가."

"그라믄, 우린 이제 어데로 가노?"

"이 노마들이 우릴 어데로 끌고 가려 이러노?"

먼저 눈을 뜬 남정네들이 술렁거렸다.

온 누리가 하얀빛으로 변할 정도로 해가 하늘로 솟아올랐지만, 배 밑창에 갇힌 조선 사람들은 아직도 허기진 배를 움켜쥐고 쓰러져 있었다. 배 밑창에는 빛이 조금 들어오긴 했지만, 밤과 낮을 구별할 수 없을 정도로 어둠이 짙게 깔려 있었다.

밤새 파도에 흔들려 끄덕이던 배가 '쉬익' 하고 파도를 가르며 움직이는 것을 느낀 사람들은 하나둘 눈을 뜨기 시작했다. 하룻낮과 밤을 꼬박 굶은 사람들은 대부분 몸을 움직일 기력도 없었으나 배가 바다를 가르며 미끄러져 나가자, 직감적으로 육지와 멀어진다는 것을 눈치챈 것이었다.

"아이고, 아이고. 우린 우짜란 말이고! 정든 고향 떠나믄 언제 다시 온다 말이가!"

"개똥이 아부이."

"어무이여."

아녀자와 아이들이 먼저 울며 통곡을 해 댔다. 목에 밧줄이 걸리고 손이 묶여 앉아 있던 남정네들은 아낙네들보다 애써 의연한 척은 했지만, 속마음은 불안으로 가득 찼다.

"으음."

가슴이 다시 쿵쿵 뛰었다. 남자로서 체면이 있어 소리를 내어 울진 못했으나 속마음은 엉엉 통곡을 하고 싶은 심정이었다. 남정네들은 모두 입을 굳게 다물고 슬픔이 밖으로 새어 나오지 않게 신음으로 대신하고 있었다.

"시즈카니 시로."(조용히 하라.)

배 밑창에서 아낙네와 아이들이 애타게 울부짖자, 그 소릴 듣고 왜병들이 창을 아래로 겨누고는 내려왔다. 뒤로 화려한 투구를 쓴 장교도 따라 내려왔다.

"조용히 하라. 지금부터 시끄럽게 하는 자는 가만 두지 않을 것이다."

장교 뒤에서 따라 들어오던 왜병의 입에서 조선말이 터져 나왔다.

"…."

조선말이 들려오자 여인들과 아이들이 통곡과 울음을 뚝 그쳤다. 어제만 해도 배에는 조선말을 하는 왜병이 없어 답답했는데, 조선말이 들려왔던 것이다.

“사람끼리 뭔 말이 통해야 살 수가 있는 게 아이라!”

“글게 말이다. 왜놈들과는 말이 안 통하니, 이게 같은 사람이라 할 수가 없는 기라.”

배 밑창에 갇혀 왜병들과 말이 통하지 않자, 그들이 주고받은 말이었다. 자신들을 닦달하는 말이든 어떻든 그런 건 관계없었다. 무조건 조선말이 반가웠다.

조선말을 하는 왜병은 부산진성에서 나온 대마도 출신 병사였다. 아침나절에 장교와 함께 배에 옮겨 탄 것이었다.

“먹을 것 좀 주어요? 먹을 걸 안 주니 배가 고파 더욱 그렇지요.”

안쪽에 양녀와 함께 앉아 있던 만개가 조선말이 통하는 걸 알고는 얼른 나섰다. 애교 섞인 목소리였다. 그녀는 조금이라도 왜병의 기분을 상하지 않게 하려 애를 썼다.

“조금만 기다려라. 배가 출발했으니, 조금만 참으면 곧 먹을 게 준비될 거다.”

만개를 흘끔 바라본 왜병은 장교에게 뭐라 하더니 다시 조선말로 답을 했다.

“아이고, 잘됐고마.”

“진즉 그라믄 좋지 않았겠나.”

포로들이 진정하는 기미를 보이자 장교와 왜병 통역은 사다리를 타고 다시 위로 올라갔다.

배는 빠른 속도로 미끄러져 나아갔다. 음력 사월의 순풍을 받은 돛폭이 마음껏 부풀어 올랐다. 배 밑창에 있던 사람들은 배가 어디로 가는지도 모르던 터라 불안한 마음이 가득했으나, 그것보다는 우선 배고픔이라도 면했으면 했다.

“일마들이 밥을 준다카더니, 와 아직 아무것도 안 주노!”

“절마들 말을 우에 믿노? 우리가 뭐라고…. 아마도 지들 다 먹고 나서 남으면 줄기라.”

“그 말이 맞데.”

“죽이지 않으면 다행아이라.”

배가 큰 바다로 나온 지 한참이 지났는데도 밥을 주지 않자, 어동을 비롯해 장정들이 먼저 웅성웅성댔다.

“에고, 내 팔자야.”

“밥은 고사하고 물이라도 좀 주면 좋겠구마.”

“바다 한가운데니, 맹물도 귀해서 그런가 아이라.”

허기가 진 데다 말이 많으면 입안이 마르게 마련인지라, 되도록 말하는 것을 삼가려 했지만 입에서 투정이 절로 나왔다. 사람들은 점차 말수가 적어졌고, 아이들은 바닥구석에 쪼그리고 엎어져 배를 움켜잡고 칭얼댔다. 한쪽 구석에 분뇨용 나무통이 놓여 있었으나 아무도 소용치 않는 쓸모없는 단지가 되어 버렸다. 먹은 게 없어 나올 게 없기 때문이었다.

부산포를 나온 왜선은 태양이 중천을 지나 다시 서쪽으로 기울어질 무렵까지 항해를 계속했다. 그리고도 한참을 지나자 멀리 앞쪽 바다 위에 섬들이 비스듬히 늘어서 있는 것이 보였다. 다름 아닌 대마도였다. 배는 섬의 아래쪽에 양쪽으로 산등성이가 둘러쳐져 자연항이 형성되어 있는 오우라항으로 들어갔다. 왜선은 항구로 들어가 돛을 내리고 정박하는가 싶더니 왜병들이 우루루 배 밑으로 내려왔다.

“도케.”(비켜라.)

“자, 모두들 배 위로 올라가라.”

왜말에 이어 조선말이 들려왔다. 앞서 내려온 왜병들은 격군들이었고, 뒤에 내려온 왜병은 조선말 통역이었다.

"손을 내밀어라."

남자들이 사다리를 타고 올라갈 수 있도록 손목 밧줄이 풀렸다. 목의 걸린 밧줄은 그대로였다. 사람 키만큼의 간격으로 목과 목에 이어져 있는 밧줄은 사다리를 타고 오르는 데 방해가 되었다. 목에 걸린 밧줄이 목을 조여 몇이 캑캑대는 것을 보고는 어동은 앞사람과의 간격을 되도록 좁게 유지하며 위로 올라갔다. 아무것도 입에 넣지 못한 사람들은 너무 허기가 져 움직일 기력도 없었다. 그야말로 젖 먹던 힘까지 짜내 사다리를 올랐다. 배 갑판에 올라서자 앞쪽에 뭍이 보였는데, 밖은 이미 어둠이 널리 깔리기 시작했다. 시야가 안 좋았다.

"예가 어디고?"

"내사 알겠나!"

들출이 묻고, 어동이 답했다. 이들은 밖으로 나오자 눈에 익숙지 않은 지형과 경치에 당황하며, 나지막한 소리로 귀엣말을 주고받았다. 갑판에 올라서 왜병들이 시키는 대로 모두 구석에 앉아 있는데,

"너희들은 배에서 내린다."

통역병이 사내 열 명 정도와 아녀자 스무 명 정도를 지목해 추려냈다. 그들은 부산진성에서 끌려온 사람들이었는데, 배 밑창 한구석에 따로 앉아 있던 사람들이었다.

"빨리 움직여라."

지목을 받은 사람들은 통역병의 닦달을 받고 엉거주춤 앞으로 나섰고, 왜병들은 이들을 한 줄로 세우더니 하선을 시켰다.

"너희들은 이곳에 꼼짝 말고 있어라."

대마도 오우라항에서 하선시킨 조선인 포로들은 서른 명이었다. 이들은 이미 논공행상을 위해 부산포를 떠나기 전에 그 운명이 정해

져 있었다.

"포로들을 각 영지별로 배분하겠소."

그들은 전리품이었다.

부산진성 싸움과 동래성 싸움을 승리로 끝낸 1번대 지휘부는 포로들을 전공에 의해 각각 나누었고, 할당된 포로들은 각지의 영지로 보내기로 이미 정해졌던 것이었다. 이른바 노예의 신세였다. 어동과 양녀가 타고 있던 배에서 서른 명이 요시토시가 도주로 있는 대마도로 보내진 것이다.

계략

기요마사를 선봉장으로 내세워 간무리산성을 함락시킨 히데요시는 곧바로 주군인 노부나가에게 보고를 겸해 서찰을 띄웠다.

'간무리산성을 함락시켰습니다. 이어서 본성인 다카마츠성을 공략 중입니다만 군세가 부족하니 원군을 보내 주시기 바랍니다.'

모우리군과의 첫 번째 전투에서 승리하였다는 군공을 보고함과 동시에 원군을 요청한 것이었다. 원군을 요청한다는 것은 그만큼 자신의 군공을 훼손시킨다는 것을 히데요시는 잘 알고 있었다. 한편으로는 자존심이 상하는 일이기도 했다. 그러나 히데요시는 자신의 군세만으로 주고쿠(현 히로시마 주변) 지역 맹주인 모우리를 평정하는 것은 무모한 일로 보았다.

'무리할 필요 없다. 군공에 집착할 때가 아니다.'

현지로 내려와 상황을 정확히 파악한 그는 자신의 군공에 집착하기보다는 실리를 택하기로 한 것이었다. 무리해 부하들의 희생을 내고, 게다가 만일 패배라도 한다면 큰일이었다. 패배에 대한 책임을 져야할 뿐 아니라 군단 내에서 입지가 좁아질 것은 뻔했기 때문이었다. 바닥에서 기어올라 성주로 출세한 자신을 질시하는 가신들이 많았다. 그들에게 틈을 보였다가는 지금까지 쌓아온 공든 탑은 도로 아미타불이 될 것이 뻔했다.

'아무것도 가진 게 없던 과거의 내가 아니다. 승산이 없는 무리한 싸움을 할 필요는 없다."

아무것도 가진 게 없던 과거에는 출세를 위해 죽음도 마다하지 않은 그였지만, 이제는 상황이 달랐다. 일국의 영지를 책임지는 성주였다. 그는 그만큼 정세를 보는 눈이 뛰어났고 신중했다. 주변에 유능한 참모가 많았기 때문이기도 했다.

'아케치 미츠히데군을 원군으로 보낼 것이다. 원군이 도착하기 전에 다카마츠성을 함락시켜라.'

노부나가는 곧 답신을 보냈는데, 다카마츠성을 함락시키라는 주문을 붙였다. 주군의 명을 받은 히데요시는 마음이 급했다. 명령대로 수행하지 않으면 나중에 무슨 추궁을 당할지 몰랐기 때문이었다. 원군을 기다리는 한편, 그는 다카마츠성을 공략하기 위해 끊임없이 계략을 짜내었다. 전술로 책략을 짜내어 상대를 흔들고 무너뜨리는 것은 그의 주특기였다.

"경계병을 제외하고 나머지 병사들은 지금부터 잠을 자두도록 하라."

"아니, 해가 하늘 한가운데 떠 있는 대낮인데 잠을 자라니…."

히데요시의 뜬금없는 명령에 병사들이 어리둥절했다.

"밤에 할 일이 있으니, 낮에 잠을 자 두는 게 좋다. 시키는 대로 하라."

"갑자기 잠을 자란다고 잠이 오나…."

히데요시의 명을 받은 부장들의 강요에 병사들은 벌건 대낮에 강제로 눈을 붙이긴 했으나 쉽사리 잠들지 못하였다.

"일어서서 서성거리는 자는 처벌을 받을 것이다."

신경이 예민한 병사들이 잠을 못 이루어 몸을 뒤척이자, 지휘장들이 겁을 주었다.

“올빼미도 아니고 대낮에 잠이 오나.”

병사들은 지휘장들의 닦달이 심해 바깥 거동은 물론, 모여서 히히거릴 수도 없자 속으로 투덜댔다.

“에휴, 그냥 누워 있는 시늉이라도 해야지, 뭐.”

잠이 든 병사가 없진 않았지만, 대부분의 병사는 그냥 누워 뒤치락거렸다. 그러는 사이 어둠이 깔렸고 주위는 피아를 식별할 수 없을 정도로 캄캄하게 변했다.

“병사들을 깨우도록 해라.”

밤이 되자 히데요시는 뒤치락대다 겨우 잠들어 있던 병사들을 일으켜 세웠다.

“낮엔 자라하고 밤엔 일어나라 하니, 이거야 말로… 원.”

영문을 모르는 병사들은 그저 푸념을 해 댔다.

“지금부터 다카마츠성(高松城) 주변에 고랑을 파고 제방을 쌓는다.”

히데요시의 명이었다. 병사들은 앞도 잘 보이지 않는 야음 속에서 병장기 대신 괭이를 들고 고랑을 파고 제방을 쌓았다. 다카마츠성 주변을 흐르는 강물을 끌어들여 수공을 펼친다는 전술이었다. 그 길이가 약 십 리에 달했다. 히데요시는 성 주변이 늪지인 것을 알아채고는 강물을 끌어들여 성을 고립시킬 의도였다. 나가라강에서 하룻밤 만에 목성을 쌓아 상대를 공략한 경험이 있던 그와 병사들이었다.

“저들의 의도가 무엇이냐?”

다음 날 날이 밝고 나서 성주 시미즈는 히데요시군이 밤새 도랑을 파고 제방을 쌓는 것을 알게 됐다. 하나, 처음에는 그 의도를 이해하지 못했다. 그런데 도랑과 제방으로 물이 조금씩 흘러들더니, 곧 도랑이 넘쳐 성 주변까지 물이 차기 시작했다.

"주군 저걸 보십시오."

'아뿔싸, 당했구나.'

성주인 시미즈는 그때사 머리를 쳤다. 그러나 때는 늦었다. 물에 휩싸인 다카마츠성은 이미 주변과 고립되었던 것이었다.

"어떠냐? 책략대로 돼 가지 않더냐?"

"지금쯤 속수무책으로 망연자실하고 있는 성안의 모습이 생생합니다."

"으하하하."

히데요시와 그의 가신들은 물로 둘러싸여 있는 성을 바라보며 파안대소했다.

한편, 고립된 다카마츠성은 먼저 성내에 비축해 두었던 식량이 떨어져 갔다. 원래 시미즈는 덕망이 높은 덕장이었다. 휘하의 병사들은 성주를 신뢰하며 철석같이 그를 믿고 따랐다. 그만큼 병사들의 사기도 높았다. 그런데 성내 식량이 떨어져 가자 상황이 급변했다.

"배는 고픈데 배급을 줄이면 어떡허나?"

"허기가 져 죽겠는데, 이걸 먹고 싸움을 할 수 있을까 걱정이네."

배고픈데 버틸 장사는 없었다. 배급량이 줄자, 병사들의 입에서 당장 불만이 터져 나왔다. 병사들은 허기지는 배를 채우느라 성내에서 도적질을 하거나 약탈을 했다. 성주는 군기를 위해 이들의 목을 벴다. 불과 며칠 전까지만 해도 충천했던 병사들의 사기는 땅바닥에 곤두박질쳤다.

"이대로 가면 함락되기 전에, 적전분열이 일어날 것 같습니다."

"그리되면 안에서 성문을 열어야 할지도 모릅니다."

시미즈는 성문을 꼭꼭 걸어 잠그고 농성을 벌이면, 제 아무리 대군이라도 쉽게 성을 넘볼 수 없을 것으로 보고 농성전을 준비해 왔다.

그런데 히데요시의 수공에 말려들어, 이젠 오히려 이쪽에서 성문을 열지 않으면 굶어 죽을 판이 되어 버린 것이었다.

"안되겠다. 협공을 통해 적을 몰아내야겠다. 그것만이 살길이다. 즉시 주군에게 원군을 요청하라."

시미즈는 모우리군과 연합하여 양쪽에서 협공을 하면 히데요시군을 몰아낼 수 있을 것으로 보았던 것이다.

"즉시 원군을 파견하라."

다카마츠성의 중요성을 잘 아는 모우리는 시미즈의 건의를 받아 즉시 원군을 파견했다.

"와아아."

원군이 온 것을 알고, 다카마츠성의 병사들은 환호를 질렀다.

"성문을 열어라."

시미즈는 협공을 위해 성문을 열고 나가려 했으나, 성 주변이 물로 둘러싸여 밖으로 나갈 수가 없었다. 성 주변의 물은 이미 사람 한 길이 넘을 정도로 차 있었다.

"성내의 병사들이 왜 움직이지 않느냐?"

협공을 기대하고 원군을 끌고 온 모우리군은 초조했다. 협공이 이루어지지 않으면 승산이 없었기 때문이었다.

"노부나가의 원군이 몰려오고 있다."

게다가 노부나가가 직접 원군을 끌고 내려온다는 소문이 들려왔다.

'이러다간 우리가 협공을 당할라.'

모우리로서는 그야말로 진퇴양난이었다.

"일단 퇴각하라."

오다군의 원군이 들이닥칠 경우, 오히려 협공을 당해 전멸할지도 모른다는 생각에 모우리는 불안한 마음으로 퇴각을 명했다.

그런데 이 모든 것은 히데요시의 계략이었다. 노부나가의 원군이 오는 것은 비밀에 가까운 사항이었다. 그런데 히데요시는 일부러 이를 퍼뜨려 모우리가 물러나도록 한 것이었다.

그리고는 다카마츠성의 공략이 어렵다는 것을 알고는, 즉시 측근 가신들을 모아 계략을 짰다.

"모우리와 협상을 끌어내는 것이 좋을 듯합니다. 우리 군의 출병 목적은 주고쿠 지역을 평정하는 것입니다. 모우리의 군사를 전멸시키기보단 협상을 통해 무릎을 꿇게 하십시오."

구로다 간베(黑田官兵衛)였다. 히데요시의 두뇌 역할을 하던 최측근 참모였다. 수공 전술도 그의 책략이었다.

한편, 자신의 거성으로 돌아간 모우리도 다카마츠성이 자멸의 위기에 빠진 것을 알고는 히데요시의 협상 요구를 거절할 수가 없었다.

'협상을 요구한다니 응하기로 한다. 대신 조건이 있다. 먼저 다카마츠성의 수공을 풀고 성주와 병사들의 안전을 보장하라. 그리하면 주고쿠의 일부 영지를 양도한다.'

모우리는 일부 지역을 양도하는 대신, 다카마츠성과 병사들의 생명을 보전코자 했다.

'영지의 양도는 받아들인다. 그러나 다카마츠성 성주인 시미즈와 그 가신급 부장들은 죗값을 치러야 한다. 할복의 명예를 줄 테니 할복하도록 하라. 그리하면 병사들의 생명은 보장하겠다.'

히데요시는 영지 할양 외에 추가로 다카마츠성의 성주와 부장들의 할복을 요구했다.

'시미즈를 죽게 할 수는 없는 일. 협상은 없던 일로 한다.'

시미즈를 아끼는 모우리는 협상을 거부했다.

“시미즈가 모우리에게 그만큼 중요한 인물이라면, 우리에게는 반대로 무서운 존재라는 이야기다. 반드시 그를 제거해야 할 것이다.”

히데요시는 더욱더 다카마츠성의 포위를 조이는 한편, 모우리와는 끈질기게 협상 조건을 조절하며 상대의 의중을 탐색했다.

다카마츠성에 있던 성주 시미즈는 나중에 강화 조건을 알았다. 이것 역시 히데요시의 계략으로 이루어진 일이었다. 시미즈의 성격이 올곧다는 것을 알아낸 히데요시는 시미즈 스스로 할복의 길을 택하도록 협상 조건을 시미즈의 귀에 들어가도록 흘린 것이었다.

‘내가 부담이 되어서는 안 된다.”

주군에게 부담을 준다고 생각한 시미즈는 모우리에게 즉시 서찰을 띄웠다.

‘신과 부장들의 목을 내주고 병사들의 목숨을 구할 수 있다면, 그보다 더 유리한 조건은 없을 것입니다. 잘못하면 성뿐만 아니라 삼천 병사의 목숨도 보장할 수 없을 것입니다.’

‘아니된다. 병사를 대신해 그대와 같은 장수를 내버릴 수는 없다.’

모우리는 자신이 아끼는 시미즈의 목을 쉽게 내줄 수 없다고 여겼다.

이와 같이 히데요시가 주고쿠 지역에서 모우리 진영과 강화 협상을 통해 시간을 끌고 있을 무렵, 노부나가는 거성인 아즈치성에 있었다. 동맹국의 수장인 도쿠가와 이에야스를 자신의 거성으로 초청해 놓고 이를 준비하고 있었다. 굳건한 동맹으로서 다케다 가문을 멸망시키는 데 큰 공헌을 해 준 이에야스에 대한 감사의 표시였다.

‘천하 통일을 위해서는 동맹 관계를 더욱 더 강화해야 한다.’

노부나가는 자신의 거성을 방문하는 이에야스를 매우 중한 귀빈으로 접대하고 싶었다. 그의 환심을 사는 것이 앞으로의 동맹 강화에 도움이 된다고 여겼기 때문이다.

'최상의 접대를 위해서 누구를 접반사로 정하는 게 좋을 것인가?'

"옳지! 미츠히데가 있지."

여러 가신들을 떠올리던 노부나가는 손바닥을 두드리며 회심의 미소를 띠었다.

'그렇지. 미츠히데라면 이에야스 공을 접대하는 데 조금도 손색이 없을 것이다.'

이에야스에게 최상의 접대를 하고 싶었던 노부나가는 가신인 아케치 미츠히데(明智光秀)를 접대 준비와 행사 진행을 위한 총지휘 역으로 결정했다. 미츠히데가 교토 귀족들의 격식과 관습을 잘 알고 있기 때문이었다. 노부나가는 이에야스에게 조금이라도 결례와 소홀함이 있어서는 안 된다고 여겼고, 중신 미츠히데라면 자신의 심중을 헤아려 충분한 접대가 가능할 것으로 보았다.

미츠히데는 젊은 시절 낭인으로서 전국을 방랑했던 인물이었다. 한때는 노부나가의 장인이었던 사이토 도산 밑에서 자문 역인 군사(軍司) 노릇을 하기도 했다. 사이토 도산이 살해되자 가족을 이끌고 아사쿠라에게 몸을 의탁했다. 그곳에서 15대 쇼군인 요시아키와 조우했다.

일설에 의하면 미츠히데 역시 귀족 출신이며 쇼군의 일족으로서 교토의 조정과 가깝다는 소문도 있었다. 사실은 알 수 없지만, 어쨌든 미츠히데는 쇼군을 주군 이상으로 모시며 밀접한 관계를 맺어 왔다. 요시아키가 노부나가의 후원을 받아 15대 쇼군으로서 즉위하게 된 것도 미츠히데가 중개를 서고, 다리를 놓았기 때문에 성사된 것이었다. 원래 요시아키가 쇼군이 되어 교토로 들어갈 때 미츠히데는 요시아키의 수하가 돼, 교토로 들어갈 생각이었다.

노부나가는 요시아키를 옹립하는 과정에서 그 중개 역할을 했던 미츠히데를 유심히 살펴보았다. 그리고 미츠히데를 불러 조용히 권유했다.

"미츠히데 님, 이 노부가나와 함께 천하를 통일해 보지 않으려오?"

노부나가의 갑작스런 제의에 미츠히데는 처음에 당황했다. 그러나 머리 회전이 빠른 미츠히데였다. 그 말의 의미를 즉시 간파하고 침착하게 대답했다.

"남아로 태어나서 천하를 지배한다는 것은 '수신제가치국평천하'의 마지막 단계입니다. 제가 아직 수신제가는 마쳤다고는 하지만 치국의 경험이 없는 바, 전하의 천하 통일에 힘이 될 수 있을지 걱정입니다."

미츠히데는 일부러 고사성어를 인용하며 은근슬쩍 자신의 박식함을 내비치며 겸손을 떨었다.

"자, 결정되었소. 큰 이견이 없으면 내일부터 당장 중신 회의에 참석하시오."

"네?"

"아, 잘 알겠습니다. 그럼 중신 회의에서 뵙겠습니다."

서로의 그릇을 알아본 노부나가와 미츠히데의 대화는 이렇게 간단하게 정리됐다. 그렇게 미츠히데는 쇼군 요시아키의 곁을 떠나 노부나가의 측근이 된 것이었다.

그 후, 쇼군 요시아키와 노부나가가 권력의 주도권을 놓고 대립할 때, 미츠히데는 양자 사이에서 갈등을 느꼈다.

'노부나가 님이 떠오르는 해라면, 요시아키 쇼군은 기울어져 가는 서산의 해이다. 사나이 대장부로서 어찌 개인적인 정에 연연하리오.'

대세를 파악한 그는 쇼군을 버리고 노부나가를 선택했다. 그리고 요시아키가 쇼군직에서 실각했을 때도 냉정하게 모른 척했다. 노부나가의 중신이 되어 있던 그로서는 노부나가와 대립각을 세우고 있는 요시아키가 불편했다. 아니 이제는 단지 적일 뿐이었다. 그 후, 미츠히데는 철저하게 노부나가에게 순종했다. 노부나가도 처음에는 요시아키와의 관계를 생각해 의심을 갖고 경계했으나, 자신에 대한 미츠히데의 변하지 않는 충성심과 냉정을 유지하는 철저한 모습에 의심을 버렸다. 아니 이를 계기로 오히려 그를 더욱 신뢰했다.

이러한 신뢰가 바탕이 돼, 노부나가는 이에야스의 접대 총지휘 역을 미츠히데에 맡긴 것이었다.

한편, 미츠히데는 쇼군의 측근으로 있으면서 교토 귀족들의 격조 높은 문화를 경험한 바, 예절과 격식을 잘 이해하고 있었다. 교토의 귀족 문화에 정통하고 이를 즐기는 미츠히데의 입장에서 본다면, 히데요시 같은 부류는 같은 부장급이래도 시골 무지렁이에 불과했다. 히데요시뿐만이 아니었다. 주군인 노부나가 역시 교양적인 면에서 본다면 무력만을 중시하는 무인에 불과했다.

이러한 배경을 지닌 미츠히데는 학식도 있었고 문관적인 소양도 지니고 있는 만큼 자신의 감정을 절제할 줄 알았다. 자신의 감정을 절대 겉으로 드러내는 법이 없었다. 나쁘게 말하면 음습했고, 좋게 말하면 침착하고 조용한 성격의 교양인의 모습이라 할 수 있었다.

미츠히데 스스로도 자신은 무인보다는 문인에 가깝다고 느꼈다. 그런 면에서 조용하고 침착한 그는 불같은 성격의 노부나가의 비위를 맞추는 것이 무척 어려웠다. 성격이 급하고 머리 회전이 빠른 노부나가는 단도직입적인 것을 좋아했다. 미츠히데는 직설법보다 가정법, 즉 우회적이고 비유적인 표현을 즐겼다. 그래서 미츠히데는 중신 회의 때도 자신의 의견을 직접적으로 피력하는 것보다는 비유적 표현을 즐겨 썼고 노부나가는 그런 미츠히데에게 직설적인 답을 요구했다.

주군과 신하의 관계였지만 성장 배경과 성격이 달랐다. 목적은 같을지 모르지만 추구하는 가치가 달랐다. 어찌 보면 물과 불의 관계로 쉽게 어우러질 수 없는 주군과 가신의 관계였다.

이에야스가 노부나가의 초대를 받아 아즈치성을 방문했을 당시, 미츠히데는 오십 초반이었다. 삼십 중반에 노부나가의 가신이 되어 많은 전투에 참가해 왔다. 죽을 고비를 넘긴 적도 많았다. 아사쿠라와 아사이 연합군에게 협공을 받아 노부나가의 생명이 위험했을 때, 스스로 자원해 히데요시와 함께 신가리(적을 막기 위해 후열에 서는 부대)를 맡은 적도 있었다. 운이 좋아 구사일생으로 살아났지만 그때는 주군을 위해 죽을 각오도 했었다. 오다 가문이 세력을 확장하는 데 미츠히데는 가신으로서 많은 공을 세웠다. 이는 자타가 공인하는 사실이었고 그런 공적을 인정받아 오다 가문의 중신의 서열에 든 것이다. 더구나 노부나가는 논공행상으로 그에게 영지를 두 곳이나 하사하였다. 비와호 동쪽, 노부나가의 거성인 아즈치성이 축성되기 이전부터 호수 서쪽에 오미(近江) 지역이 있었는데, 노부나가는 그에게 녹봉 오만 석에 해당하는 지역을 하사했다. 미츠히데는 그곳에 사카모토성을 쌓아 성주가 되었다.

그리고 두 해 전에는 나이토 죠안의 백부인 마츠나가가 다스리던 단바 지역을 평정하는 공을 세웠는데,

"미츠히데, 단바 지역을 그대에게 하사한다."

"하아. 주군 성은이 망극하옵니다."

그 때문에 성주였던 나이토 죠안은 성을 빼앗긴 후, 낭인으로 전전하다, 후에 같은 천주교도인 유키나가에게 몸을 의탁하게 됐다.

아무튼 단바 지역을 하사받은 미츠히데는 노부나가의 논공행상에 크게 감격을 했다. 단바 지역은 무려 이십구만 석에 해당하는 영지였다. 사카모토의 여섯 배에 해당하는 영지였다.

"결초보은하리라."

단바 지역을 하사받은 미츠히데는 그곳에 카메야마성과 요코야마성을 축성했다. 일개 낭인으로 전전하던 미츠히데가 노부나가 밑에서 도합 삼십사만 석의 녹봉을 받고 본성과 지성을 거느린 거대 영주로 출세하게 됐으니 감격을 하는 것도 무리는 아니었다.

그런데 그뿐만 아니었다. 그의 교양과 학식을 높게 산 노부나가는 정치의 중심지인 교토와 주변 지역을 방어하는 사령관에 그를 임명했다. 영지와 직책으로 본다면 원로 가신 시바타의 다음가는 지위와 규모였다. 그만큼 그에 대한 노부나가의 신뢰가 두터웠음을 알 수 있다.

'영지민들이 태평성대를 누릴 수 있도록 해야 한다.'

젊은 시절 낭인으로 각지를 전전하며 고생을 했던 미츠히데는 어진 영주가 되고자 노력했다. 낭인 시절의 경험을 통해 그는 불우하고 어려운 처지에 있는 사람들의 입장을 이해해, 부하들을 비롯해 영지 내의 백성들을 합리적으로 통치하려 심혈을 기울였다. 그러므로 측근들의 충성도가 높았다. 영지 내 백성들은 말할 것도 없었다. 이른바 성군으로 평판이 높았다.

◆

"어서 오십시오. 주군의 명을 받아 기다리고 있었습니다."

"아니, 미츠히데 님이 직접 마중을 나오시니, 몸 둘 바를 모르겠습니다."

이에야스는 자신을 직접 마중 나온 미츠히데를 보고 깜짝 놀랐다. 그도 그럴 것이 자신이 노부나가와 동맹을 맺은 독립국의 영주라고 하지만, 미츠히데 역시 녹봉 삼십사만 석에 해당하는 영주이며 교토 지역의 총사령관이었다. 자신 같은 소국의 영주를 능가하는 지위였다.

게다가 한때는 일본 전국을 호령하던 쇼군의 측근이었다.

'미츠히데 같은 인물이 저리 정성을 다해 나를 맞이하다니….'

직접 성 밖으로 나와, 길 도중까지 자신을 마중 나온 미츠히데를 보고 이에야스는 그 정중함과 겸손한 자세에 크게 감동을 했다. 미츠히데는 노부나가의 명을 받기도 했지만, 스스로 겸손하게 자신을 낮추고 상대를 높였으며, 격식을 갖추어 이에야스를 접대하였다. 격식에서뿐만이 아니었다. 사카이에서 구할 수 있는 모든 산해진미의 재료를 구해다가는 만찬을 준비했다. 그는 조금이라도 결례가 없도록 음식까지 직접 챙기며 세심한 주의를 기울였다.

"허어, 이게 무슨 음식입니까? 입에서 저절로 녹는군요. 저 같은 시골 무지렁이는 생전 접해 보지도 못했던 요리입니다."

"남만(포르투갈)에서 들어온 '뎀뿌라'라는 요리입니다. 사카이에서 유행하고 있는 요리인지라 특별히 준비했습니다."

"이런 요리가 있었군요. 속된 말로 둘이 먹다 하나가 죽어도 모르겠습니다. 허허."

이에야스는 미츠히데의 정중한 접대를 받으며, 그의 세심한 배려 그리고 격조 높은 말투와 행동에 크게 감복을 했다. 미츠히데에 대한 감동은 이에야스가 노부나가를 단독으로 접견했을 때, 그에 대한 칭찬으로도 나타냈다.

"미츠히데 님 같은 분이 접반사로서 저를 접대하여 주시는 것만으로도 황송하온데, 저의 시종들의 음식부터 잠자리까지 어느 하나 소홀함이 없으시니 그 고마움을 이루 말로 표현할 수 없을 정도입니다."

"오, 그래. 만족하였소?"

"과분한 환대에 몸 둘 바를 모르겠습니다."

"하하하, 그리 말씀해 주니 고맙소!"

"특히 미츠히데 님이 베풀어 주신 격조 높은 분위기와 격식에 깊은 감명을 받았습니다. 작은 것 하나 소홀함 없이 너무도 정성스러운 대접에 마치 제가 신이라도 된 기분이었습니다. 저 같은 시골 성주에게는 분에 넘치는 대우인지라 깊은 감사를 드리는 바입니다."

"오호, 고맙소. 실은 우리 군단 내에서 문무를 겸한 부장은 미츠히데뿐이라오. 다른 부장들이야 용맹스럽지만, 문의 이치를 알지는 못한다오. 그런 면에서 미츠히데는 우리 군단의 보배라오."

"그러시군요. 미츠히데 님 덕분에 전하의 큰 뜻을 이제사 이해하게 되었습니다. 아무튼 이번에 많은 것을 배웠습니다. 그나저나 이 은혜를 어찌 다 갚아야 할지, 걱정이 태산 같습니다. 하하하."

"무슨 말씀을…. 지금까지의 수고로도 충분하오. 아무튼 우리의 동맹은 앞으로 더욱더 굳건해져야 하오."

노부나가는 이에야스가 자신의 배려에 감사와 만족을 표현하자, 마음속으로 새삼 미츠히데의 가치를 재평가했다.

한편, 주고쿠에 원정을 가 있던 히데요시로부터 원군 요청의 서신이 도착한 것도 그때였다.

히데요시의 지원 요청을 받은 노부나가는 즉시 원병을 파견하기로 결정했다.

"미츠히데를 불러라."

노부나가는 자신의 곁에서 그림자처럼 붙어 보필하는 시위(侍衛) 란마루(蘭丸)에게 미츠히데를 불러오도록 명했다.

"전하, 미츠히데 님이 대령했습니다."

이에야스를 접대하느라 바쁜 미츠히데는 갑작스런 노부나가의 호출을 받고 '또 무슨 일인가' 하고 의아해하며 달려왔다.

미츠히데가 아즈치성의 천수각 넓은 다다미방에 무릎을 꿇고 있는데, 노부나가가 급한 걸음으로 들어오는 모습이 보였다.

"신, 미츠히데 부름을 받고 대령했사옵니다."

노부나가가 상석에 앉는 것을 보고, 그는 예의를 갖추어 정중하게 머리를 숙였다.

"미츠히데! 곧 영지로 돌아가 출정할 준비를 하여라."

머리를 들어올리기도 전에 노부나가의 입에서 나온 말이었다.

"예?"

처음에 미츠히데는 자신이 잘못 들었다고 생각했다. 머리 회전이 빠른 그였지만, 밑도 끝도 없는 노부나가의 말, 아니 명령에 자신의 귀를 의심했던 것이다.

'지금 자신의 명을 받아 이에야스를 접대하고 있던 터인데 출정을 하라니.'

"무슨 말씀이시온지?"

도무지 영문을 알 수가 없어, 미츠히데는 되물었다.

"허어, 미츠히데. 말귀를 못 알아듣는가."

노부나가의 안색이 갑자기 험악하게 바뀌며 언성이 높아졌다.

'도대체 왜 갑자기 나더러 출정을 하라는 것인가? 혹시 이에야스 공을 접대하는 데 소홀함이나 실수라도 있었다는 말인가?'

"그럼, 이에야스 공의 접대는…?"

"어허, 내 말을 못 알아들겠는가? 즉시 영지로 돌아가 출정 준비를 하라지 않느냐!"

미츠히데는 자신이 왜 갑자기 접반사 역에서 제외돼 출정 준비를 해야 하는지, 그 이유를 알고 싶었다. 그런데 노부나가는 밑도 끝도 없이 출정하라는 말만 되풀이했다. 노부나가가 노기를 띠며 꾸짖는 투로 나오자 미츠히데는 주저주저하다 겨우 물었다.

“어디로 출정을 하라는지…요.”

“휘하 군사를 모아, 지체 없이 주고쿠 지방으로 내려가라. 히데요시와 합류하여 모우리를 쳐라!”

“알겠습니다. 그럼 분부대로 이행하겠습니다.”

노부나가의 안색을 살피던 미츠히데는 노부나가의 표정이 심상치 않음을 느끼고는 더 이상의 질문을 포기하고 그대로 일어서려 했다. 그때였다.

“미츠히데, 이번이 주고쿠의 모우리 세력을 일망타진할 기회다. 그러니 단바와 오미의 사카모토성은 나에게 맡기고 출정하라. 대신 주고쿠를 평정하고 나면, 모우리의 영지를 그대에게 하사하리라.”

“네? 영지를 내놓으라는 말씀입니까?”

“그게 아니고, 맡기라 하지 않느냐.”

“….”

항상 이런 식이었다. 아무리 주군과 가신의 관계라고는 하지만, 미츠히데 자신도 이제는 두 곳의 영지를 다스리는 영주였다. 그럼에도 항상 일방적인 명령을 받아야 했고 복종만이 허락되었다.

‘영지를 맡기고 출정하라니….’

미츠히데는 영지를 맡기라는 노부나가의 말이 머릿속에서 떠나질 않았다. 숙소로 돌아온 그는 머릿속이 복잡했다.

“주군, 무슨 일이라도 있으신지요?”

미츠히데의 굳어진 표정을 보고, 함께 이에야스 접대에 분주하던 측근 가신들이 다가와 물었다.

“모든 일정을 취소하라네. 곧 짐을 꾸려 떠나도록 준비를 하게. 즉시 거성으로 돌아가, 출정 준비하라는 명령을 받았네.”

가신들을 흘끗 바라본 미츠히데는 자신도 알 수 없다는 난처한 표정을 지으며 노부나가의 명령을 전했다.

"예? 지금까지 준비해 온 것들과 일정은 어찌하고…. 짐을 꾸린다는 말씀입니까?"

"주군의 추상같은 명령이니, 즉시 모든 접대에서 손을 뗄 수밖에…. 어서 짐을 꾸리도록 하게."

"그럼, 이에야스 님의 접대를 안 한다는 말씀입니까?"

"나도 그 이유를 모르겠으니 그대로 따르도록 하게."

측근 가신들에게 더 이상 묻지 말라는 투로 말을 하면서도, 미츠히데는 속에서 억제할 수 없는 무언가가 부글부글 끓어오르는 것을 느꼈다.

'스스로 생각해도 참으로 한심하구나. 내가 진정한 영주이더냐.'

낯설고 물설은 땅

"여긴, 왜나라 아이라?"

"그라, 섬 같다. 섬이믄 대마도 아이라."

"맞다. 저 옷 입은 거나 말하는 거나 왜나라 맞다. 대마도가 맞다 카이."

배에 남아 있던 사람들이 수군댔다. 같이 배를 타고 왔던 조선 사람들이 왜병들의 지시로 배에서 내린 후였다. 사람들의 의복과 집 모양 등 모든 것이 조선의 풍습과 달랐다.

"왜나라가 틀림없데이."

"그라믄 이제 우짜노? 아이고야."

배 밑창에서 시달리며 힘든 항해 끝에 겨우 뭍에 도착해, 한숨 돌리려 했는데 새로운 불안이 엄습했다.

"입들 닥치고, 조용히들 하라."

"너, 너, 너. 이리로 나와라."

조선말 통역과 몇몇 왜병들이 그들에게 호통을 치며 다가왔다.

"에구구구."

매를 가하려는 줄 알고, 사람들은 모두들 머리를 아래로 숙이며 왜병들의 시선을 피했다.

"소찌, 소찌."(너, 너.)

포로들에게 다가온 왜병들은 창대로 장정들을 툭툭 치면서 지목을 하였다. 넷을 무리에서 끌어냈는데, 덩치가 큰 어동과 들출 그리고 턱에 털이 덥수룩한 장정 둘이 앞으로 끌려 나왔다.

'또 터지는 거 아이라.'

호출을 받은 들출은 매를 피하려고 게걸음으로 나와 옆으로 비스듬히 섰다. 주눅이 바짝 들어 왜병의 눈치만을 보고 있는데,

"이 짐들을 저 아래로 내려라."

조선말이 들려왔고, 목에 걸린 밧줄이 풀렸다.

"하, 이제 살 것 같데이."

어동은 목에서 밧줄이 풀리자 목 근육을 만지며 중얼거렸다.

"엿차."

힘이 좋은 어동은 얼른 앞으로 나서 왜병이 가리키는 짐을 어깨에 걸머졌다. 안에 들어 있는 물건들이 뭔지는 몰랐다. 부산진성과 동래성을 함락시킨 왜병 지휘부는 포로들뿐만 아니라 귀중품인 노획품들을 자신들의 영지로 보낸 것이었다. 어동은 큰 장고 모양으로 짚으로 둥글게 둘둘 말아 놓은 짐을 번쩍 들어 어깨에 짊어졌으나 다리가 휘청거렸다. 짐은 그리 무겁지 않았으나 워낙 먹은 게 없었으니 어지럼이 일었던 것이다.

"끙."

그렇게 두 번을 왕복해, 왜병들이 따로 지목한 짐을 하선시켰다.

"시키는 대로만 하믄 해꼬지는 없는 것 같데이."

"그 말이 맞데이. 눈치를 잘 살피믄 괘않지 않겠나."

어동의 말에 들출이 고개를 끄덕이며 답했다.

짐을 배에서 내려 뭍으로 내려놓자, 이번에는 나무로 만들어진 둥근 통을 배 위로 들어 나르게 했다.

"이게, 밥 냄새 아이라."

"그래 맞데이. 하이고 뱃속에서 밥 달라고 난리를 치네."

나무통에 밥이 들어 있음을 눈치챈 어동과 들출은 부리나케 통을 배 위로 들어 날랐다.

"히토리 히토츠다."(한 사람에 하나씩이다.)

왜병들은 잡곡이 섞인 밥으로 버무려진 주먹밥을 남녀노소 구별 없이 한 사람 앞에 하나씩 주었다.

"하이고, 밥이네! 밥이야!"

"내사마, 이대로 굶어 죽는 줄 알았다카이."

"이래 밥을 주는 걸 보니 굶어 죽이지는 않을 갑네."

굶어 죽을지도 모른다며 추욱 처져 있던 아낙네들은 주어진 밥을 받아 들고는, 마치 살 수 있다는 희망이 보였던지 눈물을 글썽였다.

"물도 좀 주세요!"

만개도 주먹밥을 받아 얼른 양녀에게 건네고는 앉은 채로 조선말을 아는 왜병에게 물을 부탁했다.

"마님, 입에 안 맞겠지만 조금이라도 드셔야 해요."

만개는 양녀가 받아 쥔 주먹밥을 다시 자신의 손으로 받아서는 먹기 좋게 둘로 나눈 후, 그 한 조각을 양녀에게 권했다.

"입이 까칠하니 물을 먼저 마셨으면 좋겠구나…."

"제가 부탁했으니…. 조금만 기다리세요. 그럼, 제가 받아 올 테니 우선 이거라도 드시고 계셔야 돼요. 어제부터 아무것도 안 드셨잖아요."

"컥컥."

여기저기서 목이 메어 꺼억꺼억 하는 소리가 터져 나왔다. 굶주린 배를 채우느라 주먹밥을 허겁지겁 입에 넣었던 사람들이었다. 왜병들

서넛이 경멸하는 눈초리로 이를 내려다보았다. 누구든 굶주림에 장사 없거늘, 그들은 이틀 동안 아무것도 먹질 못해 허기에 그만 체면을 상실한 조선 사람들을 짐승 같다며 비웃었다.

"목이 막혀 다 죽겠어요. 물 좀 주세요. 알려 주면 내가 나누어 줄게요."

벌떡 일어선 만개가 통역병을 향해 애원을 했다. 만개가 일어서자 곁에 있던 왜병 하나가 창을 곧추세웠다.

"다이죠부."(괜찮아.)

조선말을 하는 왜병이 손으로 제지를 하고서는 손으로 나무통을 가리켰다.

"물은 저기 있다. 가져다 나누어 주거라. 그리고 모두 천천히 먹으라 해라. 잘못하면 체한다."

통역병의 말투는 매우 부드러웠다. 갑판 구석에 나무로 만든 물통이 놓여 있었는데, 만개는 항아리가 아닌 나무통에 물이 있다는 소릴 듣고 잽싼 발걸음으로 다가가 안을 들여다보았다. 통 안에는 표주박이 하나 둥실 떠 있었다. 큰 박의 바가지가 아니었다. 표주박은 작아서 물을 많이 뜰 수가 없었다. 만개는 자신이 먼저 마시려다, 표주박에 물을 받아 양녀에게 바쳤다.

"마님, 여기 물 좀 드세요."

만개가 물을 떠 양녀에게 전하자 이를 본 사람들이 서로 앞서 물통이 놓여진 곳으로 몰려갔다. 그런데 물을 뜰 표주박이 없었다. 그러자 사람들은 손으로 물을 떠 목을 축였다.

"뭐하는 짓이냐!"

"칙쇼."(짐승 같은 놈들.)

잠시 배 위에서 소란이 일었고,

"먹는 물에다 손을 넣으면 안 된다."

통역병의 조선말과 왜말이 함께 터져 나왔다. 왜병들은 창대로 사람들을 때려 다시 제자리로 내몰았다.

'제길, 물도 못 먹고 매만 맞았데.'

사람들은 통에서 떨어져 제자리로 돌아올 수밖에 없었다. 만개를 바라보던 아낙네 하나가 만개의 손에 들려 있던 표주박을 잽싸게 낚아챘다.

"아니, 뭐 하는 짓예요?"

"목이 말라 죽겠다 안 하는교. 거그만 입이 아닌기라예."

"아니, 그래도 그렇지, 그렇게 잡아채는 법이 어딨어요."

"시즈카니 시로."(조용히 하라.)

아낙과 만개가 서로 티격태격하는데, 왜병이 다가와 고함을 질렀다.

"지금부터 허락 없이 자리에서 일어나는 노므들은 남자, 여자 구별 없이 모두 혼날 줄 알아라."

목이 막혀 물통으로 뛰어갔던 들출도 왜병의 창으로 얻어맞고는 제자리로 돌아왔다.

"제길 소득도 없이 매질만 당했네!"

창 뒤끝으로 찔린 등이 욱신욱신했다. 아마도 살갗이 파인 것 같았다. 그는 어동을 보고 투덜거렸다.

"너, 너. 둘은 일어나 무르(물)통을 이리로 옮겨라."

왜병은 가만히 앉아 있던 어동과 장정 하나를 지목해 물이 담긴 나무통을 포로들 가까이 옮겨 놓고는 만개에게 물을 떠 차례로 나누어 주도록 하였다. 들출은 욱신거리는 등의 통증을 참아 가며 물을 얻어 마셨다.

"아이고, 이제 좀 살 것 같데이."

사람들은 그렇게 주먹밥으로 허기를 달래고, 물로 갈증을 씻은 후 한숨 돌리고 있었다. 그런데,

붕, 부웅.

여기저기서 방귀 소리가 들려왔다.

"하이고, 하도 오랜만에 먹을 게 들어가니, 배 창시도 놀랬는기라!"

"니 괘않노? 낸, 벌써 배가 쌀쌀 아파온다 안하나. 측간도 안보이던데…."

들출도 아랫배가 쌀쌀 아파 오기 시작했다. 그는 배변 볼 만한 곳을 찾느라 배 안을 두리번거렸다.

"내도 배가 아파온다… 안하나."

어동도 들출과 마찬가지로 변소를 찾았다. 여인들은 사정이 더 급했다. 남정네들은 그나마 '배가 아프다' 말이라도 할 수 있었지만 여인들은 상스럽다는 소릴 들을까 그러한 소리를 차마 입 밖에 낼 수 없어, 벙어리 냉가슴 앓듯 눈치만 보고 있었다.

"여기 측간은 없습니까?"

이번에도 만개가 나섰다.

"측간? 무슨 말이냐?"

조선말 통역은 '측간'이란 말을 모르는지, 만개를 바라보며 어리둥절한 표정을 지으며 되물었다.

"볼일 보는 곳 말이에요. 볼일 보는 곳!"

"볼일 보는 곳? 아, 변소를 말하는구나. 여긴 변소 없다. 볼일을 보려면 저 아래에 있는 분뇨통에 일을 보아라. 소변 볼 남자들은 배 뒤쪽으로 가, 바다에 갈겨라."

통역병은 무슨 생각이 들었는지 씨익 미소를 지으며 여기저기 손

가락질을 하며 알려 줬다.

'안 먹으면 굶어서 죽고, 먹으면 배설을 해야 하니. 참으로 사람이란건….'

어동은 인간이 참으로 불가사의하다 여겼다. 사람들이 줄을 서 볼일을 끝내고, 한바탕 소동이 끝날 무렵에는 사방은 깜깜해졌다. 어둠의 장막이 내려져 사위를 차단하자, 바다와 육지의 구별은 없어졌다.

"자, 다시 아래로 내려가라."

어둠이 내리자 왜병들은 포로들을 다시 배 밑창으로 몰아넣었다. 사내들의 목에는 재차 밧줄이 걸렸다. 다행히도 이번에는 손은 묶지 않았다.

"밧줄이 풀려 쪼깐 살만 하건만, 다시 묶이니 내사 불편해 죽겠네."

어동이 목을 흔들며 투덜거렸다.

"근데 아까 배에서 내린 사람들은 와 안 오노. 글고 우린 와 안 내려 주노?"

"그걸 우째 아노? 뭔가 꿍꿍이속이 있는 기라."

"문둥이 같은 놈들…. 음흉한 속을 알 수 없으니…."

"될 대로 되라카라. 내사 이놈의 삶이 어찌될지, 인자 모르겄다."

들출이 이것저것 추측을 하자, 어동이 만사 귀찮다는 듯이 답을 하며 구석에 몸을 기댔다.

"그나저나 뭔 냄새가 이리나노?"

"찜통이 따로 없네. 글고 똥오줌 냄새가 진동을 하니, 저 분뇨통을 좀 덮어야 안하겠나. 하이고, 얼마나 싸 댔나, 저놈의 냄새 때문에 머리가 지끈지끈한다카이."

배 밑창은 환기가 되질 않았다. 바람 한 점 통하지 않는 그곳은 찜통과 별반 다를 바 없었다. 게다가 분뇨통이 놓여 있었으니, 그 냄새가 코를 찔렀다. 말 그대로 돼지우리와 다를 게 없었다.

"저걸 어데 치울 데 없노."

"치울 데가 어뎄노. 마, 냄새라는 건 좀만 참으면 익숙해진다 안 하나. 괜히 왜병들에게 경칠라. 참는 게 상수레."

들출은 투덜대고 어동이 달래며 두 사람은 바닥에 몸을 눕혔다. 밤은 점점 깊어 갔고, 캄캄한 어둠 속에서 하릴없는 사람들이 하나둘 잠이 들어갔다.

드르렁, 그르렁.

여기저기에서 코 고는 소리가 들려왔다. 조금이지만 육체적으로 허기를 면했고 죽을지 모른다는 긴장에서 벗어나자 사람들은 잠시 안도했고, 깊은 잠에 빠졌던 것이다. 배 밑창은 사람들이 골아 대는 코 고는 소리가 가득했고, 분뇨통에서는 배설물이 내뿜는 냄새가 지독했는데 피곤에 지쳐 떨어진 그들에게는 아무런 방해가 되질 못했다. 그러고 한 식경이 지났을까?

턱, 턱, 턱.

밤이 깊은데 왜병 셋이 사다리를 타고 배 아래로 내려왔다. 사다리 위에 있던 왜병 하나가 그들에게 횃불을 건네주었다. 어두웠던 배 밑창이 유황을 밝혀 놓은 것처럼 희미한 황색으로 변했다.

"콜록, 콜록."

연기가 퍼지자 잠들었던 아이들이 민감하게 반응하며, 기침을 해 댔다.

"오키로."(일어나라.)

"와, 이라는교?"

왜병들은 횃불을 아낙들 머리 위에 끌어다가 얼굴을 확인하고는 밖으로 나가라는 손짓을 해 댔다. 그들 중 통역병은 없었다.

"와 그라노."

얕은 잠이 들었던 사람들이 수그렁거리는 소리에 눈을 떴다. 왜병들이 안쪽에 있는 양녀를 가리키며 왜말로 서로 뭐라 하며 말을 주고받았는데, 그 말을 알아듣는 사람은 없었다. 만개도 눈이 뜨였던 터라, 얼른 양녀 앞으로 나서 자신의 몸으로 양녀를 가렸다.

"저 여자는 손대지 마. 히데요시 전하에게 바칠 여자란다. 영주님의 각별한 명령이 있었다. 만일 손을 댔다가는 우리들 목이 떨어져 나갈 거야. 눈독 들이지 마."

"그래. 다른 여자도 많은데, 뭘."

왜병들이 왜말로 주고받은 말이었으나 조선 사람들은 알지 못했다. 그리고 아낙 넷이 그들에게 끌려 나갔다. 그들이 사다리를 타고 올라, 갑판 위로 사라지자 다시 시커먼 암흑이 몰려왔다. 횃불은 배 밑창에 실물감을 풀어 놓은 듯한 희뿌연한 연기 띠만을 남겨 놓았다. 왜병들의 탐욕, 아니 어쩌면 인간 내면에 자리 잡고 있는 폭력적이며 본능적인 탐욕이 함께 어우러져 있는 매캐한 냄새는 어둠 속에서 사람들의 몸을 뱀처럼 휘감았다.

"콜록, 콜록."

매캐함은 사람들의 폐 깊숙이 틀어박히고 난 후에 사라졌다.

"마님, 괜찮으세요."

만개는 앞으로 뺐던 몸을 돌려 양녀의 옷깃을 만져 주었다.

"괜찮다. 애야, 그런데 이게 무슨 일이더냐?"

"…."

배 밑창에는 다시 어둠과 침묵이 흘렀다. 이젠 코 골음도 들리지 않았다. 풀어졌던 긴장은 잠시뿐이었다. 왜병들이 나타나 잠시 주어졌던 여유를 깨 버린 것이다. 아낙들은 다시 몸을 뒤척이면서도 왜병들의 움직임을 경계했다. 모두들 신경이 예민해져 숨결과 맥이 빨라졌음을 느꼈다.

왜병들에게 끌려 나갔던 여인들은 여명이 채 밝기 전에 돌아왔다. 배 밑창에 있던 사람들 중 몇몇이 이들이 돌아오는 것을 눈치챘으나 잠들어 모르는 체 하였다. 바다의 새벽은 추웠다. 포로들에게는 덮을 거적 한 조각 주어지지 않았다. 새벽 냉기에 떨며 몸을 잔뜩 웅크리고 있을 때, 여인들이 사다리를 타고 아래로 내려왔던 것이다. 여인들은 하나같이 옷고름이 풀어지고 머리는 헝클어져 있었다. 멍한 모습이 되어 돌아와서는 죄인처럼 치마폭에 머리를 처박고 구석에 쪼그리고 앉았다.

“흐어억, 흐어억.”

여인들은 소리도 내지 못한 채, 속으로 슬픔을 삼켰다. 가슴에서 북받쳐 솟아오르는 설움과 울음을 애써 참으려는 모습이 역력했다.

“휴우우.”

귀가 밝은 어동이 몸을 뒤척이다가 한숨을 쉬었다. 아무런 힘도 돼주지 못하는 무력한 자신들의 처지와 아낙들에 대한 연민이 그의 마음을 심란하게 했기 때문이었다. 왜병들이 주먹밥을 주고 먹을 물을 주자 ‘죽이지는 않을 것’이라는 안도감이 있었는데, 그것도 잠시였다.

‘파리 목숨과 다를 바 없다.’

보호해 줄 임금도, 원님도, 군졸도 없었다. 그야말로 부모와 떨어져 갯가에 놓인 어린 백성이었다. 왜병들이 어떤 맘을 먹느냐에 따라 생사와 대우가 갈리는 처지였다. 바다에 떠 있는 배는 세상과 동떨어진 독립된 공간이었다. 아무의 보호도 받을 수 없어, 왜병들의 마음먹기에 생사가 좌우되는 신세였다. 앞으로 어떤 일이 일어날지 아무도 몰랐다. 그저 전전긍긍할 뿐이었다. 예측할 수 없는 앞날에 대한 무거운 불안이 바윗덩이처럼 그들의 불안한 마음을 꾸욱 누르고 있었다.

그래도 자연의 순환 법칙은 바뀌지 않았다. 달은 바닷속으로 떨어지고 다시 아침은 어김없이 밝아 왔다. 세상은 밝아 왔으나 조선 포로들에게 광명은 없었다. 암흑 속에 또 하루가 시작된 것이었다.

탁탁탁.

날이 밝고 얼마 지나지 않아, 왜병들 셋이 사다리를 타고 내려왔다.

'절마들이 왜 또 내려왔노?'

어동은 그들이 어젯밤에 내려온 자들이란 것을 알고는 슬며시 몸을 옆으로 돌려 외면하면서도 그들의 움직임을 주시했다.

어제 끌려 나갔던 아낙들은 밤새 시달려 늦은 잠이 들어 있었는데, 왜병들이 아낙들 곁으로 다가가더니 몸을 흔들었다.

"오이, 오키로."(어이, 일어나.)

왜병들은 왜말로 뭐라 했고 왜말을 모르긴 하나 깨우고 있다는 것을 눈치로 알 수 있었다. 아낙 하나가 깨우는 것을 알고는 눈을 떴다.

"와 그라는교?"

왜병을 본 아낙은 놀라서 벌떡 일어났다. 그녀는 얼른 윗저고리를 손으로 가리며, 앉은 채로 몸을 움츠렸다. 본능적 방어 태세였다.

"고레데모 쿠에."(이거라도 먹어라.)

왜병 하나가 대나무 잎으로 싼 주먹밥을 앞으로 쑤욱 내밀었다.

"이게 뭔교?"

"쿳데 오케."(먹어 두어.)

옆에 쪼그리고 잠들어 있던 아낙도 소란에 정신이 들었는지 몸을 일으켰다. 그녀는 왜병이 앞에 내려놓은 대나무 잎을 바라보더니 주워 열어 보았다.

"요닝데 잇쇼니 쿠에."(넷이서 함께 먹어라.)

아낙이 대나무 잎을 벗겨 내는 모습을 지켜보던 왜병들은 스윽 웃으며 다시 왜말로 지껄였다. 그들은 마치 적선(積善)을 해 좋은 일을 했다는 양, 서로 얼굴을 바라보며 흡족하게 웃어 댔다.

"밥이라예."

길고 좁다란 대나무 잎으로 두세 번 감아 싼 것을 벗겨 내니 안에는 조그만 주먹밥이 들어 있었다. 왜병과 눈이 마주치지 않으려고 등을 돌리거나 옆으로 피해 있던 사람들이 밥이라는 소리를 듣고 일제히 아낙들 쪽으로 고개를 돌렸다. 모두들 허기가 져, 또 언제 밥을 주나 학수고대하고 있던 터였다.

"일어나소."

밥을 주워 든 아낙은 옆에 누워 있던 아낙 둘을 흔들어 깨웠다. 잠에 빠져 있던 두 아낙은 건네지는 주먹밥을 받아 들면서도 영문을 모르겠다는 듯 멍한 표정으로 상대를 바라보았다. 머리는 풀어 헤쳐져 산발을 하고 있었다.

"머리 좀 다듬고, 이거라도 좀 묵으라 안하요."

주먹밥을 손에 든 아낙이 손으로 머리를 꾹꾹 눌러 주면서 밥을 건네주었다.

"왜노마들이 그래도 양심이 있는 갑네."

"우리가 지들 노리개 아이라. 메겨야 그 짓을 하지 않갔나. 저 문둥이들이…."

"치아라. 난 안 묵을란다."

한 아낙이 건네주는 손을 탁 쳤다.

"하이고, 이 귀한 밥을…."

주먹밥이 바닥에 떨어져 몇 조각으로 부서졌다. 무안을 당한 아낙은 바닥의 밥알을 하나하나 긁어모으고 손가락에 붙은 밥풀을 떼 먹었다.

"고집부린다고 밥이 나오나, 쌀이 나오나."

"우린 뭐, 이라고 싶어 이라나. 안 먹으믄 내나 먹을란다."

바닥에서 주은 밥 부스러기를 남은 세 아낙이 조금씩 나누어 입에 밀어 넣었다.

"절마들이 우린 와 안주노?"

"마, 밥이 됐는가 본데, 곧 주지 않겠나."

들출이 언제 깨었던지 어동에게 속삭이듯 말을 했다.

츠어억, 츠어억.

배가 파도를 가르는 소리였다. 배 밑창이라 바다가 가까워 바다를 가르는 소리는 선명했다. 배는 섬을 떠나 큰 바다를 향하고 있었다.

"배가 떠나나 보네."

"그런갑다."

'배가 출발해 차라리 다행이다.'

왜병들에게 끌려 나갔던 아낙들 때문에 마음이 심란했는데 배가 바다로 나가자 어동은 화제가 바뀌어 다행이라 여겼다.

"어라. 배가 움직인다. 또 어데로 가노?"

"그라믄, 예서 내린 사람들은 우야노?"

다른 사람들이 웅성거렸다. 배가 물살을 가르자 배 밑창에 있던 사람들은 전날 내린 사람들을 생각하며 발을 동동 굴렀다. 불과 며칠이었지만 포로가 되어 동병상련의 입장으로 서로 의지했던 사람들이었다.

"아이고, 아이고. 사람들을 갈라놓고 우릴 우데로 끌고 갈려 이라노. 에고, 에고."

아낙들이었다. 같이 수난을 당하는 처지였던지라 혈연 이상의 정이 들었던지 마치 가족과 헤어지는 것처럼 슬퍼하며 한편으로는 신세 한탄을 해 댔다.

삐걱. 삐이걱.

큰 바다로 나오자 나무 이음목이 신음 소리를 냈다. 파도가 거친지 배는 좌우로 크게 흔들렸다. 비교적 파도가 잔잔했던 자연항인 오우라를 나오자 큰 파도가 배를 흔들어 댔다.

“이제 또 어디로 갈려고 그러는지 모르겠구나.”

“글쎄요. 마님.”

양녀가 혼잣말 비슷하게 걱정을 나타내자 만개는 양녀의 저고리 매무새를 다듬으며 막연히 답을 했다. 배 위에 있다 하더라도 보이는 건 망망대해뿐이었다. 배를 처음 타 본 그들이 배가 어디로 향하는지 알 방법은 없었다.

‘배 밑창에 갇혀 있는 처지로서 배가 어디로 갈지 용한 점쟁이가 아닌 다음에야 어찌 알 수 있으랴. 또 안다 한들 무엇이 달라지랴.’

만개는 그저 체념하는 마음이 앞섰다.

“일마들이 우릴 또 굶기려는 거 아이라.”

누군가 남정네 하나가 중얼거렸다. 곧 밥을 줄 것이라 여겼는데 배가 바다로 나와 두 식경 남짓이 지났는데도 밥은 주어지지 않았다.

“하모, 어제 한 끼 얻어먹고 좀 살 것 같더니, 또 굶나?”

“네미랄. 누군 주고, 누군 안 주나.”

“그 말이 맞다. 누군 아랫것 돌렸다고 주고…. 육실할…. 힘든 일에는 우리를 부려먹으면서….”

배가 고파오자 남정네들이 뒤로 비스듬히 벽에 기대서는 왜병에게 밥을 얻어먹는 아낙들을 빈정대기 시작했다.

“제길, 왜놈에게 몸 주고 밥 얻어 묵으니 배부르오?”

혼잣말로 중얼거리던 사내 하나가 이번에는 직접 시비를 걸었다. 조금 전까지만 해도 밤에 왜병에게 끌려 나갔다가 돌아온 아낙들에게 연민을 느끼고 동정을 했었다. 그런데 왜병이 주고 간 주먹밥 하나로 동정이 멸시로 바뀐 것이었다.

"저 남정네가 뭐라카노? 우리가 밥을 얻어먹으려고 그랬나? 힘이 없으니 겁탈을 당한 거 아이라."

"하이고 여자들도 못 지키는 빙신 같은 주제에 그래도 사내라고 시기를 하는 갑네."

"그런 걸 보고 꼴값 한다 안하나."

사내의 빈정거림을 들은 아낙들은 마침 하소연하고 싶은데 잘됐다는 듯 언성 높여 사내들을 쏘아붙였다. 독이 오른 여인들에게 이미 부끄럼 같은 것은 없었다.

"아이고, 아이고."

아까 밥을 손으로 쳐 내던 아낙은 사연이 있던지 서럽게 통곡을 해 댔다. 왜병이 건넨 주먹밥 때문에 배 밑창의 분위기가 묘하고 험악하게 바뀌었다.

"거, 조용히 몬 하나. 아낙들이 당할 때, 느그들은 뭘 했노? 왜놈들한테는 찍소리도 못 하던 것들이…. 사내라믄 창피한 줄 알그레이…."

더는 못 참겠다는 듯이 어동이 벌떡 일어나서는 건너편 사내들한테 역정을 냈다.

"저 문둥이 짜식이 뭐라카노? 왜 남의 일에 끼어들고 지랄이라…."

"말조심하라 안 하나. 글고 아낙들이 뭔 죄가 있나? 그라고 니들만 배고픈 게 아이라. 입 닥치고 있그라."

들출도 함께 일어나, 아낙들과 시비를 따지는 사내를 보며 내쏘았다.

“이건 또 뭐꼬. 이 문둥이들이 한팬가 보데. 하이고, 예가 배만 아니라믄 둘 다 물고를 내줄기구마….”

“모라꼬? 물고를 낸다고? 그래 어디 한 번 해 봐라.”

덩치 큰 어동이 한 걸음 앞으로 나서며 사내를 노려보았다.

“그만들 두게!”

‘쩡’ 하고 꾸짖는 소리가 배 밑창에 울려 퍼졌다. 구석에서 터져 나온 고함이었다. 점잖은 말투였으나 사람깨나 다룸직한 양반 투의 위엄 있는 소리였다.

어동과 들출, 티격태격하던 사람들이 모두 소리 나는 쪽을 쳐다보았다. 지금까지 말없이 고개를 숙인 채 왜병들이 시키는 대로 묵묵히 따르며 짐을 나르던 중년의 사내였다.

“저기 저 사람은 양반이 아이라.”

“잡혀 왔는데 양반은 뭐 별수 있겠나.”

“그나저나 양반은 아니더라도, 마, 중인은 되겠고마.”

그가 무명옷이 아닌 삼베 섞인 옷을 입은 것을 보고 들출이 짐작을 했을 때, 어동도 그가 상민은 아닐 것으로 여겼으나 포로로 잡힌 지금, 양반 상놈이 뭔 대수냐 여겨 별로 신경 쓰지 않았었다. 배에 올라 탄 후에도 항상 구석 자리를 택해 앉았다. 말도 없고 투정도 없이 고분고분했다. 그런데 그가 갑자기 언성을 높이며 하게 투로 모두를 나무란 것이었다. 그가 어동 쪽으로 고개를 돌리더니 턱을 앞으로 내밀며 눈을 넌지시 감았다 떴다.

‘자네도 그만하라’라는 눈빛이었다.

그의 이름 박선식(朴善植), 양산 출신의 양반이었다. 양반가 출신으로 소과에 합격해 진사 대접을 받아 왔다. 조정에 출사하기 위해 대과에 응시했으나, 쉽지 않아 번번이 낙방을 했다. 삼 년마다 열리는 식년시를 준비하는 동안 나이는 어느덧 마흔 초입에 들었다. 올해 대과가 마지막이라는 마음으로 과거를 준비하던 중에 왜군이 쳐들어와 난리가 터졌다. 소문을 들은 그는 곧장 양산을 나와 동래성에 들어갔는데, 제대로 싸움도 하지 못하고 포로가 되었다. 포로가 되었을 때 왜병에게 지필묵을 얻어 한문으로 왜장에게 이웃 나라의 도를 따졌었다.

"한문을 잘 아는 자가 포로로 잡혔습니다."

박선식의 글은 1번대에서 한문을 잘 아는 승려 겐소에게 전달됐고 다시 유키나가에게 보고가 됐다.

유키나가는 그를 자신의 영지로 보내도록 조치했다. 당시 일본에는 한문을 아는 지식인이 많질 않았다. 유키나가는 그를 한문을 가르치는 글방 선생으로 삼기 위해, 그를 자신의 영지로 보내도록 한 것이다.

과거에 급제하여 조정에 들어가 임금을 모시고 경전에서 가르치는 이상 정치의 뜻을 펼치려던 그였다. 박선식은 포로가 된 자신의 처지가 너무도 초라하고 비참하였으나 그렇다고 스스로 목숨을 끊을 수도 없었다. 죽지도 못하고 철천지원수인 왜군의 포로가 되어 왜군이 주는 주먹밥을 얻어먹고, 양반의 체면으로 한데다 대소변을 봐야 했다. 비루했다.

'삶이 무엇이라고 이런 수모를 감당해야 하는가?'

살아 있는 자신이 스스로도 비천하다고 느꼈다.

'충신불사이군'(忠臣不事二君)이란 말이 머릿속에 맴돌았다. 소과에 합격한 후, 진사 대접을 받았으면서도 죽지 못하는 자신의 신세가 안됐다기보다는 그저 죄스러웠다. 포로가 된 후에도 죽지 못해 죄인이 되었다는 심정에 그는 자신의 신분을 감추고 있었다. 그런데 주먹밥

몇 개를 놓고 여인들을 빈정거리는 사내들의 비겁한 행동을 보고 참지 못해 나선 것이었다.

"잘 듣게나. 저 아낙들이 무슨 허물이 있나? 가뜩이나 힘든데 서로 감싸 주지 못할망정, 왜 조선 사람들끼리 다투는가? 왜놈들의 포로가 된 것도 서러운데…. 이게 무슨 짓들인가? 함께 배를 타고 있으면 한 식구와 다름없거늘…. 이럴수록 서로 의지하고 도와야 하는 법이 아닌가. 자고로, 사내대장부라면 연약한 여자를 지키고 도와줘야 하는 법. 그까짓 주먹밥 하나 때문에 비방하고 욕을 하며 싸워서야 어디 사내라 할 수 있겠는가?"

"…."

박선식이 나무라듯, 타이르듯 점잖은 목소리로 말을 잇자 모두 그를 바라보며 침묵을 지켰다. 조리에 맞는 말인지라 반박을 할 수 없었는지, 아니면 그가 양반이라 기가 죽었는지 조금 전까지도 여인들을 빈정거리던 사내들도 자라목이 돼 있었다.

"못난 사람들이 자중지란(自中之亂)을 일으키고 적전분열(敵前分裂)하는 법이라네. 조선 사람끼리라도 서로 헐뜯지 말고 감싸 줘야 저 왜인들도 우릴 무시하지 않을 걸세."

'자중지란, 적전분열?'

박선식이 한자어 투의 문자를 쓰자 그 의미를 알아듣지 못하는 사내들은 다시 한 번 그 말을 되새기며 멀뚱멀뚱했다. 사내들은 바로 전까지 여인들을 빈정대고 상놈처럼 보이는 어동의 반말을 듣고서는 곧장 대들었지만, 양반 풍의 그에게는 대꾸를 못 했다. 그가 쓰는 한자 어투의 말도 그랬고, 문자가 섞인 말을 쓰는 게 자신들과는 다름이 확연했기 때문이었다.

'양반이 틀림없고만….'

신분적으로도 말발로도 도저히 대꾸할 수 없음을 알고는 그들은 완전히 꼬리를 내렸다.

포로가 되어 그들을 둘러싼 상황은 바뀌었지만, 그들의 뇌리 속에는 여전히 양반과 상놈의 신분 차가 엄연히 존재하고 있었다.

강자에게 약하고 약자에게 강한 부류들이 대개 그렇듯이 개별적으로는 약한 자들이 몇몇 함께 모이면 그것을 힘으로 알고 자신들보다 약한 자들을 괴롭히는 경우가 있는데, 사내들의 그런 속성이 무의식적으로 발현된 것이었다.

아무튼 박선식 덕분에 소란은 가라앉았다. 배 밑창은 곧 다시 조용해졌다. 곧 한바탕 싸움을 벌이려던 어동과 들출은 박선식에게 고개를 끄덕했다. 이른바 고맙다는 인사의 표시였다. 두 사람은 원래 자리로 돌아가 앉았다.

"사람들이 신경이 날카로워졌나 봐요. 마님."

"허기가 지는데 먹질 못하니 더욱 그렇겠지."

만개도 분위기가 살벌해지자 조심해야 한다는 듯, 다시 한 번 양녀의 옷매무새를 다듬어 주며 작은 소리로 말을 건넸다. 그러면서도 자신도 모르게 어동에게 눈길이 갔다. 약한 여인들을 편드는 의협심도 그랬지만 덩치도 크고 사내다운 것에 마음이 끌렸던 것이었다.

"대체, 이게 뭔 일이고."

주먹밥 하나 얻어먹었다가 사내들의 비난을 받았던 아낙들은 소란이 가라앉자, 혼잣소리를 하며 모두 안도의 한숨을 들이쉬었다.

"아가레."(올라가라.)

소동이 끝나 얼마 지나지 않아 왜병들이 내려왔다. 그리고는 포로들을 위로 오르도록 했다.

"이제 밥을 주려는가 보군."

"휴우."

어동은 배 위로 올라서서는 숨을 크게 내쉬며 하늘을 보았다. 하얀 구름이 점점이 박힌 파란 하늘이 눈에 들어왔다.

'참으로 맑구나.'

"후우."

햇살도 따뜻했다. 배 위로 나온 포로들은 어동뿐만 아니라 모두들 멀리 바다와 이어진 하늘을 보고는, 답답함을 털어 버리듯 숨을 크게 들이켰다간 내쉬었다. 신선한 바다 내음이 폐부 깊숙이까지 스미는 것 같았다.

'살아 있구나.'

고통 속에서도, 삶에 대한 기쁨이 있었다.

"메시다. 메시."(밥이다. 밥.)

왜병들이 주먹밥을 건네주며 외쳤다.

"고레."(이것.)

왜병 둘이 밤에 끌려 나갔던 아낙들에게 다가와 손수 밥을 건네주었다.

'저놈들이었구마.'

배 아래에서는 얼굴이 안 보여 알 수 없었는데, 친절하게 밥을 건네주는 것을 보고 어동은 그들이 아낙들을 끌고 갔다는 것을 눈치챘다.

"저, 짐승 같은 놈들."

어동이 낮은 소리로 중얼거리며 그들의 얼굴을 익혀 두었다. 곁에 있던 들출이 어동이 외치는 소리를 듣고는 그들을 흘끔 바라보았다.

"난다?"(뭐냐?)

두리번거리던 왜병과 눈이 마주쳤고 그 왜병이 소릴 지르자, 들출은 얼른 고개를 돌렸다. 괜한 트집을 잡힐까 봐서였다.

"쩝쩝, 꿀꺽."

시장했던 포로들은 갑판 위에 앉아 주먹밥을 맛있게 먹었다. 전날처럼 포로들이 물을 먹고 배뇨가 끝나자, 왜병들은 포로들을 다시 밑창으로 내려보냈다.

"갑판 위에 두믄, 어디 덧이라도 나나. 문둥이 같은 노마들."

"글게 말이다."

탁 트인 갑판 위에서 신선한 공기를 마음껏 마시며 잠시나마 삶의 희열을 느꼈던 어동은 다시 어둡고, 침침한 배 밑창으로 내려가게 되자 투덜대었다.

"그러게 말이에요. 이 바다 한가운데에서 어디로 도망갈 데가 있다고…."

만개가 장단을 맞추었다. 혼잣말같이 중얼거렸지만 어동의 말끝이라 어동도 대번에 자신의 말에 동감했다는 걸 느꼈다.

어동이 만개를 처음 본 것은 부산포에서였다. 양녀와 만개가 왜군의 포로가 돼 부산포로 끌려왔을 때, 양반 마님의 모습을 하고 있는 양녀는 금방 눈에 띄었다.

'어허, 양반집 마님이 욕을 보시는 구마.'

어동은 그렇게 측은하게만 여겼다. 곁에 있는 자기 또래의 만개가 눈에 들어왔으나 상반의 신분이 다른 데다 양반집 안방마님을 흘긋거리며 계속 볼 수는 없는 노릇이었다. 그래서 더 이상 관심을 지니지 않았던 것이다. 그런데 만개의 고운 목소리와 자신들이 쓰는 사투리가 아닌 교양 있는 양반들의 말투로 장단을 맞추어 오자, 갑자기 가슴이 쿵쾅거림을 느꼈다. 어동은 남들이 눈치채지 못하게 양녀의 자리를 보살피고 있는 만개를 훔쳐보았다. 고생을 안 해서 그런지 얼굴색은 희고, 쪽진 머리를 하고 있었는데 아직 혼인을 하지 않았다는 표시였다. 얼굴은 갸름했고 눈빛이 또렷했다.

'곱고 총명하게 생겼구마.'

어동은 내색은 안했지만 설레는 가슴을 감추며 들출의 곁으로 가 앉았다.

처억, 처어억.

이른 아침에 대마도를 나온 배는 부산포에서 대마도에 온 것보다 더 많이 항해를 했다. 서편에 걸린 음력 사월의 해가 그 기세를 누그러뜨릴 늦은 오후가 되어서야 배는 육지에 접안을 했다.

"우에니 아가레."(위로 올라와라.)

왜병들은 조선 포로들을 배의 갑판으로 나오게 한 후, 하선 준비를 시켰다.

"예는 또 어디라?"

"가마히 보니, 예는 섬이 아닌 거 같데이."

"그라믄 왜나라란 말이가?"

"잘 됐다카이. 호랑일 잡으려면 호랑이 굴에 들어가야 안 되나."

모래톱 뒤쪽으로 불쑥 솟아 있는 언덕을 바라보면서, 들출은 불안해했고 어동은 일부러 큰소리를 쳤다. 불안해하는 친구 들출을 조금이라도 위안해 주기 위해서였다. 그러고는 흘긋 만개 쪽을 바라보았다.

"하야쿠, 하야쿠."(빨리, 빨리.)

선착장에 도착한 왜병들은 왜말로 고함을 질러 댔다. 그리고는 창으로 툭툭 치고, 팔을 끌어 세우며 조선 사람들에게 정렬을 하도록 했다.

"똑바로 서라는 말 아이겠나."

어동도 이젠 대충 느낌으로 그들의 말을 알아챘다. 상황과 표정 등으로 적게나마 의사소통이 이루어지게 된 것이다.

만개도 어동을 흘긋 바라보았으나 서로 눈이 마주치지는 않았다. 만개는 조선말을 통역하던 왜병을 찾아, 사정을 물으려 했으나 통역은 보이질 않았다. 대마도 출신인 통역병은 그곳에서 내렸는데, 배 밑창으로 먼저 들어간 만개는 그가 내렸던 걸 몰랐던 것이다.

모래톱 안쪽으로 언덕이 비스듬히 솟아 있었는데, 그 뒤쪽은 녹음으로 뒤덮여 있었다. 계절은 이미 초여름 같았다. 녹음은 진한 녹색빛을 띠고 있었고 언덕 안쪽은 숲과 나무가 어지럽게 뒤섞여 있었다. 봄의 녹음인지라 나뭇잎은 물기를 잔뜩 머금고 있었다.

"저길 보래이. 초목의 생김새도 모두 다른 걸 보니 여긴 왜나라가 틀림없는 거 맞데이."

조선의 녹음이 연녹색이라면 이곳 규슈의 녹음은 진녹색이었다. 사람과 말과 풍습이 다르듯 초목도 조선과는 달라 모든 것이 생소한 느낌이었다.

"그라믄 앞으로 우째 되는 기고?"

"…."

들출의 질문을 받고 어동은 할 대답이 없어 머뭇거렸다.

"마, 죽이기야 하갔나."

"그나저나 웬 땀이 이리 많이 나노…."

어동은 슬쩍 화제를 바꾸려 땀 이야기를 했지만, 실제 그는 다른 사람보다 땀을 많이 흘리고 있었다.

바람이 간간히 불어오긴 했는데, 바람 자체가 습했다. 습기가 많은 바람은 더운 김과 같이 살갗에 감겼다. 맨살에 부딪친 바람은 끈적끈적했다. 가뜩이나 땀이 많은 어동이었다. 습기를 머금은 더운 바람이 몸에 감겨 오자, 어동의 몸에서는 땀이 송글송글 맺히기도 전에 주루룩 흘렀다.

"흐윽, 후우."

규슈의 더운 바람에 답답함을 느낀 어동은 크게 숨을 들이마셨다가 내뱉었다.

음력 사월(양력 오월)임에도 서쪽으로 기울어져 내뿜는 볕이 의외로 뜨겁게 느껴졌다. 이국으로 끌려오고 말았다는 생생한 현실과 그에 따른 좌절감, 다시는 고향에 돌아가지 못한다는 절망감, 앞으로 어떤 일이 닥칠지 모른다는 불안감이 일시에 교차를 했다.

"고레오 츠케로."(이걸 감아라.)

왜병들은 포로들을 길게 한 줄로 세운 후, 동아줄을 사내들에게 던지고는 발목에다 묶는 시늉을 했다.

"발에다 묶으라는 소리 아이가."

"맞다, 맞아."

사내들은 눈치로 알아듣고 자신들의 손으로 밧줄을 발에 걸고 동여맸다.

"목이 아니고 발에다 묶으이, 한결 낫네."

"글긴 한데, 일마들이 왜 조선에서처럼 목에다 안 매고 발을 묶겠노? 여가 왜나라라 그런 기라. 왜노마들이 우리가 못 도망칠 거로 보고 그러는 거 아이겠노. 으이구, 이젠 고향에 돌아가긴 글렀는기라."

"그 말이 맞는 갑다."

사내들이 밧줄을 발에 걸며 구시렁대고 있는 동안 왜병들은 여인들과 아이들은 따로 줄을 세웠다. 그들에겐 밧줄을 묶도록 하진 않았다.

"아루케."(걸어라.)

발에 밧줄이 걸리고 여인들이 나란히 열을 만들자, 왜병들은 좌우전후로 벌어져 창을 꼬나들었다. 그들은 포로들을 툭툭 치며 언덕을 올랐다.

고고고욱, 고고고욱.

잡목이 들어찬 숲으로 들어가자, 조선에서는 들어보지도 못한 새들의 지저귀는 소리가 들려왔다.

"저게, 뭔 새죠? 마님."

"조선말과 왜말이 다르듯이, 새들도 그 소리가 다른가 보구나."

"그러니까 여긴 왜나라가 틀림없나 봐요."

양녀를 보호하기 위해 곁에 바짝 붙어서 걷던 만개는 새소리가 다른 것을 깨닫고는 자신들이 왜나라로 끌려왔다는 것을 실감했다.

"에고, 무슨 팔자소관이길래 바다 건너 왜국까지 끌려왔나 모르겠네요."

"호랑이 굴에 물려 가도 정신만 똑바로 차리면 살아날 구멍이 있다니까…."

만개가 팔자타령을 하자, 양녀는 만개의 손을 꼭 잡아 주었다.

'앞으로 뭔 일이…. 도대체 어떤 일이 있으려고…?'

양녀도 속으로 한숨을 내쉬었다. 일가친척은커녕 의지할 곳 하나 없는 물설고 낯설은 땅, 왜나라에 끌려왔다는 사실과 지금껏 생전 경험하지 못한 일들에 대한 본능적 두려움이 온몸을 엄습해 왔다.

"하야쿠 아루케."(빨리 걸어라.)

왜병들의 닦달을 받으며 아녀자들이 앞서 걷고 남정네들이 뒤를 따랐다.

양녀의 두 팔을 꼭 끼고 곁에서 걷고 있던 만개는 자신도 모르게 뒤를 흘긋 돌아다보았다. 그녀의 눈에 밧줄에 발이 묶인 어동의 모습이 언뜻 비치었다.

한성점령

“눈을 씻고 찾아봐도 조선군은커녕, 개미새끼 한 마리 없습니다.”

언성을 점령한 기요마사는 북상을 위해, 영천(永川) 방면으로 척후를 겸해 선발대를 보냈는데, 그에게 올라온 보고였다.

“틀림없으렸다.”

뾰족한 고깔 모양의 투구를 쓴 기요마사가 되물었다.

“하아.”

“추호도 실수가 없도록 잘 살펴라. 수상한 움직임이 있으면 즉시 알려야 한다.”

“하아.”

“전군은 즉시 진군한다.”

유키나가보다 닷새 늦게 조선에 들어온 기요마사는 앙숙인 유키나가에게 선수를 빼앗기는 것이 죽기보다 싫었다. 주군인 히데요시에게 보고할 전공도 그랬지만 개인적으로도 그에게 뒤지고 싶지 않았던 것이다.

‘이놈, 내 언젠가는 너의 실체를 샅샅이 밝히리라. 그게 밝혀지는 날엔 주군이 결코 너를 용서치 않을 것이니라.’

그는 장사꾼 출신인 유키나가가 교언형색(巧言形色)으로 주군인 히데요시를 속이고 있다고 단정했다.

척후를 먼저 보낸 후, 그는 즉시 나베시마(鍋島直茂) 등의 제장과 함께 즉시 영천을 향했다.

"매복은 고사하고 쥐새끼 한 마리 안 보입니다."

기요마사가 휘하 군사들을 이끌고 영천에 들어서자, 선발대로 나가 그곳에서 대기하고 있던 척후장이 직접 기요마사에게 달려와 보고하였다.

"와하하하, 또 모두 도망쳤나 봅니다."

기요마사 곁에서 부장인 이이다(飯田直景)가 호탕하게 웃으며 외쳤다.

"틀림없이 잘 살폈느냐?"

"하아, 샅샅이 뒤졌습니다."

"혹시 주변 지역으로 빠져, 매복해 있을지도 모르니 주변 지역도 샅샅이 정찰하라."

기요마사는 이이다의 말에는 대꾸를 하지 않은 채, 척후장에게 재차 명령을 내렸다. 병사들이 방심할까 염려해서였다.

"주변 지역에도 적은 보이지 않습니다."

영천의 주변 지역까지 정찰을 시켰는데도 조선군의 매복이 없다는 보고를 받은 기요마사는 고개를 갸우뚱했다.

'어찌된 일이냐? 유키나가가 휩쓸고 지나갔다는 말이냐? 이러다간 그 여우 같은 유키나가에게 전공을 다 빼앗길라.'

기요마사는 공명심이 발동해 마음이 급했다.

"후방 지원 병력만 남겨 두고 곧바로 북상한다."

영천에 식량과 물자 보급을 위한 일부 후방 병력을 남겨 두고 기요마사는 다시 군사를 북서쪽으로 몰았다. 충주로 이어지는 역로(驛路)였다.

"낙오하는 자는 버린다. 기운을 내라."

그는 병사들이 강행군에 힘들어하는 것을 알고 군기를 잡았다. 비안과 용궁을 지났고 문경으로 들어갔으나 그곳 역시 조선군의 모습은 눈을 씻고 찾아봐도 없었다.

"어찌된 일이냐? 모두 하늘로 솟았단 말이냐, 땅으로 꺼졌단 말이냐?"

"기요마사 님의 소문이 이곳 조선에까지 퍼져 있나 봅니다. 아니면 경주 싸움 소식이 이곳에 전달돼 겁을 먹었든지 말입니다. 하하하."

젊은 이이다는 싸움을 하지 못해 섭섭한 마음이 없진 않았지만 연신 기요마사의 비위를 맞추었다.

"글쎄, 알 수 없는 일이군."

"주군, 1번대가 산을 넘어 벌써 충주로 들어갔다는 보고입니다."

척후장이 기요마사에게 직접 올린 보고였다. 이른바 유키나가의 1번대가 이미 상주에서 전투를 끝내고 문경 새재를 넘어 충주로 들어갔다는 내용이었다.

'유키나가! 쥐새끼 같은 놈이 빨리도 움직였구나.'

"서둘러 진군한다."

기요마사는 유키나가를 앞서려고 병사들에게 진군을 명했다.

"영주님, 병사들이 많이 지쳐 있습니다. 새재가 험한 고개이니 넘기 전에 평지인 이곳에서 좀 쉬는 게 어떨까요? 앞으로 있을 전투를 위해서도 그게 좋을 듯합니다."

나베시마가 말에 탄 채, 기요마사 곁으로 다가와 병사들의 휴식을 권했다. 휘하 병사들이 경주 전투 후, 며칠에 걸친 강행군에 모두 지쳐 있음을 알고 휴식을 요구한 것이었다.

"무슨 소리를…? 아니 되오. 곧바로 저 고갤 넘어야 하오."

기요마사도 병사들의 상태를 모르고 있진 않았다. 그러나 무엇보다 그는 조선의 왕도인 한성을 함락시키는 공을 유키나가에게 빼앗길 수는 없다고 마음먹었다.

'유키나가에게 선수를 빼앗긴다면 이번 조선 출정은 나에게는 무의미하다. 그리되면 모든 것이 도로 아미타불이다.'

전공을 빼앗길 수 없다는 초조한 마음에 그는 나베시마의 건의를 무시했다.

"즉시 산정을 향해 출발하라. 휴식은 산을 넘어가서 하도록 한다."

유키나가에 대한 경쟁심과 공명심이 강한 기요마사는 오로지 유키나가보다 앞서야 된다는 생각뿐이었다. 병사들의 상태는 그의 관심 밖이었다. 기요마사가 무장 출신으로 매사에 엄격하긴 하였으나 부하들을 아끼는 마음은 여느 누구 못질 않았다. 그럼에도 이번에는 병사들보다 유키나가를 앞서야 된다는 경쟁심과 공명심이 우선시되었던 것이다.

"사기도 문제지만 병사들이 반발을 할 수도 있습니다."

"명령에 따르지 않는 자들은 그 자리에서 처형해, 본을 보이면 그만이오."

나베시마가 다시 한 번 병사들의 사기를 걱정하며, 재고를 권하자 기요마사는 단호하게 잘랐다.

"출발한다. 따르지 않는 자들은 처벌을 각오하라!"

그의 명령에는 일말의 주저도 없었다. 병사들도 기요마사의 고집과 성격을 잘 아는지라, 누구 하나 이의를 제기하거나 겉으로 불만을 표출하지 못했다. 만일 그랬다가는 고하를 막론하고 바로 즉결 처분으로 목이 떨어질 것이 뻔했기 때문이었다.

어릴 때부터 무예를 닦아 사무라이 대장으로 출세한 기요마사는 싸움터에서 자신의 권위를 무시하거나, 복종을 거부하는 것을 용서하지 않았다. 성격이 불같던 그는 나중에 후회하더라도 무조건 목을 베어 본보기를 보이곤 하였다.

"그럼."

나베시마도 더 이상의 만류가 위험하다는 걸 알고 자신이 끄는 병사들의 대열로 돌아갔다.

"조금만 더 고생하자. 자, 총대장님의 뒤를 바짝 따라라."

나베시마는 이왕 이렇게 된 바에야, 총대장인 기요마사의 체면을 살려 주어야 한다 여겨 부하들을 독려했다.

문경 새재는 길이 좁고 가팔랐다. 고갯길이 가파르고 험해 '새들도 넘기를 힘들어한다' 하여 붙여진 이름이다. 한자로 새 조(鳥)와 고개 령(嶺)을 붙여 조령(鳥嶺)이라고도 불렀다. 2번대 병사들은 지친 몸을 끌고 힘들게 새재를 넘었다. 그나마 다행인 것은 조선군의 매복이 없었다는 것이었다. 강행군으로 새재를 넘어선 기요마사의 2번대가 충주에 들어선 것은 음력 사월 스무아흐레였다. 그땐 이미 1번대인 고니시군이 조선의 명장으로 알려진 신립 장군과 조선군을 충주에서 궤멸시킨 후였다.

"오시느라 수고가 많았소이다. 조선군은 우리가 이미 전멸을 시켰으니, 싸움은 걱정 말고 편히 쉬도록 하시오."

유키나가는 지친 몰골의 병사들을 이끌고 충주로 들어서는 기요마사를 여유 있게 맞이했다. 이미 척후의 보고가 있었던 것이었다.

'쥐새끼 같은 놈! 선수를 빼앗아 오합지졸을 물리쳐 놓고는 거드름을 피우는 꼴이라니….'

기요마사는 유키나가가 정중하게 접견을 해 오자, 이를 오히려 전공을 과시하는 가식이라 여겼다.

"우리도 경주에서 조선군을 깨부수고 성을 함락시켰소. 불국사라는 큰 절이 있어, 조선군이 그리고 집결하는 것을 막기 위해 모두 불태워 버리느라 늦었소이다."

"그렇습니까? 과연 용맹한 가토 님이시오. 아무튼 오시느라 수고가 많았소이다."

유키나가의 1번대가 충주 싸움에서 조선군 정예를 격파해 큰 전과를 올린 것을 알고는 기요마사는 지기 싫은 마음에 경주성 싸움에서 올린 전공을 거론하며 자랑했으나, 속으로는 분통이 터질 지경이었다.

"그나저나 왜 츠시마에서 기다리지 않았소이까?"

"무슨 말씀이신지?"

기요마사는 선수를 빼앗긴 것이 억울하기도 하였고, 약도 올라 유키나가에게 따지듯이 물었다.

"우리가 조선으로 오는 물길을 잘 모르니, 안내하라는 주군의 명령이 있질 않았소이까?"

"전, 모르는 소립니다."

"어허, 이럴 수가. 주군의 명을 무시하는 거요?"

기요마사가 언성을 높이자, 유키나가의 양옆에 앉아 있던 요시토시와 오도열도의 영주 후쿠에가 기요마사를 노려보았다.

"진정하시고, 전후 내막을 들어보시오. 우리가 츠시마에 진을 치고 있을 때 주군이 전령을 보내왔소이다. 만일 즉시 출정하지 않는다면 그 죄를 추궁할 것이라는 내용이었소. 아시겠지만 제가 교토까지 소환을 당해, 갔다 온 사람이외다. 그런 상황에서 어찌 바다가 잠잠해질 때까지 기다릴 수가 있겠소이까. 우린 파도가 가라앉길 기다릴 상황이 아니었소이다. 오히려 죽을 각오를 하고 바다를 건넜소이다. 만일 기다리지 않았다고 허물을 따지려면 출정 명령을 내리신 주군에게 여쭤보는 게 도리가 아니겠소."

'교활한 놈.'

기요마사는 속으로 유키나가를 비난했지만, 히데요시의 명을 받았다는 그를 내놓고 비난할 수가 없었다.

"알았소. 주군이 여기 계신 것도 아니고 지금 따져 봤자 헛일이니…. 앞으로 진격에 대해서나 논의합시다."

기요마사의 제의에 따라 급히 진막이 설치되고 탁자가 마련되었다. 탁자를 사이에 두고 유키나가와 기요마사 그리고 양옆으로 참모역을 맡은 영주들이 자리를 같이했다.

"그동안 1 번대가 선두로 수고를 많이 했으니, 이제 진격은 우리에게 맡기고 좀 쉬시오. 한성은 우리가 공격하겠소."

"무슨 말씀이오? 주군께서 이 몸에게 1번대의 임무를 맡긴 것은 싸움으로 겁을 주는 한편, 조선 왕을 잘 설득해 일본에 오게 하라는 의미라오. 여기 츠시마(대마도) 도주가 조선을 잘 알고 교섭을 할 수 있는 인맥도 있어, 교섭의 전권을 함께 주었소이다. 그러니 싸움만이 능사가 아니요, 싸움은 교섭을 끌어내기 위한 수단이요, 목적이 아니올시다. 따라서 우리 1번대는 싸움과 화평 교섭을 동시에 진행하고 있소이다."

의외로 유키나가가 자신의 제의에 강하게 반박을 해 오자,

"말이 안 통하는군. 그렇다면 어쩔 수 없소이다. 각자 한성으로 향하기로 합시다. 여기서 각 대의 진격 방향을 정합시다. 만일 약속을 어기고 진격로를 바꿀 경우에는 그 죗값을 받기로 합시다."

말을 마친 기요마사는 자리에서 벌떡 일어섰다. 자신이 하고 싶은 말을 끝냈으니, 대화를 빨리 끝내자는 표시였다.

'무례한 인간.'

그가 노골적으로 자신을 무시하며 적대감을 드러내자,

"원하는 대로 해 주리다."

유키나가도 지지 않고 자리에서 벌떡 일어섰다.

"지금까지는 1번대가 중로를 택해 올라왔으니 여기서부터는 우리 2번대가 이곳 중로를 택해 올라가겠소."

기요마사는 펼쳐 놓은 지도 위의 점들을 지휘봉으로 주욱 그었다. 토를 달지 못하게 하려는 듯 마치 결정된 사항을 전달하는 듯한 단정적 말투였다. 그의 지휘봉이 충주에서 죽산, 용인을 거쳐 한성으로 향하는 길을 연결시켰다. 남대문으로 들어가는 지름길이었다. 조선의 왕도인 한성만은 어떻게 해서든지 유키나가보다 먼저 들어가, 그 공을 독차지할 요량으로 선수를 친 것이었다.

"그렇다면 우리 1번대는 이쪽 우로를 택해 올라갈 수밖에 없겠구려. 뭐, 그렇게 합시다."

우로(右路)는 충주에서 여주를 거쳐 우회하여 동대문으로 들어가는 북로였다. 유키나가는 우로가 기요마사가 택한 중로보다는 많이 우회하는 길임을 알았지만 기요마사의 제안을 그대로 받아들였다. 1번대에는 조선을 잘 아는 대마도 도주와 군사들이 있고, 지금까지의 싸움 경험을 통해 유키나가는 기요마사보다 먼저 한성에 들어갈 자신이 있었기 때문이었다.

'아무튼 빨리 헤어지는 게 상책이다.'

유키나가는 자신을 노골적으로 싫어하며, 생떼를 쓰는 기요마사가 역겨웠다. 그와 함께 있으면 충돌만이 있을 거로 판단했던 것이다.

"자, 그럼 결정됐소."

유키나가가 순순히 동의하자 기요마사는 '이젠 됐다'라고 마음속으로 쾌재를 불렀다.

"자, 출발이다."

아니나 다를까, 마음이 급했던 기요마사는 병사들이 아직 피로가 풀리지 않은 것을 알면서도 출발 명령을 내렸다. 그와 달리 유키나가가 이끄는 1번대는 충주에서 하룻밤을 더 보내고 출발을 했다.

충주를 나온 기요마사는 곧바로 죽산으로 올라갔다.

"괜찮느냐?"

창부대 소속인 타다노리가 발을 절룩거리자 장창부대 지휘를 맡고 있던 야스베(安兵衛)가 다가와 물었다.

"발에 생긴 물집이 터져 생채기가 따가워서 그렇습니다."

"헝겊은 가지고 있느냐?"

"아니오."

"너, 싸움이 처음이지?"

"예, 그렇습니다."

"이걸로 생채기를 감싸고 신을 신어라. 그럼 좀 나아질 것이다."

야스베는 품속에서 천을 꺼내서는 부욱 찢어 일부를 타다노리에게 건넸다.

"고맙습니다."

2번대 병사들이 부산포에 도착한 것이 열여드렛날이었다. 유키나가에 대한 기요마사의 시기심 때문에 병사들은 제대로 쉬지도 못하고 연일 강행군을 거듭해 많이 지쳐 있었다. 변변치 못한 짚신을 신고 먼 길을 강행군을 하다 보니, 먼저 발에 허물이 생기고 까져 생채기가 생겼다. 충주에서 잠깐 쉬긴 했으나, 그 정도 휴식으로 상처가 아물 순 없었다.

"싸움도 좀 쉬어 가면서 해야지. 이래 가지고서야 어디 힘들어서 싸움을 제대로 할 수 있겠나!"

"쉿, 말조심하게. 주군이 들으면 소란 죄로 즉결 처분이네."

병사는 얼른 고개를 들어 좌우를 살펴보았다.

"에구, 난 누가 있는지 알았네."

"낮말은 새가 듣고 밤말은 쥐가 듣는다니, 조심해야지."

"그건, 그래."

병사들의 이러한 분위기를 기요마사가 모르는 것은 아니었다.

'유키나가에게 더 이상 전공을 빼앗길 순 없다.'

그는 병사들의 불평을 모르는 척하기로 했다. 유키나가와의 경쟁심보다 앞서는 것은 없었다. 그는 자신의 자존심을 위해 병사들의 희생도 마다하지 않았다. 그에게 병사들은 단순한 도구에 불과하지 않았던 것이다.

"꾸물대는 자는 용서하지 않겠다. 낙오하는 자는 버리고 간다."

기요마사가 어찌나 재촉하는지, 충주를 나온 2번대는 불과 이틀만에 음성, 죽산을 거쳐 벌써 용인을 지났다. 그 대신 병사들의 피로는 극에 달해 있었다.

"조금만 더 고생하라. 이제 조금만 더 나아가, 강만 건너면 적의 왕이 있는 도성이다. 도성에 들어가기만 한다면, 배부르게 먹고 푹 쉴 수 있다."

강행군에 지친 병사들이 뒤처지는 기미를 보이면 기요마사는 말을 타고 달려와 지친 병사들을 감언이설로 달래기도 했다. 지친 병사들을 엄벌로만 다룰 수 없다고 여겼기 때문이다.

"주군, 앞쪽에 강이 보입니다."

"오호, 그렇다면 도성의 턱 앞이다."

막무가내로 밀어붙인 탓에 충주를 떠나 사흘 만인 오월 초하루, 해가 정수리 위로 솟아오르는 정오 무렵, 기요마사가 이끄는 2번대는 한강이 내려다보이는 둔덕에 이르렀다.

2번대가 한강에 도착하기 훨씬 전, 선조는 도성을 빠져나갔는데 그전에 한성 방어를 위해 이양원(李陽元)을 유도대장(留都大將-도성에 머무르며 도성을 지키는 장수)에 임명하였다.

"유도대장, 만일을 위해 짐은 비록 몽진을 하나, 그대는 도성에 남아 이곳이 왜적의 더러운 발에 짓밟히지 않도록 꼭 지켜 주길 바라오."

자신의 불안해 도성을 빠져나가면서 이양원에게 당부의 말을 남겼는데,

"분부 받들겠습니다. 전하! 그리고 왜적이 도성에 얼씬도 못 하도록 한강변에 군사를 파견하는 것이 좋을 듯하옵니다. 왜적이 한강 이쪽에 발을 들이지 못하도록 한강에 방어선을 치는 것이 상수일 듯하옵니다. 한강은 물살이 빠르니 그리하면 왜적을 모두 수장시킬 수 있을 겁니다."

"오호, 좋은 생각이오."

선조는 이양원의 건의를 받아, 신속하게 김명원(金命元)을 도원수에, 신각(申恪)을 부원수에 임명했다.

"왜적이 한강을 도강하지 못하도록 하시오."

"황공무지로소이다. 어명대로 한강에 방어선을 쳐, 왜병이 도성에 발을 들이지 못하도록 하겠사옵니다."

"오, 꼭 그리하여 주길 바라오."

선조는 그리 말하고 황급하게 임진강으로 향했던 것이다.

"강 건너에 왜군이 나타났습니다."

도원수로 임명된 김명원은 부원수 신각과 함께 병사 사천을 이끌고 한강으로 나왔다. 마침 강변 앞 언덕에 누각이 있어, 그곳에 올라 있었는데 강변에 있던 망꾼으로부터 보고가 올라온 것이었다.

"빨리도 나타났구나. 군세가 얼마나 되느냐?"

"강 건너에서 어른거리는 수만 해도 우리 군의 열 배는 넘을 것 같습니다."

왜군 2번대의 병력은 모두 일만 팔천이었다. 조선군의 네 배 정도였다. 그런데 건너편 강 둔덕으로 올라서는 왜군을 본 망꾼은 왜군을 실제보다 훨씬 많은 수로 보았다. 그도 그럴 것이, 왜군은 모든 병사들이 깃발을 들고 등에다 꽂고 있어, 실제 수보다 훨씬 많게 보였던 것이다. 왜군이 대군이라 착각한 망꾼은 보고를 하면서도 얼굴이 파랗게 질려 덜덜 떨고 있었다. 기가 꺾인 망꾼이 과장되게 보고를 했으니 보고를 받는 사람에게 끼치는 영향은 컸다.

"뭐어? 그리도 수가 많단 말이더냐. 어허, 이거 큰일 났구나."

김명원의 얼굴에서 혈색이 싸악 사라졌다.

이미 남쪽에서 올라온 병사들을 통해 신립 장군이 충주 전투에서 왜군에게 패해, 탄금대에서 절명했다는 소식이 도성에 좌악 하니 퍼져 있었다. 상주에서 도망쳐 온 순변사 이일이 조정에 올린 장계가 떠올랐다.

'왜적은 하늘에서 내려온 신병(神兵)과 같아 신출귀몰, 도저히 당할 수가 없습니다.'

"소문이 헛된 것이 아니었구나."

김명원은 망꾼의 보고를 액면 그대로 받아들여 사실일 거라고 단정지었다.

'조선에서 내로라하는 무장인 신립 장군이 그리 맥없이 당했는데,

나 같은 문관이 저들을 어찌 당하리오.'

충주 전투에서 조선군을 대패시키고 신립을 전사시킨 것은 유키나가의 1번대였고, 한강변에 나타난 것은 기요마사의 2번대였지만, 이를 알 리 없는 그는 같은 부대로 본 것이었다. 게다가 문관 출신인 김명원은 전투 경험이 없었다. 병법을 서책에서 본 적은 있지만 실제로 싸움을 경험해 본 적이 없었다.

"우선 강변으로 나가 적의 동태를 살펴야 합니다."

"…. 무슨 소리요?"

김명원은 부원수 신각의 건의에 동문서답을 했다. 신각은 무관 출신이었다.

"왜군을 막으려면 적의 동태를 파악해야 합니다."

"그건, 그렇지…. 알았소."

그는 하는 수 없이 누각을 내려와 강변으로 향했다.

'아니….'

강변으로 내려온 그는 속으로 놀랐다. 서빙고 아래쪽 강 건너 대안(對岸)의 왜병들은 그 수가 점점 불어나고 있었는데 왜군은 이쪽을 두려워하지도 않고 훤히 보이는 평지 쪽으로 내려와 열과 대오를 갖추고 있었다. 화려한 깃발을 나부끼며 진을 치는 왜군의 움직임을 본 김명원은 지레 겁부터 먹었다. 왜군이 오합지졸이 아닌 정예라는 것을 눈치챘기 때문이었다.

"왜적이 저리 많으니 도저히 중과부적이구려. 어찌 싸움이 되겠소?"

왜군의 군세를 보고는 자신도 신립 장군처럼 될 것이라는 생각에 오금이 오그라든 김명원은 무관 출신인 신각을 돌아보았다.

"싸움은 숫자가 아닙니다. 사기가 뛰어나고 지휘관의 능력이 뛰어나면 승패는 얼마든지 뒤집을 수 있소이다."

갑옷과 투구로 무장을 한 신각은 김명원과는 달리 싸움에 대한 굳은 의지를 내보였다.

'이 자는 죽으려고 환장을 한 자구먼.'

김명원은 무관 출신의 신각이 결연한 표정으로 싸움에 대한 의지를 보이자 말이 안 통하는 인물이라 단정하고 더 이상 언급을 회피했다.

"조선군이 나타났습니다."

강 건너편에 있던 기요마사에게도 척후병의 보고가 올라왔다.

"오합지졸을 끌고 맞서려는 적장의 용기가 가상하구나. 우선 혼쭐을 좀 내 주어라."

기요마사는 철포대에게 조총을 쏘도록 명령했다.

타, 타, 타악. 타, 타, 타악.

곧바로 철포가 터지는 굉음이 수면 위를 건너 조선군 진영에 닿았다.

"이크."

조총의 탄환이 강 이쪽까지 날아올 리가 없었지만, 철포 터지는 소리에 겁을 먹은 조선 병사들은 슬슬 뒤로 빠졌다.

"저게 무슨 굉음이오?"

"왜적이 조총을 잘 쏜다더니, 그 소린 것 같소이다."

"안되겠소. 우리만 가지고는 승산이 없을 것 같구려. 아무래도 임진강으로 물러가, 그곳에서 다른 군사들과 합류해 왜군을 막는 것이 상책일 것 같소."

"아니, 그럼 여기 한강 방어를 포기한다는 말씀이십니까? 여기가 뚫리면 도성은 맥없이 무너집니다."

"누가 그걸 모르오. 그렇다고 우리가 저 왜적을 막을 수가 있겠소. 괜한 개죽음을 하기보다는 물러서서 재기를 꾀하는 것이 상수요."

“아니, 싸움을 위해 병장기와 식량을 잔뜩 가져왔는데, 이는 어찌 하고 물러선단 말입니까?”

“이동에 방해가 되는 것은 모두 강바닥에 처넣으면 그만이지 뭘 그러오.”

그는 군관들을 시켜, 왜군이 강을 건너오면 병장기와 식량이 적의 전리품이 될 것만을 염려해, 무기와 식량을 모두 버리도록 하였다.

“나는 먼저 임진강으로 나아가 군사를 모을 테니, 부원수는 병사들과 함께 뒤처리를 하고 천천히 오오.”

겁을 잔뜩 집어먹은 김명원은 뒤처리를 신각에게 맡기고는 줄행랑을 쳤다. 혼자라도 살기 위해서였다.

‘세상에, 저런 위인이 도원수라니….’

부원수 신각은 줄행랑을 치는 김명원의 모습을 보고는 혀를 끌끌 찼다.

“이랏.”

김명원은 한강을 떠난 후, 파주에 들어가서는 도중에 잡힐 것을 걱정했는지 관복도 벗어 버렸다. 평복으로 변복을 한 그는 허벅지 살갗이 벗겨지는 것도 모르고 이른바 똥줄이 빠지게 말을 달려 북쪽으로 도망쳤다.

“도성으로 가자.”

주장인 도원수가 후퇴를 명하고 내뺐으니, 신각은 그저 난처했다. 왜적들의 도강을 막아 싸우고 싶었으나 주장의 명을 거역하는 게 되었다. 이미 군관급 이상은 후퇴하라는 도원수의 명을 알고 있었다. 자신이 아무리 ‘싸우자’라고 외쳐도 목숨을 건 싸움에 병사들이 따를 리 만무했다. 신각은 하는 수 없이 남아 있는 병사들을 끌고 도성으로 향했다. 임진강으로 가는 것보다는 도성을 지키고 있던 유도대장 이양원과 합세해, 한성을 사수하기 위해서였다. 이양원을 주장으로 모시면 싸움이 가능하다고 본 것이다.

"한강을 지켜야 할 그대가 어찌 도성으로 들어왔소?"

"도원수는 한강 방어를 포기하고 임진강으로 가 버렸습니다. 한강 건너편에 많은 왜적이 나타난 것을 보고는 지레 겁을 먹은 게 틀림없습니다."

"왜적이 그리도 많이 쳐들어왔소?"

"우리 군사의 열 배는 족히 넘었습니다. 그러나 도성 문을 꼭꼭 잠그고 성벽에 궁병을 배치해 놓는다면, 도성이 그리 호락호락 무너지진 않을 겁니다."

"…."

도성으로 들어온 신각을 접견한 수비대장 이양원도 '왜군이 대군'이라는 소리를 듣고는 표정이 변했다. 이를 본 신각은,

"이곳에서 수성을 하면서 조금만 버티면, 경강 지역에서 근왕병들이 일어나 한성으로 올 것입니다. 그리되면 협공으로 왜적을 물리칠 수 있습니다."

"말이야 그렇지만, 그게 어디 말처럼 쉽게 되겠소! 왜군의 군세가 저리 많다는데, 가볍게만 보아서는 아니되오. 잘못하다가는 이 아까운 병사들까지 잃기 쉽소. 괜히 도성을 지킨다고 여기서 꾸물대다가는 도성도 못 지키고 병사들만 잃기 십상이오. 그건 더욱 아니 될 일이오."

도성 방어 책임자인 유도대장(留都大將) 이양원도 김명원과 마찬가지로 겁부터 먹었다.

"수성을 포기할 수밖에 없소."

"그럼, 도성을 왜군에게 그냥 넘겨준단 말입니까?"

자신의 직속상관인 김명원의 비겁함에 실망을 한 신각은 이양원

을 믿고 도성으로 들어왔는데, 그마저 도성 사수를 포기하자 어이가 없었다.

"어허, 작전상 후퇴라 하지 않소."

이양원은 그럴듯한 핑계를 대어, 합리화를 시켰다.

"그럼, 저는 누구의 명을 따르란 말입니까?"

"갈 데가 없으면, 나를 따르오."

혼자서라도 도성을 지키고 싶은 마음이 굴뚝같았으나 권한이 없던 그가 마음대로 작전을 결정할 수는 없었다. 모함을 받아 처형당하기 십상이었다.

'할 수 없다.'

그는 유도대장 이양원을 따라 나설 수밖에 없었다. 도성의 수성을 포기한 이양원과 신각은 동대문으로 나가 임금과는 반대쪽인 양주 방향으로 내뺐다.

임금이 있던 궁궐이 무방비 상태가 되자 양반 귀족들에게 불만을 품고 있던 서민과 노비들이 궁으로 쳐들어가, 노비 문서를 보관하고 있는 장예원 등에 불을 지르고 근정전이 있던 경복궁 등의 궁궐이 모두 재로 화한 것은 이양원이 도성을 빠져나간 후의 일이었다.

"주군, 저길 보십시오. 강 건너 조선군이 사라졌습니다."

"하하하, 과연 주군의 예측대로입니다. 조선군이 철포에 겁을 먹고 줄행랑을 친 게 분명합니다."

"기껏 용기가 가상하다고 칭찬했더니, 하하하. 참으로 한심한 자들이로다."

"그러나 아직 모를 일이옵니다. 언덕 아래로 몸을 숨기고 우리 측 방심을 유도하는 것일 수도 있습니다."

또 다른 가신이 경계를 하자 기요마사는 눈을 가늘게 뜨었다가는

고개를 끄덕이고는,

"당장, 척후를 띄워라!"

"이쪽에는 배가 없습니다. 게다가 물살이 세, 헤엄쳐 강을 건너기가 쉽지 않습니다."

기요마사가 명을 내리자, 척후장이 곤혹스런 표정을 지었다. 한강은 강폭이 넓고 물살이 세었다. 선발대를 내보내 적정을 살펴야 했으나 진을 치고 있는 이쪽 강변에는 배가 한 척도 보이질 않았다.

"…."

기요마사가 그를 노려보자,

"건너편 상류 쪽에 배가 몇 척 보이기는 합니다만…."

"강을 건너 배를 끌어오지 않으면, 선발대가 강을 건널 수가 없습니다."

기요마사도 자신의 명을 즉시 수행할 수 없는 상황이란 걸 깨닫고는 주변에 있는 가신들을 두리번거렸다.

"제가 헤엄에 자신 있습니다. 강을 건너 배를 끌어오도록 하겠습니다."

모두 강물 앞에 막혀 전전긍긍하자 근위병 중 하나가 앞으로 나섰던 것이다.

"오! 마고로쿠 가상하다. 그러나 매복이 있을지 모른다. 날이 어두워지면 건너도록 해라. 그리고 매복이 있으면 혼자서는 위험하니 헤엄을 잘 치는 자 몇을 데리고 함께 가도록 해라!"

"하아."

날이 어둑어둑해진 저녁 무렵에 훈도시(일본식 음부 가리개) 만을 걸친 채, 알몸이 된 마고로쿠가 선두로 한강 물로 뛰어들었다. 다섯의 병사가 그의 뒤를 따랐다. 모두 물에 익숙한 병사들이었다.

처억, 처억.

이들은 아래쪽으로 세게 흐르는 물살을 팔로 스윽스윽 헤치며 나아갔다. 일행 중에는 이번 싸움에 처음 참가한 타다노리도 있었다. 헤엄에 자신이 있기에 손을 들었던 것이다. 그들은 알몸 위에다 끈으로 칼을 어깨에 비스듬히 메고 물살을 가르며 앞으로 나아갔다. 타다노리는 창병이라 큰 칼이 없어 단도만 허리에 차고 강을 건넜다.

한강은 태백산맥의 줄기인 금강과 태백에서 발원하여 형성된 강이었다. 그 물줄기를 보면 남쪽 줄기인 남한강은 태백의 금대봉에서 시작되고 북쪽 줄기인 북한강은 금강의 옥대봉에서 시작돼, 금강천과 홍천강, 소양강 등의 강원도의 지류와 합쳐져 남쪽으로 흐른다. 두 강줄기는 경기 양평에서 합류하는데, 그렇게 생긴 한강의 본류는 주변의 왕숙천, 탄천 등의 지천(支川) 등과 합류해서는 다시 행주, 김포의 서북쪽으로 나아간다. 그리고 파주에서 임진강과 합류하여 강화와 교동이 있는 황해로 빠져 나아간다. 강줄기가 길고 넓다 하여 강 이름이 한강이 된 것이다. 한강의 한은 원래 '크다, 넓다'라는 의미의 고유어다. 이를 중국의 한서(漢書) 지리지에는 대수(帶水)로, 고구려에서는 아리수(阿利水)로, 백제 설화에서는 한수(寒水)로 표기했다. 중국 문헌 한서지리지의 한자 표현인 대수(帶水)의 대(帶)는 띠를 의미하는데, 이는 때로는 지역을 지칭하기도 한다. 고구려 광개토왕릉비에 나타나는 아리수의 아리(阿利) 역시 넓다는 의미의 고유어이다. 백제에서 쓴 한수(寒水)의 한(寒)은 고유 표기가 없던 시절에 중국의 한자 중, 음만을 빌려 한(寒)으로 표기한 것이다. 현재는 한강을 한나라 한(漢)을 붙여 한강(漢江)으로 표기하는데, 이는 백제에서 사용했던 것과 마찬가지로 한자 한(漢)의 음을 빌려 표기한 일종의 가차(假借-음을 빌려 사용하는 한자 육서(六書) 중 하나) 표기법이다. 모두 한글이 만들어지고 정착되기 전에 붙여진 한자 표기들이다. 표기는 달라도 한강이 큰 강이라는 의미에는 변함이 없다.

"푸우, 푸우."

왜병들이 건너는 지점은 용산 앞쪽이었는데, 보폭으로 사백여 보가 넘었다. 게다가 물살이 빨랐다. 척후로 선발돼, 강을 건너는 마고로쿠와 타다노리는 힘을 아끼기 위해, 몸을 옆으로 비스듬히 뉘인 모잽이헤엄으로 강물을 헤쳐 나갔다. 물살에 몸이 밀리자, 물에 익숙한 이들은 직선으로 나가지 않고 사선으로 비스듬히 물의 흐름을 따라 강을 건넜다.

'아, 따가.'

타다노리는 처음 물에 몸을 담그자, 강행군으로 허물이 벗겨졌던 발뒤꿈치가 따끔했다. 그는 통증을 참고 물에 몸을 맡겼다. 곧 상처의 아픔은 사라졌다. 대신 음력 4월에 밤이라 물이 차갑게 느껴졌다. 물의 흐름을 따라 비스듬히 강을 건넌 그들은 원래 목표 지점보다 상당히 아래인 마포 가까이까지 흘렀다. 보기보단 물살이 세어, 상당히 아래쪽으로 밀린 것이었다. 어둠 속에 몸을 숨긴 그들은 허리를 낮게 하고 강물과 백사장 사이의 모래를 밟으며 상류 쪽으로 올라왔다. 훈도시 하나만을 걸친 알몸에다 칼을 뒤로 둘러맨 채, 사방을 경계하는 그들의 눈빛은 어둠 속에서도 살기가 묻어났다.

"조심하라."

마고로쿠가 먼저 조선군의 움직임을 살피기 위해, 언덕 쪽 풀숲으로 붙었다. 등에 있던 칼은 뽑아져 어느새 손에 쥐어 있었다. 타다노리는 단도를 뽑아 들고 마고로쿠 뒤에 붙었다. 뒤꿈치를 보니 상처는 물에 불어서인지 빨간 핏기는 사라지고 살이 하얗게 불어 너덜거렸다.

"넌 저쪽 언덕으로 올라가 조선군이 있나 살펴보아라."

"저, 혼자요?"

"그래. 몸을 숙이고 기어서 올라가야 한다. 들키지 않게 말이다."

기습전의 경험이 없던 타다노리는 일순 당황했으나 선발대 대장격인 마고로쿠의 명령에 따르지 않을 수 없었다. 아래쪽에 훈도시만을 걸친 타다노리는 모래 바닥을 기어 언덕 위로 올라갔다. 물에 젖어 축축한 훈도시에 모래가 달라붙어 금방 살갗에 쓸렸다. 조심조심 언덕을 올라간 타다노리는 언덕 아래 평지와 숲을 살폈으나 군사들의 모습은 보이질 않았다.

"개미 새끼 한 마리 없습니다."

타다노리의 보고를 받은 마고로쿠는 언덕을 넘어 아래쪽까지 수색을 했다. 보고대로 군사들은 없고 그들이 버리고 간 빈 쌀가마니와 잡동사니만 여기저기 나뒹굴고 있었다.

"모두 내뺀 것이 틀림없다. 자, 각자 배를 하나씩 끌고 돌아간다."

처억, 처억.

마고로쿠와 일행은 아무런 제지도 받지 않고 태연히 노를 저어 강을 되돌아갔다.

"즉시 강을 건넌다."

기요마사는 배를 확보했다는 보고를 받자, 선발대를 뽑아 강을 건너게 한 후, 강 건너에 흐트러져 있는 배들을 모으도록 했다. 이십 여 척의 나룻배가 모아졌다.

"배가 작아 병사들을 다 실어 나르려면, 밤을 새야 할 겁니다."

작은 쪽배 하나에는 기껏해야 열 명 남짓밖에 탈 수 없었다. 이십 척의 배가 한 번에 실어 건널 수 있는 인원은 이백여 명이었다. 백 번을 왕복해야 했다. 게다가 말과 군량미, 무기 등도 함께 실어 날라야 했다.

"이 많은 병력이 배를 타고 도강을 한다는 것은 무리입니다. 도강하는 사이, 만일 적이라도 들이닥친다면 그야말로 모두 물귀신이 될 것입니다."

"목재를 모아라."

기요마사는 한강 동쪽 사평원 부근에 눈독을 들였다. 그곳에 있는 민가를 모두 헐어 목재를 모으도록 했다. 목재를 뜯어 이를 밧줄로 묶어 커다란 뗏목을 만들었다. 뗏목 양쪽에는 배를 매달았다. 사람은 배에 타고 말과 군비는 뗏목에 실어 도강을 했다. 아직 어둠이 깔려 있는 밤사이에 전군이 도강을 마쳤다.

"마고로쿠와 함께 강을 건넌 병사들에게 포상을 하도록 하라. 그들이 수고한 덕분에 전군이 강을 무사히 건넜도다."

타다노리에게도 포상이 내려졌다. 무사의 상징인 칼과 비단을 받았다. 타다노리는 포상으로 받은 칼을 허리에 차면서 사무라이 흉내를 냈다.

"햐아, 멋진데…."

조장인 야스베가 은근히 이를 부러워했다.

"선발대를 파견해, 적의 동태를 살펴라."

한편, 난관이었던 한강을 건너는 데 성공한 기요마사는 척후를 겸해 철포를 잘 다루는 자 오십 명을 선발했다. 한성의 방어 상황을 탐색하기 위해서였다.

"자 이제 병사들을 쉬게 하라."

그는 척후가 돌아오길 기다리며 강행군으로 지친 군사들을 강 언덕에서 쉬도록 했다. 그리고 자신은 부장들을 모아 작전 회의를 열었다.

"유키나가가 이끄는 1번대보다 먼저 한성으로 들어가야 하오. 저항이 심하겠지만, 뚫고 들어가 즉시 왕을 잡아야 하오. 그래야 1번대보다 먼저 히데요시 전하에게 승전보를 올릴 수 있으니, 모두들 명심하오."

"알겠습니다."

그때였다.

"주군, 척후장이 전령을 보내왔습니다."

"벌써? 이리 데려오너라."

기요마사는 급한 마음에 전령을 진막에서 맞이하였다.

"그래 상황이 어떻더냐?"

"도성을 지키는 병사는 눈을 씻고 찾아봐도 없었습니다. 그리고 성문도 활짝 열려 있었습니다."

"뭣이? 잘못 본 것은 아니렸다."

"틀림없습니다."

"성문을 열어 놓고, 게다가 지키는 병사가 없다니…. 너, 이놈 똑바로 파악했느냐. 헛소릴 했다가는 목이 떨어질 것이다."

전령의 보고를 받은 기요마사는 도저히 믿겨지질 않는다는 듯이 재차 전령을 다그쳤다.

"하아, 틀림없습니다."

기요마사의 두 눈에서 불빛이 뿜어져 나오자 전령은 머리를 조아리며 재차 다짐을 했다.

"도대체 이게 믿어도 될 일인지 모르겠구먼…."

도성이 비어 있다는 보고를 도저히 믿을 수가 없다는 표정으로 좌우의 가신들을 둘러보던 기요마사는,

"잘 알았다. 아무튼 즉시 돌아가 수상한 움직임이 있으면 바로 알리도록 하라."

"출발한다."

기요마사는 선발대의 보고를 받고 나서, 즉시 도성의 입구인 남대문으로 향하긴 했으나 전령의 말을 액면 그대로 믿을 수가 없어 신중한 경계 태세로 나아갔다. 말을 탄 기요마사와 휘하 2번대가 한 마장쯤 나가자 야트막한 언덕이 나왔고, 그곳을 넘어서자 오른쪽 비스듬히 산이 높이 솟아 있었다. 그리고 산기슭 아래 성벽이 쌓여져 있는 것이 눈에 들어왔다. 천수각도 없는 읍성이었다. 일본과는 사뭇 다른 성의 모습이었다.

'함락이 그리 어렵진 않으리라.'

"저 오른쪽에 있는 산이 목멱산(남산)이렸다."

"예, 그렇습니다."

한성 근처 지도를 가지고 있던 이들은 위치를 확인하며 진군을 해 나갔다. 산기슭을 따라 반원을 그리며 나아가자, 그 아래쪽에 높이 솟아 있는 성문이 나타났다.

"저기가 도성의 입구입니다."

"방심하지 마라."

이미 서쪽의 해가 떨어져 땅거미가 밀려오는 가운데 성문을 중심으로 양옆으로 빙 둘러쳐져 있는 성곽이 희미하게 시야에 들어왔다.

"날이 어두워졌습니다. 혹시라도 매복이 있을지 모르니, 날이 밝아 들어가는 게 어떨까요?"

해가 떨어지자 어둠은 금세 몰려왔다. 사방이 어두워지자 나베시마가 걱정이 돼 제안을 해 왔다.

"아니되오."

기요마사의 머릿속으로 유키나가의 모습이 스쳤다.

"여기까지 와서 지체할 순 없소. 진격하오."

"알겠습니다."

기요마사의 주장대로 진군하여 성문에 접근하자, 척후의 보고대로 성문은 활짝 열려 있었다. 성벽 위는 경계를 하는 불빛도 없이 어둠에 덮여 있었다. 조선군의 모습은 보이질 않았다.

"불을 밝혀라."

'崇禮門'(숭례문)

휘하 병사가 횃불을 들고 현판 밑으로 다가서자, 현판 위에 쓰여 있는 한자가 불빛에 희미하게 보였다. 기요마사는 이토록 큰 성에 방어하는 군사가 없다는 사실이 도저히 믿어지질 않았다.

"성안으로 들어가, 우선 성곽을 점령하라."

기요마사는 돌격대에게 성안으로 들어갈 것을 명령했다.

"하아."

돌격대가 허리를 낮게 숙이고 뛰어서 성안으로 들어가는 모습을 보고, 그는 잠시 오른쪽에 솟아 있는 시커먼 산으로 눈을 돌렸다.

'저항이 심하면 저쪽에서 아래쪽으로 공격하면 되겠구먼….'

남산을 이용한 전략을 생각하며 다시 고개를 돌렸을 때, 횃불을 손에 든 병사가 성벽 위에 올라서서는 깃발을 꽂고 있었다. 성벽을 방어하는 조선병이 없다는 신호였다.

"여기가 도성이 맞느냐?"

무혈입성이 되자, 기요마사는 일국의 도성을 점령하는 데 피 한 방울 흘리지 않았다는 사실이 믿어지질 않아 확인을 했다. 혹시 자신들이 지리를 잘 몰라 도성이 아닌 다른 곳으로 왔을지 모른다는 의심마저 들 정도였다.

"지도를 보면, 여기가 틀림없습니다."

"그럼, 이곳에 있던 왕은 어디로 갔단 말이더냐?"

"군사가 없는 걸 보면, 이미 다른 곳으로 내빼지 않았을까요?"

“세상에 이런 일도 있는가? 왕이란 자가 싸움도 하기 전에 줄행랑을 놓다니….”

기요마사가 말을 타고 남대문을 통해 도성으로 들어섰을 때, 도성 안에 사람이 전혀 없던 것은 아니었다. 성곽을 방어하는 병사들의 모습은 없었으나, 남아 있던 양민들이 슬금슬금 눈치를 보고 있었다. 조선 양민들은 자신들을 보면 곧 뒷걸음 쳐, 어두운 골목으로 사라지곤 했다.

“왕이 사는 곳은 어디냐?”

“저 앞쪽일 겁니다.”

척후장이 가리키는 곳은 북쪽이었는데, 시커먼 바위 산 아래, 우뚝 솟은 집채가 보였다.

“가자.”

기요마사는 궁궐 가까이로 말을 몰았다. 종각 근처에 다가서자, 궁궐 안쪽에서 흰 연기가 피어오르고 있는 것이 보였다.

‘무슨 일이 일어난 게 틀림없다.’

기요마사는 곧장 말을 달렸다. 그리고는,

“이곳이 왕궁이렸다.”

“네, 그렇사옵니다.”

‘그런데 이상한 일이렸다.’

광화문 앞에 이른 그가 안을 들여다보았는데, 궁을 지키는 병사들의 모습이 없는 것은 말할 것도 없고, 안에서는 연기가 피어오르고 있었다. 그가 그리 이상히 여긴 것은 당연한 일이었다.

“이게 어찌된 일이냐? 왕이란 자는 궁궐을 내팽개치고 도대체 어디로 가 버렸단 말이더냐? 혹시 죽은 건 아니더냐?”

왕궁으로 들어가 말을 달리며 여기저기를 살핀 기요마사는 참담

하게 불에 타버린 궁궐의 모습을 살피고는, 반란이 일어난 것일지 모른다고 여기고 있는데,

"주군, 동쪽에서 2번대가 접근하고 있습니다."

척후장이 기요마사에게 다가와 올린 보고였다.

"뭐라고? 2번대가."

기요마사는 유키나가보다 자신이 먼저 도성을 점령했다고 기뻐했고, 이제 왕궁을 점령하면 자신의 공은 떼놓은 당상이라 여기고 왔는데 왕궁은 불에 타 재가 돼 버렸고, 이어서 2번대가 도성에 나타났다는 보고에 그만 아연실색했다.

한편 기요마사의 명령을 받고 동쪽으로 향했던 타다노리의 부대는 종묘를 지났는데 멀리서 횃불을 들고 무장을 한 병사들이 부지런히 이쪽을 향해 오는 것을 보고 깜짝 놀랐다.

"저게 설마 조선병은 아니겠지?"

다름 아닌 유키나가가 이끄는 1번대가 동대문으로 들어와 종로 쪽으로 내려오고 있었던 것이었다.

"깃발을 보니, 저건 1번대입니다."

"빨리 알려라."

조장인 야스베는 타다노리를 곧장 전령으로 띄웠고, 곧바로 척후장에게 전달되었다. 물론 척후장이 직접 확인을 한 것은 두말할 나위 없다.

다다닥. 다다닥.

보고를 받은 기요마사도 사실을 확인하고 싶은 마음에 근위대만을 끌고, 말을 달려왔다.

"멈춰라!"

동대문 쪽에서 내려오던 유키나가와 종각을 돌아 종묘로 나간 기

요마사는 서로를 확인하고는 깜짝 놀랐다. 상대보다 먼저 한성을 점령해, 공을 차지하려고 필사적으로 달려왔던 것이다. 그런데 그들은 중로와 우로를 통해 거의 동시에 남대문과 동대문을 통과했던 것이었다.

고니시의 1번대가 부산진에 상륙한 것이 사월 열나흘 저녁이었다. 동래와 상주, 충주를 거쳐 한성에 들어온 것이 오월 이틀이었으니 조선으로 건너와 보름하고 사흘 만에 왕궁이 있는 심장부 한성을 점령한 것이었다. 그간 부산진성과 동래성에서 공성전을 벌였고, 이어서 상주와 충주에서는 조선군 주력과 맞붙었다. 그 외에도 곳곳에서 크고 작은 싸움을 거쳤다. 그러면서도 불과 열여드레 만에 한성에 입성한 셈이었으니…. 당시 부산포에서 한성까지의 길은 웬만한 장정이 곧장 올라와도 보름은 걸리는 거리였다. 게다가 여주를 지날 때는 비가 억수같이 쏟아져 강물이 범람하기도 했다.

기요마사의 2번대는 싸움이 많지 않아 방해와 지체가 없었으나 사흘 늦게 부산포에 도착해, 1번대와 같은 날 도성으로 들어왔으니 양쪽 다 가히 상상을 초월한 놀랄 만한 속도로 행군을 한 것이었다.

'에이, 지긋지긋한 인간.'

기요마사는 궁궐에 먼저 도착한 것은 2번대라 주장하며 공을 내세우고 싶었지만 왕도 사로잡지 못한 상황이었다. 충주를 떠나온 이후에는 별다른 싸움도 없었으니, 히데요시에게 보고할 공도 없었다. 이제 자신의 2번대가 한성을 점령했으니 치안을 유지하면서 히데요시에게는 적의 심장부를 가장 먼저 점령했다고 보고를 하려던 참이었는데 유키나가가 나타났으니, 그에게는 그야말로 눈엣가시였다.

'조금만 빨리 들어왔어도, 저놈들의 입성을 방해할 수 있었는데….'

계획이 틀어져 속이 상한 기요마사는 말에서 내려서는 유키나가에게 단도직입적으로 제안을 했다.

“여기를 기점으로 지역을 나누어 도성을 관장하도록 합시다.”

“좋소!”

기요마사와 유키나가는 같은 주군을 모시는 아군이었지만, 도저히 섞일 수 없는 물과 기름이었다.

두 사람의 합의로 종묘에서 동쪽은 1번대, 서쪽은 2번대의 관할이 되었다. 1번대는 흥인문(동대문) 근처 언덕에 주둔지를 정했고, 2번대는 남대문 근처 남산 기슭 끝에 주둔을 했다.

“본국으로 전령을 띄워라.”

주둔지를 결정한 기요마사는 즉시 급보를 작성했다. 그는 뭐든지 유키나가보다 앞서야 한다고 생각해 마음이 조급했다. 그래서 한 일이 자신의 공을 히데요시에게 먼저 알리는 일이었다. 그는 경주 싸움의 승전과 한성 입성에 관해 보고서를 작성해 급히 히데요시에게 전령을 띄웠다. 물론 유키나가가 같이 입성했다는 문구는 없었다.

한편, 동대문 밖에 주둔한 유키나가는 이런 기요마사의 움직임을 알리가 없었다. 사위인 대마도주의 건의를 받아 그는 승전보를 전하는 일보다 조선 측과의 화평 교섭이 먼저라 여겼다.

“그러면, 어서 조선과의 교섭을 주선하게.”

“알겠습니다.”

대마도주 요시토시는 조선어가 가능한 휘하 가신을 불러,

“야나가와, 조선 왕의 움직임을 파악하고 우리의 뜻을 전달하라.”

“조선의 왕은 이틀 전에 도성을 빠져나가 서북 방면으로 향했다 합니다.”

1번대에는 대마도 출신 병사들이 많았고, 그들은 조선의 지리와 조선말을 잘 알았다. 난리 이전에는 조선 전국을 돌며 행상을 한 자들

도 있었다. 그런 만큼, 기요마사의 2번대보다는 정보가 빨랐다. 발로 뛰며 소문을 모아서 분석했기 때문이었다.

"간베에가 길을 잘 아니, 함께 동행하라."

"하아."

요시토시는 야나가와를 대장으로 삼고, 조선말과 지리를 잘 아는 간베에를 붙여 임진강 쪽으로 선발대를 보냈다.

목구멍이 포도청

선조가 도성을 빠져나간 것이 음력 4월 그믐 미명이요, 왜군이 한성에 입성한 것이 음력 오월 이틀 밤이었다. 그때 선조의 행렬은 임진강을 막 건넜을 때였는데, 도성에서 임진강까지는 불과 백리 길이었다. 장정이 보통 하루에 백리를 걸었으니, 도성의 왜군이 임금의 피난 행렬을 따라잡는 것은 하루면 충분했다.

1번대 사령관 유키나가의 명에 따라, 야나가와와 간베에가 선조 일행을 쫓아 임진강으로 향했을 무렵, 부산포에는 우키다(宇喜多秀家-우키타 히데이에)가 도착했다.

"이제 겨우 도착했군."

왜군 침략군 총대장을 맡고 있는 그는 7번대를 끌고 있었다. 당시 그는 히데요시의 양자의 신분이었는데, 히데요시는 양자인 그에게 조선 침략 총책의 임무를 맡긴 것이었다. 우키다 가문은 1번대 대장 유키나가가 히데요시의 가신이 되기 전에 봉직했던 가문이었다. 원래 우키다 가문은 모우리와 동맹 관계에 있었기 때문에, 노부나가와는 적대 관계에 있었다. 히데요시가 주고쿠 지역을 평정하려 내려왔을 때, 유키나가의 외교 수완을 통해 우키다 가문과 히데요시 사이에 동맹이 성립됐다. 당시 우키다 가문의 적자인 히데이에는 볼모로 히데요시 진영에 있었는데, 히데요시가 어린 그를 양자로 삼은 것이었다.

그때 히데요시의 '히데'의 이름자를 받아 히데이에로 개명하였다. 볼모 시절 유키나가가 우키다 가문의 가신으로서 그의 후견인 역할을 하였는데 영주였던 그의 부친이 갑자기 병사하자, 어린 그가 영주직을 맡게 되었고 유키나가는 히데요시의 가신이 돼, 양쪽 가문의 중개자 노릇을 했다. 자식이 없던 히데요시는 양자가 된 히데이에를 총애했다. 조선 침략 당시 그는 스물둘의 약관에 불과했지만, 히데요시는 양자인 그에게 총사령관직을 맡기었던 것이다.

"곧장 북진해라. 조선의 도성인 한성으로 향한다."

부산에 도착한 그는 꾸물대지 않고 곧장 북상을 했다. 이미 도성이 왜군에 점령되었다는 소식을 듣고 바다를 건넜다.

그가 대마해협을 건너기 전, 이미 다대포로 상륙한 3번대 대장 구로다(黑田長政-구로다 나가마사)는 김해, 창원, 성주, 금산을 지나 추풍령을 넘어서고 있었다. 당시 상황을 보면, 이미 부산포를 비롯한 각 해안에는 왜군이 속속 상륙해, 경상 해안은 왜군 천지가 되었다.

부산포에 도착한 우키다가 3번대에 이어서 한성에 들어간 것은 오월 여드레 저녁이었다.

총대장 우키다가 한성에 입성함으로써 부산포에서 한성까지, 동래, 상주, 충주, 한성으로 이어지는 역로와 3번대가 지나간 김해 창원 청주, 영동, 청주, 죽산을 거쳐 한성으로 이어지는 주요 역로는 모두 왜군의 말발굽 아래에 놓이게 되었다.

주요 역로를 장악한 왜군은 전라도를 제외한 한강 이남 전 지역에 출몰해 약탈과 방화를 일삼았다. 특히 경상 지역은 육로뿐 아니라 해안에서도 많은 피해를 입었는데, 경상 좌수사인 박홍은 좌수영을 포기하고 어디론지 사라져 버렸고 우수사인 원균도 해안 방어를 포기한 상태라, 해안은 그야말로 무인지경이 돼 버렸으니 해안가 백성들은 그 폐해가 이만저만이 아니었다.

"어매요, 배가 고파 죽겠어예."

"알았데, 조금만 참으래. 집에 가면 먹을 게 있을 기라."

간베에의 조선인 처자인 초량과 두 딸은 왜군이 부산진성을 공격하기 전에 성을 빠져나와 집으로 돌아왔다. 전날 밤 간베에가 다녀갔으니, 하루 차이로 길이 엇갈린 것이다.

'집안 꼴이 이게 뭐꼬.'

초량이 집에 돌아와 보니, 집안은 난장판이 돼 있었다. 마을 사람들이 몰려와 '왜놈의 첩년'이라며 자신을 끌어내고, 집안 살림을 부쉈기 때문이었다.

'에휴, 이걸 어쩌노.'

깨지고 뒤엎어진 장독과 살림들을 보며 그녀는 한숨이 절로 나왔다.

'팔자가 사납기도 하지….'

그녀는 자신들을 끌고 간 아낙들을 원망하기보다는 자신의 신세 한탄을 먼저 했다. 그러면서도 초량은 빠른 동작으로 부엌 구석에 놓여 있는 나무 궤짝으로 다가가 뚜껑을 열고 손을 넣었다.

'그대로 있겠지….'

하는 생각도 잠깐이었다.

"우째 없나? 이게 우째된 거고…."

초량은 부엌 앞에서 자신을 빤히 쳐다보고 있는 큰딸을 바라보며, 혼잣말하듯 중얼거렸다.

"곡물 찾는교?"

"그라. 예 있던 곡물이 다 어디 갔노?"

"아재, 아지매들이 다 가져갔다 안 하는교…."

"누가, 그게 누꼬."

"우릴 끌고 간 아지매들이 다 퍼갔십니더."

"아, 세상에…."

큰딸의 얘기를 들은 초량은 털썩하고 그대로 부엌 바닥에 주저앉았다.

"어무이. 어무이예."

"그래, 그래, 울지 말그레."

'참말로 나쁜 사람들이고마. 와 남의 양식을 훔쳐 간다 말이고….'

부엌을 나온 초량은 뒤쪽으로가, 부엌 처마 밑에서 무언가를 찾았다.

"여그 있던 자루 못 봤나?"

"그건 아재들이 가져갔어예."

"문댕이들이 말려논 무말랭이마저 다 가져갔단 말이라…. 천벌을 받을 기라. 천벌을…."

그녀는 마을 아낙들이 머리를 잡고 흔들어, 버티느라 정신이 없어, 다른 사람들이 양식을 가져가는 것을 못 보았던 것이다.

"배가 고파 죽겠데예, 어무이예."

"알았데, 몬자 물이라도 먹그래."

그녀는 부엌 안에 놓여 있던 항아리에서 물을 떠다 아이들에게 먹였다.

"꿀꺽, 꿀꺽."

'여기 있다간 잘못하면 알라들 굶어 죽이겠데.'

하룻낮과 밤 아무것도 입에 넣지 못한 그들 가족이었다. 아이들이 칭얼대는 만큼, 초량도 허기가 져 눈이 어지러웠다.

"나가제."

물배를 채운 후, 방으로 들어가 남아 있던 옷가지를 챙긴 초량은 두 딸을 데리고 문을 나섰다.

"어딜 가는교?"

큰딸이 물었다. 작은딸은 아직 여섯 살이라 콧물을 흘렸으나, 큰딸은 아홉 살이 돼, 자신의 처지를 지각했다.

"먹을 게 없다 안 하나. 다른 데서 먹을 걸 구해가, 돌아와야 안 하겠노!"

초량은 작은딸의 저고리를 묶어 주며 손을 끌었다. 그녀는 두 딸과 함께 마을로 들어가 빈집을 뒤졌다. 그런데 때는 음력 5월이라 이제 마악 모내기를 끝낸 후였다. 양식이 부족한 시기였다. 거의 모든 집에 뒤주가 텅텅 비어 있었다. 또 양식이 남아 있다 하더라도 피난을 가면서 모두 가져갔으니, 양식거리가 남아 있을 리 없었다.

'어찌된 게, 먹을 게 쌀 한 톨, 콩 한 조각 없이 싹싹 긁었노.'

초량은 비어 있는 뒤주를 볼 때마다 실망을 했고 속이 상한 마음에 집주인들을 원망했다.

"어무이예, 저그 연기가 솟아오릅니데."

"그래, 뭔 연기가…?"

마을에서 멀리 떨어진 가옥에서 오르는 연기였다. 연기는 집을 태우는 연기였는데, 큰딸은 밥 짓는 연기인 줄 알았던 것이다.

"저건 집을 태우는 연기인게라."

"그라도, 뭐가 있으니까 연기가 나는 게 아니겠는교?"

"그래, 니 말이 맞데이. 뒤져 봤자 쌀 한 톨 안 나오는데, 여그 있으믄 뭐 하겠노…. 가자."

초량은 두 딸을 앞세워 연기 나는 쪽을 향했다.

"흑흑. 어매요, 배지가 고파예…."

얼마를 걷자, 작은딸이 칭얼댔다. 맹물로 속을 채웠으니, 그게 오래갈 리 없었다. 당연지사였다.

"말순아, 떼 쓰믄 안된데이."

큰딸이 작은딸을 타이르는 것을 본 초량은 작은딸의 손을 잡고 끌어서는 등을 내밀었다.

"여그 업으래."

"안되는데…. 어무이도 힘든데…."

"괘않데."

큰딸이 앞에 서고 작은 딸을 업은 초량은 휘청거리는 다리를 끌고 한참을 걸었다. 그렇다고 뚜렷한 목적지가 있는 것도 아니었다. 오로지 굶주린 배를 채울 생각밖에 없었다.

세 모녀는 바다를 왼쪽으로 끼고 부산포에서 다대포 쪽으로 향했다. 저무는 해는 석류 같은 빨간 노을을 앞쪽에서 내뿜고 있었다.

다대포에는 해안을 경계하는 경상 수군의 조선군 진지가 있었는데, 이미 왜군 1번대에게 점령당한 후였다. 유키나가는 한성으로 북진하면서 다대포에 후방 경비대 오십여 명을 두었다. 이들에게는 부산진성과 동래성에 주둔하던 후방 병력과 상호 연락하며 거점을 확보하는 임무가 주어졌는데, 조선군의 움직임이 없자 이들이 후방에서 하는 일이란, 주변 지역에 있는 마을로 들어가 아녀자를 겁탈하거나 약탈 등의 행패를 부리는 게 전부였다. 연기가 나는 가옥도 다대포에 주둔한 왜병들이 약탈하러 나왔다가 방화를 한 것이었다.

"어무이, 배가 너무 고파서 매가리가 하나도 없어예."

"다 왔데. 쪼금만 참으래이."

작은딸이 등에서 추욱 처져 고개를 떨어뜨리자, 초량은 업은 딸을 위로 한 번 추스르며 달랬다. 그들이 마을에 도착했을 땐 어둠이 덮여 있었다. 수전(水田)을 중심으로 길게 이어진 마을에는 초가가 드문드문 떨어져 있었는데 불에 타버려, 밤인데도 연기가 뿌옇게 솟아오르고 있었다. 사람들은 모두 산속으로 피했는지 인적은 없었다. 마을 안쪽으로 들어가니 멀리서는 안 보였던 수전 뒤쪽 산의 경사 쪽에 용마루가 솟고, 추녀마루와 내림마루가 제법 길게 뻗어 있는 큰 기와지붕이 보였다.

'양반집인갑네. 양반집엔 먹다 남은 찌끄리라도 있지 않겠나.'

초량은 큰딸을 끌며 빠른 걸음으로 연기가 나는 초가를 지나, 기와집으로 향했다. 다행히 기와집은 불을 놓은 흔적이 없었다. 대문은 활짝 열려 있었으나 담장이나 대문은 깨끗했다. 먼지가 쌓이지 않은 것으로 보아, 불과 얼마 전까지 사람이 살았던 흔적을 느낄 수 있었다.

"계십니꺼? 계십니꺼?"

혹시 몰라 두 번 정도 사람을 불렀으나 대답은 없었다. 초량이 작은딸을 등에서 내린 후, 손을 끌고 안으로 들어갔다. 광문이나 방문이 모두 활짝활짝 열려 있고 세간이 어지럽게 흩어져 있었다. 초량은 세간이 왜 그렇게 됐나를 생각해 볼 겨를도 없이 부엌과 광을 찾았다. 양반집이라 사랑 옆에 붙어 있는 부엌 입구에는 흙과 돌로 단단히 쌓아 올린 단이 만들어져 있었고, 문지방 좌우로는 통나무를 잘 다듬은 부엌문이 달려 있었다.

'문이 달려 있을 정도면 부엌에 뭐 귀중한 것이 많다는 거 아이라.'

초량이 부엌으로 내려서 안을 두리번거렸으나 이미 어둠이 밀려와 부엌 안은 잘 보이질 않았다.

달그락, 달그락.

그릇 등 살림 도구는 손에 잡혔으나, 곡물은 손에 잡히질 않았다. 양반집이라 부뚜막도 있고 찬장도 있었다. 초량은 급한 마음에 어둠

속에서도 여기저기 들쑤셔 보았으나, 어떤 게 양식거리를 담는 그릇인지, 항아리인지 알 수가 없었다.

"하 참, 불씨가 없어, 불을 밝힐 수가 없으니…."

부엌 벽에 붙어 있는 등잔에 불을 밝히고 싶었으나 불씨가 없어 그도 여의치 않자, 초량은 안타까운 마음만 앞섰다. 그때였다.

"어무이예, 여기 곡물이 있심더."

큰딸인 복순이의 외침에 가까운 소리였다.

"뭣이라고, 곡물이라고…?"

부엌 옆에 붙어 있던 광 쪽이었다. 초량이 얼른 부엌에서 나와 문이 활짝 열려 있는 광으로 들어가자 복순이가 광의 땅바닥에 엎드려 앉아 무언가를 열심히 입에 넣고 있었다.

"그게 뭐꼬?"

"보립니데, 보리."

광 바닥에 곡물이 쏟아져 있었는데, 손에 잡히는 촉감이 딱딱했다. 손바닥을 비벼 껍질을 벗기고 입에 넣어 씹어 보니 쌀이 아닌 보리가 틀림없었다. 날로 씹어 맛은 없었지만, 입 안에 곡물이 들어가자 침과 함께 단물이 나왔다.

"이거 좀 씹어 보그래."

초량은 얼른 작은딸을 끌어다가는 보리를 손으로 비벼, 입에 보리 난알을 넣어 주었다. 얼굴이 핼쑥해진 작은딸은 앙증맞은 작은 입을 오물오물 놀려 가며 보리를 씹어 댔다.

이들 보리는 왜군들이 두고 간 것이었는데, 약탈을 나온 왜군들이 쌀만 가져가고 보리는 땅바닥에 쏟아버린 것이었다. 보리는 주먹밥으로 먹기가 불편해 쌀만 가져간 것이었다. 아무튼 광 안 여기저기 곡물이 흐트러져 있었는데 보리 말고도 작은 알갱이인 조와 수수도 섞여 있었다.

“아그들아, 체한데, 물도 좀 마시그래.”

초량은 얼른 부엌으로 가 어둠 속에서도 물 항아리를 찾아 물을 떠다, 두 딸에게 먹였다.

“밥을 해 먹어야 하는데….”

초량은 부엌으로 들어가 벽에 붙어 있는 등잔을 더듬거렸다.

“있네. 있어.”

손에 잡힌 물건은 어슴푸레한 윤곽으로도 부싯돌이란 걸 알 수 있었다. 옆에는 쑥을 말려, 불이 잘 붙도록 만든 부싯깃도 있었다. 부싯돌로 불을 일으키는 게 쉽지 않은 일이긴 하였지만, 원래 아궁이에 불씨를 꺼뜨리면 부싯돌로 불씨를 만들어 쓰거나, 옆집에서 불씨를 빌려와야 했기 때문에, 아는 사람도 별로 없는 초량은 난리 전부터 부싯돌로 불을 일으키곤 했다.

“복순아, 이리 좀 와 보래이.”

광에서 손으로 열심히 보리를 비비고 있는 큰딸을 불러 부싯깃을 넣은 사기를 잡고 있도록 했다.

탁, 탁, 탁.

초량은 어둠 속에서 부싯돌을 서로 부딪치며, 불꽃을 일으켰다. 부싯돌에 힘을 주고 엇갈려 부딪치면 ‘파직’ 하고 파란 불꽃이 튀었다. 불꽃이 튀어도 곧바로 부싯깃인 말린 쑥에 옮겨 붙진 않았다. 손에 힘을 줘 초량은 몇 번이고 부싯돌 튀기기를 반복했다.

호오, 호오, 후후.

초량이 부싯돌을 치고 불꽃이 튀면 큰딸 복순이 열심히 말린 쑥잎을 가까이 대고 입으로 불어 댔다.

화악.

이윽고 쑥 잎에 불이 붙었다.

"이리 도."

초량은 불붙은 쑥 잎을 얼른 아궁이로 가져갔고, 부엌에 있는 마른 쭉정이를 올려놓았다.

타다닥.

후욱, 후우욱.

마른 벼쭉정이에 불이 옮겨붙었다. 초량은 얇은 나무를 그 위에 올려놓고 입으로 '후후' 바람을 내어 가며 불길을 살려 나갔다.

"이잔, 됐데."

"그라믄, 이잔 밥 먹을 수 있어예?"

작은딸이 천진스럽게 물었고,

"그람, 그람. 쫌만 기다리그래."

불빛에 얼굴이 벌겋게 비친 초량의 얼굴에 안도의 빛이 역력했다. 이어서 큰딸 복순과 보리를 긁어모은 후, 손으로 비벼 껍질을 벗겼다. 큰딸이 길어온 물을 솥에 붓고 보리쌀을 담아 아궁이에 장작을 충분히 넣고는 불을 지폈다. 양반집 부엌이었던지라 살림 도구가 많았다. 곧 보리쌀이 익어 부엌 안에 구수한 냄새가 퍼져 나갔다.

"반찬이 뭐 없겠노?"

초량은 밥과 함께 먹을 찬을 찾아 장독대를 찾았다. 과연 뒤뜰에 커다란 장독들이 잘 닦여져 놓여 있었다. 초량이 냄새를 맡으며 덮개를 여니, 아니나 다를까 된장 항아리였다. 된장에는 군데군데 콩잎이 묶여져 박혀 있었다. 콩잎 장아찌였는데 아마도 여름에 먹으려고 담가 놓은 것 같았다.

"많이 묵으래이."

세 모녀는 콩잎 장아찌를 반찬으로 삼아 보리밥에 물을 말아 허겁지겁 먹었다. 실로 꿀맛이었다. 이틀 만에 먹는 밥이었으니, 오죽 맛있었을까.

“흐어억.”

밥을 먹자 곧 피곤이 몰려왔다. 초량은 두 딸을 데리고 빈방으로 들어가 뉘였다. 늦봄이라 춥지는 않았기에 옷을 입은 채로 그대로 누웠다.

“어무이, 괘않겠습니꺼?”

“뭐라카노?”

“집주인이라도 오면 경을 치는 거 아입니꺼?”

“괘않다. 다들 내뺐는데 주인이 어디 있겠노…. 걱정말그래.”

그렇게 세 모녀는 빈집에서 세상모르고 잠이 들었다.

“어무이, 어무이.”

두 딸이 흙투성이가 돼, 웬 군사들에게 끌려가고 있었다.

“와, 그라노? 어데로 가노, 이리로 오래이.”

초량댁이 두 딸을 끌어오려고 뛰는데 다리가 움직이질 않았다. 두 딸과 떨어지는 것 같아 마음이 안타까운 초량은 어떻게든 손이라도 잡으려고 손을 내저었다.

“어무이. 어무이.”

누군가 손을 잡고 흔들며 어렴풋한 소리가 들려 눈을 떴다. 작은 딸이었다. 일어나 곁에서 자신을 흔들며 칭얼대고 있었다.

“에구. 와 그라노.”

잠이 깬 초량댁은 꿈인 것을 알고 가슴을 쓸어내렸다.

“어무이, 배가 아파예.”

작은딸이 배에 탈이 난 모양이었다.

“그라믄 우선 뒤꼍에서 볼 일을 보그래.”

"무서봐요."

큰딸은 세상모르게 잠들어 있었다. 초량댁은 작은딸을 데리고 밖으로 나와 뒷간을 찾지 않고 뒤뜰로 데려가 엉덩이를 까 주었다. 자신도 소변을 끝내고 치마 춤을 올리며 하늘을 보니 샛별들이 희미하게 사라지고 멀리서 여명이 퍼져 오고 있었다.

'날이 밝기 전에 집으로 가야제, 여기는 위험하데이.'

초량은 작은딸이 볼일을 마치자, 방으로 곧장 들어와 큰딸을 깨웠다.

"빨리 일어나그래. 집에 가야 한데이."

그녀는 마음이 급했다.

"복순아, 니는 광에 가, 곡물을 모으래."

초량은 큰딸에게 보리와 곡물을 긁어모으도록 했고, 자신은 방에 놓여 있던 이불의 홑청을 뜯어내 넓게 펼쳐 보자기를 만들었다.

"복순아, 니는 이걸 머리에 이고, 말순이는 이렇게 어깨에 매래이. 자아, 빨리 가재."

초량과 큰딸은 머리에 일 수 있는 만큼 곡물 보자기를 이고, 막내인 말순은 어려서 보자기를 머리에 일 수 없어, 어깨에 비스듬하게 둘러서 앞으로 묶었다. 보리 한 되도 안 되는 양이었다. 전날 저녁에 먹고 남았던 보리밥을 손에 물을 묻혀 가며 주먹밥을 만들어, 초량이 보자기에 물을 묻혀 쌓아 놓았다. 길 도중에 양식으로 먹을 요량이었다. 햇살이 낮게 깔려 산자락을 비출 무렵에 집을 나왔다. 부산포로 향하는 길에는 인적이 없었다.

'모다, 피신을 했나? 왜 사람이 없노.'

세 모녀는 한나절 이상을 걸어 집으로 돌아왔다. 집 마당과 부엌은 살림이 흐트러진 채였다. 너무 허기가 져, 엉망인 집을 그대로 두고 식량을 구하러 다녀왔기 때문이었다.

"야들아, 깨진 것들을 좀 치우그래."

보리쌀을 구해 와 당분간 식량 걱정이 없어지자, 초량은 조금 마음의 여유가 생겼다. 집안을 정리하고, 저녁때는 가지고 온 보리쌀을 덜어 밥을 지었다. 아궁이의 불길이 살아 오르자, 어두웠던 부엌이 밝아졌고, 두 딸이 좋아서 웃는 모습이 눈에 들어 왔다. 불과 이틀밖에 안 됐는데, 아주 오랜만에 보는 것 같은 아이들의 천진한 미소였다.

'어린 것들이 을메나 힘들었으믄…. 측은들도 하제.'

뒤뜰에는 양반집만큼 크지는 않지만 장을 담가 놓은 항아리가 있었고, 지난해 가을에 콩잎과 무를 담가 놓았던 것이 있어 이를 꺼내 왔다. 부엌 들보에 걸어 놓은 무청은 그대로 있어 이를 물에 씻어, 된장을 넣고 시래깃국을 끓였다.

'내 집이 가장 편하고마.'

남의 눈치 볼 것도 없고, 일찌감치 마음 편하게 저녁을 끝낸 세 모녀는 날이 깜깜해지자, 등잔불도 밝히지 않고 그대로 자리에 누웠다.

'알라들 아부이는 어찌된 거고. 왜인들이 몰려왔다는데, 같이 온 거 아이라…. 같이 왔으믄 무슨 소식이 있을 텐데….'

두 딸은 먼 길을 걸어 피곤한지 금세 잠이 들었으나 초량댁은 이것저것 생각하느라 잠이 오질 않았다. 왜관에 있던 간베에로부터 연통이 끊어진 것이 벌써 달포가 넘었다.

'왜관에 있던 왜인들이 모두 왜나라로 돌아갔다.'

라는 소문을 듣긴 하였으나 그렇다고 왜관에 찾아가 볼 입장이 아닌지라, 그냥 오겠지 했는데 난리를 만났던 것이다.

'앞으로 우째 될라노.'

간베에가 양식을 보내 줘, 딱히 이렇다 할 일도 하지 않고 살아올 수 있었다. 그런데 간베에가 조선으로 돌아오지 않았다면 이제 더 이상 양식 도움을 받지는 못할 것이었다.

'알라들이 있는데…. 설마 하이… 안 오진 않겠제.'

초량은 간베에의 소식을 알 수 없어 근심이 됐고, 만일 이대로 연락이 끊어진다면 앞으로 어떻게 살아갈까 두려웠다.

'암튼 있는 양식이라도 아껴 묵어야 안 하겠나.'

다음 날부터 초량은 두 딸을 데리고 산으로 들로 나가 쑥을 캤다. 양식을 아끼기 위해 보리밥에 쑥을 넣고 죽을 쒀서 먹었다.

"난 맛없어서 안 묵을란다."

"양식이 없으니께, 아껴 먹을라 그러는 기라. 처음엔 좀 써도 입에 넣고 잘 씹으면 향도 나고 단맛도 난다 아이라. 떼쓰지 말고 먹으래."

이제까지 크게 곤궁하지 않았던 터라 삼시 세끼 거르지 않아, 아이들은 배를 곯은 경험이 없었다. 쑥이 들어가 씁쓰레한 보리죽을 먹으며 작은딸이 투정을 부렸으나 큰딸은 상황을 이해하는지 군소리 없이 죽을 먹어 주었다. 초량은 어린 작은딸이 측은했고, 또 자신의 마음을 이해해 주는 큰딸이 고마웠다.

'굶기지 말고 잘 멕여야 하는데….'

초량은 이제나 저제나 하면서 간베에를 기다리는 마음으로 그렇게 보름을 지냈다. 마을에서 떨어진 외딴 곳이라 그런지, 왜병들이 출몰하진 않았다. 조선 사람들이 가끔 보이긴 하였지만, 곧 세간을 꺼내 가지고 산으로 들어갔는지 마을에는 인적이 없었다. 왜군을 피하려면 자신도 두 딸과 함께 산으로 가야 했지만 그녀는 그럴 처지가 아니었다. 오히려 왜군을 기다리는 심정이었다. 아니, 왜군이 아니라 두 딸의 아비인 간베에가 소식을 주기를 기다렸다. 집을 떠날 수도 없었다. 그사이 간베에가 다녀갈 것 같았다.

'그나저나 양식도 떨어져 가고 우짜믄 좋노?'

양반집에서 가져온 양식에 쑥을 넣어 아껴 먹는다고 먹었으나, 보름이 지나자 동이 났다. 두 딸을 집에 두고 혼자 양식을 구하려고 빈집을 기웃거렸으나, 양식을 두고 떠날 만큼 여유 있는 집은 없었다.

"어무이, 배고파예."

작은딸이 배고프다며 밥 달라고 투정을 부렸다.

'안되겠다. 이대로는 알라들 굶어 죽이겠다.'

초량은 두 딸을 데리고 다시 다대포 쪽으로 향했다. 그곳에 왜군이 주둔하고 있기 때문이었다.

'가서, 알라들 애비를 찾아야 한데이.'

초량은 왜군을 찾아가 간베에의 소식을 물을 생각이었다. 왜군들끼리는 서로 연락이 닿을 것이라 여겼기 때문이었다.

초량이 두 딸을 데리고 집을 나선 날은 음력 오월 초사흘이었는데, 이미 그때는 다대포로 상륙한 왜군 제3번대가 한성으로 향했고, 왜군 침략군의 총대장인 우키다(宇喜多秀家－우키타 히데이에)가 부산포에 도착한 다음이었다. 또한 하루 전에 선봉대인 제1번대와 2번대가 한성을 점령해, 부산포 근처 남해안에서 한성에 이르는 육로 중, 거점 지역은 모두 왜군이 장악하고 있었다. 전라와 충청 일부를 제외한 한강 이남의 모든 지역이 왜군의 말발굽 아래 놓여 있었다. 간간히 의병들이 거병을 하여 왜군을 견제했으나, 정규군인 관군의 모습은 볼 수 없는 무인지경이었다.

"우린 곧장 한성으로 올라갈 테니, 수군은 해안을 맡아 본국과의 연락 계통을 확보하오."

부산포에 상륙한 왜군 총대장 우키다는 북상하기 전, 구키 요시다카(九鬼嘉隆)에게 뒤를 당부했다. 구키는 수군 대장이었다.

"염려 놓으십시오. 육지에서는 간헐적으로 저항이 있지만, 바다에서는 조선군의 움직임이 전혀 없으니, 그리 문제될 바가 없습니다. 바다는 우리 수군에게 맡기시고 올라가셔서, 조선의 왕을 사로잡으십시오."

"하하하, 마음 든든하오. 자 그럼…."

히데요시는 조선 침략을 위해 편제를 1번대에서 9번대로 나누었고 수송과 해안 경비를 위해 따로 수군을 두었다. 그 수군의 편제와 인력은 다음과 같다.

총대장의 구키(九鬼嘉隆-구키 요시다카) 휘하 1,500여 명,

도토(藤堂高虎-도토 다카토라)가 이끄는 수군 2,000여 명,

와키자카(脇板安治-와키자카 야스하루) 휘하 1,500여 명,

가토(加藤嘉明-가토 요시아키)가 이끄는 1,000여 명,

구루시마(来島通之-구루시마 미치히사) 휘하 700여 명.

그 밖에도 수군 이천이 더 있어, 도합 구천에 가까운 수군 병력이 었다. 이들은 부산포와 일본의 대마도, 잇키섬을 선으로 연결하며 해상 수송과 해안 경비를 맡고 있었다. 대개 삼십여 척의 세키선(關船-40여 명 승선의 중형선)으로 선단을 이뤄 움직이고 있었다.

초량이 두 딸을 앞에 세우고 다대포 쪽으로 향하고 있는데 왜병들이 나타났다. 왜병의 수는 언뜻 보아 약 열대여섯이었다.

"도라에."(잡아라.)

다름 아닌 수군장인 도토군 소속의 수군이었다. 수송과 해상 경비를 맡은 부대였는데, 남해안의 조선군 진지가 붕괴되자 무인지경이 된 해안 지역을 약탈하기 위해 육지로 나온 병사들이었다.

"도마레."(멈춰라.)

"어무이."

두 딸은 얼른 초량의 치마폭 뒤로 숨었고,

"와, 그러는교?"

초량이 침착하게 조선말로 물었다.

"…."

왜병들에게 조선말이 통할 리 없었다. 왜병들은 서로 얼굴만을 바라볼 뿐이었다.

"츠레떼 이케."(데리고 가라.)

삿갓 모양의 모자를 쓴 병사들과 다르게 장식이 붙은 투구를 쓰고 있는 왜병이 명령을 내렸다. 초량은 말뜻은 모르지만, 그가 아마 우두머리라 여겼다. 왜병들은 앞뒤로 갈라섰고 초량과 아이들을 한가운데에 세우고 바다 쪽으로 향했다.

"어무이, 흑흑, 어무이, 흑흑흑."

두 딸은 겁에 질려 훌쩍거렸다. 초량은 두 딸의 손을 꼭 잡고 걱정 말라는 듯 달래며 순순히 왜병들을 따라 걸었다.

'잘됐다.'

말도 통하지 않고 창으로 툭툭 치며 다그치는 통에 두려움이 없진 않았으나, 굶주림을 면하기 위해 스스로 왜병을 찾아가려던 초량은 오히려 잘됐다고 여겼다. 초량은 그저 왜병들이 이끄는 대로 얌전히 따라갔다. 허기를 참고 한참을 걸었다. 왜병들은 바다로 향했는데, 어딘지 알 순 없었지만 곳곳에 화려한 깃발을 꽂아 놓은 왜선 다섯 척이 해안에 붙어 출렁이고 있었다.

"아가레."(올라가라.)

초량은 왜말을 몰랐지만 왜병들의 손짓이나 표정을 보고 시키는 대로 움직였다. 거리낌 없이 배 위로 올라선 초량은 울음을 그친 두

딸을 가리키며,

"먹을 것 좀 주이소. 먹을 것…."

"…."

조선말이 통하지 않았다. 급한 김에 초량은 손을 배에 대었다가 다시 입으로 가져갔다가 하면서 배가 고프다는 표정을 지었다.

"나니 잇테루노."(뭔 소릴 하는 거냐?)

"아마, 배가 고프니까, 먹을 걸 달라는 것 같습니다."

"그렇구만…. 어디서 데려왔나?"

"저쪽 너머에서 오는 것을 붙잡아 왔습니다."

"오호, 잘했다. 우선 먹을 것을 좀 주어라."

"하아."

포로를 붙잡아 온 것을 칭찬하는 자는 구키 수군 소속인 긴지로란 사내였다. 원래 일본 내해(內海)에서 해적질로 악명 높던 무라카미 수군의 일원이었는데, 조선 침략을 위해 구키 수군에 배치된 것이었다. 오장으로서 배 다섯 척을 맡고 있었다. 이른바 선단의 우두머리였던 것이다.

"야들 애비를 찾는데예…."

왜병이 건네준 주먹밥을 먹고 난 초량은 다시 긴지로에게 안내되었을 때, 그리 말했다. 물론 조선말이었다.

"나니 유테루노."(뭔 소리야?)

"간베, 간베라 하는데예…."

"감페?"

조선말과 왜말이 교차되며 동문서답(東問西答)이 이어졌다. 초량은 '간베에'를 조선말로 '간베'로 발음했고, 긴지로는 초량의 조선어 발음을 일본어 발음 '감페'로 이해했다. '김치'를 일본 사람들이 '기무치'로 발음하듯이, 당시 조선말 '각시'를 일본말 '가쿠세이'로 표기한 기록이 있는데 조선어 발음과 일본어 발음의 차이로 생긴 일이었다.

말도 안 통하는 데다 발음마저 차이가 나니, 간베에를 찾는다는 초량의 뜻이 전달될 리가 없었다. 게다가 간베에는 유키나가가 이끄는 1번대 소속에다 대마도군에 속해 있었다. 그러므로 1번대 내에서도 대마도 출신 병사들이 아니면 간베에를 알 수는 없었다. 그런데 긴지로가 속한 수군은 7번대 소속인 구키 수군이었다. 강화도에 사는 간베에를 부산 가서 찾는 꼴이었다. 히데요시가 일본 전국을 통일하여, 같은 군 소속으로 조선에 들어왔지만, 불과 얼마 전까지만 해도 영지가 다르고 게다가 바다를 끼고 떨어져 있어, 이른바 전혀 다른 나라의 병사라 해도 과언이 아니었다. 그런 상황에서 초량이 간베에를 찾는다는 것은 서울에서 김 서방 찾기, 아니 모래사장에서 바늘 찾기보다 더 어려운 일이었다.

운도 나빴다. 만일 초량이 다대포에 있는 다대포 진지로 갈 수만 있었다면, 간베에를 찾을 가능성이 없지도 않았다. 왜냐면 그곳에는 1번대 병사들이 주둔하고 있었기 때문이었다.

"야들 아비가 간베입니데. 찾아주이소."

"…."

초량이 두 딸을 가리키며 열심히 설명을 했으나 긴지로를 비롯해 그 말을 정확히 알아듣는 왜병은 없었다. 처음엔 무슨 말인가 귀를 기울이던 왜병들도 초량의 호소를 무시했다.

"고치니 하이레."(이리로 들어가라.)

말도 통하지 않는 데다 긴지로 이하 왜병들에게는 초량의 호소를 받아 줄 아량은 없었다. 이들이 초량을 배로 끌고 온 것은 오로지 하나, 성욕을 채우기 위해서였다.

"야아, 우하하하."

"키키킥."

초량과 두 딸을 배에다 가둔 이들은 해안가로 나갔다. 곧 바다에는 어둠이 깔리었고, 왜병들은 해안가에서 불을 피우고 민가에서 약탈해 온 소를 잡아서는 술과 함께 먹으며 괴성을 질러 댔다. 일본에서는 원래 가축을 먹는 식습관이 없었다. 집돼지는 대륙에서 전달이 안 돼 원래 없었고, 육고기로 멧돼지, 사슴, 토끼, 원숭이 등의 야생 동물이 있었지만 불교의 영향으로 귀족들은 이를 금기시했다. 12세기 들어 무인들이 득세하면서 그들은 사냥에서 잡은 멧돼지나 사슴, 원숭이, 야생 개들을 섭생(체력 보강)을 위해 먹기 시작했다. 일반 백성들도 육고기보다는 주로 생선, 조류(鳥類) 등을 선호했다. 그런데 16세기 이후 서양의 선교사들이 일본에 들어와 선교 활동을 하면서 소고기를 먹었고 이들의 영향으로 일부 영주들이 소 등의 가축을 약용으로 섭취했다. 따라서 왜인들은 생선이나 조류의 요리 방법을 잘 알았고 소 같은 육고기의 요리 방법은 잘 몰랐다. 조선에서는 육고기를 내장까지 버리지 않고 요리를 해 먹었는데 그들은 살 부위만 뜯어 먹고 나머지 부위는 버렸다. 반면 생선은 뼈뿐 아니라 내장까지 싹싹 발라서 요리를 했다.

아무튼 영주들의 흉내를 내, 소를 잡아먹고 술을 마시던 왜병들은 춤을 추고, 괴성을 내질러 댔다. 야심한 밤이 되자 춤을 추며 괴성을 지르던 왜병들도 지쳤는지, 싫증이 났는지 조용해졌다.

저벅, 저벅. 쿵쿵쿵.

왜병들이 배로 올라오는 소리가 들리더니, 긴지로와 왜병 셋이 배 아래쪽 덮개를 활짝 열었다.

"우하하."

"고레오 쿠에."(이걸 먹어라.)

"…."

그런데 말이 통하질 않았다.

"쿠이나."(먹으라니까.)

긴지로가 손에 들고 있던 고기를 초량의 앞으로 홀쩍 던졌다. 초량은 얼른 두 딸을 등 뒤로 돌리고 그를 바라보았다. 말이 안 통해 눈을 멀뚱멀뚱 뜨고 있자 왜병 하나가 내려와서는,

"쿠에, 쿠에."(먹어, 먹어.)

하면서 고기를 초량의 입에 들이밀었다.

"알았어예, 알았어예."

왜병들의 동작으로 의미를 알아챈 초량은 얼른 고기를 받아들고는 두 딸을 데리고 구석으로 갔다. 삶은 고기였다. 초량이 이들 손으로 뜯으려 했는데, 고기가 푹 삶아지질 않았는지, 질겼다.

"에잇."

초량은 삶은 고기를 입으로 물어뜯어 두 딸에게 건넸다. 두 딸은 자다가 깼는데도 초량이 건네는 고기를 입에 넣고 우물우물 잘도 씹었다. 질기긴 했지만 한참을 씹으면 입에서 단물이 나오고 부들부들해졌다.

"천천히 꼭꼭 씹어 삼키그래이."

초량은 두 딸이 먹는 것을 보고 안심해서는 자신도 고개를 돌려 몇 조각 입에 넣었다.

"고레모 노메."(이것도 마셔라.)

긴지로가 손에 들고 있던 표주박을 초량에게 내밀었다. 초량은 물이 들어 있을 거로 여겨, 아무 생각 없이 이를 받아 입에 대고 한 모금을 마셨다.

"캑캑, 콜록콜록."

"와하하하."

술이었다. 술인 줄 모르고 마신 초량이 기침을 하며 뱉어 내려 애를 쓰자, 왜병들은 재밌다는 듯 크게 웃어 대었고 손뼉을 치며 즐거워하는 자도 있었다.

"어매예, 어매예."

두 딸이 기겁을 하고 울어 댔다.

"츠레떼 이께."(데리고 가.)

긴지로가 명을 하자, 왜병 셋이 복순이와 말순이의 어깨를 잡아서는 초량과 떼어 냈다.

"와, 그라는교? 와그라는교?"

배에 끌고 왔을 때는 밥을 주고 밤에는 고기까지 주어 초량은 감지덕지라 여기고 있었다. 이 모든 게 그들이 간베에를 알고 있어 그런 것이라 생각했는데, 갑작스레 왜병들이 표변을 한 것이었다. 초량은 당황해 어쩔 줄 몰랐다.

"오마에상와 고찌다요."(넌 이쪽이야.)

두 딸과 떨어지지 않으려고 초량이 손을 내젓자, 긴지로가 초량을 잡아 안쪽으로 끌고 갔다. 그리고는 초량의 겉저고리를 잡아 뒤로 제꼈다. 옷을 벗기기 위해서였다.

"와 이라는교, 와…. 잘못한 게 있다면 용서해 주이소."

갑작스레 표변해 험악한 얼굴을 하고 있는 긴지로를 향해 초량은 두 팔로 앞을 가리었다가는 손을 모아 빌었다.

"하야꾸 누게."(빨리 벗어.)

술에 취해 얼굴이 벌건 긴지로는 말이 안 통하는 것을 알면서도 신경질적으로 언성을 높이며 옷을 벗기려 했다.

"아이됩니더. 아이 돼요."

초량이 그를 떠밀며 필사적으로 버티자 숨을 헐떡거리던 긴지로가 칼을 뽑았다.

"…."

초량의 얼굴이 일순 공포에 휩싸였으나 두 팔로는 여전히 앞가슴을 가리고 있었다.

"시니타이노까."(죽고 싶냐?)

칼을 초량의 얼굴 가까이 대고 위협을 했으나, 초량의 눈빛은 변하지 않았다. 초량은 오히려 표독한 눈빛으로 그를 쏘아보았다.

"맛테요."(기다려라.)

그녀가 완강히 버틴다는 것을 안 긴지로는 칼을 거두고는 밖으로 나갔다.

"아니."

초량도 두 딸이 걱정돼 간판 쪽으로 나가려 할 때였다.

긴지로와 왜병 셋이 복순이와 말순이 두 딸을 끌고 와서는 목에 칼을 들이대고 있었다.

"어무이, 어무이. 흑흑흑."

"쟈, 고레데모까."(자 이래도냐.)

"안돼입니더. 안돼예. 제발 알라들만은…."

초량이 우는 두 딸을 보고는 왜병들에게 두 손을 모아 빌었다.

"…."

왜병들은 초량의 말뜻은 몰랐지만 비는 모습을 보고 위협이 효과가 있다고 여겼다. 이들은 서로를 흘끗 바라보며 히히덕거렸다.

"호라, 나카니 하이레."(자, 안으로 들어가라.)

긴지로가 다시 다가와 초량을 안으로 밀어 넣었다.

"어무이요, 어무이요."

두 딸의 울음소리를 들으며 초량은 옷고름을 풀었다. 딸을 둘 낳긴 하였지만 아직 이십 대였다. 식탐이 그리 많지도 않았다. 항상 소식을 하였으니 군더더기 살이 붙거나 몸에 처진 부분도 없었다. 밥주발을 엎어 놓은 것 같은 가슴에는 아직 탱탱하게 탄력이 남아 있었다. 남편인 간베에도 그런 초량의 젖을 어루만지는 것을 좋아했다.

왜병들 넷이 교대로 초량의 몸을 더듬고 탐했다. 왜병이 파고드는 통에 초량은 어쩔 수 없이 하반신을 열고 있었지만, 두 팔은 교차시켜 팔짱을 낀 채로 버텼다. 왜병들의 손이 가슴을 더듬지 못하도록 한 것이었다. 마지막 자존심이었다.

'무심한 사람.'

왜병들이 교대될 때마다 그녀는 간베에를 떠올렸다. 아무런 언질도 주지 않고 사라져 버린 간베에가 원망스러웠기 때문이었다. 그녀는 자신의 운명을 탓하며 소리 없이 눈물을 흘렸다.

"헉헉. 으으윽."

거친 숨을 내몰던 왜병이 몸에서 떨어져 나갔고 맨 나중으로 욕정을 채운 왜병이 밖으로 나간 후, 곧 두 딸이 들어왔다.

"어무이, 어어엉. 무서봐예."

초량과 떨어져 밖에 있었지만, 공포에 휩싸였던 두 딸이었다. 왜병들이 놓아 주어 어미를 찾아 돌아왔는데, 흐트러진 모습에 표정이 멍한 그녀를 보고는 그만 울음을 터뜨렸던 것이다. 직접 보지는 못했지만 무언가 치욕스런 일을 당했다는 생각이 들었던 것이다.

"괘않데이. 이리 오그레."

초량은 어린 두 딸을 꼬옥 끌어안았다.

'야들만은 꼭 지키리라.'

초량의 품에 안긴 두 딸은 훌쩍거리며, 품으로 파고들었다.

'측은한 것들….'

울다가 잠이 든 아이들을 보며, 측은지심이 앞섰다.

"그나저나 이제 무슨 일이냐…."

불과 며칠 사이에 바뀐 삶이었다. 원래 꿈꾸던 삶은 이런 삶이 아니었다. 비록 '왜놈의 첩년'이라고 손가락질을 받더라도 아이들을 잘 키워 여염에 시집보내고 싶었다. 그리만 되면 여생이야 어떻게 돼도 좋다고 생각했다. 간베에가 끝까지 자신과 함께 하리라 생각하진 않았다. 언젠가는 왜나라로 돌아갈 것으로 보았다. 그래서 악착같이 살림을 모으려 했다.

'내가 왜인을 좋아서 택했나. 일가친척 피붙이 하나 없고 갈 데 없는 나를 보살펴 주는 사람이 그 사람밖에 없어서 그랬던 거지. 나를 구해 준 은인인데 왜인이면 어떻고, 조선인이면 어떻단 말이던가. 노비로 부리며 타박할 줄만 알았지. 조선인 중 누구 하나 나에게 도움을 준 사람이 있단 말이던가. 왜인, 조선인 가르는 것 자체가 다 부질없는 일이다. 나라가 어디든 좋은 사람도 있고 나쁜 사람도 있다. 나쁜 놈은 원래 나쁜 놈이지 나라가 무슨 상관이 있겠느냐. 외간 여자를 탐하여 힘으로 빼앗는 저놈들은 사람의 탈을 쓴 짐승 같은 아주 나쁜 놈들이고 왜인이라도 불쌍한 처지에 있던 나 같은 사람을 측은하게 생각해 도와주는 애들 아범은 좋은 사람이다.'

'그나저나 어찌하면 좋으랴. 애들 아범을 찾아 이 수난을 벗어날 수 있을지 걱정이구나.'

생각은 꼬리에 꼬리를 물었다. 그런 와중에도 졸음은 억수같이 쏟아졌다. 욕정에 굶주린 네 명의 짐승에게 시달림을 당한 끝이라 그랬는지 초량은 엄청 피곤함을 느껴 그만 깜빡 잠이 들었다.

수난

얼마나 지났을까, 갑자기 배가 흔들하는가 싶어 초량은 잠에서 깼다.

“슛바츠.”

라는 왜말이 크게 들려왔다. 초량은 깜짝 놀라 옷매무새를 다듬고 바깥으로 연결된 문을 열었다.

‘화악’ 하고 빛이 눈을 찔렀다. 어느덧 아침 해가 떠올라 햇살은 바다를 가르고, 배 위를 하얗게 덮고 있었던 것이었다.

쿵, 쿵. 저벅, 저벅.

왜병들의 움직임이 빨라지더니 곧 배가 움직였다.

“어무이, 배가 움직여예.”

“괘않데, 괘않데.”

불안에 떠는 두 딸을 꼭 껴안고 달랬지만 초량은 배가 바다 한가운데로 향하는 것을 알고는 행선지도, 앞일도 알 수 없어 그저 두려움에 휩싸였다.

처억, 처억.

다섯 척의 왜선은 선단을 이루어 남해의 새파란 물결을 가르며 남서쪽 거제 방면으로 향했다. 이미 다른 배에도 조선인이 셋 더 잡혀 있었는데, 초량은 이를 알 길이 없었다.

왜선들은 큰 바다로 나갔다가는 다시 방향을 틀어 남서쪽으로 향했다. 그리고는 섬을 발견하더니 그리로 들어갔다.

"저거 왜놈들 배가 아이라."

"맞데이, 맞아. 어서 도망가야 된데이. 잡히면 큰일 난다카이."

거제도 옥포 해안가에 살던 어민들은 가덕도 쪽에서 다가오는 왜선을 보고 기겁을 했다. 이미 왜군이 부산포로 몰려와 큰 싸움이 일어났다는 소문을 들었던 터인지라, 그저 아무 일 없이 지나가기만을 바랐는데 왜선으로 보이는 배가 도선장으로 다가오는 것이었다.

"우짜믄 좋노? 이제 우짜믄…."

섬사람들은 발을 동동 굴렀다.

"저놈들에게 잡히믄 요절난데, 어서 뒷산으로 피하라카이."

왜선은 배에다 만장을 달아 놓은 것처럼 화려한 깃발을 펄럭이며 다가왔다. 왜선은 물살을 좌우로 갈라놓으며 모래사장으로 접근했다.

"세간은 우짜노?"

"세간이 다 뭐꼬. 묵을 것만 들그레."

"문둥아, 빈손으로 있지 말고 숟가락이라도 들그레."

마을 사람들은 너무도 급한 나머지 식량 보따리와 간단한 식기만을 꾸려 들고는 뒤쪽으로 경사져 있는 산속으로 도망쳤다.

거제도 동쪽에 위치하고 있는 옥포는 천연항이었다. 오른쪽으로는 능포곶이 길게 뻗어 있고 왼쪽으로는 산자락이 길게 이어져 바다쪽으로 뻗어 나가 있어, 자연스레 후미졌다. 양쪽의 뻗어 있는 곶들이 방풍막 역할을 해, 거친 파도를 잔잔하게 해 주었다. 산과 바다가 이어지는 후미진 곳에 약간의 경사만을 이룬 언덕땅이 있어 사람들이 군락을 이루고 생활을 했다. 후미져 바람도 없고 한적한 곳이었다. 북쪽으로는 창원이 있고 동북으로는 부산포와 연결됐다. 서쪽으로는 경상 우수영인 통영이 있어 비교적 안전한 곳이었는데, 왜군이 들이닥친 것이었다.

"도라에로."(잡아라.)

도선장에 배를 대고 상륙한 왜병들은 고래고래 소릴 지르며 그들을 쫓았다. 뒤에서 '타악, 타악' 하는 굉음이 터져 나왔고, 곧 '팩, 팩' 하며 흙이 튀었고, 나무가 파이는 소리가 귓전을 때렸다.

"에구, 어마이."

철포 소리를 처음 들은 섬사람들은 기겁을 했다.

"아악."

철포를 맞은 사람들이 털썩털썩 엎어져 쓰러졌고, 등 뒤에서는 피가 벌겋게 배어 나왔다.

"잘못하면 죽는데, 퍼떡 올라가그라."

마을 사람들은 겁에 얼굴이 파랗게 질려서는 허둥댔다. 남을 쳐다볼 겨를이 없었다. '걸음아 날 살려라'라는 심정으로 각개 산 위로 도망쳤다.

"에구구, 우린 우짜라고…."

산의 경사가 심하질 않아 남정네들이 뛰기에는 그리 어렵지 않았으나, 여인들에게는 쉽지 않은 일이었다. 결국 뒤처진 여인들과 아이들이 왜병들에게 잡혔다.

"살려 주이소."

"시즈카니 시로."(조용하라.)

왜인들은 마을 사람들이 떠난 마을을 차지했다. 배에 있던 왜병들이 모두 상륙해 빈집을 차지했다.

"오리로."(내려라.)

초량과 다른 배에 잡혀 있던 사람들도 배에서 내려 해변가의 초옥으로 끌려갔다. 왜병들은 아이들과 여인들을 한 집에다 몰아넣고 감시를 했다.

"이자 우짜믄 좋노, 우짜믄…."

섬에서 포로로 잡힌 아낙은 둘이었고, 아이가 셋이었다. 배에서 내려 끌려온 사람들은 초량과 두 딸, 그리고 아낙 둘에 열대여섯으로 보이는 젊은 처자 하나였다.

"울지 마이소."

배에서 내려온 아낙 하나가 두 아낙을 달래자,

"조선 사람인교? 와 조선 아낙들이 왜놈들과 함께 다니는교?"

"말도 마소, 저 웬수 같은 놈들이 우리를 끌고 왔다 안합니까."

"마을이 어디라예?"

"김해입니데."

"여긴예?"

섬의 아낙들은 포로된 몸임에도 섬이 자신들의 마을이라 그랬던지, 불안 속에서도 호기심이 발동해 이것저것 캐물었다.

"…."

한 아낙이 초량에게 물어 오자 초량은 입을 꾹 다문 채, 아이들만을 감싸며 구석진 곳으로 가 앉았다.

"…."

"뭔 일이 있는 갑네."

초량의 행동을 보던 아낙이 곁에 있던 섬 아낙을 보고는 입을 삐죽거렸다.

"각시들은 어디서 왔노?"

"지는 다대포에서 잡혔습니데."

"에고, 나이도 어린데… 우째믄 좋노."

"형제자매와 식구들은 우야 됐노…?"

"흑흑흑. 부모님은 모두 돌아가셨고, 오빠는 도망쳤습니데. 저만 잡혀서… 흑흑흑."

그녀의 이름은 윤백련, 나이는 만으로 열넷이었다. 그녀의 얘기를 요약하면 다음과 같다.

고니시 유키나가의 1번대가 부산진성을 함락시켰을 때, 유키나가는 후방의 위협을 염려해 별동대를 시켜 다대포 진을 공격하도록 했다. 그때 그의 가족은 다대포에 살고 있었는데, 백련의 부친이 군역을 지고 있었다. 다대포 진으로 왜병들이 처들어왔을 때, 부친은 다대포 진에 있었고 모친은 부친을 위해 백련과 그의 오빠 복룡만을 피난시키고 자신은 집에 남았다. 산으로 피난을 갔던 두 남매는 이틀을 보낸 후, 먹을 것이 없어 집으로 돌아왔다. 그런데 집은 불에 타버렸고, 모친은 부엌 앞에 숨을 거둔 채로 쓰러져 있었다. 부친을 찾으러 다대포 진지로 갔더니, 이미 그곳은 왜병들이 점령해 조선군의 모습은 보이질 않았다. 부친의 소식도 모른 채 할 수 없이 그냥 집으로 돌아온 남매는 모친의 시신을 집 뒤에다 매장했다. 그리고는 조부가 있는 동래로 갔는데, 도중에 왜병을 만나 복룡은 도망쳤고 백련만 왜군에게 붙잡혔다. 왜병들은 백련을 배에 가두어 놓고는 그녀를 겁탈했던 것이다.

"그게 언제고?"

잠자코 듣고 있던 초량이 물었다.

"넉 밤 전이라예."

초량은 자신이 포로가 된 것보다 하루 전에 백련이 잡혀 온 것을 알았다. 백련이 다른 배에 갇혀 있어 초량은 전혀 몰랐던 것이다. 두 여인이 더 있었는데 그녀들 역시 다대포 근처에서 잡혔다고 했다. 그러니까 왜병들은 여인들을 붙잡아서는 각자의 배에 태우고 성욕을 채웠던 것이다.

"욕 많이 봤데이. 그라도 꼭 살아야 한데."

초량은 백련의 두 손을 꼭 잡아 주었다. 초량은 백련의 답을 듣고서, 그제서야 납득이 갔다. 자신을 잡아온 왜병들은 열 명이 넘었는데, 자신의 몸을 탐해 배에 올라온 것이 네댓 명이었던 이유를…. 초량은 실제로 다른 배에 있던 왜병들도 자신의 몸을 탐해 오지 않을까 두려워했었다. 그러나 또 다른 배에도 처자들이 포로로 잡혀있어 그런 일이 없었다는 것을 뒤늦게나마 알았던 것이다.

아무튼 섬으로 상륙해 그곳을 거점으로 삼은 왜병들은 먹고 마시고 술이 취해서는 자신들을 겁탈했다.

'자들만 없으면 당장이라도 죽고 싶다마는….'

초량은 두 딸을 보호하기 위해 자신의 몸을 포기했다. 그럴 때마다 간베에가 원망스러웠다.

"와, 이라요, 와!"

섬에서 잡힌 아낙들은 왜병이 겁탈하려 하자 대들며 버텼으나 배에서 끌려온 초량과 다른 아낙들은 이미 배에서 당한 일이었던 지라 그러려니 하고 순응했다.

"고노 아마."(이 계집이.)

퍽.

"아이고, 나 죽네, 나 죽어."

아낙들을 밖으로 끌고 간 왜인들의 고함과 끌려간 아낙들의 비명소리가 교차했으나, 이윽고 다시 잠잠해졌고, 의미도 알 수 없는 왜말만 간간히 들려왔다.

왜병들은 가끔 모여서 바다로 나갔다. 하루는 배 세 척이 나가서는 다른 배들과 함께 그곳으로 왔다. 처음에는 다섯 척이던 배가 삼십여 척으로 불어났다.

"도코에 이따노카?"(어디에 있었어?)

"자, 노메, 노메."(자, 마셔, 마셔.)

"겐키카."(잘 있었나.)

"와하하."

이들은 서로 아는 사이인지, 함께 어울려 술을 마시고 춤을 추곤 하였다. 세력이 늘어난 이들은 옥포를 거점으로 삼고, 거제도 여기저기를 유린했다. 한 번에 배 이십여 척이 나가 해안가 민가를 침탈하고는 먹을 것과 귀중품을 들고 돌아왔다. 왜구들은 출선할 때마다 조선인 처자를 붙잡아 와, 옥포 해안가 민가에 포로로 잡혀 있는 여인 수만도 열 명이 넘었다.

역심(逆心)

"모두, 서두르게."

"이에야스 님에게 인사는 해야 하지 않겠습니까?"

"그럴 만한 여유가 없으니, 그냥 가세."

노부나가의 급작스런 명으로 미츠히데는 이에야스에게 아무런 전갈도 주지 못하고 그대로 노부나가의 거성인 아즈치성을 나왔다. 측근들과 함께 영지로 향하고 있던 미츠히데는 스스로도 한심하다는 생각이 들었다.

'나는 꼭두각시란 말이던가?'

가신들에게 아무런 설명도 못 하고 오직 '주군의 명령이다'라는 말밖에 못 하고 서두르는 자신이 참으로 무능하게 느껴졌다.

'결국, 나는 무엇을 위해 존재하는 인간이란 말인가?'

자기 부정의 복잡한 상념에 빠진 채, 그가 거성인 사카모토성에 도착한 것은 오월 십칠 일 밤이었다.

"출정할 수 있도록 병사들을 모아 놓게."

그는 부장들에게 출정 준비를 명령해 놓고, 자신은 몸이 불편하다는 핑계를 대고 거실에 틀어박혔다. 주위를 물리친 그는 혼자서 골몰했다.

'영지를 맡기라'라는 노부나가의 음성이 머릿속에서 떨어지질 않았다.

'진의가 무엇이더냐?'

그는 갖은 생각이 다 들었다.

'혹시 주고쿠 정벌에서 실패할 경우, 나의 영지를 몰수하려는 것은 아닌가? 이번 출정이 성공으로 끝나면 문제가 없겠지만, 만일 실패한다면…. 그렇다면 나를 따르는 군사들을 이끌고 내가 갈 곳은 어디란 말이더냐? 내가 쇼군을 떠나 지금의 주군에게 충성을 다하는 이유는 무엇이더냐? 성주로서의 출세, 천하포무…?'

정좌를 하고 상념에 빠진 그의 머릿속에는 수많은 생각이 끊임없이 꼬리를 물었다. 지금까지 당연히 여기던 일에 의문을 품게 되자, 의문이 의문을 낳았다. 모든 일이 다 새롭게 느껴졌다. 그때였다.

"주군! 병사 소집이 끝났습니다."

"으응? 무슨 소리…. 아, 그랬었지!"

"…."

미츠히데가 넋이 빠진 모습을 하고 있다가 겨우 응대하자, 출정 준비를 마치고 찾아든 가신들 모두 미츠히데의 심상치 않은 모습에 고개를 갸우뚱하였다.

"자, 그럼, 이젠 단바의 가메야마성으로 이동하세."

미츠히데는 생각을 멈추고 휘하 병사들과 함께 사카모토성을 나왔다. 두 개의 영지 중 또 하나의 영지인 단바로 들어가 가메야마성에 머물며 그곳에서도 병사를 모으도록 했다.

'미츠히데! 모든 영지를 박탈한다.'

미츠히데는 노부나가가 경을 치는 소리를 듣고 벌떡 일어났다. 꿈이었다. 노부나가가 꿈속에 나타나 '영지를 박탈한다'라고 일갈을 한 것이다. 깜짝 놀라 잠을 깼다. 너무도 생생해 생시 같았다.

'휴우. 어쩌면 좋단 말이냐? 그 의도를 알 수가 없으니….'

미츠히데는 가슴이 땀에 젖었음을 느끼고는 앉은 자리에서 손을 뻗어 머리맡에 있는 자리끼를 찾았다. 꿈에 나타난 노부나가의 목소리는 아직도 여운을 남기고 있었다. 밖은 아직도 깜깜했는데 잠은 이미 멀리 달아나 버렸다. 그는 다시 잠을 청할 생각을 버렸다.

'어찌하면 좋단 말이냐?'

출구가 보이지 않는 캄캄한 암흑 속에 갇힌 심정이었다.

'휴유, 참으로 한심하구나.'

그는 깊은 한숨을 내쉬었다. 노부나가의 말 한마디에 쩔쩔매는 자신이 너무도 한심하게 느껴졌다.

'그나저나, 오만이 하늘을 찌르지 않는가? 아무리 주고쿠 지역을 평정하는 것이 급하고 중요하더라도, 충분히 설명하고 동의를 구할 수 있질 않는가?'

미츠히데는 자신보다 나이가 어린 노부나가의 얼굴을 떠올리며, 처음으로 노부나가의 독선에 불만을 품었다. 그러자 고개 숙이고 있던 많은 불만들이 걷잡을 수 없이 솟구쳐 올라왔다. 그야말로 무너진 둑이었다.

'제가 언제부터 영주가 되었더냐? 오와리의 조그만 땅덩어리 하나를 지배했던 촌뜨기가 나 같은 가신 덕분에 이만큼 출세한 것이 아니었더냐. 내가 없었다면 노부나가 같은 얼치기가 어디 감히 요시아키 쇼군을 배알이나 했겠는가. 지금의 지위를 얻은 것도 따지고 보면 다 내 공이 아니더냐?'

지금까지 노부나가가 자신에게 해 온 모든 일이 다 부당하게 느껴지기 시작했다.

'내가 아무리 부하라지만, 그래도 중신의 서열이 아니던가? 중신을 마치 시종처럼 부리고 있으니…. 천상천하 유아독존으로 상대방에 대한 배려는 전혀 없는 안하무인의 인물이다.'

섬세한 성격의 그로서는 생각을 거듭하면 할수록, 노부나가의 행동이 더욱 괘씸해졌다.

'인간지정을 모르는 무뢰한이다. 내 어찌 이런 자를 주군으로 모시고 살아갈 수 있단 말이더냐.'

머릿속에서 노부나가의 권위를 무시하기 시작하자, 모든 것이 부정적으로 보였다.

'부모 덕택에 영지를 물려받아 주변 가신의 힘으로 영주 자리를 차지하고 있는 주제에….'

심지어 그는 자신의 주군이긴 하지만 노부나가가 자신보다 못한 인물이라는 생각이 들었다. 그는 일순간 벌떡 일어났다가는 다시 장지문을 마주하고 정좌로 앉았다. 그리고는 한 식경 이상을 앉은 채로, 부동자세를 유지했다. 그런 그의 모습은 마치 앉아 있는 부처의 형상을 연상케 했다. 하얀 창호지가 팽팽하게 발라진 장지 밖에서 서서히 여명이 밝아 오고 주변이 식별될 무렵에서야 그는 가부좌를 풀고 일어섰다. 이어서 아침 햇살이 방안을 하얗게 비추었다.

"으음."

그는 팔짱을 풀고 허리를 곧게 폈다. 화두를 안고 오랫동안 고민하던 선승이 번뇌에서 벗어나 해탈을 끝낸 것처럼, 그의 표정에서 근심스러운 모습은 사라지고 없었다.

"주군, 아침 문안 올리옵니다."

"오, 어서 오시게."

중신인 사이토가 아침 인사 겸 미츠히데를 찾아왔는데 매우 반가이 맞았다.

"주군, 그런데 안색에서 그늘이 사라졌습니다. 무슨 좋은 일이라도 있으십니까?"

"허허허, 그런가? 모든 번민은 내 마음 속에 있는 법. 이제부턴 좋은 일만 있을 것 같네."

"그게 무엇입니까?"

"하하하. 곧 알게 될 걸세. 며칠 후면 자연히 알게 될 터이니, 병사들에게 출정 준비나 철저히 시키게. 특히 무기와 군장을 잘 닦아 놓도록 하시게."

미츠히데는 사이토의 문안을 받으며 환하게 웃었다. 오후에는 단바 지역의 호족들이 벌이는 다회(茶會)에도 참가했다.

"성주님, 시가를 하나 부탁드리옵니다."

미츠히데가 교토의 격조 높은 문화에 정통하다는 것을 알고 있는 호족들은 그의 유유자적한 모습을 보고, 시가를 한 수 부탁했는데 이를 기꺼이 받아들였다.

'때는 바야흐로 오월의 계절, 하늘이 준 천하 통치의 기회는 지금이라.'

미츠히데가 즉석에서 지은 시가였다.

"호오. 과연 성주님다운 시가이옵니다. 계절의 상징과 성주님의 호연지기가 그대로 묻어나는군요. 문과 무의 조화가 잘 담겨 있는 걸작입니다. 시가로는 성주님이 쇼군 전하이십니다."

"허허허. 지나친 과찬이오."

평소 같으면 시가에 자신의 야심을 상징적으로 표현하지도 않았겠지만, 호족들이 추켜세우는 쇼군이라 소리에 아마도 정색을 하며 말조심을 시켰을 것이다. 그러나 그날은 그러지 않았다. 그들이 자신을 쇼군이라 추켜세울 때, 자연스럽게 받아들였다.

'당연한 말이다.'

그는 오히려 호족들의 아부에 흡족해했다.

한편 미츠히데에게 출정 명령을 내린 후, 노부나가는 이에야스의 거처를 찾았다.

"모처럼 군무를 잊고 이곳까지 와 주었는데 미안한 마음이오. 주고쿠로 내려가 있는 히데요시로부터 급히 원군을 요청하는 전령이 왔소. 모우리의 다카마츠성을 포위하고 있는데, 상황이 여의치 않은 것 같으오. 쉽지 않은 상황이라, 짐이 직접 군사를 이끌고 나서야 할 것 같으오. 미츠히데도 함께 출정을 해야 할 것 같아 급히 거성으로 돌아가게 했소."

"그러시군요. 상황이 그러시다면 저도 영지로 돌아가 병사를 모으도록 하겠습니다."

이에야스는 노부나가의 설명을 들으며 동맹국의 일원으로서 자신도 곧 원군을 보내야 할 것 같아 즉석에서 일어서는 자세를 취했다.

"아니오. 그리할 것은 없소. 이번 일은 우리 군에서 해결할 터이니, 이에야스 님은 마음 놓고 푹 쉬시오. 모처럼 어려운 걸음을 했는데 그냥 돌아가지 말고 편히 쉬며 교토와 사카이를 두루 주유하길 바라오. 내 따로 지시를 내려 놓았으니, 그리해 주면 고맙겠소이다. 다만 미안한 것은 접대를 맡았던 미츠히데를 출정시키게 돼, 결례가 된 것 같으오. 아무래도 이번 출정에 미츠히데를 대신할 만한 인물이 없어 그리하게 되었으니 양해를 바라오."

"황공하옵나이다. 전하께서 출진을 하신다는데, 저만 유람을 한다는 게 마음이 편칠 않사옵니다."

"무슨 소리요. 짐이 모우리를 공략할 동안 동쪽에서 불온한 움직임이 없도록 잘 막아 주는 것만도 큰 힘이오. 모우리 평정이 끝나는 대로 내 곧 회군해 오리다. 그때 승리의 축배를 들도록 합시다. 이번 출정이 빨리 정리돼 빠른 시일 내에 재회할 수 있길 빌겠소."

"그럼, 염치없지만 전하의 분부대로 따르겠습니다."

교토에서 노부나가가 천하 통일을 위해 군사를 움직이고 있던 그 시기에 오다군에게 대항하는 주요 세력은 다음과 같았다.

교토 서쪽 지역인 주고쿠의 모우리(毛利),

오사카 서남쪽 바다 건너에 있는 시코쿠(四國) 지역의 죠소카베(長宗我部),

그리고 교토에서 서쪽으로 한참 떨어진 규슈의 맹장, 시마즈(島津),

교토 북쪽에 우에스기(上衫景勝) 등이었다.

노부나가는 바다 건너 죠소카베나 규슈의 시마즈는 교토에서 멀리 떨어져 있어 잠재적인 위협 세력은 되겠지만, 자신의 교토 지배와 통치에 커다란 위협이 되리라고는 보지 않았다.

그러므로 북쪽의 우에스기와 교토 서쪽의 모우리를 제압하면 교토 주변의 위협 세력은 모두 제거될 것으로 보았다.

'그렇게만 되면, 나의 천하 지배는 탄탄한 반석 위에 올려진다.'

노부나가는 자신의 천하 지배를 실현시키기 위해, 먼저 교토 근처의 우에스기와 모우리를 공략하기로 하고 포석을 하였다. 이를 위해 먼저 그가 가장 신임하는 중신, 시바타를 대장으로 삼고 가신단 중 핵심에 해당하는 마에다와 삿사를 붙여 주었다. 그들의 연합대면 우에스기군을 능가하는 군세이기에 평정이 가능할 것으로 보았다. 그리고 모우리를 무릎 꿇리기 위해서는 히데요시를 주고쿠 지역으로 파견해 놓았다. 그런데 주고쿠로 내려가 모우리의 세력과 대치하고 있는 히데요시는 단독 부대였다. 히데요시가 제 아무리 지략과 전략이 뛰어나다 하더라도 군세가 부족한 상황에서 승리를 이끌어 내는 것은 쉽지 않은 일이라는 것을 노부나가도 잘 알고 있었다. 그러므로 만일에 대비하기 위해 그는 자신의 핏줄인 장남 노부타다가 이끄는 군세와 자신이 신임하는 미츠히데의 병력을 예비대로 두고, 교토 주변에 머무르게 하였다. 전황에 따라 언제든지 원군을 파견할 태세였다. 그런데 그의 염려대로 히데요시에게서 원군 요청이 왔던 것이다.

'이에야스 공이 일부러 어려운 걸음을 하였는데 어찌하면 좋단 말인가?'

히데요시의 요청을 받은 노부나가는 고민에 빠졌다. 동맹국 수장인 이에야스는 영지를 비우는 위험을 무릅쓰고, 자신의 초청을 흔쾌히 받아들였던 것이다. 게다가 함께 출정해야 할 미츠히데는 이에야스의 접반사 역을 맡고 있었다.

"조금이라도 접대에 소홀함이 있게 되면 결례가 될지 모릅니다. 식재 구매에서 요리 그리고 숙소까지 제가 직접 살펴보겠습니다."

미츠히데가 사카이까지 직접 나가 식재를 고르는 등, 수일간에 걸쳐 이에야스를 접대하기 위해 정성껏 준비해 온 것을 아는 노부나가였다. 자신의 명을 받아 접대에 여념이 없는 미츠히데에게 갑자기 접반사 역할을 그만두게 하고, 출정 준비를 명하는 것도 무리가 있음을 잘 알았다. 그러나 고민 끝에,

'동맹이 필요한 것도, 이에야스 공을 접대하는 이유도, 그 궁극적인 목표는 천하 통일이다. 당장 출정을 하는 것이 맞다.'

라는 결론을 냈다. 노부나가는 상황보다 목적에 중점을 두었다.

'이에야스 공에게는 솔직히 설명하고 양해를 구하도록 하자.'

그리고 자신이 미츠히데와 함께 주고쿠로 내려가기로 결정했다.

'접반사 역할을 맡은 미츠히데에게도 미안하구나.'

노부나가는 가신인 미츠히데에게도 미안한 마음이 없진 않았으나

가신인 그에게 일일이 설명하는 게 구차스러웠다. 또 그런 일에 익숙하지도 않았다.

'이해해 주리라.'

노부나가는 미츠히데가 가신으로서 천하 통일을 목표로 둔 동지로서 자신의 입장을 이해해 줄 것으로 믿었다. 자기중심적인 아전인수적인 사고로 그는 미츠히데에게 상세한 설명 없이 출정 명령을 내렸던 것이다. 그것도 강압적으로…. 노부나가는 자신도 직접 근위대를 이끌고 미츠히데의 병력과 합세해 출정할 계획이었으나 그 내용을 미츠히데에게 전하지는 않았다.

노부나가는 독단적이고 자기중심적인 성격의 소유자였다. 어릴 적부터 개성이 강했고, 괴팍한 행동으로 주위 사람들에게 오히려 손가락질을 당할 정도였다. 영주의 적자로서 제왕학을 교육받으면서도 스승에게 자신이 올바르다고 생각하는 것에 대해서는 의견을 굽힐 줄 몰랐다.

그는 사고방식이 평범한 사람들과 달랐다. 그는 사사로운 것이든 기존에 지켜져 오던 전통이든, 이해가 되지 않으면 철저히 무시했다. 사물을 보는 독특한 감각을 지니고 있었고 머리가 영민한 탓에 기존 제도에 대한 비판적인 시각이 강했다. 그런 만큼 시대를 내다보는 안목도 뛰어났다. 오와리의 작은 지역의 영주직을 물려받은 노부나가가 교토를 장악하고, 이제 천하 통일을 목전에 두게 된 것도 어찌 보면 그의 선견지명과 결단력에 의한 것임은 틀림없었다. 그러다 보니 독단이 많았다. 이마가와군과 벌인 오케하자마의 기습전에서도 알 수 있듯이, 그는 위기적인 상황이나 정작 중요한 시기에는 주변 가신들의 의견을 경청하지 않았다. 그러다 보니 주변 가신들의 대한 배려가 결여되었다. 이른바 주변 가신들이 보기에는 독불장군이며 냉정한 군주였다.

그에 비해 미츠히데는 섬세한 성격의 소유자였다. 젊은 시절 낭인이 되어 전국을 방황하며, 수많은 고생을 했다. 그는 고생을 많이 한 만큼 상대의 마음을 헤아릴 줄 알았다. 영주가 되어서도 자신의 권위에 의존하지 않았다. 항상 겸손했다. 속으로는 몰라도 겉으로는 남을 배려하려 노력했다. 그는 감정이 섬세한 만큼 작은 일에도 민감하게 반응을 했고 작은 일에도 쉽게 마음의 상처를 입었다.

한편, 미츠히데가 출정 준비를 하며 단바에 머물고 있을 무렵, 노부나가는 자신의 장남인 노부타다에게도 출정 명령을 내려 놓았다.

'휘하 군사를 이끌고 교토에 있는 묘가쿠지(妙覺寺)에 주둔토록 하라.'

그는 가신인 미츠히데와 장자인 노부타다 그리고 자신이 이끄는 군세가 연합대를 형성해 히데요시 군세와 합세한다면, 모우리를 쉽게 평정할 것으로 보았던 것이다.

'제 아무리 모우리라도 무릎을 꿇지 않고는 못 배길 것이다.'

모든 준비를 끝낸 노부나가는 자신감에 차 있었다. 모든 전략 수립과 군사 배치를 완료한 그는 근위들과 약간의 근위대 병사만을 동반한 채, 교토로 들어갔다.

"숙소는 혼노지(本能寺)로 한다."

노부나가가 교토에 들어간 것은 오월의 끝 날이었다. 교토로 들어가 명문 사찰인 혼노지에 거처를 정한 노부나가는 조정 대신들을 불러 다회(차회)를 열었다.

'이번 출정이 성공하면, 천하는 내 것이 된다.'

그는 출정을 앞두고 자신의 권위와 위력을 과시하는 한편, 잠시 권력자로서의 여유도 즐겼다.

한편, 노부나가가 교토에 들어간 다음 날인 유월 초하루 저녁, 미츠히데는 자신의 병력 일만 삼천을 이끌고 거성인 단바의 가메야마성을 나섰다.

“준비가 끝났으면 즉시 출정토록 하게.”

“주군, 밤길이라 위험하기도 하고 병사들이 다칠 수 있습니다. 날이 밝으면 출진하는 것이 좋을 것 같습니다.”

“재촉이 심하오. 조금이라도 꾸물거리다간 어떤 질책을 받을지 모르는 일. 즉시 출발토록 하시오.”

부장 하나가 출진을 다음 날 미명으로 미루자는 건의를 해 오자, 미츠히데는 노부나가의 핑계를 대며 단호하게 뿌리쳤다.

미츠히데의 표정이 평소와는 달리 몹시 굳어 있다고 느낀 부장은,

“그럼, 명령대로….”

더 이상 토를 달지 못하고 예를 표한 후 물러났다.

“전군에게 두 줄로 종대를 이루어 나가도록 하시오.”

“하아.”

출진에 앞서 말에 올라탄 미츠히데와 그의 양 옆에 붙어선 사이토를 비롯한 측근 가신들의 얼굴은 몹시 굳어 있었다. 평소와는 다른 비장한 결의가 표정에 배어났다. 어찌 보면 출정을 앞둔 무장들의 결연한 표정으로도 치부할 수 있었으나, 분위기가 평소와는 다르다는 것을 가까이 있는 부장급 이상이라면 누구라도 쉽게 느낄 수 있었다.

“출진이다. 뒤를 따라라.”

어둠이 깔릴 무렵이었다. 선두에 선 미츠히데가 호령을 하고 나가자 이열 종대를 이룬 병사들이 주욱 늘어서 단바성을 나왔다.

다각, 다각.

저벅, 저벅.

대열은 단바의 산악 지역을 따라 행군했다. 원정지인 주고쿠로 나가기 위해서는 교토를 비스듬히 지나야 했기 때문이었다. 밤이 깊어지자 산봉우리에 가려진 산속은 칠흑같이 캄캄해 주변이 안 보일 정도였다.

"이게 어디로 가는 행군인가?"

"지옥행이라도 따라야지. 우리 같은 말단이 누구에게 물을 수나 있나?"

길게 늘어선 병사들은 이 어두운 밤에 왜 진군을 해야 하는지, 어디로 가는지 알 길이 없었다. 캄캄한 어둠 속에서 오로지 장교가 끄는 대로 뒤를 따라갈 뿐이었다.

평소와는 다르게 목적지도 알려 주지 않고, 야밤에 그것도 일부러 험한 산길을 따라 행군을 하자, 병사들로부터 사사로운 불평이 터져 나왔다.

"잔말 말고 앞줄만 보고 따라가라. 뒤떨어지는 자는 엄벌한다."

그러나 군령이 엄했다. 쓸데없이 질문을 했다간 돌아오는 것은 핀잔이나 체벌뿐이었다. 병사들은 구시렁대면서도 앞줄과 떨어지지 않으려고 신경을 곤두세우며 선두를 따랐다. 그렇게 두 식경가량 산길을 지나 산비탈의 경사를 내려서 행길로 들어섰다. 지대가 높아서인지 야밤인데도 왕도인 교토의 평지가 눈에 들어왔다. 앞쪽에는 가츠라강(桂川)이 흐르고 있었다.

"저 건너는 교토가 아닌가?"

"그러게 저택들이 즐비한 걸 보니, 교토가 틀림없는 것 같네."

병사들이 수군거릴 때,

"멈춰라. 잠시 휴식을 취한다."

휴식 명령이 떨어졌다.

교토를 끼고 흐르는 가츠라강을 눈앞에 둔 지점이었다.

"휴우."

캄캄한 어둠 속에서 험한 산길을 헤쳐 나온 병사들은 평지에 내려서자, 모두 숨을 크게 내쉬고 긴장을 풀었다.

"아함. 졸음이 몰려오는구먼."

긴장이 풀려서인지 병사들이 하품하는 소리가 여기저기에서 들려왔다.

"시각이 얼마나 됐나?"

"대충 늦은 삼경(새벽 한 시경)쯤 되질 않았겠나."

구름 속에 가린 달이 희끗희끗 얼굴을 내미는 것을 본 병사가 기운 달을 보고 시간을 추측했다.

그때였다.

"지금부터 강을 건넌다. 대열이 흐트러지지 않게 바짝 붙어라."

지휘부로부터 도강 명령이 떨어졌다.

"싸움이 일어난 것도 아닌데 이 야밤에 잠도 못 자고 왜 이 고생을 시키는지 모르겠구먼."

"말은 못하지만, 뭔 급한 일이 있어 그렇지 않겠는가?"

병사들은 희미한 달빛에 의지해 강둑을 내려갔다. 가츠라 강물은 그리 깊진 않았다. 그런데 앞이 잘 안 보이는 어둠 속에서, 강바닥 왕사에 끼어 있는 돌 때문에 병사들이 휘청댔다. 흐르는 물살에 균형을 빼앗기지 않으려고, 다리에 힘을 주며 버텼으나 들고 있던 병장기와 군장이 흔들거려 균형을 잡기가 쉽지 않았다.

텀벙.

몇몇 병사들이 휘청대며 강바닥에 넘어졌다. 자연스레 대열도 흐트러졌다. 물살에 휩쓸려 물에 병사들은 군장이 물에 흠뻑 젖었다.

"에고, 이거야 말로 물에 빠진 생쥐 꼴일세 그려."

그들은 물을 뚝뚝 떨어뜨리며 연신 무리한 행군에 투덜대었다.

전리품

"저게 뭐라?"

"모습은 좀 다르기는 하지만, 저거 성 아이라."

부산포를 떠나 대마도를 거쳐 규슈에 도착한 조선인 포로들이 도착한 곳은 유키나가의 거성이 있는 히고(현 구마모토)였다.

"그라믄 여긴 틀림없는 왜나라라 그 말이가…!"

"내 배에서 내릴 때부터 글타 안카나."

"하이고, 이젠 고향에 다 갔네…."

들출이 놀라서 묻자, 어동은 짐짓 태연한 척 답을 했다. 들출은 왜나라에 떨어진 것을 확인하고는 크게 낙담한 모습을 보였다. 어동도 속으로는 마찬가지였다.

'그나저나 소식도 전하지 못하고 끌려왔으니 걱정이 태산 같을 텐데….'

혈육이라고는 누이 하나뿐이었다. 그런데 누이에게 아무런 소식도 전하지 못하고 이국(異國)으로 끌려온 것이다. 자신의 앞날이 어찌 될지 걱정되었지만, 그보다 누이에게 걱정을 안기고 온 것 같아 마음이 쓰였다. 그런데 혼약을 약속한 약혼녀에게는 그리 크게 마음이 쓰이질 않는 것이 자신이 생각해도 이상했다. 자신이 좋아서라기보다는 아마도 누이의 강요를 이기지 못해 받아들인 혼약이라 그런가 보다고 어동은 무덤덤하게 생각했다.

"아이고, 아이고."

줄지어 끌려오던 아낙들이 또 울기 시작했다. 그들 역시 이곳이 왜나라며, 생소한 타국으로 끌려온 것을 알았던 것이다.

"시즈카니 시로."(조용히 해라.)

왜병들은 창끝으로 아낙들을 툭툭 치며 울지 못하게 했다. 신세가 서글퍼서 그런지 아낙들과 아이들의 눈에서는 닭똥 같은 눈물이 뚝뚝 떨어졌다.

"흐윽, 흐흑."

모두 입을 앙다물고 나오는 소리를 속으로 삼켰지만 눈에서 솟아 흐르는 눈물은 닦지 않고 내버려 두었다.

양녀와 만개는 울진 않았지만 서로의 손을 꼬옥 잡고 성을 향했다.

유키나가의 조선 출병으로 영주가 비어 있던 히고는 당시 그의 친동생인 고니시 유키카게(小西行景)가 대신 영지를 관리하고 있었다.

"이제 막 조선에서 돌아왔습니다."

"오, 먼 길 수고했다. 영주님은 별일 없이 잘 계시더냐? 전황은 어떻더냐?"

유키카게는 연이어 질문을 했다.

"예, 염려 놓으십시오. 부산포에 도착해 조선군과의 초전에서 대승을 거두었습니다. 이어서 벌어진 싸움에서도 약간의 희생은 있었습니다만, 불과 사흘 만에 두 개의 성을 함락시켰습니다."

"오, 그래. 그거야말로 경하(慶賀)할 일이로구나. 영주님은 어떠하시더냐?"

전령이 전황만을 전하자, 그는 재차 자신의 친형인 영주의 안부에 대해 물었다.

"영주님은 건재하시옵니다. 조선과의 화평을 끌어내기 위해 가토 군보다 먼저 한성에 들어가야 한다면서, 목적지인 한성을 향해 북진하셨습니다. 출발하시기에 앞서 전리품을 맡기시며 하명을 주셨기에 이렇게 바다를 건너왔습니다."

"오, 반가운 소식이로다."

"여기 영주님께서 직접 하사해 주신 서찰이 있습니다. 꼭 유키카게 님에게 직접 전달하라 명하셨습니다."

"수고했네."

유키카게는 수군장이 전해 주는 서찰을 받아 그 자리에서 펼쳐 보았다.

–즉시 다이고(太合–도요토미 히데요시의 벼슬) 전하에게 승전보를 올려라. 포로들 중 귀족 출신에 한문을 아는 여인이 있으니, 잘 대접하고 꾸며서 다이고 전하에게 바쳐라. 교양이 있어 다이고 전하가 좋아할 여인이니, 승전 보고를 겸해 전리품으로 같이 바치도록 하라.

–그 외 포로들은 직접 관리하며 영지 내의 각종 잡역을 시키도록 하라.

–포로 중 젊은 처자들과 아이들에게는 우리말을 가르치고 기독교도로 만들라.

서찰을 꼼꼼하게 읽고 난 유키카게는 이를 다시 잘 접어서 품속에 넣으면서, 전령에게 물었다.

"한문을 아는 여인이 있다 했는데, 누구더냐?"

"저기 하녀를 데리고 있는 여인이옵니다."

유키카게는 전령의 안내를 받아 포로들이 있는 곳으로 다가가서는 전령이 지목하는 양녀를 위에서 아래로 주욱 훑어보았다.

"이 여인이 틀림없는가?"

"예, 틀림없습니다. 조선을 떠날 때부터 직접 하명을 받았습니다. 조선 관리의 부인이니 잘 모시라고…."

가까운 곳에서 양녀를 확인한 유키카게는 고개를 끄덕이면서 명을 내렸다.

"영주님의 당부이니 이 부인을 잘 모셔라. 우선 몸단장을 잘 시키도록 하라. 히데요시 전하에게 바칠 사람이니, 잘 대접하고 치장하도록 해라."

"그 외 포로들은 당분간 성내에 주거시키면서 공동으로 영지 내의 잡일을 시키도록 한다. 우선 창고를 두 개 비우도록 하라. 사내들과 여인들을 따로 나누어 생활하도록 하라."

유키카게는 먼저 양녀를 따로 데려가 치장을 하도록 명령하고 이어서 어동을 비롯한 포로들의 대우와 처리를 지시했다. 모든 일이 왜말로 이루어졌으니 조선 사람들이 이를 알 리 만무했다. 양녀 자신도 승전 보고를 겸한 일종의 전리품으로 히데요시에게 보내지기로 됐으나, 알 길이 없었다.

"우리 마님은 제가 모셔야 돼요."

유키카게의 명령을 받은 왜인 여인 둘이 나타나 양녀만을 끌어내자, 만개가 양녀의 팔짱을 끼며 막아섰다. 만개는 우두머리인 유키카게가 양녀의 몸을 노린다고 여긴 것이었다.

만개의 목소리가 들리자, 어동이 흘끔 보며 도우려 했다.

"소노마마."(그대로.)

창을 든 병사들이 양쪽에서 어동을 제지했다. 만개가 소동 아닌 소동을 피우자, 조선말이 통하지 않는 왜녀들과 유키카게가 멈칫했다.

곁에 있던 수군장이 유키카게에게 뭐라 말을 전하자, 유키카게가 고개를 끄덕였다.

"잇쇼니 츠레떼 이케."(함께 데리고 가라.)

수군장의 설명을 듣고 유키카게는 만개가 양녀의 몸종이란 것을 알았다. 양녀와 같이 가게 되자, 만개는 고맙다는 듯 고개를 끄덕 숙이고는 양녀에게 바짝 붙어 함께 왜녀를 따라나섰는데, 다시 한 번 어동을 돌아다보았다.

'…….'

왜병의 제지를 받긴 하였으나 만개와 양녀를 걱정하며 바라보던 어동의 눈에 만개의 눈이 마주치자, 어동은 가슴이 철렁했다. 벼락에 맞은 것 같은 강한 충격이었다. 몸에 힘이 주욱 빠지는 느낌이었다. 일순간이지만 강렬한 내면의 무엇인가가 전해졌던 것이다.

"아치니 이케."(저쪽으로 가라.)

왜병들은 양녀와 만개가 간 반대 방향으로 어동과 일행을 몰았다. 양녀와 만개를 제외한 조선 사람들은 넓고 썰렁한 창고로 안내되었다. 창고가 좁아 몸을 눕히기도 여의치 않았다.

"뭐 이리 좁노."

사람들이 투덜대는데 어동은 멍한 기분이 되어 사람들의 말소리가 웅웅거리는 것처럼 들렸다.

만개도 어동의 눈빛에서 무엇인가를 느끼기는 했지만 상전인 양녀를 모시는 몸인지라, 깊게 생각할 여유가 없었다. 아니 오랫동안 몸종으로 살아와 그런 경험이 없었다. 그저 양녀의 그림자였던 것이다.

양녀와 만개는 성내의 저택으로 안내되었다.

어동의 눈빛을 머릿속에서 떨쳐 버린 그녀는 처음에 왜장이 양녀의 몸을 노린다고 경계하였는데, 왜녀들이 자신들에게 공손하고 정성스럽게 대하자 한편으로는 어리둥절했다. 속으로 왜인들도 양반 대접을 할 줄 안다고 생각했다.

'이게 다 영감마님의 은덕이겠지.'

양녀도 역시 같은 생각을 했다. 자신에게 베푸는 후한 처우가 모두 송상현이 왜인들에게 베푼 은덕 덕분이라 여겼다.

"고치라니 이랏샤이마세."(이쪽으로 오십시오.)

왜인 시녀 둘은 좌우에 붙어 그녀들을 정중하게 대했고, 양녀와 만개를 깨끗하고 넓은 방으로 안내하였다. 방으로 안내된 후 왜인 시녀들이 얼마 동안 왔다 갔다 하더니, 무릎걸음으로 다시 방으로 들어왔다. 왜인 시녀들이 코맹맹이 소리로 양녀와 만개를 향해 왜말을 해왔으나 말이 통할 리가 없었다.

"…."

"이리 오라는 소린가 봐요!"

눈치 빠른 만개는 시녀들의 손짓과 표정을 보고 그 의도를 간파해 냈다.

"그런가 보구나."

왜인 시녀들은 여전히 무릎걸음으로 움직여 미닫이문을 열자, 그곳에서는 뿌연 김이 가득 차 있었다. 방 한가운데에 목조통이 놓여 있었다. 따뜻한 물이 담겨져 있던지 목조통에서는 김이 모락모락 피어오르고 있었다.

"마님! 목욕물을 준비했나 봐요?"

"…."

"허기가 져 죽겠는데, 밥을 안 주고 물부터 데웠네요. 목물을 하고 나면 밥을 주려나…."

"이 사람들은 이렇게 사나 보구나."

양녀는 이곳 풍습이 조선과 다름을 짐작하고는 왜녀가 시키는 대로 따랐다.

"마님, 물이 따뜻하네요. 근데 왜 이리 많이 데웠대."

만개가 나무통에 손을 넣어 물의 온도를 가늠하며 왜녀가 건네준 무명천에 물을 묻혔다. 양녀가 곁으로 다가와 앉으니 만개는 물에 적신 천을 들고, 양녀의 이마, 얼굴, 목을 닦아 주었다.

곁에서 이를 지켜보던 왜녀가 다가오더니, 뭐라 하며 손짓으로 시늉을 하였다.

"후쿠오 누이데 후로니 하잇데 구다사이."(옷을 벗고 통 안으로 들어가세요.)

"뭐라 하는 거지?"

말이 통하지 않은 왜녀는 답답하다는 듯이 웃옷을 벗는 시늉을 하며 욕통 안을 손가락으로 가리켰다.

"저고리를 벗고 통 안으로 들어가라는 말인 것 같구나."

"에구, 망측해라. 어찌 이런 데서 벌거숭이가 될 수 있어요. 이 여자가 제정신이 아닌가 봐요."

"그게 아니고, 이 사람들의 습관인 것 같구나. 저녁을 내기도 전에 목욕을 시키는 것도 그렇고 물을 이리도 많이 준비한 걸 보면 풍습이 그런가 보구나."

"혹시 일부러 목욕물을 준비한 게 혹시 무슨 꿍꿍이가 있는 게 아닐까요?"

"…."

"그나저나 말이 안 통하니 답답한 일이 한두 가지가 아니네요."

자신의 경솔한 말에 양녀의 표정이 순간적으로 어둡게 변하자 만개는 얼른 말끝을 돌렸다.

“어쩌면 앞으로 이들의 말을 익혀야 할지도 모르겠구나. 아무튼 시키는 대로 해 보자. 저고리를 벗겨 보아라.”

“괜찮겠어요? 마님.”

“나는 괜찮다.”

양녀의 대담한 결정에 만개는 주저하는 마음에, 연신 왜인 시녀의 표정을 살폈다. 양녀가 겉저고리를 벗어 내고 속적삼이 드러나자 왜녀는 뜻이 통해 기쁘다는 듯이 얼굴에 미소를 띠었다.

“마님 말이 맞았나 봐요.”

양녀가 저고리 겉옷을 벗자, 왜인 시녀는 그를 받아 얼른 나무판자에 걸쳐 놓았다. 곁에는 사람 하나를 가릴 만한 판자가 한쪽에 놓여 있었다.

“저렇게 사람이 못 보게 가리개를 준비해 놓은 걸 보니, 이들은 우리와는 달리 집 안에서도 옷을 벗고 목욕을 하는 것 같구나.”

“그러고 보니까, 그러네요.”

왜인 시녀들이 밖으로 나간 후, 양녀는 겉저고리와 치마는 벗었으나 속적삼과 속치마를 벗진 않았다. 그리고 욕통에 들어가지도 않았다. 무릎을 세워 쭈그리고 앉았고, 만개가 천에 물을 적셔 양녀의 몸 구석구석을 정성 들여 닦아 주었다. 방바닥은 다다미가 깔려 있었으나, 나무로 된 욕통 아래에는 나무판자와 천이 깔려 있어 물이 스며들지 않도록 해 두었다.

“저도 좀 닦을게요. 마님.”

양녀의 몸을 깨끗이 닦아 낸 후, 만개는 원님 덕에 나팔 부는 격으로 자신의 몸도 깨끗이 닦았다.

“에휴, 며칠 동안 제대로 씻지도 못 했는데 이제 좀 살 것 같네요.”

목욕을 마치자, 왜인 시녀가 들어와 욕통을 정리하고 양녀와 만개를 안내했다. 다시 방으로 들어오자 밥상이 나왔다. 양녀와 만개에게 따로따로 밥상이 마련됐는데 아주 쪼그만 외벌식 밥상이었다.

"이 사람들도 밥상은 따로따로 차리나 봐요. 그런데 밥상이 왜 이리 작담. 마님과 제 밥상이 같은 것도 그렇고…. 하여간 모든 게 다르네요."

양녀와 만개는 자신들이 낯설고 물설은 이국땅에 들어섰음을 실감했다. 오랜 항해와 두려움에 눈에 안 들어오던 왜나라 풍습이 차츰 보이기 시작했다. 아무튼 불편했다. 말도 안 통할 뿐더러 많은 것이 달랐다. 석식을 마치자 왜녀들이 들어와 이불을 깔고 잠자리를 마련해 주었다. 시녀들이 촛불을 껐다. 방 안은 캄캄했다.

"마님, 먼저 주무세요. 제가 아무 일 없도록 문 앞에서 지키고 있을게요."

"아니다. 밤이 깊었는데 누가 오겠느냐? 너도 눈을 붙이거라."

"아녜요. 마님 먼저 주무세요."

만개는 혹시 누가 와 양녀의 몸을 노리지 않을까 걱정돼, 경계를 위해 정신을 똑바로 차리려고 애를 썼다. 그런데 굶주렸던 배에 오랜만에 음식이 들어가자 식곤증이 밀려와 자꾸 하품이 났다.

'이 놈의 하품이 주책없이….'

만개는 하품 소리가 안 나도록 손으로 입을 가리며 참으려 애를 썼다.

만개는 왜인 사내들 여럿과 함께 생활을 하고 있었다. 혼인도 하지 않았는데 왜인 여럿과 어울려 살고 있었다. 왜말도 불편함이 없을 정도로 대화가 됐다. 왜인 사내들이 자꾸 집적대어 성가셨다. 그들에게 왜말로 막 뭐라고 했다. 자신도 무슨 말인지 몰랐다. 양녀는 어디로 갔는지 없었다.

'마님은 어데로 가셨나?'

"만개야, 왜 이불을 놔두고 여기에서 잠이 들었느냐?"

만개는 꿈을 꾸고 있으면서도 조금은 이상하다고 느꼈는데 갑자기 조선말이 들려와, 눈을 떴다. 너무 피곤해 앉은 채로 있다가 옆으로 쓰러져 꾸부리고 잠이 들었던 것이었다.

"어머, 내 정신 좀 봐. 마님 아무 일 없으시죠?"

"네가 곁에 있었는데 무슨 일이 있었겠니! 아무튼 좀 편히 누워 쉬거라."

"아녜요! 마님. 저는 괜찮아요."

만개는 얼른 일어나 손으로 머리를 문질러 바짝 붙이고 옷매무새를 다듬었다.

'개꿈이지만, 참말로 이상한 꿈도 다 있다.'

밖에는 아침이 밝았는지 창호지를 뚫고 들어온 하얀 빛이 방 안을 훤히 밝혔다.

"오하요 고자이마쓰."(안녕하세요.)

"요쿠 네무리마시다카?"(잘 잤습니까?)

아침이 밝아 오자, 왜녀 둘이 다시 나타났고 알지 못할 왜말로 인사를 했다. 곧 소세 물이 준비되고 소세(梳洗)가 끝나자, 시녀는 양녀가 입을 왜옷을 준비해 왔다. 지체 있는 여성이 입는다는 기모노인데, 문양이 화려했다.

"이걸 입으라는 말인가 보다."

"그러게요. 근데 어떤 게 저고리고 어떤 게 치만지 알 수가 없네요."

기모노는 입는 법이 조선의 치마저고리와는 달랐으니 생김새도 달랐다. 조선의 저고리와 치마가 위아래가 따로 구분되어 있으나 왜의 기모노는 위아래가 따로 분리되어 있질 않았다. 위아래가 하나로 붙어 있어 입는다기보다는 몸에 걸친다는 게 맞았다. 양녀는 왜인 시녀가 시키는 대로 몸을 맡긴 채 기모노를 몸에 걸쳤다. 저고리에는 앞을 묶어 주는 고름과 치마를 조아 매는 끈이 붙어 있었으나, 그런 건 없었다. 옷을 다 걸치고 앞을 포개어 겹치게 한 후, 나중에 허리를 굵은 천으로 두르더니 다시 끈으로 묶었다. 자연히 위쪽은 겹쳐 있어 끈으로 묶어도 벌어지지 않았으나, 아래쪽은 걸으면 앞이 벌어졌다. 겹겹으로 몸을 감았기 때문에 맨살이 보이진 않았지만, 익숙하지 않은 양녀는 자꾸 옷이 벌어지는 것이 느껴져 망측한 생각이 들었다.

"무슨 치마저고리가 이렇담."

시녀가 됐다는 듯한 표정을 짓자, 만개는 투덜거렸으나 양녀는 그게 왜인들의 복습 습관이라 이해했다. 양녀가 왜녀들이 시키는 대로 기모노를 입자, 이어서 머리를 치장했다. 비녀로 쪽진 양녀의 머리를 풀더니 빗으로 빗어서는 위로 올렸다. 그러자 뒷목이 훤하게 드러났다.

"에구 망측하게 목살이 다 드러났어요."

만개가 뒷목이 훤하게 드러나는 것을 보고 시녀의 빗을 빼앗으려 하였다.

"난데데스카?"(왜 그래요?)

"아니, 마님의 목살이…."

"애야. 가만히 있어 보거라. 이 사람들의 풍습인 것 같으니 맡겨 보자구나."

"그래도 너무 민망해서 그러죠."

만개는 양녀에게 제지를 당하고서는 언짢은 듯 한 발 뒤로 물러서 관망했다.

'대체 사내를 홀리는 기생도 아니고 저게 무어람.'

왜녀들은 정성스럽게 양녀의 머리를 빗고 다듬어 위로 올려 치장을 하였다. 머리 모양이 완성되자, 꽃 모양의 비녀를 꽂아 고정을 시킨 후, 다시 그 위에 하얀색의 고깔모자를 씌웠다.

"마님, 꼭 사당패의 계집 사당 같아요."

"그렇더냐? 이게 이 사람들의 머리 모양이로구나. 왜나라로 끌려와 왜옷을 입은 내가 조선의 머리 모양을 고집한다고 무슨 의미가 있겠느냐. 그냥 내버려 두거라."

만개는 불만으로 입이 쑥 나왔다. 뒤로 가지런히 머리를 넘겨 쪽을 지었을 때는 양녀의 갸름한 얼굴이 잘 어울려 기품이 서렸으나, 왜풍의 머리 모양은 양녀의 얼굴에서 그러한 기품을 빼앗아 버렸다. 만개의 눈에는 양녀의 모습이 천한 노류장화로, 사내들을 후리는 기생처럼 보여 속상한 마음이 도무지 가시질 않았다.

그러나 그것을 탓하고 있을 틈도 없이 양녀의 치장이 다 끝나자 왜병들이 나타나 왜녀들과 함께 양녀와 만개를 곧바로 어디론가로 안내했다.

'혹시….'

밖으로 나온 만개는 조선 사람들의 모습, 아니 어동의 모습을 볼 수 있을까 하고 사방을 두리번거렸다. 그러나 조선 사람들의 모습은 보이질 않았다.

선착장에서 출렁거리고 있는 배는 지난번 그녀들이 타고 온 배보다는 훨씬 작은 배였다. 화려한 장식도 없는 것으로 보아 짐을 운반하는 운반선 같았다.

"도무지 이네들의 속셈을 알 수가 없으니 답답하구나. 이젠 또 어디로 끌고 가려고 이러느냐?"

"그러게요. 행선지나 좀 알려 주면 좋으련만…. 말이 안 통하니 물어볼 수도 없고….”

‘꿈속에서는 그리도 왜말을 잘했는데….’

양녀와 만개가 왜녀들의 안내를 받아 배 위로 오르자, 사공으로 보이는 사내들 다섯이 이미 승선하고 있었다. 시녀 노릇을 하던 왜녀 둘도 함께 탔다.

“조시므(조심)하시오.”

배 위에 있던 사내 하나가 서툰 조선말로 주의를 주었다. 만개가 깜짝 놀라 말을 붙였다.

“우리말을 할 줄 아세요?”

“자른 모타지만 조그므 아므니다.”(잘은 못 하지만 조금 압니다.)

“마님, 이제 겨우 말이 통하겠네요.”

만개는 잘됐다는 듯이 양녀를 바라보며 말을 했고, 답은 안 했으나 양녀도 고개를 끄덕하며 눈짓으로 안도하는 빛을 보였다.

사공들과 왜녀들의 태도는 지금까지 대해 온 왜병들과 비교하면 매우 공손해 안심은 됐으나 다른 조선 사람들과 떨어지는 것이 불안했다.

“우리 마님을 어디로 모시고 가나요?”

배가 선착장을 벗어나 큰 바다로 나가자, 양녀가 불안해하는 것을 눈치챈 만개가 곧 조선말을 아는 사공에게 다정하게 물었다.

“교오토로 가므니다.”(교토로 갑니다.)

질문에 답하는 왜인 사공이 조선말 ‘갑니다’를 ‘가므니다’로 발음해 만개도 처음에는 알아듣기 어려웠으나, 그가 조선말의 받침을 그렇게 발음한다는 규칙성을 알아챘다. 만개가 모음 자음을 알 리는 없지만, 왜인들이 조선말 ‘합니다’를 ‘하므니다’로 발음한다는 것을 안 것이다. 만개가 왜인의 발음을 귀로 듣고 해석하며 주고받은 조선말은 다음과 같았다.

“교토요?”

“그렇소. 교토로 갑니다. 교토에 있는 다이고 님에게 안내하라는 명령을 받았소.”

“다이고 님이 누구죠. 다이고 님이 뭐예요?”

“허어. 말을 삼가시오. 다이고 님은 이곳의 왕이오.”

만개는 왕이란 소릴 듣고 처음에는 자신의 귀를 의심했다.

“왕이라 그랬느냐?”

가만히 대화를 듣던 양녀도 왕이란 소리에 잘못 들은 것은 아닌가 하고 만개에게 물었던 것이다.

“왕은 아니지만, 왕보다 권력이 센 분이시오. 그러니 이젠 조용하시오.”

조선말을 아는 왜인이 더 이상 말을 하고 싶지 않다고 피하며 떨어져 가자, 양녀와 만개는 영문을 몰라 서로의 얼굴을 바라보았다.

“도대체 무슨 일이래요?”

“호랑이 굴에 물려 가도 정신만 차리면 살 수 있다 하였다. 지레 두려워할 건 없다.”

‘왕이라면…. 상감마마를 말하는 게 아닌가?’

양녀는 아무리 왜국이라지만 자신 같은 신분이 감히 임금인 왕에게 안내된다는 내용을 도저히 이해할 수 없었다. 왕이라면 그야말로 구중궁궐 속에 내로라하는 양반 출신의 궁녀들로 둘러싸여 있다는 것을 들어서 잘 알고 있다. 자신 같은 중인의 딸은 언감생심 궁녀의 궁자도 넘볼 수 없는 처지였던 것이다. 그런데 왕에게 안내된다니…. 양녀는 의연한 태도로 만개에게 정신을 차리라는 말을 하였지만 생각하면 생각할수록 도무지 이해할 수 없는 일인지라, 왜인 사공이 조선말을 잘못 알아 한 소리로 치부했다.

'그런데 사실이라면 내가 왜 왕 앞에 끌려간단 말인가…?'

아무리 생각을 멈추려 해도 불안한 마음이 가시질 않았다.

호송선에서도 왜인 시녀들은 양녀와 만개에게 아주 공손했다. 시녀 둘은 양녀의 머리가 바닷바람에 날려 흐트러지면, 다가와 머리를 빗겨 주며 모양을 바로잡아 주고, 기모노의 앞과 뒤에 생긴 주름을 펴고 매무새도 잡아 주었다.

"만개야, 우리가 전생에 무슨 잘못을 얼마나 저질렀기에, 이 낯설고 물설은 왜국에까지 끌려와, 생전 듣도 보도 못한 곳으로 끌려간단 말이더냐?"

"마님. 너무 걱정하지 마세요."

만개도 앞을 예측할 수 없는 앞날이 두려웠다. 양녀의 갑작스런 신세 한탄을 들으며 그녀는 양녀의 손을 꼭 잡아 주었다. 그리고는 고개를 돌려 육지를 바라보았다.

"휴우."

무언가 중요한 것을 놓아두어 미련이 가득 남아 있는 표정을 짓던 그녀는 속으로 한숨을 내쉬었다.

혼노지(本能寺)의 변란

혼노지(本能寺의 일본 발음)는 교토에 있는 절이었다. 일본의 일연 승려가 주창한 법화종(法華宗－남묘호렌개교(南無妙法蓮華經))을 섬기는 사찰이었다. 절을 나타내는 한자 사(寺)를 일본음으로는 '지'로 읽는다. 일본의 불교는 정치와 가까운 관계에 있어, 왕도인 교토에도 많은 사찰이 건립되었는데 혼노지는 교토 동쪽에 위치하고 있었다. 전날 교토로 들어온 노부나가가 그곳에 머물고 있었다.

"강을 건너온 자들은 꾸물대지 말고 대열을 짜라."

곳곳에 웅덩이가 있어 허리까지 잠기는 강물을 병사들은 겨우겨우 건너왔는데, 물기를 털기도 전에 장교들의 재촉이 이어졌다.

"꾸물대지 마라. 즉시 병장기를 꺼내 전투 준비를 하라."

지휘부에서 재차 명령이 떨어졌다.

"적을 친다. 전군은 혼노지로 간다."

"적은 혼노지에 있다!"

"적이라니? 적이 어디 있단 말인가?"

"혼노지라잖나? 싸움이 시작되려나 보네. 어서 서두르게."

병사들이 서둘렀다. 앞쪽에 있던 수장 미츠히데는 이미 말에 올라타, 칼을 뽑아 들고 있었다.

"…."

물에 빠져 뒤처져, 강을 건너와 아직 상황 파악이 안 된 병사들은 서로 얼굴을 바라보며 명령의 진의를 확인하려는데, 이번에는 갑옷을 입은 중신들이 칼을 뽑아 들고 소리쳤다.

"혼노지로 간다. 적은 혼노지에 있다."

중신들의 고함이 그치자마자 각 대의 오장들이 병사들을 닦달했다.

"뭣들 하느냐? 빨리빨리 전투태세를 갖추라니까…."

병사들은 군기가 번쩍 들었다. 장교들이 뽑아 든 칼날이 희미한 달빛에 반사돼 번쩍거렸기 때문이었다.

"전군, 나를 따르라."

진군 명령을 내린 미츠히데가 말의 옆구리를 걷어차자, 말이 '히히힝' 소리를 내고는 혼노지를 향해 달려 나아갔다.

미츠히데의 칼끝은 노부나가의 심장을 노리고 있었다. 노부나가의 출정 명령을 받고 고민을 하다가 내린 결론이었다. 미츠히데가 역심을 품은 직접적인 이유는 영지 박탈이었으나, 그 이면에는 노부나가가 자신에게 행하는 일방적 무시도 포함돼 있었다.

'아무리 가신일지라도 서로 지켜야 할 기본적인 예의가 있다.'

노부나가는 연장자인 자신을 언제나 '대머리'라 조롱하며 무시했다. 그리고는 일방적으로 명령을 내렸다. 처음에는 친근감에 대한 표시로 여겼다. 그러나 영지를 거느리고 성주가 된 후에도 이 같은 행태는 바뀌지 않았다. 이번 주고쿠 출정 건도 마찬가지였다. 노부나가의 명령에 따라 원치 않던 이에야스의 접반사 역을 맡아 최선을 다하고 있는데, 일언반구 상의와 설명도 없이 일방적으로 출정 명령을 내렸다. 게다가 영지를 내놓으라 했다.

'아무리 주군과 가신의 관계라 하더라도 다짜고짜 영지를 내놓으라는 것이 어디 있을 수 있는 일인가? 어불성설이다. 나를 하찮게 보고 있다는 증거다. 백성에게 경작할 논밭을 주었다가 회수하더라도 그 이유를 설명하는 법. 키우던 개에게 먹을 것을 줬다가 무조건 빼앗았다가는 물릴 수 있다. 같은 이치니라. 더구나 천하 통일을 함께하자던 나를, 어찌 그리 막 대할 수 있으랴?'

이제까지의 모든 노부나가의 행위가 자신을 무시하는 처사로 읽혀졌다. 노부나가를 주군으로 생각할 때는 당연한 것으로 여겼던 일들이 생각해 보니 모두 불만이 되었다. 이는 곧 적개심으로 변했다. 가슴속에 노부나가에 대한 적개심이 똬리를 틀자, 그때까지 신과 동격으로 여기며 섬겨 왔던 노부나가가 미물처럼, 그리고 나 어린 애송이로 여겨졌다.

'놈을 치자! 그러면… 천하는 내 것이 된다.'

처음엔 단순히 노부나가에 대한 원망으로 시작됐던 생각이 적개심으로 바뀌더니, 생각을 거듭할수록 천하 통일에 대한 야망으로 옮아갔다.

'노부나가 같은 애송이도 하는데…. 내가 못 할 리 없다. 이제는 나에게도 영지가 있고 군사도 있다. 노부나가의 횡포에 불만을 느끼고 있는 주변 영주들을 내 편으로 끌어들이면 천하를 지배 못 할 것도 없다. 추방된 쇼군 요시아키 님을 앞세워 조정을 설득하면, 교토에 있는 조정은 틀림없이 노부나가보다 나를 더 선호할 것이다. 어쩌면 나에게 주어진 천재일우의 기회일지 모른다.'

충분히 승산이 있을 것으로 본 미츠히데는 최측근에게만 거사에 대한 자신의 생각을 밝혔다.

"거사가 성공할 때까지, 절대 비밀로 하시오."

따그닥, 따그닥.

갑옷으로 무장한 미츠히데는 비장한 심정으로 선두에서 병사들을 끌었다. 도라지꽃의 문양이 박힌 깃발을 등에 꽂은 근위대가 뒤에 붙었다. 각 부대를 끌고 있던 오장급의 장교들은 갑작스런 사태에 영문도 모른 채 무조건 주군을 따랐다.

"개미 새끼 한 마리 빠져나가지 못하도록 켜켜로 둘러싸라."

노부나가의 숙소인 혼노지절에 도착한 미츠히데는 병사들에게 외곽을 세 겹으로 둘러싸도록 했다. 물샐틈없는 포위망이었다. 이번 거사가 외부로 새는 것을 철저히 차단하기 위해서였다.

'노부나가를 거꾸러뜨리기 전에 거사가 알려져, 그의 부하들이 거병을 하는 날에는 모든 일이 수포로 돌아간다.'

시각은 이미 인시(寅－새벽 세 시경)를 넘어서고 있었다.

한편, 혼노지절에 숙소를 정한 노부나가는 낮에 있었던 다회 등으로 몸이 피곤했다. 게다가 다음 날 출정을 앞두고 있었던 터라 일찍 잠자리에 들었다. 몸이 푹 꺼지는 느낌으로 깊은 잠에 빠져 있는데, 꿈속에서인지 생시인지 말이 '히힝'거리는 소리가 들리기도 하고 '철그렁, 철그렁' 병사들의 무구(武具) 소리가 들리기도 했다.

"란마루, 란마루, 게 있느냐?"

바깥의 분위기가 심상치 않음을 눈치챈 노부나가는 즉시 반응했다. 싸움터에서 잔뼈가 굵은 그였다. 이불에서 빠져나와 자리끼를 벌컥 마시고는 웃옷을 걸치며 측근 시종인 란마루를 급히 찾았다.

"란마루 대령하였습니다."

곧바로 달려온 란마루가 방 밖에 대기한 채, 낮은 목소리로 대답을 했다.

"밖이 소란스럽지 않더냐? 무슨 일이더냐?"

"군사들입니다."

“군사, 누구의 부대더냐? 이 야밤에 이동을 하다니, 무슨 급한 일이라도 터졌단 말이냐?”

노부나가는 그때만 해도 상황을 인지 못 했다. 다만 눈치 없는 성가신 부대라고 여길 뿐이었다.

“깃발에 도라지 문양이 새겨져 있습니다. 아케치 미츠히데 님의 부대인 것 같습니다.”

“뭣이, 미츠히데의 부대라고? 미츠히데가 이 시각에, 왜 이곳에 나타나 소란이냐?”

“절을 둘러싸고 있습니다.”

“….”

“처음엔 호위를 위한 것이라 생각했습니다만, 호위 태세가 아니고 공격할 태세로 보입니다. 혼노지를 겹겹으로 포위하고 있습니다.

뭣이?…”

란마루의 보고를 듣고 있던 노부나가의 얼굴이 갑자기 하얗게 변했다.

“그럼, 모반이란 말이더냐? 미츠히데가….”

노부나가는 란마루의 보고를 믿지 못했다.

“그럴 리가… 그럴 리가 없다. 미츠히데가 모반을 하다니…. 감히 나에게….”

그는 급하게 거처하던 방문을 옆으로 밀어젖히고 툇마루로 나섰다. 사실 여부를 직접 확인하기 전에는 믿을 수가 없었기 때문이었다.

“우지직. 와아.”

그때였다. 절 문이 부서졌다. 이어서 뻥 뚫린 절문을 통해 무장을 한 병사들이 절 안쪽 마당으로 밀려들어 오고 있었다. 병사들의 등에 꽂힌 깃발에는 도라지꽃 문양이 선명했다.

"세상에…."

더 이상 의심할 여지가 없었다. 노부나가의 얼굴이 곧 일그러졌다.

"죽일 놈 같으니라구. 란마루, 활과 창을 가져오너라."

노부나가로서는 미츠히데가 반란을 일으킬 줄은 꿈에도 생각 못했다. 일순 머릿속에서 자신이 쫓아낸, 전 쇼군인 요시아키의 얼굴이 스쳤다.

'요시아키의 사주인가? 아니, 그럴 리 없다. 요시아키와는 왕래가 끊겼다는 첩보가 있지 않았던가?'

"주군, 여기 활과 창을 가져왔습니다."

머리가 복잡했지만 노부나가는 란마루가 가지고 온 활을 먼저 집어 들었다.

'미츠히데의 야망이란 말인가? 그 온순한 미츠히데가…. 모든 것이 계략에 의한 것이란 말인가? 나의 불찰이다.'

휘잉.

끊임없이 떠올라 머릿속을 헤집는 의문을 떨쳐 내며, 노부나가는 다가오는 미츠히데의 병사를 노려 화살을 날렸다. 흰옷의 두루마기 잠옷차림 그대로였다.

"란마루! 묘가쿠지절에 있는 노부타다에게 전령을 띄워라."

"이미 띄웠습니다."

대답을 마친 란마루는 접근해 오는 적병을 쳐 내기 위해 뜰아래로 내려서서 접근전을 벌였다. 란마루의 나이 열여덟이었지만, 몸이 날렵했고 칼을 잘 썼다. 노부나가가 가장 총애하는 시위였다. 그는 뜰아래에서 적병이 노부나가에게 접근하지 못하도록 다가서는 적병을 필사적으로 막아 냈다. 그러나 중과부적이었다.

타탕탕, 타탕탕.

고요한 절간에 천둥이 내려치듯 철포 소리가 울려 퍼졌다. 노부나가를 앞에서 막고 있던 근위병들이 털썩 털썩 쓰러져 나갔다. 백 명 남짓하던 노부나가의 근위병들은 깊은 밤에 몰려든 적들을 보고, 적군인지 아군인지도 식별 못하는 상황에서 미츠히데군의 철포와 창 그리고 칼에 맥없이 쓰러져 갔다.

"다 죽여라."

노부나가를 향해 달려드는 무장들이 외치는 소리였다. 주군으로 모실 때야 권력이 무서워 굽신대었지만 역심을 품은 이상, 이제는 권위도 지위도 인정되지 않았다. 노부나가는 그저 쓰러뜨려야 할 일개 개인에 불과했다.

"이놈들. 어디 감히."

그러나 노부나가는 아직도 자신이 그들의 주군이었고, 그들은 일개 역도에 불과하다고 여겼다. 주군인 자신을 해칠 수 없는 일이라 여겼다.

"와아아."

미츠히데의 병사들이 쓰러진 근위병들을 넘어서, 가까이 다가오자 노부나가는 활을 버리고 창을 잡아들었다. 노부나가는 갑옷 대신 잠옷을 입고 있었고, 비록 보병에 불과했지만 상대는 갑옷으로 무장을 하고 있었다. 그것도 떼로 몰려들었다. 상대가 되질 않았다.

"배신을 하고도 성할 줄 아느냐."

노부나가는 덤벼드는 미츠히데의 병사들을 하나, 둘 쳐 내면서 위압을 내세워 고함을 외쳤으나 상황이 절망적이었다.

"미츠히데, 이 쳐 죽일 놈.'

불같은 성격에 노부나가는 당장이라도 미츠히데의 목을 치고 싶었으나, 이미 상황은 자신에게 불리하게 전개되고 있었다.

'미츠히데를 신뢰한 내 잘못이니라. 아니, 교토로 들어오는 게 아니었다….'

만감이 교차했다.

'살아남을 수만 있다면… 상황을 역전시킬 수 있으리라.'

그러나 현재의 국면을 타개할 방법은 어디에도 없었다. 눈앞에선 병장기를 든 적이 자신을 죽이려고 달려드는 판이었다.

'어리석었도다.'

노부나가는 이런 상황을 만든 자신의 안이함에 분이 솟아올랐다. 그는 어찌할 도리가 없어, 분을 삭이며 그저 다가오는 적병을 창으로 쳐 낼 뿐이었다.

"적을 막아 내라."

마지막 남은 한 가닥 희망은 가까운 묘각지절에 주둔하고 있는 장남인 노부타다의 원군이 빨리 와 주는 것뿐이었다. 그때였다.

타아앙.

철포 소리와 함께 '휘익' 하는 소리가 귓전을 때렸다. 노부나가는 순간적으로 위험을 직감하고 몸을 수그렸다. 곧 왼쪽 어깨에 떨어져 나갈 듯한 통증이 엄습했다.

"우욱."

동시에 하얀 잠옷에 붉은 피가 배어났다.

"아, 이런… 원군은 무얼 하고 있단 말인가? 이대로 끝나고 마는 것인가?"

노부나가는 휘청거리면서도 총을 쏜 상대를 찾아내려 눈을 희번덕거렸다. 미츠히데의 군사가 좁은 절 마당을 가득 채우고 있었다. 상대를 알 수는 없었다. 그때사, 그의 눈에 보이는 것이 온통 도라지 문양의 깃발을 찬 병사들뿐이라는 걸 알았다. 자신의 근위대 병사들이 거의 보이지 않았다.

'아 모두 당했다는 말이더냐?'

그는 더 이상 버틸 수가 없다고 직감했다.

"란마루! 내가 들어가면 본전에 불을 질러라. 내 뼛조각 살점 하나라도 배신자 미츠히데에게 넘겨주지 말라."

노부나가는 창을 아래로 내린 채, 부상을 입은 어깨를 오른손으로 누르고는 성큼성큼 내실로 들어갔다.

"주군!"

란마루는 눈물을 흘리며 입술을 깨물었다. 그는 한 손에 칼을 들고 다가오는 적병을 쳐 내면서, 다른 한 손으로는 본전 앞에 세워 놓았던 횃불을 들어 노부나가의 명령대로 본당에 불을 붙였다. 목조 건물인 본당은 금세 불길이 위로 솟아올랐다.

"용서하십시오. 주군!"

화염이 본당 전체로 퍼지는 것을 본 란마루의 눈은 눈물 때문인지 불길 때문인지, 벌겋게 충혈돼 있었다.

"으윽."

솟아오르는 불길 앞에서 노부나가의 근위병들은 하나둘 쓰러져 갔다.

"꼼짝 마라."

본전으로 접근한 미츠히데의 보병들이 란마루를 겹겹이 둘러쌌다. 란마루가 상대의 창을 쳐 내기 위해 칼을 휘두르며 앞으로 나서자, 등 쪽에서 창이 들어와 그의 몸을 꿰뚫었다.

"으윽."

란마루가 충격에 휘청하자 동시에 칼과 창이 동시에 그의 몸으로 날아들었다.

"미츠히데, 이 배신자…."

란마루는 눈을 부릅뜬 채 쓰러졌다. 당시 열여덟의 나이였다. 란마루의 죽음과 동시에 혼노지는 미츠히데 군사에게 평정되었다. 노부나가를 모시던 여종들은 포로로 잡혔으나, 노부나가의 정실인 노히메는 스스로 목을 찔러 자진(自盡)했다.

"노부나가를 찾아라."

미츠히데는 부하들을 시켜 잿더미가 된 본당을 샅샅이 뒤져 가며 노부나가와 그의 사체를 찾으려 했으나 발견하진 못했다.

'어디로 갔단 말이냐? 타서 재가 되었다면 모르지만, 만일 살아남아 이곳을 빠져나갔다면 낭패다.'

"자, 즉시 묘가쿠지절로 진군한다."

노부나가를 참살한 미츠히데는 즉시 노부나가의 장남 노부타다를 공략하기 위해, 묘가쿠지절로 향했다.

"후환을 없애야 한다."

그보다 앞서 란마루가 보낸 전령이 묘가쿠지절에 있던 장남 노부타다에게 도착했을 때는 이미 시각은 묘시(卯－새벽 다섯 시경)를 지나고 있었다.

"뭣이? 아버님이 공격을 받고 있다고…. 어서 서둘러라."

전갈을 받은 노부타다는 병사들을 깨워, 부랴부랴 군장을 갖추어 혼노지로 향하려 하였으나 이미 혼노지절에서 솟아오른 불길은 교토 중심가를 훤하게 밝히고 있었다.

"아아, 아버님."

그가 군장을 꾸리고 부하들과 함께 묘가쿠지절을 나왔을 때였다.

"혼노지는 이미 점령됐습니다. 미츠히데의 부대가 주군을 노리고 이리로 몰려오고 있습니다."

선봉대로 그보다 앞서 나갔던 부장으로부터 보고가 올라왔다.

"주군, 이미 때가 늦었으니 몸을 보존하시고 후일을 기약하십시오."

"지금 어디로 몸을 피한단 말이오? 아버님이 당하고 있는데 후일을 기약하다니…. 더구나 미츠히데의 지지 세력이 교토 전체를 둘러싸고 경계를 펴고 있을 텐데, 내가 어떻게 교토를 빠져나간단 말이오."

노부타다는 미츠히데의 모반이 오래전부터 철저히 계획된 것으로 판단했다. 그는 미츠히데의 단독 반란이 아닌, 누군가의 사주를 받아 동맹군을 형성하고 있는 것으로 보았던 것이다.

'누군가 부추기지 않았다면, 어찌 미츠히데같이 온순한 인물이 반란을 일으켜 단독으로 천하를 노릴 수 있단 말인가? 있을 수 없는 일이다.'

"아무튼, 미츠히데군이 몰려온다니 여기를 나가야겠소. 이곳 절은 너무 좁고 적을 막아 내기가 여의치 않소. 병사들을 끌고 다른 적당한 곳으로 옮겨야 할 것 같소. 어디가 좋겠소?"

"과거 쇼군이 머물던 니죠성이 가깝습니다. 그곳이라면 얼마간의 적은 막아 낼 수 있을 것입니다."

노부타다는 측근인 모리의 제언을 받아, 즉시 부하들을 이끌고 묘가쿠지절을 나와 니죠성으로 향했다. 이전에 쇼군과 나이토 죠안이 머무르던 니죠성은 그들이 떠난 후 비어 있었다. 니죠성으로 들어간 노부타다는 그곳에 진을 설치하고 방어 태세를 갖추었다.

"여기서 버텨 낸다면 아군이 원군을 보내올 것이다. 모두 힘을 내라."

노부타다는 휘하 병사들에게 희망을 주며 사기를 북돋았다. 내심 그렇게 되기를 간절히 바라는 마음이었다.

“미츠히데, 이 배신자. 내, 결코 너를 그냥 두지 않으리라.”

“와아아.”

뒤를 추적해 온 미츠히데는 곧 병사들에게 니죠성을 향해 맹렬한 공격을 퍼붓도록 명했다.

“물러서지 말고 공격하라. 한 놈도 살려 두지 마라.”

노부타다의 군사들도 필사적으로 응전을 했다. 미츠히데군은 세 차례나 상대를 밀어붙였으나, 상대의 반격에 번번이 물러서지 않을 수 없었다. 서서히 어둠이 걷히고 이미 동쪽에서는 날이 훤히 밝아 왔다.

‘더 이상 머뭇거릴 시간이 없다.’

미츠히데는 날이 밝아 오자 초조감에 휩싸였다. 날이 밝아지면 자신의 거사가 교토 전역에 알려질 것이고, 노부타다를 잡지 못하면 사태가 어떻게 전개될지 예측할 수 없었다.

“수단과 방법을 가리지 말고 적을 제압하라.”

불안에 휩싸인 그는 부장들을 돌아다보며 재촉을 했다. 그러나 부장들도 초조하긴 마찬가지였다. 측근을 제외한 나머지 부장들은 처음엔 몰랐다. 자신들이 참살한 당사자가 누구인지를…. 자신들이 혼노지에서 공격한 자가 주군인 노부나가였다는 것을 나중에야 알았다.

‘설마, 이런 일이 있을 줄이야….’

그러나 그들 역시 이젠 빼도 박도 못할 상황이었다. 오로지 자신들의 직속상관인 미츠히데의 명을 따를 수밖에 없었다. 그런데 니죠성 안으로 들어간 노부타다군의 저항이 만만치 않았다. 노부타다는 노부나가의 장남이며 적자(嫡子)였다. 사태를 빨리 수습하지 못하면 모두 반란군으로 몰릴 판이었다. 그런데 상황이 여의치 않았다. 그들은 모두 전전긍긍했다.

‘이대로 날이 밝아 모반이라는 것이 알려지면 여기저기에서 오다

군의 병사들이 몰려들지 모른다. 아니, 군사들뿐만 아니라 민중들이 들고 일어설지도 모른다.'

'그리되면, 만사지탄이다. 노부타다를 빨리 제거하지 않으면 안 된다.'

미츠히데는 초조했다.

"어쩔 수 없다. 철포대를 주변 저택의 지붕으로 올려 보내라."

미츠히데는 철포대에게 명하여, 니죠성 주변에 널찍널찍하게 세워져 있는 조정 대신들의 저택 지붕으로 올라가도록 하였다. 그곳에서 철포를 쏘며 노부타다군을 공격하기 위해서였다.

'정면 공격으로는 니죠성을 부수기가 어렵다.'

그는 거사가 성공한 후, 조정 대신들을 자신의 편으로 끌어들일 생각이었다. 그런 만큼 조정 대신들의 눈 밖에 나는 행동을 해서는 안 될 일이란 걸 잘 알았으나, 달리 방도가 없었다.

'꾸물거릴 틈이 없다.'

이제, 그에게는 물불 가릴 여유가 없었다. 한시가 급했다. 고육지책이긴 했지만 그게 마지막 남은 승부수였다.

한편, 니죠성 안에 있던 노부타다와 그의 군사는 세 차례나 적병을 물리친 후, 지쳐 있었으나 사기는 충천했다.

"조금만 더 버텨라. 이대로 날이 밝으면 원병이 몰려올 것이다. 그러면 승산은 우리에게 있다."

노부타다의 격려를 들으면서, 병사들은 모두 앞쪽을 주시하며 적병이 몰려올 것에 대비하고 있었다.

타타타탕.

퍽, 퍽.

그런데 삼엄하게 살피던 앞쪽이 아닌 옆과 뒤쪽에서 갑자기 총탄이 날아들었다. 굉음과 함께 날아온 총탄이 박히는 소리가 여기저기에서 들려왔다. 경계가 허술했던 측면 쪽 병사들이 털썩털썩 떨어져 나갔다.

"으아악, 아아."

총탄을 맞은 병사들은 쓰러져 고통에 비명을 질렀다. 병사들을 일으켜 세우던 노부타다의 측근 가신들도 총탄에 하나둘 쓰러져 갔다. 뒤쪽은 거의 무방비 상태였기 때문이었다.

"아악. 으아악."

사기가 충천하던 성내의 분위기가 일순 공포로 바뀌었다. 사기는 땅에 곤두박질쳤다. 전황은 순식간에 기울었다. 지휘장이 쓰러지자 병사들은 자신의 방어 지역을 이탈해, 성 밖으로 내뺐다.

"와아아아. 와아아아."

틈을 놓치지 않고 미츠히데의 공격대가 성문으로 몰려왔다.

"아아, 이대로 무너지고 마는가. 이젠 끝이다."

노부타다는 더 이상 사태를 되돌릴 수 없음을 깨달았다. 그는 주저 없이 옆구리에 꽂아 놓았던 단도를 뽑아 들었다.

"모리 신스케. 뒤를 부탁한다!"

모리 신스케는 오케하자마 싸움에서 적장인 요시모토의 수급을 거둔 무장이었다. 그때의 무공으로 노부나가로부터 백미 일천 석을 논공행상으로 하사받았다. 그뿐 아니었다. 그의 무공과 용맹성을 높이 평가한 노부나가는 그를 자신의 근위대로 발탁했다. 그 후 장남인 노부타다가 성장하자, 노부나가는 아들의 안전을 염려해 자신이 아끼는 모리 신스케를 노부타다의 근위로 붙여 준 것이었다.

노부타다는 무릎을 꿇고 웃옷을 허리 쪽으로 반쯤 내려, 상체를 드러내고 있었다.

"아버님! 어쩌다가 일이 이렇게…. 그럼 저승에서 뵙겠습니다!"

잠깐 부친인 노부나가를 회고하던 그는 예를 표한 후, 오른손에 들고 있던 단도로 왼쪽 옆구리를 깊게 찔렀다.

"으윽…."

일그러진 입술에서 비명이 새었으나, 노부타다는 자신의 수치를 감추기 위해 오른손에 힘을 가했다. 붉은 선혈이 아래로 후두둑 떨어져 마루로 퍼졌다.

"죄송합니다."

장검을 뽑아 들고 뒤에 서 있던 모리 신스케가 칼을 비스듬히 내려쳤다.

털썩.

다다미 위로 목이 떨어지는 소리가 둔탁하게 들려왔다. 오와리 지역의 영주 노부나가의 장남 노부타다, 향년 스물여섯이었다. 모리 신스케는 목이 떨어진 노부타다의 주검 위에 하얀 천을 덮어 주었다.

"주군! 곧 뒤따르겠습니다."

그는 노부타다의 주검 앞에서 무릎을 꿇고는, 칼등을 왼손 바닥에 올려 쥔 채 칼날을 목에 댔다. 연속 동작으로 왼손으로는 칼등을 누르고 오른손으로는 칼을 당겼다. 칼날이 목 속으로 깊숙이 박히며 아래쪽으로 그어져 내려갔다. 목에서 선혈이 튀었다.

'주군, 원통하오이다. 으흐흑.'

모리 신스케는 피를 흘리며 신음을 냈다. 오케하자마 싸움 이후 많은 것이 바뀌었다. 적장 요시모토의 수급을 딴 공로로 많은 녹봉을 받았다. 절대 군주인 노부나가를 주군으로 모시며 근위장의 역할을 했다. 노부나가의 절대 신뢰를 받아 후계자인 노부타다의 측근 근위로 파견되었을 때도 자신을 믿어 주는 주군이 고마웠다. 모우리를 공략해 천하 통일이 끝나면, 자신도 영지를 떼어 받아 성주가 될 것으로 기대했다. 그 누구도 자신의 출세를 의심하는 사람은 없었다.

'그런데, 그런데, 뭐가 잘못되었던가. 어디서부터 꼬인 것인가?'

전혀 예측하지 못한 죽음이었다. 그것도 주군의 목을 치고 스스로 자진을 할 줄이야 꿈에도 생각지 못하던 일이었다. 목에서 솟구치는 시뻘건 피가 갑옷 아래로 스며들어 축축함을 느끼던 모리 신스케는 노부타다의 주검 위로 그의 몸을 덮으며 쓰러져 갔다.

후우웅, 후웅. 타닥, 타닥.

곧이어 니죠성 천수각 위로 시뻘건 불길이 솟아올랐다.

니죠성을 점령한 미츠히데가 성을 불태우도록 한 것이었다. 한때는 쇼군이 거주하며 집무를 보던 니죠성은 시뻘건 불빛을 내며 타다가, 점차 회색빛의 재로 화해 갔다. 니죠성이 재로 변하면서 혼노지의 변란은 막을 내렸다.

'휴우, 이제사 끝났구나.'

말 위에 앉아 니죠성의 천수각이 화염에 휩싸이는 것을 본 미츠히데는 겨우 한숨을 돌렸다. 그가 주군인 노부나가를 치기로 마음먹은 것은 자신의 영지인 단바로 돌아가서였다. 영지의 호족들과 다회(茶會)를 갖고 환담을 나눌 때 '영지를 맡기고 출정하라'라는 노부나가의 목소리가 다시 머릿속을 때렸다.

'이곳을 그리 간단히 넘길 수는 없다.'

나이토 죠안을 물리치고 단바의 영주가 되었을 때, 자신을 경계하는 호족들과 영지민들을 선정으로 다스렸다. 그런 노력을 통해 이제 겨우 그들이 진심으로 자신을 영주로 받아들이고 있었다.

'나에게 충성을 맹세하는 이들을 어찌 그리 쉽게 저버릴 수가 있단 말이냐? 아니 된다.'

게다가 노부나가의 독선적이고 냉정한 성격에, 동맹국의 많은 영주들이 겉으로는 굽실대지만 반감을 갖고 있다는 것도 그는 알고 있었다.

'그래, 그들을 규합하면 내가 노부나가 대신 천하를 지배하지 못할 하등의 이유가 없다. 아니 오히려 내가 천하를 지배하는 것이 태평천하를 만드는 데 도움이 된다.'

미츠히데는 마음을 굳히고 자신의 거사 계획을 목숨을 나눌 수 있는 측근 가신에게만 밝혔다.

"밖으로 새는 즉시 끝이오. 노부나가의 목을 딸 때까지 철저하게 비밀에 부치시오."

"잘 알겠습니다."

너무도 갑작스런 미츠히데의 말을 듣고 측근들조차도 놀라는 표정을 지었으나, 주군의 의도를 되돌릴 수는 없었다.

'이미 되돌릴 수 없는 일이다. 그렇다면 거사를 완벽하게 성사시켜야 한다.'

그들은 부하 병사들에게도 철저하게 비밀에 부쳤다. 그리고 아무것도 모르는 병사들을 끌고 급작스럽게 혼노지를 습격해, 노부나가 부자를 말살하는 데 성공한 것이었다. 그때까지만 해도 말단 병사들은 적이 누구인지를 몰랐었다. 미츠히데는 화염에 휩싸인 니죠성을 확인하고는 병사들에게 노부나가를 칠 수밖에 없었던 이유를 밝혔다.

"오다 노부나가는 일개 영주임에도 불구하고 교토를 장악해 쇼군을 내쫓고, 게다가 조정을 위협해 허수아비로 만들어 자신이 천하를 주무르려 했다. 이 미츠히데는 쇼군 아시카가 가문의 일족으로서 이런 부도한 역적을 그냥 둘 수가 없어, 오늘 그 부자를 말살했다. 이제 이 미츠히데가 천하 통일의 대업을 수행해, 쇼군과 조정을 복귀시키고 세상의 태평을 이루게 하리라. 군사들이여! 짐과 함께 천하 통일의 대업을 수행하지 않겠는가."

미츠히데는 자신이 쇼군이었던 아시카가 가문의 친족이라는 대의명분을 내세워, 병사들의 동의를 구했다.

"와아, 와아. 주군 만세!"

함성이 솟아올랐다. 장교들과 병사들은 어쩌면 논공을 받을 수 있다고 여겨, 사기가 올랐다.

미츠히데는 빠르게 움직였다. 대의명분을 얻기 위해 즉시 교토의 조정 대신들에게 사절을 파견했다.

"사태가 그렇다면…."

대신들의 반응은 그리 나쁘지 않았다. 사절을 통해 반응을 살핀 미츠히데는 조정 대신들에게 진상할 금은보화를 싸 들고, 직접 그들을 찾았다.

"어허, 뭐 이런 것을…."

뇌물을 받고 회심의 미소를 짓는 조정 대신들에게 그는 노부나가 토벌의 정당성과 대의명분을 설명하면서, 노부나가의 후임자로서 자신이 천하를 지배할 것임을 밝혔다.

"아케치 미츠히데 님이야말로 천하에 태평을 가져올 신분과 덕을 지닌 인물이 아니겠소."

조정 대신들은 미츠히데의 겸손한 태도에 안심했고 뇌물에 만족했다.

"망극하고, 황공하옵니다."

노부나가를 제거한 미츠히데는 내심 불안한 마음이 없질 않았다. 아무리 대의명분을 내세운다 하더라도 주군을 살해한 자신의 행위를 정당하다고 보긴 어려웠기 때문이었다.

그런데 조정 대신들은 자신을 쉽게 인정해 주었다. 그는 속으로 쾌재를 불렀다. 그는 실제로 그때까지 막연했던 자신의 천하 지배가 점점 구체화돼 가고 있음을 확신했다.

'결코 꿈이 아니다.'

혼노지의 변란 이후 미츠히데가 노부나가에게 반기를 들고 그를 살해한 이유에 대해서는 후대 사가(史家)들의 의견이 분분하다.

그 하나가 노부나가의 성격이 냉정하고 부하들에게 가혹했기 때문에 미츠히데 자신도 언젠가는 노부나가에게 숙청을 당할지 모른다는 불안감에 혼노지 숙영을 기회로 보고 살해했다는 설이다. 실제로 미츠히데는 술을 입에 대지 않는다는 이유로 많은 부장들 앞에서 노부나가에게 망신을 당한 적이 있었다.

또 하나는 이에야스를 접대할 때 궁전 요리를 준비하여 내놓았는데 노부나가가 맛을 보고 시큼한 냄새가 나자 '썩었다'라며 미츠히데를 책망하고 접대 역을 그만두게 한 후, 그 책임을 물어 출진을 명령했기 때문에, 원한을 샀다는 소위 원한설이다.

또 다른 설은, 쇼군직에서 쫓겨난 요시아키가 자신을 따르며 떠받드는 미츠히데를 사주했다는 사주설과, 미카토(왕)를 중심으로 한 조정 대신들이 노부나가의 독선을 두려워해 그를 제거하기 위해 조정과 내밀한 관계에 있었던 미츠히데에게 청부했다는 추측이다.

그러나 그가 발설하지 않았으니, 그 속을 본인 외에 누가 알 수 있으랴. 아무도 알 수 없는 미궁의 수수께끼였다.

아무튼 '천하포무'라는 천하 통일의 기치를 내걸고 교토를 수중에 넣은 후, 자신에게 대항하는 전국의 유력 영주를 차례로 쓰러뜨리며 가장 강력한 영주로 성장해서는, 이제 천하 지배를 바로 눈앞에 두었다고 자타가 공인한 노부나가가 신뢰하던 측근의 칼날에 쓰러져, 풀잎의 이슬처럼 허망하게 사라져 버린 것이다. 향년 사십팔 세였다.

인생 오십 년,
영겁의 세월에 비하면 찰나에 지나지 않아,
태어나 영원한 것 없고…….

그가 자주 즐겨 읊었던 시가(詩歌) 아츠모리(敦盛)처럼 그는 찰나처럼 왔다가 사라져 갔다.

인생이 그러한 것이다.

3권 끝

4권에서 계속…

현해(玄海), 통한의 바다 3

초판발행 2020년 1월 20일
지은이 김경호
펴낸이 안종만 · 안상준

편 집 황정원
기획/마케팅 송병민
표지디자인 이미연
제 작 우인도 · 고철민

펴낸곳 (주) 박영사
서울특별시 종로구 새문안로3길 36, 1601
등록 1959. 3. 11. 제300-1959-1호(倫)
전 화 02)733-6771
f a x 02)736-4818
e-mail pys@pybook.co.kr
homepage www.pybook.co.kr
ISBN 979-11-303-0852-4 04810
979-11-303-0849-4 04810 (세트)

정 가 15,800원